당신이 어떻게 내게로 왔을까

2

당신이 어떻게 내게로 왔을까

김탁환 장편소설 **2**

해냄

차례

2부

그레이스라는 몸

그러한 식으로 이 일을 생각해선 안 됩니다.
그럼 우린 미쳐요.
— 윌리엄 셰익스피어, 『맥베스』,
2막 2장, 맥베스 부인의 대사*

1
가시는 걸음걸음

🐢 그레이스 귀하

자, 이제부터 내가 원하는 제품을 설명하겠소.

고객이 만족할 때까지, 열 번이고 백 번이고 다시 만들어드리겠다는 약속 꼭 지키시오.

하나만 먼저 지적해 두리다.

어설픈 탐정 흉내는 내지 마시오.

지금까지 강물이 흐르듯 쓴 이야길 근거로 내가 누군지 추적하지 말라는 것이오. 내 마을, 외할아버지와 외할머니의 손때 묻은 소머리 국밥집, 엄마와 아빠, 엄마가 만든 작품들, 잡지로 가득찬 상철이 형 지하방, 범고래와 염소가 사랑을 시작한 참나무, 천 개의 칼집이 있는 전시실과 혜경이 호수로 던진 가방에 이르기까지, 내가 이것들을, 등장 시간과 등장 공간과 등장 인간 혹은 등장 동물과 등장 식물 들을 사실에 근거하여 곧이곧대로 적었다고 믿는 건 아니겠지?

지금까지 살면서 나도 고백을 꽤 듣긴 했지만, 그걸 모두 사실이라고 여긴 적은 없소. 고백자는 하고 싶은 말만 하는 것이니, 그 말을 제멋대로 이리 고치고 저리 바꾸는 게요. 나는 고백의 사실 여부보단 왜 하필 지금 저렇듯 주저리주저리 털어놓는지가 더 궁금했다오.

고백자의 욕망을 품어보려 덤비는 건 얼마든지 좋소. 내 살갗을 찢고 해골을 뚫어 생각을 훔치시오. 사실 나도 내 진정한 취향을 모를 때가 많소. 미세한 차이에서 좋고 싫음이 갈리니까. 똑같은 가수의 똑같은 곡을 들어도, 어젠 샴페인을 딸 정도였는데 오늘은 술잔을 집어 던진다오. 변덕이라고? 맞소. 그 변덕도 나요. 욕망이 강한 사람은 변덕이 죽 끓듯 한다오.

가죽으로 만들 수 있는 건 무엇이든 만들어드리겠다는, 당신의 약속을 잊지 마시오. 참으로 오만한 문장이지. 나도 한때 그랬던 적이 있지만 드러내놓고 떠들진 않았소.

내가 원하는 제품을 사진 몇 장이나 그림 몇 점으로 설명할 순 없소. 귀사에서 멋대로 상상해서 만들어버리면, 당신도 손해지만 난 당신보다 적어도 백 배는 더 큰 손해라오. 그만큼 나는 절박하오. 그렇지 않다면 당신에게 이렇게 긴 시간을 쏟아 편지를 보내진 않았을 게요.

탐조(探鳥)라는 걸 혹시 해봤소?

새들을 관찰하는 일 말이오. 개입은 금물이오. 멀리 떨어져 울음을 듣고 망원경으로 살피지. 내 유일한 취미였소. 버더(birder)로만 마을에서 편안히 지내다가 저승으로 건너가리라 여겼던 적도 있다오. 새 대신 사람을 관찰하진 않으리라 믿었건만.

탐조란 간단히 말해 훔쳐보는 거요. 새가 버더를 의식하지 않는게 가장 좋소. 새의 새다움에 이르지 않으면, 내가 본 건 전부 헛것이라오. 관음증이라 비난하더라도 어쩔 수 없소.

사진은 물론이고 동영상으로 새를 담기도 한다오. 새가 바로 코앞에 있는 것처럼 당겨 찍기 위해 카메라에 부착하는 망원렌즈의 무게만 해도 한 손으로 들기 힘들 정도지. 고성능 녹음기를 지니고 나타나는 사람도 있소. 하지만 나는 사진을 찍지도 동영상에 담지도 녹음을 하지도 않소. 목에 두른 낡은 망원경이 전부요. 새를 발견하면 망원경으로 충분히 관찰한 뒤, 셔츠 윗주머니에 쏙 들어가는 수첩을 꺼내 적는다오. 그 푸른 수첩의 이름은 '정확'이오.

정확하게 쓴다는 건 참으로 어렵소.

새만 떼어내어 내 문장으로 옮긴다고 기록이 완성되진 않소. 나뭇가지, 장독, 담장, 지붕, 전깃줄, 하다못해 이 손바닥까지, 새가 앉는 곳은 너무나도 많다오. 어디에 있다가 내 앞까지 왔고 또 내 앞에 머물다가 어디로 갈 것인지, 그것까지 전부 쓸 수 있을 때 비로소 탐조다운 탐조를 한 게요.

탐조를 설명할 생각은 없었는데, 이게 제품주문서의 핵심일 수도 있으니 좀더 들어가보겠소.

탐조는 내 눈앞에 나타난 새의 '유일무이함'을 발견하는 게 목표요. 괴팍한 어류 학자를 만난 적이 있다오.

안방을 수족관처럼 거대한 어항으로 두르곤 1004마리 금붕어를 길렀소. 1004! 그 학자가 몇 번이나 강조했다오. 어제까진 천 마리였는데 오늘 새끼가 네 마리 태어나서 1004마리 그러니까 천사가 되었다고 농담처럼 지껄이더군. 금붕어도 종류가 참 많다오. 한데 이 학자는 마치 작명소를 차린 것처럼 1004마리 금붕어에게 이름을 붙였으며, 저마다 다른 생김새는 물론이고 다양한 성격까지 자세히 들려줬다오. 한 마리당 적어도 십오 분씩은 자랑을 해대더군. 밥도 안 먹고 잠도 안 자고 자랑을 듣더라도 하루에 백 마리를 넘지 않소.

어류학자와는 친구가 되었소. 유일무이함을 아는 영혼이니까.

까마귀가 아닌 까치, 검은 딱새가 아닌 검은머리 딱새. 이 정도 구별만 하는 건 진정한 탐조가 아니오. 다시 강조하지만 탐조는, 검은 딱새 한 마리가 장독대에 앉았다고 칩시다, 그 새의 유일무이함을 발견하는 게요. 수백 마리의 검은 딱새가 모여 있더라도 꼭 집어낼 수 있는 저 검은 딱새만의 유일무이함!

정확함을 갈망해 왔소. 새를 보러 수백 번 나갔지만, 유일무이함에 이른 경우는 두세 손가락에 꼽을 정도라오. 내가 꿈꾸는 정확함은 사진이나 동영상이나 녹음파일 너머에 있소.

수첩을 펴고, 새의 모습을, 움직임을, 울음을 내 문장으로 옮기는 게요. 물론 새가 날아간 방향과 속력도 고려하오. 그렇게 집중하다 보면, 눈으론 확인할 수 없는, 여기에 이르기 전과 여기를 떠난 후 새의 모습들이 떠오르오. 그것까지 확대해서 적는 게요.

버더의 한낱 상상이라고?

……얼마든지 비웃어도 좋소. 신발 끈을 묶듯 익숙한 편하니까.

머리 위에서 노닐다가 사라진 괭이갈매기를 찾아간 적이 있다오. 수첩엔 그 녀석이 내게서 멀어진 뒤 도착한 곳이 적혀 있었소. 스무 명 남짓 사는 아주 작은 섬이었소. 절벽 아래로 15미터쯤 툭 튀어나온 바위 틈, 내 문장이 묘사한 바로 그곳에, 녀석은 둥지를 틀고 앉아 있었다오. 함께 섬으로 들어간 일행은 아무도 그 문장을 믿지 않았지만, 나는 배가 접안할 때부터 알아차렸소. 녀석이 이 섬을 무척 좋아한다는 것을.

유일무이하게 쓰는 건 내가 할 테니, 유일무이하게 만드는 일은 당신이 맡으시오.

그리하면 우리 거래는 해피엔딩.

숫자부터 나열하겠소. 난 숫자를 끔찍이도 싫어하지만, 디자이너들은 숫자가 없으면 바보가 되더군. 세상을 숫자로 설명하는 철학자가 있었단 얘긴 나도 들었소. 한심한 짓이지.

첫 번째 생일파티를 육 개월 전에 열었다오. 그러니까 지금은 세상에 나온 지 십팔 개월하고도 하루가 지난 남자아이란 얘기요. 키 90센티미터 몸무게 12킬로그램. 신발 사이즈는 135밀리미터……. 이름은 모드레드! 발 폭이나 발바닥 장심(掌心)의 깊이, 더 구체적으로는 엄지 검지 중지 약지 새끼발가락의 두께와 길이까지 요구하진 마시오. 내가 그딴 걸 모르리라 단정 짓지도 마시오. 물론 나는 정확하게 알지만, 당신에겐 도움이 되질 않소. 평발은 아니오.

자신의 첫걸음마가 기억난다는 사람은 무조건 멀리하시오.

거짓말쟁이니까.

최초의 기억, 그 기억보다도 더 앞선 기억까지 안간힘을 써서 거슬러 가도, 우리는 벌써 걷고 있었소. 그게 바로 인간이오. 직립보행부터 기억을 시작하도록 세팅이 되었다는 것이오.

첫걸음마를 기억한다고 착각할 수는 있소. 특히 이모들이 많은 집에선 줄곧 떠들어대거든. 네가 처음 걸음마를 뗐을 때는 말이야……. 그 이모의 이야기가 끝나면 다른 이모가 시계태엽을 거꾸로 더 감지. 네가 처음 기어 다니기 시작한 날은 말이야……. 또다른 이모도 지지 않는다오. 네가 엎드리는 걸 처음 본 게 바로 난데 말이야……. 내가 태어나는 순간을 이모들이 모두 모여 봤다고도 하오. 그리고 집착이 제일 강한 이모는 이렇게 덧붙인다오. 네가 엄마 뱃속에서 처음 발길질을 시작한 날은 말이야……. 결국 엄마가 모든 걸 정리할 수밖에 없소. 네가 내 배 속으로 처음 들어온 날은 말이야……

욕심 많은 작가 중엔 정자가 난자와 만나는 순간을 기억한다고 우기며 자서전을 시작하기도 하오. 사정이 이러하니 걸음마 정도는 묵인해 달라지만, 어림없는 소리!

타인들이 경쟁하듯 지껄인 이야기를, 내 기억으로 바꿔치기해선 안 된다오. 첫걸음마가 기억난다는 사람들에겐 이렇게 따져 물으시오. 길 때와 설 때와 걸음을 뗄 때 발놀림이 어떻게 달라지던가요? 그들은 답을 못할 게요. 첫걸음을 떼는 아기를 가끔 보긴 하지만, 그 발을 자세히 살피진 않으니까. 기억의 검은 구멍인 셈이지.

기억을 더듬을 시간이 있다면 관찰하시오. 당신의 머릿속이 아니라 곧 걸음마를 할 아기의 두 발을!

아기에겐 발바닥보다 발등이 더 소중한 시절이 있소. 낮은 포복이든 높은 포복이든, 기어 다닐 땐 발바닥을 거의 쓰진 않소. 대부분 발등이 바닥에 닿고 엄지발가락으로 힘차게 땅을 민다오.

모드레드에게 발등만 사용하는 시절은 딱 1년이었소.

첫 생일 날, 모드레드는 생일 케이크가 놓일 식탁 다리를 붙들고 섰다오. 칠 개월 혹은 팔 개월 만에 무엇인가를 붙잡고 일어서는 아기들도 있지만, 어쨌든 대견한 일이 아닐 수 없소. 그런데 모드레드는 얼마 버티지 못하고 곧 엉덩방아를 찧으며 앉았다가 넘어져 뒤통수가 바닥에 닿았소. 울음소리가 얼마나 컸던지, 닫힌 창 밖에서 망원경으로 지켜보던 내 귀가 아플 정도였다오.

생일 파티를 위해 호텔 룸메이드가 열두 명이나 모였지만, 모드 레드가 일어서는 걸 본 사람은 없었소. 아기가 울음을 터뜨리던 바로 그 순간, 미리 와인부터 마시던 여자들이 박수를 치며 현관으로 향했다오. 지배인 롯이 도착한 게요.

혜경은 부엌에 있었고, 거실에서 모드레드를 돌보던 수잔도 현관으로 시선을 빼앗기긴 마찬가지였소. 현관까지 가진 않았지만, 엉덩이를 들곤 양손을 유난히 크게 흔들며 지배인의 등장을 환영했다오. 룸메이드들끼리 내기를 걸었던 게요. 과연 롯이 모드레드의 생일 파티에 올 것인가. 열 명은 오지 않는 쪽에 걸었다오. 혜경을 바라보는 롯의 눈길이 심상치 않다고 여긴 이는 수잔뿐이었소. 내기에서 이겨 일주일 급료와 맞먹는 돈을 벌었으니, 수잔이 모드레드의 울음도 못 듣고 엉덩이를 흔들며 환호성을 지를 만했소.

태어나서 처음으로 일어선 모드레드의 두 눈은 놀라움으로 가득했다오. 발바닥의 감촉 때문이었소. 발바닥 전부가 온전히 땅과 만난 게요. 배를 바닥에 붙이고 길 때마다 조금씩 닿던 느낌과는 완전히 달랐소.

무엇보다도 눈의 위치가 너무 높았소. 누워 있을 때나 앉아 있을 때는 몰랐던, 직립 인간의 높이에 처음 도달했달까.

모드레드는 눈을 맞추고 싶었소. 수잔이든 혹은 다른 열 명의 룸메이드이든 혹은 지금 막 케이크와 장미 꽃다발을 들고 도착한 롯이든 혹은 부엌에 있는 엄마든, 눈을 맞춘 채 웅얼웅얼 묻고 싶었던 게요.

이 발바닥의 감촉은 뭔가요?

왜 이렇게 높죠?

두 발로 서 있어도 괜찮아요?

그러나 그 순간 모드레드에게 눈길을 준 이는 창 밖 길 건너 이층집 커튼 뒤에서 망원경을 든 나뿐이었소. 이제 겨우 일어선 모드레드는 집 밖에서 누군가 자신을, 한 마리 새처럼 관찰하고 있으리라곤 생각도 못했다오.

모드레드는 재빨리 원래 자리로 돌아가려 했소. 발바닥이 아닌 발등의 시절로! 강아지나 고양이와 비슷한 눈높이의 나날로! 회귀의 몸짓 역시 서투를 수밖에 없었소. 일어선 것이 처음이듯 섰다가 앉는 것도 처음이었으니까.

울음은 곧 그쳤소. 혜경이 욕실 좌변기에 앉아 왼쪽 젖꼭지를 갖다 대자, 모드레드는 오늘이 모유를 먹는 마지막 날인지도 모른 채, 배를 채우느라 바빴소. 울면서 젖을 빠는 아기는 없다오. 세상에 나온 후 처음 닥친 선택의 순간일지도 모르오. 빨지 않고 울 것인가 울지 않고 빨 것인가. 울면서 빨다간 젖이 목에 걸려 토할 수도 있소.

반년이 더 흘러갔다오. 모드레드는 걷기는커녕 일어서려고도 하질 않았소.

혜경이 억지로 아기의 허리를 붙들고 식탁 다리에 기대 세우면, 모드레드는 울며 엉덩방아를 찧었다오. 엉덩방아를 찧고 운 것이 아니라 운 다음에 엉덩방아를 찧었소. 지금도 혜경은 이 둘의 차이를 모르지만, 나는 또렷이 구별하오. 모드레드는 엉덩이가 아파서 운 것이 아니라, 낯선 발바닥의 감촉을 혼자 감당하는 것이 무서웠던 게요. 혜경은 모드레드가 울더라도 왼쪽 젖꼭지를 더는 내밀진 않았소.

모드레드는 기었소.

모드레드보다 늦게 태어난 아기들이 벽이나 기둥을 붙들고 섰다가, 그마저 놓고 처음엔 한 걸음 그다음엔 두 걸음 또 열 걸음을 걷는 동안, 모드레드는 발등의 살갗이 벗겨지고 피멍이 들 정도로 기기만 했다오. 더 빨리 더 낮게 방과 거실을 돌아 다녔소.

뒷다리와 앞다리가 차례차례 나오고 나면, 개구리는 튀어 오르는 법이오. 뒷발을 잔뜩 오므렸다가 더 먼 곳으로 뻗소. 한데 그리 하려면 발바닥을 땅에 붙이는 게 먼저요. 그리고 땅을 밀면서 제 키의 몇 배나 되는 높이까지 올라가는 게지. 모드레드는 발바닥을 땅에 대는 것 자체를 두려워했기 때문에, 개구리의 길이 아니라 뱀의 길을 택했소. 두 팔과 두 다리가 멀쩡하지만, 중력과 맞서 버티는 대신 방향을 바꾸면서 속력을 더하는 도구로만 그것들을 사용했다오.

모드레드가 뱀의 길을 택한 건 혜경의 영향이 무척 크오. 아들을 시도 때도 없이 일으켜 세웠기 때문이오. 모드레드는 붙잡히지 않으려고 더 빨리 기었고 서지 않으려고 더 깊이 숨었소. 식탁이나 침대 밑은 물론이고, 틈이 겨우 한두 뼘에 불과한 옷장 밑이나 책장 밑으로도 기어 들어갔다오. 거기에 숨었던 쥐나 바퀴벌레 들이 놀라 달아날 지경이었소.

뼈도 근육도 모두 정상이라오. 발육 상태도 양호하오.

의사들이 놓친 것은 발바닥과 이어진 모드레드의 마음이었소. 발바닥을 따뜻하게 문지르며, 모든 인간들이 겪었으되 기억은 못하는, 처음 일어서는 순간 발바닥의 느낌에 대해 눈으로라도 이야기를 주고받았어야 하오. 모드레드를 안심시켰어야 한다 이 말이오.

너만 그런 게 아니란다. 전부 다 처음엔 낯설고 놀랍고 두렵지만, 곧 잊힐 거야. 태어나자마자 벌떡 일어나서 걷는 아기 사슴처럼 살 테니까 염려 마.

이대로 두면 모드레드는 처음 일어섰을 때의 발바닥 감촉만 기억하는 최초의 인간이 될 게요. 그 감촉을 거부하고 뱀처럼 평생 기어 다닌 인간! 시간이 해결해 줄 거란 헛된 기대는 마시오. 될 일과 안 될 일이 있소. 옷장이나 책장 밑에 기어 들어간 모드레드의 두 눈을 반년이나 거의 매일 지켜보았다오. 장대비를 맞는 마른 우물처럼 행복이 차오르는 눈빛이었소.

혜경의 아들만 아니라면, 그와 같은 인간이 하나쯤 있는 것도 나쁘진 않소. 세상엔 당신이 상상도 못할 별의별 인간이 다 있으니까. 이 나무에서 저 나무로 건너뛰는 긴팔원숭이 인간, 한 나무에만 매달려 평생을 보내는 나무늘보 인간, 땅을 파 일용할 양식을 구하는 두더지 인간, 자살한 인간들만 찾아다니며 뒤처리하는 독수리 인간, 이익을 좇아 배신에 배신을 거듭하며 옮겨 다니는 소금쟁이 인간, 멀리서 나타나기만 해도 비난을 퍼붓는 고슴도치 인간, 먹을 것 못 먹을 것 가리지 않고 무조건 먹어치우는 아귀 인간. 거기에 뱀 인간을 더한다 해도 특별한 일은 아니라오.

자고로 백 퍼센트 인간이기만 한 인간은 없소. 자기 안에 짐승이 한 마리씩 들어 있다 이 말이지. 술이나 약에 취했을 때, 최면에 걸렸을 때, 절벽에 내몰렸을 때 혹은 절벽으로 내몰 때, 아끼는 물건을 잃었을 때, 아끼는 물건처럼 귀하게 여기던 사람이 떠났을 때, 내 이야기를 들어줄 사람이 지구라는 행성에 단 한 사람도 없음을 깨달았을 때, 그 짐승이 불쑥 튀어나온다오. 대부분은 양복 안주머니나 허리춤이나 양말 속에 감춘 채, 짐승이 아닌 사람으로서의 예의와 상식을 떠벌린다오. 하지만 자기 안의 짐승을 공공연하게 드러내놓고 사는 인간도 가끔 있긴 하다오. 모드레드가 사람보다 뱀에 더 가깝다는 걸 숨기지 않듯이.

이게 좋고 저건 나쁘다, 이건 불법이고 저건 합법이다, 이딴 평가를 내릴 수는 없소. 사람에겐 사람의 길이 있고 짐승에게 짐승의 길이 있으며, 그 사람과 이 짐승이 어떻게 한 몸과 한 마음으로 공생하는가는 밤하늘의 별처럼 경우의 수가 많으니까.

눈물을 훔치는 혜경을 보고 싶지 않소.

가방을 호수로 집어던진 뒤에도, 여전히 룸메이드로 내 객실을 아침마다 청소하오.

내가 이 호텔에 머문 지도 2년이 가까웠소. 그동안 벌어진 일은 상상에 맡기리다. 이것만은 확실히 해두고 싶소. 나는 방금 당신이 상상한 그 모든 노력을 혜경에게 쏟았다오. 그런데도 마음을 얻는 데 실패했소. 장기 투숙객이야말로 내게 가장 어울리지 않는 단어인데도, 새로운 길 위를 혜경과 맘껏 걷고 싶은데도, 아직 움직일 수 없다오. 그러니 함부로 조언하지 마시오. 내 전부를 쏟아도 불가능에 가까운 일이 있단 걸 깨달은 기간이기도 하오.

혜경이 나를 벽처럼 대한 건 아니오. 장기 투숙객이며, 두둑하게 팁을 주는 고객에 대한 예의는 갖춘다오. 그게 더 끔찍한 노릇이지만! 우린 매일 한두 마디 인사도 주고받소. 그러나 사사로운 이야긴 전혀 하지 않소. 어디에 사는지, 월급은 얼마인지, 남편이 죽고 나서 이곳까지 어떻게 오게 되었는지, 계약직으로 단번에 뽑힌 까닭은 무엇인지, 남편의 어떤 점이 끌렸는지…… 나는 듣지 못했소.

내가 만들어 침대 위에 올려둔 가방에 쓰레기를 잔뜩 채워 호수로 던져버렸을 때, 혜경은 임신 중이었소. 모드레드를 낳기 위해 호텔을 비웠을 때에야, 나는 그 사실을 알았다오. 청소하는 시간이 일 분 오 분 십 분 십이 분 십오 분까지 점점 늘긴 했소. 십오 분보다 더 늦게 객실을 나온 적은 없다오. 출산 사흘 전까지 무거운 몸을 이끌고 일했소. 일을 해야만 했던 게요.

혜경에게 직접 듣진 못하고, 다른 경로로 알아냈소. 호텔에서 자전거로 이십 분쯤 호수를 두른 길을 달려야 나오는 집, 뱀처럼 기어 다니는 모드레드의 초록색 눈동자까지.

혜경을 더 이상 울리긴 싫소.

모드레드의 두 발을 위해 만드시오.

'가죽신'이라고 말하는 그것!

신발가게에 흔하게 진열된 신으론 턱없이 부족하오. 우선 발등의 상처들을 말끔히 낫게 해야 하오. 반년 동안 살갗이 벗겨지고 피가 흐르다 멎고 피딱지가 앉고 고름이 차고 다시 살갗이 벗겨졌소. 전쟁터를 누비며 죽음의 고비를 숱하게 넘기고 참호에 엎드린 군인의 발등과도 같다오. 다시는 그 발등에 고통이 얹히지 않게 하시오.

또한 발바닥의 감촉을 불쾌에서 쾌로 바꿔야 하오. 두 발로 섰을 때, 뱀처럼 기는 것보다 만 배는 더 신나도록 만드시오. 옷장과 책장 밑에 온종일 누워 지낸 나날은 깡그리 잊고, 메타세쿼이아처럼 높다랗게 서서, 보고 듣고 생각하고 먹고 마셨으면 하오.

모드레드가 반드시 그 신을 신고 걸음마를 시작해야 하오. 최소한 열 걸음은 떼야 혜경도 눈물을 그칠 게요. 아니 그때부턴 기쁨의 눈물을 쏟겠지.

이 세 가지를 반드시 충족시켜 주오.

서두르시오. 늦어질수록 모드레드의 발등은 더 짓무르고, 혀는 더 길어지고, 맹독이 송곳니를 타고 더 흘러내릴 게요. 해독제도 없소. 실패는 곧 죽음일지니.

아서 씀.

2
믿니?

영원은 약속할 수 있는 것이 아니다.

— 유다정

나는 프랑스 파리 마레 지구에서 아서의 메일을 읽었다.

새벽 네 시에 눈을 뜬 것은 시차 때문만은 아니다. 다큐멘터리로 찾아서 봤던, 우주가 탄생하는 빅뱅의 첫 순간 같았다. 만취 상태로 잠들었다가 술이 말끔하게 깬 기분이랄까. 이불을 걷고 창으로 가서 커튼을 열었다. 어깨동무를 한 채 보주광장 쪽으로 비틀비틀 걸어가는 남자들의 등이 내려다보였다. 같은 시각에 깨어 있지만, 오늘 이 아침이 그들에겐 아직 어젯밤이다.

창문을 밀어 열었다.

햇볕과 사랑을 나누지 않은 거리의 바람이 시원하고 촉촉했다. 실오라기 하나 걸치지 않은 알몸으로 호텔을 나서서 광장으로 이어진 골목을 달리고 싶었던 적이 있다. 손에는 네이비 미니백이 들렸다.

행사장까진 지하철로 한 시간이나 걸리지만, 좁고 낡은 객실에 비해 터무니없이 숙박비가 비싸지만, 이곳을 고집했다. 회사가 어느 정도 안정이 되고 유럽으로 출장을 간다면, 파리에선 마레 지구에 머무를 작정이었다.

아이돌 그룹 그레이스의 데뷔가 무산되고 앞날이 막막할 때, 한 달 남짓 프랑스에 머물렀다. 막막함은 무기력을 동반했다. 아르바이트도 개인 연습도 모두 귀찮았고, 세끼 밥을 챙길 마음마저 생기지 않았다. 문산 아파트 침실에 누워 멍하니 하루를 보냈다. 읽지도 보지도 듣지도 않았다. 아이폰이 울려도 받지 않았고, 인터폰도 마찬가지였다. 불을 켜지 않고 보내는 밤과 불을 끄지 않고 보내는 낮이 이어졌다. 아무 때나 눈물이 흘렀다. 울다가 지쳐 잠들면, 자면서도 울었고, 깨어나서도 울었다. 자그마치 삼 년 육 개월이었다. 그 기간에도 간간이 지쳤지만 최선을 다하자며 몸도 마음도 가다듬었다. 연기자가 되고 싶었고, 아이돌 그룹이라도 해서 그 꿈에 더 가까이 다가가고 싶었다. 링에 올라 KO 패를 당했다면 이렇듯 무력해지진 않았으리라. 연예기획사에서 연습생으로 지낸 것은 능력만 갖추면 링에 오를 기회가 주어지리라 믿었기 때문이다. 그러나 그 기회는 올 듯 말 듯 하다 영원히 사라져버렸다. 링에 오를 실력도 되지 않는다는 일방적인 선고를 받은 기분이었다. 방지훈에게 계속 전화와 문자가 왔지만 받지 않았다. 더더욱 그에겐 이런 모습을 보이기 싫었다. 처음엔 아파트를 나서기 싫었는데, 나중엔 침실을 벗어나는 것도 내키지 않았다. 화장실에 가는 횟수도 점점 줄어들었다. 이러다가 화장실에도 가지 않으면, 홀로 이승을 떠나는 것이다.

그때 현관문을 열고 들어선 이는 목신통신 고정목 회장이었다. 그는 내 앞에 나타나길 꺼렸지만, 내가 어디서 무엇을 하는지는 훤히 알았다. 그를 따라 의사와 간호사가 들어왔고, 극심한 우울증에 대한 긴급 처방을 했다. 약도 약이지만 나를 살린 것은 여행이었다. 잠시 쉬고 오라며 통장으로 여행 경비를 넣어줬다. 처음으로 그 돈을 받았고, 리옹을 사흘 여행한 것 외엔 파리에서만 지냈다. 정확히 말하자면, 파리가 아니라 마레 지구에 있었다. 하루에 절반은 잠을 잤고 나머지 절반은 걸었다. 관광 명소로는 눈을 돌리지 않았다. 귀국이 가까워오자, 보주광장에 앉아선 잠시 생각했다. 여기라면 평생 살 수도 있겠어.

그 생각이 여전한지 확인하고 싶었다. 옛 애인을 만나는 기분이 이와 같을까.

촤르르르!

이세븐(E7). 기타 소리에 고개를 돌렸다.

베개를 등에 대고 침대에 기대앉은 뱅상의 오른쪽 어깨가 유난히 더 창백해 보였다. 침대 머리맡 튤립 모양 전등을 하나만 켠 탓이다. 창가에 기댄 나도 침대에 앉은 뱅상도 알몸이긴 마찬가지다. 코드가 에이마이너(Am)로 바뀌자, 전기에 감전된 듯 온몸이 떨렸다. 제일 좋아하는 코드! 기타를 처음 배울 때 잡은 여러 코드 중에서 유독 에이마이너에 끌렸다. 내가 나비라면 에이마이너는 나를 포근하게 감싸주는 연꽃, 내가 풀이라면 에이마이너는 나를 키우는 해, 내가 방랑자라면 에이마이너는 나를 이끄는 이정표! 에이마이너만으로 노래를 한 곡 만들고 싶었다. 어디서든 에이마이너가 들려오면 하던 일을 멈추고 집중했다. 가을비 맞으며 숲으로 들어서는 우산처럼 몸이 먼저 젖었고 그다음엔 바람 따라 흐르다 바위에 다다른 파도처럼 마음이 출렁거렸다.

어제 저녁, 뱅상과 합석한 것도 에이마이너 때문이다.

열두 시간 넘게 비행기를 타고, 드골 공항에서 마레까지 지하철로 오느라 몹시 피곤했다. 저녁 식사도 건너뛰고 침대에 눕고 싶었지만 시차를 맞추기 위해 참았다. 내일 아침부터 바쁘게 다니려면 저녁 아홉 시까지 최대한 버텨야 했다. 오후 다섯 시에 호텔을 나와선 파리 입성도 기념할 겸 주변을 한 바퀴 돌았다.

낡은 집들 사이로 골목이 이어졌다. 좁디좁은 곳이겠거니 하고 들어가면 뜻밖에도 황혼이 넉넉히 깔리는 정원이 나타났다. 겉은 수수하고 단조롭지만 속은 쉽게 풀리지 않는 비밀을 겹겹이 간직한 동네였다. 거기에 눈물 한 방울을 보탠다 해도, 한여름 잠깐 내리다가 그치는 소나기 같을 것이다. 나는 여전히 이곳이 침묵의 편에 속해서 좋았다. 내가 만드는 가방도 이야기를 충분히 품은 채 단정하며 고요하기를 바랐다. 관광객들은 건물과 가게와 나무와 사람들을 사진에 담느라 바빴다. 나는 처음 왔을 때도 사진을 찍지 않았다. 그 한 달은 고스란히 기억으로만 남았다. 사진을 찍느니 조금이라도 더 지금 이 순간을 음미하는 쪽을 택했다.

호텔 건너편 카페로 들어갔다. 해는 완전히 졌다. 눈꺼풀이 무거웠고 하품이 나왔지만 아직은 견딜 만했다. 파스타로 간단히 저녁을 해결하고 업무용 메일을 체크한 뒤 침대에 누우면 아홉 시쯤이리라. 유럽으로 건너온 첫날 치곤 나쁘지 않았다. 거리를 향한 일인석에 자리를 잡았다. 글라스 와인부터 한 모금 마시니 어깨가 바닥에 닿을 듯 묵직했다.

그레이스 설립 후 이 년 사 개월 만에 파리에 왔다.

길어야 반년이라는 저주와 험담에 둘러싸이기도 했다. 독고찬과의 도미를 당연하게 여겼던 이들이 만든 억측이었다. 독고찬과 결별한 것이 아니며, 그가 건넨 돈으로 회사를 차렸다는 소문이 제일 먼저 났다. 이 시시한 헛소문은 독고찬이 시애틀에서 새로 사귄 여자 친구를 공개하면서 일단락되었다. 스페인 바르셀로나 출신 모델이라고 했다.

설립 자금 이천만 원 중 절반은 지하 공방을 마련하는 데 고스란히 들어갔다. 전세 보증금 천만 원에 월세 육십만 원! 지하라고 해도 그보다 싼 작업장은 없었다. 사무실 겸 창고는 문산의 18평 아파트였다. 공방에서 제품을 만들면, 포장하여 아파트 드레스룸에 넣어뒀다가, 영업 담당 방지훈과 함께 고객을 만나는 식이었다. 고객 중 열에 아홉은 만족했지만, 불만을 제기하는 하나가 나머지 즐거움을 지웠다. 악착같이 해도 수익이 늘지 않았다. 나는 물론이고 지훈까지도 월급을 챙기지 못하는 달이 대부분이었다. 어떻게든지 아틀리에 운해에서 일하는 채대숙과 페인터 눈 그리고 두 명의 조수 파이톤과 은어에게만큼은 국내 최고 대우를 해주려고 노력했다. 디자인팀장 비컨은 회사에 소속되지 않고 프로젝트에 따라 합류하였기에 월급이 따로 나가진 않았다.

그레이스가 뱀가죽을 취급하지 않아서 솜씨를 뽐내지 못한다며 툴툴대는 파이톤은 뒷목덜미와 어깨 그리고 가슴까지 뱀 문신을 했다. 머리를 삭발하고 어깨까지 닿는 뱀 귀걸이를 오른쪽에만 길게 늘어뜨리고 다녔다. 조직 폭력배 출신이 아니냐는 풍문이 돌았지만, 고등학교를 졸업하자마자 가죽을 만지기 시작해서 십 년 꼬박 지하 공방만 전전했다. 겁이 의외로 많아서 대숙이 눈만 크게 떠도 고개를 푹 숙이곤 자신이 잘못한 일이 아닌데도 사과부터 했다.

당돌한 쪽은 은어였다. 마른 몸매에 다리도 길고 팔도 길었다. 짙은 눈썹에 눈이 크고 코가 오뚝해서, 조명을 비추지 않더라도 얼굴에서 빛이 났다. 연습생 시절 은어와 같은 얼굴을 많이 봤다. 어두컴컴한 지하 공방에서 웅크리고 앉아 가죽을 만질 분위기가 아니었다. 대숙의 설명대로, 눈과 손과 발이 빠르긴 했다. 막내가 감당할 궂은일들, 청소와 각종 심부름을 미리미리 술술 해치웠다. 대숙이 알려주지 않은, 빠른 부위가 하나 더 있었다. 바로 입이었다. 자신의 생각을 가감없이 밝혔다. 아틀리에 출근한 첫날, 인사를 나눈 후 앞으로의 계획을 물었을 때, 은어의 대답은 두고두고 회자되었다.

"그레이스에서 일 년 이상 근무하지 않으려고 합니다. 배울 게 없으면 그보다 빨리 그만둘 수도 있고요. 창업해야죠. 제가 꿈꾸는 백을 만들 겁니다. 언제까지 월급 받으며 살 순 없잖아요?"

옥정호 운해를 닮은 가방이 주목을 끌지 않았다면, 은어는 일찌감치 회사를 떠났을 것이다. 변산반도에서 함께 노을을 보고 온 후, 비컨이 디자인한 탑 핸들백이 타로 정의 마음을 사로잡았다. 비컨의 아이디어는, 콜럼버스의 달걀처럼, 알고 나면 단순해도 쉽게 떠올리긴 힘들었다. 푸른 바탕에 부드러운 가죽이 빛의 각도에 따라 하얗게 일렁이도록 한 것이다. 그 형태가 바람을 타고 호수 위를 물결치는 구름바다를 닮았다.

타로 정이 '운해 백'을 들고 타로뮤직 녹음실에 나타나자, 여가수들부터 관심을 표시했다. 소식을 전해 들은 나는 여성용 운해 백도 곧이어 내놓았다. 결정적인 도약의 계기는 가수와 배우를 겸업하며 인기를 끌기 시작한, 갓 스무 살 여배우 '유내'가 자신과 이름이 비슷한 가방이라며 SNS에 올리면서부터다. 따로 광고비를 주지 않았는데도, 유내 스스로 좋아서 한 행동이었다. 유내는 16부작 미니시리즈에서도 이 가방을 다섯 번이나 들었다. 간접 광고로 꼭 들어야 하는 가방과 같은 횟수였다. 팬들을 중심으로 운해 백을 사서 인스타그램에 인증 샷을 올리는 것이 유행이 되었다.

그레이스 창업 이 년 만에 지하 이층 지상 사층 건물에 전세로 들어갔다. 초대박은 아니지만 사업을 펼칠 기반은 마련한 셈이다. 외벽부터 전부 하얗게 칠했다. 건물이 등산로 초입에 있었기 때문에, 울창한 숲과 골짜기를 지키는 설산(雪山)의 거인 같았다. 지하 이 층은 창고로 썼고, 지하 일 층과 지상 이 층은 아틀리에 운해, 지상 일 층은 전시장, 지상 삼 층은 사무실, 지상 사 층은 나만의 아틀리에로 삼았다.

일 층 현관으로 들어서면, 하얀 대리석 조각상이 손님을 맞았다. 가죽을 쥐고 바느질을 하는 두 손의 높이가 2미터에 달했다. 로댕이 조각한 다양한 손들로부터 착상한 것이다. 긴 복도의 좌우엔 그레이스의 대표작들이 진열되었다. 현관 맞은편 벽엔 그레이스가 꿈꾸는 미래가 생생하게 담긴 그림이 걸렸다. 파리나 런던 혹은 뉴욕 번화가에서 그레이스 매장이 가장 높고 넓은 건물을 차지하고, 나머지 명품 가게들이 좌우에 시녀처럼 늘어선 꼴이다. 그때까지 나는 멈추지 않을 것이다.

이 년 만에 바뀐 것은 건물만이 아니다. 유다정, 방지훈, 채대숙, 페인터 눈, 파이톤, 은어에 비컨까지 합류하여 일곱 명으로 출발한 회사 구성원이 스물네 명으로 늘었다. 채대숙 실장이 이끄는 아틀리에 운해는 페인터 눈 차장, 파이톤 과장, 은어 과장을 포함하여 열 명, 방지훈 영업이사가 이끄는 스토어는 열한 명, 경영지원팀에 총무과장 고숙희, 디자인팀에 팀장 비컨이 속했다.

새 건물로 들어가는 날, 그레이스 전체 직원을 지하 일 층 아틀리에에 모았다. 그리고 지난밤 꼬박 쓴 편지를 읽었다.

"여러분도 아시다시피, 가방을 만드는 것은 매우 어렵습니다. 한없이 단순한 것도 가방이고 더없이 복잡한 것도 가방입니다. 한없이 무거운 것도 가방이고 더없이 가벼운 것도 가방입니다. 한없이 친근한 것도 가방이고 더없이 낯선 것도 가방이니까요.

강릉에서 삼대째 두부를 만드는 이를 만난 적이 있습니다. 두부가 잘 만들어지지 않는 날이 있느냐고 물었더니, 마음이 급한 날이라고 바로 답하더군요. 식당에 손님이 많이 온 날, 두부를 빨리 내기 위해 서두르다 보면 실수를 한다고. 불을 조금 더 세게 하다가 솥이 타기도 한다고. 그렇다고 두부가 안 되진 않지만, 탄 맛이 두부에 스며 맛이 떨어진다고. 그래서 게으른 며느리가 맛있는 두부를 만든다는 말도 있다고. 가방도 마찬가지겠죠. 서두르면 어디선가 지나치게 힘을 주든가 혹은 힘을 빼게 됩니다. 그렇다고 가방이 안 되는 건 아니지만 눈 밝은 고객들은 금방 알아봅니다. 그러니 두부가 슬로푸드이듯이 그레이스의 가방은 슬로굿즈입니다.

저는 제 인생에서 소중한 시간을 가방에 담아 간직하고 싶습니다. 가끔 그 시간이 그리울 땐 가방을 열고 시간을 꺼내 즐기다가, 다시 넣고 잠그지요. 시간이 가능하다면 공간도 가능하고 인간도 가능할 겁니다. 그러므로 제게 가방은 명사이면서 또한 그 가방을 사용하는 고객과 함께 무엇인가를 만들어간다는 의미에서 동사이기도 합니다. 가방이 일으키는 떨림의 물결은 온 세상을 덮고도 남지요.

가끔 가방이 저를 데리고 여기까지 왔다는 생각을 합니다. 수십 번의 우연이 겹쳐 여러분을 만났는데, 그게 전부 사람이 한 일이겠어요? 신이라거나 운명이라고 뭉뚱그려 말하긴 싫어요. 그건 명백하게 가방이 한 일입니다."

서울 두 군데, 부산 한 군데 백화점에 그레이스 매장도 열었다. 대형 쇼핑몰에서도 매장을 열어달라는 제안이 왔지만, 백화점만을 고집했다. 눈앞의 이익보다는 브랜드 품격을 고려한 선택이다.

이 년 동안 매출 수익은 물론이고 대표이사 월급까지 전액 제품 개발에 재투자했다. 아틀리에 장인들의 월급과 수당은 국내 최고 수준을 계속 유지했다. 가방이나 패션 회사들이 일정 정도 수익을 거두면 마케팅을 강화하는 것과는 상반된 행보였다. 동종 업계 모임이나 파티에 전혀 참가하지 않았고, 마케팅을 위해 연예인을 비롯한 소위 셀럽들과 접촉하지도 않았다. 잠을 줄이고 밥먹는 시간을 아껴 아틀리에에 더 자주 갔고 더 오래 머물렀다. 유행이나 겉포장이 아니라 품질로 승부하고 싶었다. 채대숙과 페인터 눈을 몰아붙여, 매주 신상품을 기획하고 샘플을 뽑고 철저한 품평 시간을 가졌다. 그 결과 여성용 토트백 16종, 크로스바디 7종, 지갑 12종, 액세서리 9종, 미니백 8종을 출시했고, 남성용 토트백 6종, 클러치 9종, 지갑 및 액세서리 42종, 백팩 3종, 서류 가방 8종을 만들었으며, 골프 캐디백 2종, 트롤리 2종, 골프 액세서리 17종, 보스턴백 4종, 파우치 6종을 선보였다. 그레이스 정도 규모의 회사에서 이 년 만에 이렇듯 많은 품목을 내놓은 적은 없었다. 보유 중인 지식재산권도 상당했다. 상표등록이 국내 18건 해외 46건, 디자인 등록이 국내 71건 해외 13건이며, 특허 출원도 국내 2건 해외 1건이다. 46건의 해외 상표등록에서 중국이 20건 홍콩이 12건이며, 13건의 해외 디자인 등록에서 중국이 9건이다. 명품 가죽 제품 시장에서도 중국의 약진이 눈부셨기에 철저한 대비가 필요했다.

일주일에 딱 하루 그것도 반나절 그러니까 일요일 오후부터는 사 층 아틀리에에 틀어박혀 곡을 쓰고 노래를 불렀다. 회사가 어느 정도 궤도에 올라서면 두 가지를 하고 싶었다. 하나는 그레이스 2집 녹음, 또 하나는 파리 장기 출장.

에이마이너였다.

옆자리에 앉은 남자가 와인을 볼에 머금은 채 기타를 튕겼다. 조율을 위해 계속 에이마이너만 찾았다. 가라앉았던 내 몸과 마음이 엇박자로 흔들렸다. 몸이 앞서면 마음이 매달렸고 마음이 앞서면 몸이 붙들었다. 파리의 저녁이 서울의 아침에 비치고, 서울의 저녁이 파리의 아침에 스몄다. 벌어진 틈으로 들이닥친 에이마이너의 울림이 점점 커졌다.

"그, 그만!"

다시 에이마이너를 치려던 남자가 고개를 돌렸다. 술이 오른 탓일까, 미열에 들뜬 탓일까. 두 팔을 들어 엑스 자를 긋는 내 볼이 레드 와인보다 붉었다.

이야기가 시작되었다. 나는 프랑스어 번역은 하지만 회화엔 서툴렀고 뱅상이라고 자신을 소개한 남자는 한국어를 전혀 몰랐다. 우리는 프랑스어와 영어를 섞어 더듬더듬 대화를 나누다가, 답답하면 노래를 불렀다. 뱅상은 자신을 드러내는 데 주저함이 없었다.

스무 살 싱어송라이터! 지금까지 만든 노래가 서른일곱 곡이며 마레에서 일주일에 세 번씩 버스킹을 한다고 했다. 나는 나이를 밝히지 않았고 이름은 그레이스라고 했으며 노래를 만들고 부른 적이 있다고만 답했다. 그리고 뱅상을 위해 와인을 한 병 더 시켰다.

싱어송라이터라는 소개가 허풍이 아니었다. 뱅상은 내 눈을 들여다보며 이야기를 나누다가 기타를 치며 노래를 불렀다. 종종 여기서도 노래를 하는지, 카페 주인도 또 손님들도 제지하지 않았다. 자작곡만을 고집해서 귀에 익은 노래는 없었지만, 물안개처럼 깔리는 목소리가 매력적이다. 곡과 목소리가 잘 어울린다고 했더니, 뱅상이 환하게 웃으며 기타를 든 채 내 어깨를 감싸 안았다.

두 시간 남짓 카페에서 와인 두 병을 비우고 나올 즈음, 뱅상은 내게 사랑을 고백했을 뿐만 아니라, 세레나데까지 멋지게 불렀다.

"나를 사랑해? 뱅상, 우린 만난 지 두 시간밖에 안 됐어."

"그레이스! 에이마이너를 제발 멈추라고 네가 외치는 순간 내가 사랑에 풍덩 빠졌다면 믿을래?"

"목소리만 듣고? 선수구나. 이런 식으로 달려든 게 몇 번째야?"

"내 삶은 두 시간 전부터 완전히 새로 시작했어. 태초에 그레이스, 당신이 있었던 거야. 그 전엔 기억이 안 나네. 빅뱅 이전을 기억하는 인간은 없어. 신의 특권이지."

무척 귀여웠다. 그렇지만 나는 밀려오는 졸음을 참기 어려웠다. 오늘 파리에 도착했다고 밝힌 후 이만 가서 자야겠다고 말했다. 뱅상은 내가 잠들 때까지 침대맡에서 노래를 불러주겠노라며, 순

하고 슬픈 눈을 가진 노루처럼 굴었다.

"잠이 안 들면?"

안 들 리 없다고 했다. 자신의 노래를 듣자마자 나는 꿈나라로 떠나겠지만, 뱅상의 사랑은 노래와 함께 밤을 지새울 것이라고 했다. 내가 여전히 망설이자 뱅상은 기타로 에이마이너를 뜯다가 멈추고 나를 보며 웃었다. 웃음도 귀여웠다. 사랑에 금방 빠졌거나 빠진 척하기에 어울리는 미소였다. 어느 쪽인지 따지고 싶지 않았다.

사 년 전 백수 해안에서 독고찬과 헤어지기 전까진 남자를 만나고 손을 잡고 입을 맞추고 밤을 함께 보내는 단계마다 무겁고 진지했다. 이제 나는 그레이스와 관련된 일에만 신중하고 싶었다.

"곤란하겠는데……."

"정말?"

실망하면 눈썹 사이가 좁아지는 남자! 그 미간에 내 입김을 불어넣고 싶었다. 그리하면 다시 벌어질까.

"정말 내가 잠든 후에도 계속 노래할 거야? 그렇다면……."

"물론이지. 내가 바라던 바야."

"약속 지켜!"

그리고 사 층 객실로 올라왔다. 두 사람만 타도 꽉 차는 구식 엘리베이터에서부터 딥 키스가 시작되었다. 그의 두툼한 입술과 긴혀를 마다하지 않았다. 엘리베이터는 층을 지나칠 때마다 신호를 하듯 덜컹거렸다. 뱅상의 등이 벽을 치거나 내 등이 벽을 때렸다.

내 마음도 뱅상에게 기울긴 했다. 그의 입 안에 들어간 내 혀보다도, 오른손에 들린 그의 기타에 흠집이라도 나지 않을까 걱정스러웠다.

뱅상은 약속을 지켰다. 객실에 들어서자마자 키스를 멈추더니, 노래를 부르기 시작했다. 그가 약속을 지키지 않고 키스를 이어갔더라도 탓하진 않았으리라. 나는 카페에서 가져온 와인을 잔에 따르고 냉장고에서 치즈와 스낵을 꺼내 간단히 안주를 마련했다. 노래 한 곡에 와인 한 잔 그리고 키스와 포옹. 파리의 첫 밤으론 나무랄 데가 없었다.

뱅상은 노래 한 곡을 마친 후 다음 노래까지 딱 십 분을 쉬었다. 겉옷에 이어 속옷까지 모두 벗고, 입술을 지나 목덜미와 젖가슴과 배꼽까지 내 몸을 혀로 훑어 내리다가도, 알람을 맞춘 듯 십 분이 되면 멈추고, 기타의 어깨끈을 멜빵처럼 건 채 서거나 앉아서 노래를 불렀다. 나는 처음엔 뱅상의 노래를 침대나 소파에 앉아 가만히 들었다. 자신이 만든 노래는 모두 사랑 노래라고 장담했었다. 가사는 분명하게 들리지 않았지만 멜로디는 사랑스럽고 사랑스럽고 사랑스러웠다. 노래를 부르는 동안 뱅상의 가슴은 더 단단해지고 엉덩이는 더 매끄러워지고 팔꿈치와 무릎과 성기는 더 뾰족해졌다. 단단함과 매끄러움과 뾰족함을 모두 품어줄 만큼 내 몸과 마음도 넉넉하게 젖었다.

기타에 맞춰 노래를 못하도록 뱅상을 방해하기 시작했다. 얼굴에 젖가슴을 비비고, 뒷목에서 엉덩이까지 힘껏 주무르고, 허벅지 사이에 번갈아 정수리를 갖다 댔다. 그때마다 뱅상은 흔적이 남을 만큼 내 입술과 가슴과 엉덩이와 정수리를 깨물었다. 약속 따윈 잊더라도 나무라지 않겠다는 뜻을 온몸으로 전했음에도, 그는 나를 깨물던 입으로 다시 노래를 불렀다. 나는 더 이상 관객처럼 관망하지 않고 그의 등에 올라탄 후 목을 졸랐고, 겨드랑이를 간질였고, 기타를 손바닥으로 드럼처럼 탕탕 치기까지 했다. 그래도 그는 똑바로 선 채 연주와 노래를 멈추지 않았다. 아무리 노랫말이 아름답더라도, 지금 우리의 뒤엉킴보다 후끈하고 찌릿하며 간절할까. 꿇어앉았다. 내 얼굴을 그의 기타와 배꼽 사이로 들이밀었다. 복종하는 자세는 내가 취했지만, 복종하는 쪽은 뱅상이었다. 내 고개가 앞뒤로 움직일 때마다 그의 기타는 물론이고 어깨와 머리까지 출렁거렸다. 봄날 지중해처럼 가만한 순간은 적었고, 한여름 큰바람 타고 달려드는 해일처럼 쾌감에 젖어 휘청대는 시간은 늘었다. 뱅상은 노래하고 싶었겠지만, 카페와 거리에서 이미 수백 번 부른 노랫말이 자꾸 엉켰다. 즐거우면서도 아찔하고 아늑하면서도 서늘한 신음이 빨라지더니, 격정으로 치닫는 짐승의 울음이 튀어나왔다. 나는 기타까지 그에게서 떼어놓은 뒤 또다른 쾌락을 위해 침대에 누웠다.

먼저 길을 알고 움직이는 쪽은 나였고 뱅상은 계속 끌려왔다. 가라면 가고 멈추라면 멈추고 오르라면 오르고 내리라면 내리고 나아오라면 나아오고 빼라면 뺐다. 자세가 조금이라도 흐트러지면 내가 당겨 조이며 경고했다.

"아무리 감미로워도, 노래는 노래야. 사랑이 아니라고."

모처럼 깊은 잠에 빠져들었다.

몸을 돌려 누울 때마다 귓가에 찰랑찰랑 노래 소리가 들렸다. 뱅상의 기타가 에이마이너를 칠 때, 눈을 뜰까 잠시 고민도 했다. 그러나 몸 안의 수액이 모두 빠져나간 나무처럼 지쳤다. 눈 하나 틔울 힘도 남지 않았다. 뱅상이 부르는 가사들을 점점 이해했다. 사랑을 믿는 남자의 감미로운 이야기였다. 노래를 잠시 멈추고 뱅상이 이불 속으로 파고들기도 했다. 나는 이제 그만 노래를 그치라는 뜻으로 기타를 튕기던 그의 손가락에 입을 맞췄다. 그렇지만 그는 다시 이불 밖으로 나가선 노래를 불렀고, 나는 터널 아래로 흐르는 지하수처럼 더 깊은 잠에 취했다.

문득 고요하여 깼더니, 새벽 네 시였다.

뱅상은 십 분을 쉬겠다고 했고, 나는 창으로 갔다.

창문을 열고, 술꾼들에겐 어제고 내겐 오늘인 거리를 살피다가 돌아선 후 다시 뱅상을 받아들였다. 지난밤처럼 전희를 즐기지 않고, 곧바로 입과 입을 맞추고 입과 성기를 맞추고 성기와 성기를 맞췄다. 뱅상은 밤을 꼬박 새워 노래를 부른 사람답지 않게, 더 강하게 나아오고 더욱더 빠르게, 마치 파리 시내 좁은 골목을 구석구석 능숙하게 다니는 택시 운전사처럼 방향을 바꿨다. 이렇게 하루고 이틀이고, 서로의 냄새와 서로의 맛과 서로의 살갗을 즐기고 싶었다. 내가 엎드리자 뱅상이 몽마르트르 계단을 오르듯, 성기를 밀착시킨 채 무릎으로 또 밀기 시작했다. 사이드 테이블에 놓인 아이폰 화면이 밝아졌다. 화면에 올라온 메일을 검지로 열었다. 그리고 뱅상의 힘을 부드럽게 받으며 되밀던 동작을 뚝 멈췄다. 황급히 침대 아래로 내려섰다.

　오만한 건가, 서비스 정신이 없는 건가?

　제품주문서의 상세 내용 아래 직사각형 박스가 너무 작소. 가로 15센티미터 세로 10센티미터가 고작이니, 그 정도로 어떻게 원하는 제품의 '내용'을 '상세'하게 적겠소? 당신이라면 그리하겠나?

　제품주문서 샘플은 더욱 가관이군. 가방이든 지갑이든, 고객이 대충 끼적인 그림이 상세 내용의 대부분을 차지하고, 가로와 세로와 높이를 가리키는 숫자들이 거기에 붙고, 글자라곤 '그린' '아이보리' '옐로' 등 색깔을 지정하는 단어와 '너무 짙게는 하지 말 것' '최대한 가볍게 해주세요' 등의 있으나 마나 한 문장이 전부야.

　이딴 식으로 뭘 제대로 만들겠나?

　가입 조건이 그럴듯해 혹시나 싶어 왔는데 역시나로군.

　주문이 뭐라고 생각하나?

　빵 한 조각이든 차 한 잔이든, 내가 어느 날 어느 곳에서 어느 것을 만들어 가져오라 할 때는 이유가 다 있소. 그 이유를 무겁게 받아들여 곰삭혀 생각하라고, 돈을 지불하는 게요.

　이 제품주문서는 내가 지급한 금액과 전혀 어울리지 않소. 제품을 받아보지 않아도 엉터리란 걸 알겠소. '상세 내용'을 이 따위 조그마하고 시시한 직사각형에 적어야 한다면, 주문을 취소하겠소.

아서 씀.

"왜 그래?"

뱅상이 손목을 쥐고 천천히 당겼다. 나는 그 팔을 급히 뿌리쳤다. 돌변한 태도에 놀란 그가 눈으로 물었다. 차근차근 설명할 기분이 아니었다.

"그만 나가줘."

"아직 부를 노래가 열 곡이나 남았어. 그리고 지금은 새벽 네 시반이라고……."

"할 일이 생겼어."

"이 새벽에?"

"내 일이야. 언제 하든 내 맘이라고."

"당신이 파리에 일하러 왔다는 건 알아. 일해 그럼! 난 여기 가만히 있을게. 아침이라도 함께 먹고……."

"아침 안 먹어."

단호하게 다시 말을 잘랐다. 밤새도록 사랑 노래에 반주를 맞추고 다양하게 섞이는 남녀의 몸짓을 보고 엇박자로 터지는 쾌락의 신음에 떨던 기타를, 뱅상은 쓸쓸하게 손바닥으로 만지다가 순순히 꼬리를 내렸다. 객실에 들어오는 것도 또 머무는 것도 처음부터 내 허락이 필요했다.

"알겠어. 저녁에 다시 만나. 기다릴게. 열 곡 남았다는 거 잊지 마."

옷을 입고 기타를 챙겨 들었다. 내가 답하지 않자 입가에 미소를 지어 보이곤 객실을 나갔다.

방금 받은 메일을 영업이사 방지훈, 아틀리에 운해 실장 채대숙, 차장 페인터 눈, 과장 은어, 디자인팀장 비컨에게 전달하여 공유했다. 서울은 지금 오전 열한 시 삼십 분이다.

샤워를 서둘러 마치고 나왔다. 가장 먼저 답메일을 보낸 사람은 비컨이고, 그가 보낸 의견은 단 네 글자였다.

사과부터!

택시로 삼십 분이면 족한 길을 지하철을 타고 한 시간이나 걸려 도착했다. 호텔을 나서기 전, 방지훈, 채대숙, 페인터 눈, 은어와 화상 회의를 마쳤다. 비컨은 보름 정도 회의를 빠지겠다고 미리 알렸다. 회의는 빠지고 답장은 가장 먼저 준 것이다. 그가 어디에 있는지 아는 사람은 없었다. 잠적은 그의 취미이자 특기였다. 지훈과 대숙과 페인터 눈은 이번 프로젝트를 탐탁지 않게 여겼다. 국내 시장에 판로가 열렸으니 충분히 실적을 올린 다음 해외로 눈을 돌리자고 했다. 비컨과 은어가 내 편을 들지 않았다면, 9월에 프로젝트를 시작하긴 힘들었을 것이다. 프로젝트 이름은 '트로이'다.

네 사람도 비컨처럼 '사과부터!' 먼저 하라는 의견을 냈다. 나는 사과 메일을 정성껏 작성하여 보낸 후, 하늘색 셔츠에 청바지 그리고 구찌 흰 운동화에 검은 야구 모자를 눌러쓰고 호텔을 나섰다. 대학 입학 뒤 머리를 감기 싫은 날엔 종종 야구 모자를 쓰고 다녔다. 아서로부터 답메일이 온 것은 생폴 역에서 지하철을 탔을 때였다. 메일을 열고 첫 문장을 읽은 후 안도의 한숨부터 쉬었다.

사과를 받아들이겠소.

빈자리가 있었지만 앉지 않고 선 채 읽어나가기 시작했다.

시간이 중요하긴 하오. 하지만 그 시간을 당신 맘대로 낭비하게 두진 않겠소. 빨리 만드는 것보다 잘 만들기를 바라오. 세상에서 단 하나뿐이란 말은 회사에서 광고 문구로 쓸 게 아니라, 고객의 칭찬에서 나와야만 하오.

소설이 끝나자 인생이 시작되는 것이 아니라, 이야기가 끝나자 주문이 시작되는 법. 이야기를 읽고도 떠오르는 것이 없다면, 당신은 나를 위해 아무것도 만들 수 없소. 그 사람의 마음을 모르는데, 어찌 그 마음에서 비롯된 제품을 완성할까.

당연히 나는 작가가 아니니, 내 이야긴 멋대로 굴러다닐게요. 남들은 비웃더라도 당신은 읽고 또 읽으시오. 이게 나니까. 이게 당신에게 주문할 사람이 걸어온 시궁창길이니까. 고객인 내가 악독하고 부도덕하며 사기꾼에 협잡배더라도, 당신을 몰아세우고 괴롭히고 비난하더라도, 당신에겐 나를 판단할 권리가 없소.

욕망은 반듯하지 않소. 당신의 첫 제품주문서를 보자마자 직사각형에 침을 뱉고, 펜으로 구멍을 뚫어버렸다오. 난 내가 충분히 만족할 때까지 길게 아주 길게 이야기를 적을 작정이오. 시작하는 것도 내 마음이고 마치는 것도 내 마음이오. 당신이 보장한 방식이기도 하오. 한심하기 짝이 없는 계약서에 그리 나와 있으니!

'주식회사 그레이스는 제품주문서의 고객이 작성한 상세 내용을 충분히 숙지하고 작업에 임한다.'

그리고 문체를 달리하여 긴 이야기가 펼쳐졌다.

소설이라고 해도 받아들일 만큼, 흥미로웠다. 소설이라고 해도 받아들일 만큼, 믿기 힘든 사건들이기도 했다.

그러나 이것은 프로젝트의 첫 손님이 보낸 자신의 인생 이야기였다.

범고래가 염소와 사랑에 빠지는 장면까지 읽은 후 비컨을 포함하여 다섯 사람과 공유했다.

– 두 시간 안에 아서가 보낸 이야기를 끝까지 읽읍시다.

그리고 화상회의를 다시 하자는 지시까지 더했다. 이번에는 비컨도 들어오길 바랐다.

오십 분을 꼬박 더 읽었지만 마치지 못했다.

재미가 없어서가 아니다. 오히려 그 반대였다. 흥미로운 책을 만나면 읽는 속력이 점점 느려졌다. 한 문장을 품고 하루를 보낸 적도 있다. 아서는 묘사하며 머물기보다 이야기하며 내달리는 쪽이다. 그러나 묘하게도 한두 줄 적어둔 풍경들이 내 가슴과 옆구리를 쿡쿡 찔러댔다. 뒤이어 웃기는 눈물이 한 방울 떨어지기도 했다.

노르 빌팽드 전시장 입구 벤치에 앉아 한 시간을 더 집중하고 나서야, 혜경이 화이트 쇼퍼 백을 호수에 던진 장면에 닿았다. 마지막까지 읽었지만, 아서가 원하는 제품은 적혀 있지 않았다. 입맛이 썼다.

– 무엇을 주문하든, 아서, 이분의 주문은 받지 말아요.

은어가 내게만 보낸 문자를 읽자마자 왼쪽 귀밑부터 지끈지끈 아파오기 시작했다. 편두통이다. 급히 나오느라 호텔에 약을 두고 왔다. 짧게 물었다.

– 이유는?

– 주문 내용을 적는 사각형이 작다는 건 인정합니다. 하지만 그렇다고 아예 제한도 없이 자기가 살아온 이야기를 쏟아붓는 건 곤란하죠. 일종의 집착입니다. 극심한 과시욕의 소유자일 거고요. 사각형을 부수듯, 그레이스를 부수려 들지도 몰라요. 우리가 받아들이기 힘든 주문만 골라서 할 거예요. 눈에 훤히 보입니다.

그레이스를 설립한 후 매주 월요일 아침 내가 주재하는 회의에는 방지훈 이사와 채대숙 실장과 비컨 팀장과 페인터 눈 차장이 참석했다. 건물을 이전하며 회의 참석자를 한 명 더 두기로 했을 때, 채 실장과 눈 차장이 추천한 직원은 파이톤 과장이다. 경력도 십 년이 넘었고 가죽 다루는 솜씨도 채 실장 다음이었다.

그러나 나는 은어를 택했다. 파이톤은 들어와도 채 실장과 다른 목소리를 내기 어렵지만 은어는 달랐다. 말도 많고 욕심도 많았다. 비컨이 잠적할 때는 디자인 팀 업무를 챙겼고, 휴일에는 서울은 물론이고 부산 매장까지 다녀오기도 했다. 채 실장은 은어가 가죽도 그럭저럭, 디자인도 그럭저럭, 영업도 그럭저럭 한다며 평가절하했다. 겸무를 자처하는 이유를 물었을 때 은어는 머뭇거리지 않고 답했다. CEO가 회사 업무를 그럭저럭이라도 두루 알아야 실수나 판단 착오를 줄인다고. 이 년을 넘기긴 했지만, 오 년 이내엔 반드시 독립해서 창업을 하겠다며 공공연하게 떠들고 다녔다.

— 돈을 내고 권리를 얻었습니다. 아서가 보낸 글이 다소 길다 해도, 계약을 어긴 것은 아니죠.

— 환불해 드리죠.

— 트로이의 첫 고객입니다. 열 명의 대기 고객이 결과를 기다리고 있고요. 고객이 계약을 위반하지도 않았는데 그레이스가 일방적으로 환불하면, 대기 고객들이 납득할까요?

— 첫 고객이니까 환불하는 게 더 낫죠. 이런 비정상적인 요구까지 그레이스가 받아들인 게 알려지면, 결국 당하는 쪽은 우립니다.

— 트로이 프로젝트를 지지했잖아요?

비컨과 함께!

— 그랬죠. 지금도 지지합니다. 온라인 오더메이드 서비스의 미래는 창창하니까요. 온라인 오트쿠튀르 스토어를 갖춘 회사는 아직 지구상에 없어요. 그레이스가 첫 회사인 겁니다.

— 잠깐.

나는 속마음을 바닥까지 들킨 것 같아 당황스럽고 불쾌했다. 아직 그 누구에게도 '온라인 오더메이드 서비스'와 '온라인 오트쿠튀르 스토어'를 말한 적이 없다. 따로 적어두지도 않았다. 그런데도 은어가 정확하게 그 명칭을 언급했다. '트로이'처럼 VVIP를 위한 폐쇄적인 시도가 성공하면, 참여의 문을 더 활짝 열어 온라인 오더메이드 서비스를 본격적으로 시작할 계획이었다. 그때는 장인이 열 명씩인 아틀리에를 적어도 열 개는 더 그레이스에 둘 것이다. 기존 명품 아틀리에와 대적해도 부족하지 않은 아틀리에가 아직은 겨우 하나다. 그래서 거창하게 온라인 오더메이드 서비스나 온라인 오트쿠튀르 스토어를 언급하지 않고, 트로이 프로젝트라고 했다. 나는 못을 박았다.

– 점점 더 과제가 어려울 텐데, 처음부터 포기하면 아무것도 할 수 없어요. 그레이스 직원 모두 저와 같은 목표여야 하고요. 이 정도로 하죠, 오늘은!

날숨을 길게 뱉으며 고개를 들었다. 맞은편 벤치에 앉은, 청바지에 밤색 셔츠 그리고 흰 야구 모자를 눌러쓴 남자와 눈이 마주쳤다. 비컨이었다.

9월 초에 일주일 동안 파리 출장을 다녀오겠다고 했을 때, 비컨이 회의를 마치고 나오면서 조용히 알은체를 했다.

"메종오브제."

1995년부터 시작된, 인테리어 디자인 분야에서 대표적인 전시회로 세계적인 흐름을 조망할 기회였다. 참가 업체만도 삼천 개가 넘었다. 지금은 가방에 주력하고 있지만, 삶을 다루는 디자인을 폭넓게 접하고 싶었기에, 메종오브제에 가려는 계획을 일찌감치 세웠다.

비컨이 참관할지도 모른다는 예감이 들긴 했지만 확인하지 않았다. 디자인팀장이긴 해도 프로젝트별로 합류하는 비상근이니, 그가 언제 어디에 누구와 있든 간섭할 수 없었다. 이 년 전쯤 처음 연락이 닿았을 때 그는 리옹에 있었다. 국내와 국외를 반반씩 오가며 한 해를 보낸다는 이야기를 직접 듣기도 했다. 유럽 중에서도 프랑스는 그가 즐겨 방문하는 나라였다.

올지도 모른다고 예상은 했지만, 야구 모자를 보자 헛웃음이 나왔다. 지금까지 발견한 공통점만 해도 비슷한 취향으로는 설명되질 않았다. 소울메이트라도 이 정도는 아닐 것이다.

비컨이 과장스럽게 하얀 야구 모자를 벗었다. 허리 숙여 인사한 후 건너와선 나란히 앉았다. 비컨이 야구 모자를 쓴 적이 있었던가? 없었다. 검고 흰 야구 모자가 커플티보다 더 눈길을 끌었다. 희한한 우연이었다.

"언제부터 거기 있었던 거죠?"

"한 시간쯤."

줄곧 지켜봤단 뜻이다.

"알은체를 하죠?"

"중간에 끊기가 좀……."

"완독했나요?"

비컨이 사인을 확인하는 투수처럼 모자 캡을 왼손으로 잡고는 답했다.

"아직…… 대충 훑어보긴 했죠. 마지막부터 확인했다가 맥이 빠져서."

나도 마찬가지였다. 주문하는 제품이 마지막을 차지했다면, 아무리 긴 글이더라도 이렇듯 허탈하진 않았으리라. 비컨이 물었다.

"재밌어요?"

"어땠나요?"

되물었다.

"별로더라고요. 아날로그 감성이랄까. 낡았어요. 이런 걸, 뭐라고 하더라, 순, 순보……."

"순애보!"

"맞아요, 그거! 그런데 순애보 소설이나 영화를 즐기거나 자신의 사랑을 순애보라고 읊는 남자치고 제대로 사랑을 아는 이가 없더라고요. 순애보 그거, 사랑하는 남자만 순수하고 나머진 타락한 영혼으로 그려댑니다."

비컨이 짧은 숨을 내쉰 뒤 내게 물었다.

"어떠셨어요?"

"흥미로웠어요."

솔직하게 답했다.

"순애보를…… 좋아하세요? 몰랐습니다."

"순애보, 그런 건 모르겠고, 짠했어요, 몇몇 군데가."

"짠하다! 어떤 말이요? 무슨 행동이요?"

말과 행동이 아니었다. 자연물이든 인공물이든 묘사한 대목들이 눈에 밟혔고 고독이 그림자처럼 묻어났다.

"트로이 고객이 맞긴 한 거죠?"

"확인했어요."

첫 메일을 받고 사과 메일을 발송하기 전, 고객 명단을 열어봤다. 트로이를 신청한 고객은 열한 명이고, 첫 고객 아서는 선입금까지 완납했다.

"장난은 아니니 다행이고⋯⋯. 짚이는 사람 혹시 있나요? 십억 원을 단번에 내고, 이렇듯 장광설을 풀?"

막대한 자금과 빼어난 글솜씨를 지닌 이가 한 사람 있긴 했다. 하지만 그는 지나가면 돌아보지 않는 남자였고 한 번에 한 가지에만 몰두하는 남자였다.

"아뇨."

"언제부터 준비했을까요?"

"뭘요?"

"뭐긴 뭐예요. 아서의 러브스토리! 그런데 우리에게 읽히려고 그렇게 긴 이야기를 적었다곤 믿기 어렵네요. 작가도 아닌데 보름 만에 그 많은 양을 썼을 리도 없고⋯⋯. 자서전을 집필하던 중이었을까요? 그렇더라도 자서전치고는 너무⋯⋯."

"너무?"

"판타지로 가득 차 있어요. 실현 불가능한 일들이 척척 이뤄지잖아요? 기적의 대행진이랄까."

나도 비슷한 느낌을 받았다. 어려서부터 아서는 힘겨운 난관들을 만나지만 좌절하거나 실패하지 않고 어떻게든 성공하고 성취한다. 칼집 천 자루를 다시 만들 때도, 요한은 만족하지만 아서 스스로 재도전 의사를 밝힌다. 이렇듯 승승장구하는 인물이 현실에서 가능할까. 불가능한 일들을 너무나도 당연하게 이야기하는 것이 아서의 재주라면 재주였다. 장문의 글을 받은 데는 내게도 책임이 있다. 프로그램 참가 고객에게 넘치는 자유를 준 셈이다. 하지만 그것은 내 궁극적인 꿈이기도 했다. 손익을 따지지 않은 채, 고객을 믿고 무한한 자유를 부여하는 것.

트로이 프로젝트에 참가할 고객을 비공개로 모집하기 시작한 것이 보름 전이다. 그레이스 제품을 구입한 적이 있는 VVIP 고객과 영업이사 방지훈이 선별하여 추천한 해외 유력 인사들에게만 프로젝트 참가 방식과 중요 내용을 메일로 보냈다.

트로이 프로젝트는 한 번에 오직 한 고객의 제품만 만든다. 프로젝트에 참가를 원하는 고객은 대기 명단에 우선 이름을 올려야 한다. 이때 계약금으로 일억 원을 낸다. 자기 순서가 되면 고객은 구억 원을 더 내고 자신이 원하는 가죽 제품을 요청한다. 다시 말해 제품을 만들기 전에 고객이 입금할 금액은 십억 원, 즉 팔십이만 달러이다. 그레이스는 주문서에 따라 이 세상에 단 하나뿐인 제품을 만든다. 고객을 백 퍼센트 만족시키지 못하면 제품을 다시 만든다. 이때 고객은 주문 사항을 바꿀 수도 있다. 그레이스에서 만든 제품에 만족하는 경우, 고객은 다시 십억 원을 지급한다.

'트로이'란 이름은 비컨으로부터 나왔다.

비컨이 그 이름을 제안한 것은 아니다. 내가 프로젝트를 처음 설명했을 때, 방 이사도 채 팀장도 페인터 눈도 단호하게 반대했다. 아직은 국내 시장 확충에 주력해야 한다는 것이다. 비컨은 해외 매장을 내는 것은 시기상조지만, 인터넷을 통해 업무의 대부분을 처리하는 이 프로젝트는 못할 것도 없다는 입장이었다. 다만 성선설과 성악설의 오랜 대립까지 끄집어내며 제품을 다시 만드는 횟수를 무한정으로 두지 말고 다섯 번으로 끊자고 했다.

"성선설을 믿는 겁니까? 백을 하나 만들었다 칩시다. 단번에 만족한다 해도 순순히 속마음을 털어놓겠어요? 거기서 끝내면 백 하나에 이십억 원을 지불한 셈인데……. 나 같으면 적어도 다섯 번은 이것저것 요구하겠습니다."

제한을 두지 않으면, 이 프로젝트가 '트로이의 목마'처럼 회사를 망하게 할 수도 있다고 했다. 나는 거기서 '트로이'라는 단어만 낚아챘고, 횟수 제한을 두지 않는 원안을 밀어붙였다.

"성선설을 믿지도 않고 성악설을 믿지도 않아요. 다만 자존심을 믿죠."

"자존심?"

"누군가에겐 이십억 원이 어마어마한 거금이지만 누군가에겐 자존심을 꺾을 정도도 못 되는 돈이에요."

원하는 제품을 주문하는 방법에도 제한을 두지 않았다. 일반 고객용 제품주문서를 샘플로 올려둔 것이 실수이긴 했다. 이십억 원에 값하는 설명을 하기엔 칸이 너무 작았던 것이다. 글이든 그림이든 영상이든, 제품 주문에 필요하다면 어떤 방법도 가능했다. 그러나 출생부터 현재까지의 삶이 통째로 적힌 글을 받을 줄은 몰랐다. 제한이 없었으므로, 글을 보낸 아서에겐 잘못이 없다. 그 글을 충분히 품고 세밀하게 분석하여 제품에 반영하는 일은 그레이스의 몫이다.

"어딜 먼저 갈까요? 인테리어 중심의 메종관? 소품류들이 많은 오브제관?"

"점심부터 먹죠. 화상 회의를 마친 뒤에 둘러보는 걸로 하고요."

점심에 맞춰 잡은 회의를 상기시켰다. 썸머 타임이 적용되므로 파리에서 낮 열두 시면 서울은 저녁 일곱 시다. 내가 보낸 메일 때문에 네 사람은 야근을 해야 했다. 페인터 눈은 야근 수당이 두둑해도 저녁 여섯 시면 무조건 퇴근했다. 평일 저녁과 주말 시간을 온전히 누리는 것, 그것이 삶의 철칙이다. 어느 날은 라틴 댄스 파티에서 새벽까지 춤을 췄고 어느 날은 야간 암벽 등반에 도전했다. 어느 날은 오토바이를 타고 대전까지 질주했고 어느 날은 고궁에서 붓글씨를 즐겼다. 벌써 그 원칙을 한 시간이나 깼다. 나는 되도록 회의를 일찍 마쳐 페인터 눈을 배려하고 싶었다.

"회의 안건이 뭔데요? 아서란 남자의 그렇고 그런 일생을 읽은 소감을 나눌 건가요? 소감을 이야기한들 그다음 스텝도 없습니다. 뭘 만들지 알아야 소감을 더하든가 빼든가 하죠. 회의는 해봤자 소득이 없을 것 같으니, 기다리죠?"

"기다린다?"

"전시장을 돌아다니다 보면, 아서 님으로부터 연락이 오지 않을까 싶습니다. 다정 님이 사과 메일을 보내자마자 곧바로 답메일이 날아들었으니, 모르긴 몰라도 성격이 급한 고객인 듯해요. 우리가 저녁을 먹기 전까진, 주문할 제품에 대한 상세한 설명이 담긴 세 번째 메일이 오리라 봅니다만."

그레이스에선 직책 대신 이름에 '님'을 붙여 서로를 불렀다. 처음엔 모두 어색해했고, 특히 몇몇은 다정을 계속 '대표님'이라고 불렀지만, 결국 익숙해졌다. 그런데 프랑스 그것도 파리에서 비컨에게 듣는 '다정 님'은 느낌이 달랐다. 덜 쑥스럽고 더 따듯하고 덜 업무적이고 더 우아하다. 아니 더 간질간질하다.

"그러죠."

화상 회의를 취소하겠다는 글을 단체 채팅 창에 띄우곤 일어섰다. 비컨의 예측을 믿어보기로 했다. 내가 물었다.

"어느 쪽으로 먼저?"

비컨이 오른손으로 야구 모자 챙을 잡고 문지르며 좌우로 나뉜 화살표를 번갈아 살피다가 왼쪽을 택했다.

"메종관부터!"

나는 오른쪽으로 그러니까 비컨이 가리킨 방향과 정반대로 걸음을 옮기며 야구 모자를 고쳐 썼다.

"전시장을 벗어나진 말아요. 답메일 오면 곧바로 연락 줄게요."

같이 전시를 볼까 잠시 고민도 했다. 그러나 비컨은 의미 없는 손짓이나 눈짓을 제멋대로 받아들여 엉뚱한 화살을 날릴 위험이 컸다.

비컨과 나 사이에 공통점이 매우 많긴 해도 명백하게 다른 점이 있었다. 너무나도 닮은 취향을 상쇄시키고도 남을 치명적인 차이였다.

나는 글을 믿는 사람이다. 독고찬이 매력적이었던 것은, 게임 회사를 경영하느라 대표실에서 숙식을 해결할 정도로 바쁜 와중에도 글쓰기를 즐겼다는 점이다. 비컨은 아니었다. 생각이나 느낌을 전하는 수단으로 가장 멀리하는 것이 글이다. 글로는 담지 못하는 것이 세상에는 너무 많다고 강조했다. 글로 바뀌었을 때 생각과 느낌이 잘려나가고 뒤틀리는 상황을 어려서부터 번번이 겪었다고도 했다. 글이 필요 없는 디자인의 세계를 만나고서야 제대로 숨을 쉬었다.

마음을 보여줄 때도 그랬다. 독고찬이었다면 근사한 레스토랑에서 달콤한 속삭임과 함께 긴 편지로 사랑을 고백했겠지만, 비컨은 눈짓이나 손짓만으로 충분하다고 여겼다. 그 내밀한 표현을 모르는 사람과는 우정도 사랑도 나누지 않았다.

변산반도에서 비컨과 함께 노을을 우러를 때 직감했다. 그는 노을보다 더 오래 내 눈을 들여다보았다. 왜 그렇게 보느냐고 묻자, 수평선을 물들인 노을보다 눈망울 속 노을이 더 아름답다는 답이 돌아왔다. 비컨은 눈으로 사랑을 고백하는 사람이었다.

옥정호 운해를 닮은 가방을 만들어 타로 정에게 주고, 또 운해 백을 따로 출시하여 큰 호응을 불러일으킨 뒤, 자축연이 열렸다. 차이니즈 레스토랑에서 탁자 위 원판을 돌려가며 푸짐하게 요리를 먹었다. 나도 그 밤엔 모처럼 취했다. 회사를 설립하고 밤낮없이 업무에 매달리느라 저녁을 챙겨먹은 날이 손에 꼽을 정도였다.

노래방으로 자리를 옮겨 모임을 이어갔다. 페인터 눈과 방지훈의 주고받는 랩도 돋보였지만, 솔직히 내 노래엔 미치지 못했다. 아이돌 그룹 데뷔를 준비하며 날마다 연습했던 댄스곡을 연달아 불렀다. 첫 곡은 노래만 불렀고 다음 곡은 춤까지 췄다. 취기가 올라 볼은 물론 콧잔등까지 발개졌지만 손과 발의 놀림은 빠르고 정확했다. 백 점을 알리는 팡파르가 울렸다.

미로처럼 좌로 돌아 계단을 네 칸 내려가고 다시 우로 꺾어 다섯 칸 내려가야 출입구였다. 처음에 어깨를 안다시피 부축한 사람은 지훈이었다. 나는 어깨를 밀치고 명치를 노리며 어퍼컷을 올려치는 흉내를 내다가 웃었다.

"그때 데뷔 했으면 어떻게 되었을까?"

"망했겠지."

지훈이 진담 섞인 농담으로 받았다. 그 평가를 순순히 인정했다.

"맞아. 노래도 춤도 별로였지?"

"응."

"다섯 명 중에 내가 춤을 제일 못 췄고?"

"딴 애들은 최소한 이 년씩 레슨을 받았으니까."

"그때가 나아 오늘이 나아?"

춤이 낫느냐는 질문이기도 했고 삶이 낫느냐는 질문이기도 했다. 지훈이 망설이지 않고 답했다.

"오늘!"

출입문을 나와서 계단을 내려올 땐 부축하는 이가 바뀌었다. 어깨 대신 팔꿈치를 당겨 기대게 했다. 좁은 계단에서 올라오는 손님을 피하려면 그 방법이 효과적이었다. 프런트에서 계산하는 지훈과 화장실에 간 대숙과 페인터 눈을 빼고 나니 비컨만 남았다.

계단 중간쯤에 멈춰 섰다. 비컨이 당긴 것도 아니고, 내가 딛던 발을 거둬들인 것도 아니었다. 고개를 돌렸더니 그 눈이었다, 내 눈에서 노을을 찾던! 까맣게 반짝이는 그 눈에 깊이 빠지고 싶었다. 비컨의 얇은 입술도 유난히 탐스러웠다. 그 입술이, 사랑한다는 말이나 글 대신, 백배는 더 진하게 입을 맞추려고 다가왔다. 그 순간 깨달았다. 변산에서도 머릿속으론 수평선 너머까지 나아갔지만, 내가 먼저 물러났었다. 친구를 넘어선 친구가 아니라 친구라는 사전적 의미에 충실한 친구.

계단에선 물러날 곳이 없었다. 비컨이 내 팔꿈치를 호미처럼 걸어 당겼다. 회식을 마치고 노래방을 나오다가 계단에서 입을 맞추긴 싫었다. 입을 맞추자고 비컨이 말한 것은 물론 아니다. 그는 중요할수록 말을 하지 않았고 아낄수록 글을 쓰지 않았다. 비컨은 이미 눈짓과 몸짓으로 원하는 것을 드러냈다. 나는 나답게 행동이 아니라 말을 택했다.

"고마워요. 정말 고마워."

입맞춤을 대신한 포옹이었다. 비컨은 해일처럼 달려드는 나를 받아 안는 것만도 벅찼다. 그렇게 안긴 모습이 너무 자연스럽고 엉뚱하면서도 당당하여, 뒤따라 내려온 대숙과 페인터 눈이 저절로 웃음을 터뜨렸다. 운해 백의 성공에 가장 기여한 사람은 비컨이다. 가죽을 고르고 자른 대숙과 칠을 한 페인터 눈의 솜씨도 일급이지만, 빛에 따라 푸른 바탕이 구름처럼 무너지는 형태를 만들자는 비컨의 제안이 없었다면 가방을 완성하지 못했으리라.

축하연 이후로 비컨은 틈을 좁혀오지 않았다. 정확히 말하자면, 내가 비컨이 채우고자 덤빌 정도의 틈을 허락하지 않았다. 서울에서 만날 때는 여럿이든 단둘이든 업무 이야기만 했다. 비컨은 여러 표정과 몸짓과 색과 면과 점을 보여주며 다가서려 했지만, 나는 그 시도를 모조리 지금 만들려는 제품 속으로 빨아들였다. 비컨이 싫어서가 아니다. 오히려 매력이 넘쳤다. 그레이스를 시작하지 않았다면, 다가오는 것을 막지 않았을 것이다. 어쩌면 그가 틈을 메우도록 두지 않고, 내가 먼저 틈을 메우겠다며 덤볐을지도 모른다. 싫어서가 아니라, 틈이 완벽하게 메워지는 순간, 비컨과 함께 떠나버리려 들 것이라는 두려움이 컸다. 나는 그레이스를 통해 증명하고 싶었다. 타인이 아니라 나 자신에게, 내가 어떤 사람인가를 확인시키는 것이 먼저였다. 남자는, 사랑은, 그다음이었다.

어떤 여행은 군건한 다짐조차 흔들리게 만든다.

전시장 앞에서 만난 후에도 줄곧 트로이의 첫 고객에 대한 이야기만 나눴다. 대화는 회사에서와 다르지 않게 오갔지만, 비컨의 몸짓과 그 몸짓을 이끄는 눈빛은 달랐다. 높고 푸른 파리의 초가을 하늘과 그 아래 거대하게 자리 잡은 박람회장과 전시장을 바삐 오가는, 수많은 나라에서 온 관계자와 관광객 속에 둘이 놓였다. 나는 전시를 보러 왔지만, 비컨은 나를 보러 왔다. 아서에게 세 번째 메일이 올 때까진 의논할 회사 업무가 없었다. 함께 다닐수록 틈은 급속도로 좁아질 것이다.

오브제관은 다채로웠다. 쿡앤쉐어관과 스마트기프트관을 지나 패션 액세서리관에서 많은 시간을 보냈다. 전시물들을 보는 것만으로도 욕심이 커졌다. 지금까진 가죽 제품을 만들었지만, 언젠가는 의류에 도전할 계획이다. 의류와 가죽 제품을 함께 만든다면 출시할 품목이 대폭 늘어날 것이다. 마음에 드는 제품을 발견했을 땐 혼자 돌아다닌 것이 아쉽긴 했다. 비컨과 함께라면 디자인의 장단점을 골고루 들었으리라. 이번엔 관람객으로 왔지만, 내년엔 정식으로 부스를 얻어 참가할 결심을 굳혔다. 패션업계에까지 두루두루 발이 넓은 타로뮤직 정 사장의 충고가 새삼 떠올랐다. 사업가에게 가장 필요한 것은 상상력이다. 이십억 매출을 달성하고 나면 이천억 매출을 계획해야 하고, 그다음엔 이조에 도전해야 한다고. 이백억을 계획하지 말고 곧바로 이천억으로 건너뛰라는 대목이 인상적이었다. 이십억에서 이백억을 상상하는 것도 만만치 않은데, 이천억이라니!

한 계단 한 계단 차근차근 오르는 것이 아니라 급상승 곡선을 그리기 위해선 해외 진출이 필수다. 뚫어야 할 세계 시장의 중요관문 중 하나가 바로 이곳 파리다.

아서에게서 세 번째 메일이 왔다. 오브제관의 마지막 전시장인 홈 액세서리관으로 들어설 때였다. 갈림길에서 비컨과 상반된 길을 택하고 여섯 시간이 지난 뒤였다.

자 이제부터 내가 원하는 제품을 설명하겠소.

첫 문장을 읽은 후, 곧바로 다섯 명과 공유하기 위해 '전달하기'를 클릭하려다가 멈췄다. 메일을 끝까지 읽고 또 읽고, 생각하고 또 생각한 후에 공유해도 늦지 않다. 두 번째 메일이 워낙 길었기 때문에 세 번째 메일은 짧은 메모 정도로밖에 느껴지지 않았다. 그러나 두 번째 메일에 아서란 남자의 파란만장한 인생이 펼쳐졌다면, 세 번째 메일엔 그레이스가 완벽하게 만들어야 할 제품에 대한 주문이 담겼다. 이제야 공이 내게로 넘어온 셈이다.

마레 지구에서 보내려던 기간은 일주일이다.

그러나 이 여유로움은 아서로부터 주문서를 받기 전에 세운 계획이다. 화상 회의로 트로이 프로젝트의 첫 제품을 준비할 것인가 아니면 돌아갈 것인가. 다섯 사람에 대한 각별한 신임은 아무리 강조해도 지나치지 않다. 그러나 화상으로 업무 지시만 내리고 파리를 돌아다니는 것은 나, 유다정 스타일이 아니다. 세 번째 메일이 오지 않았다면 모를까. 제품 주문이 구체적으로 나온 상황에서 출장을 즐길 여유는 없었다. 자정에 떠나는 한국행 비행기

좌석을 예매한 후, 아서의 세 번째 메일을 공유하기 위해 메일을 열었다. '전달하기' 버튼을 누르기 전에 업무 지시 사항을 간단히 적었다.

한국 시각으로 모레 정오에 제 아틀리에에서 회의를 하겠습니다. 그때까지 각자 트로이의 첫 제품에 관한 의견을 준비해 오세요.

메일을 보내니 곧바로 비컨에게서 전화가 왔다. 신호음이 끊길 때까지 기다렸다가, 단 한 줄로 문자를 보냈다.

– 내 몫까지 충분히 즐겨요.

동반 귀국하지 않겠다는 뜻이다. 비컨은 함께 모여 아이디어를 발전시키기보다 홀로 떠돌며 얻은 착상을 제품으로 만들며 살아 왔다. 운해 백처럼, 모드레드의 발에 난 상처가 아물고 또 걷게 하는 신을 디자인하려면, 비컨은 더 외로워야 하고 더 그리워해야 한다.

호텔에 도착하니 저녁 여덟 시가 넘었다.

로비 소파에 앉아 기다리던 뱅상이 기타를 쥐곤 일어섰다.

엘리베이터에서도 나는 침묵을 지켰다. 그는 사 층 객실까지 따라 올라왔다. 저녁을 먹기엔 늦은 시각이었다. 방으로 들어서자마자 기타부터 튕겼다. 에이마이너였다. 영리하군, 자극적이고!

소파에 앉아 노래를 들었다. 아직 남아 있다는 열 개의 사랑 노래 중 하나일 것이다. 노래를 마친 뱅상이 물었다.

"와인 한 잔?"

"마시고 나면?"

"두 번째 노래를 더 잘 불러줄게."

"그렇게 열 곡을 다 부르려고?"

"그리고 또 열 곡을 더 그리고 또 열 곡을 더 그리고 또 열 곡을 더."

"어젯밤처럼?"

"어젯밤처럼! 그래서 낮에 좀 자뒀어. 기다렸고."

"왜 이틀 밤 계속 내게 사랑 노래를 불러주는 거야?"

"사랑하니까. 영원히."

"영원……."

거기서 참았던 웃음이 터졌다. 뱅상이 불쾌한 표정으로 따져 물었다.

"지금 내 사랑을 비웃어?"

"비웃진 않아. 하지만 뱅상, 너도 네 사랑을 존중해야 하지 않을까? 너무 쉽게 영원으로 치닫는 것 같아. 혹시 네가 부른 노래들에 '영원'이란 단어가 '사랑'과 나란히 놓였다면, 고치는 건 네 자유지만, 나 같은 사람도 있단 걸 알아줘. 난 사랑이 영원한지 확신을 못하겠어. 네 확신을 사랑이라고 내게 강요하진 말란 뜻이야."

"사랑할 거야, 영원히. 약속할게."

"영원은, 약속하는 게 아냐."

아홉 곡은 듣지 않고 내보냈다. 뱅상은 끝까지 자신의 사랑이 영원하다고 강변했지만, 나는 동의하지 않았다. 지금 사랑하는 것과 사랑의 영원성을 증명하는 것은 다른 문제다. 나는 그 둘의 차이를 이제 구별할 수 있다. 좋은 일도 아니고 나쁜 일도 아닌, 예전에는 가닿지 않았던, 마을도 달리 보이고 노을도 달리 보이는 고갯마루. 내게 사랑은 그 고갯마루다.

3
언제나 당신 곁에

🌀 그레이스 귀하

우아한 세계는 다른 곳에 있었소.

첫 작업 치고 나쁘진 않더군. 인정하리다.

난 당신이 세 가지 요구를 단 하나도 채우지 못하리라 여겼다오. 한데 두 가지는 충족시켰소.

가죽신을 신긴 아침부터 모드레드의 발등에선 피고름이 더 이상 흐르지 않았다오. 쿠션을 넣은 것이 신의 한 수였소. 통증이 사라지니 집 구석구석을 더 빨리 훑고 다니는 역효과가 나긴 했소만.

비번일 때도 혜경을 찾는 전화가 자주 걸려왔다오.

롯이었소.

열두 시간씩 이교대로 돌아가는 룸메이드들에게 문제가 생길 때마다, 롯은 혜경을 호출한 게요. 쉬고 있는데 이런 부탁을 해서 미안하다는 말을 꼬리에 붙이긴 했지만, 혜경으로선 거절하기 힘든 명령이었소. 비번인 다른 룸메이드들은 무시하고 혜경에게만 전화한 이유는 간단하오. 혜경의 목소리를 듣고 싶어서였소. 난처하여 떨리는 여자의 목소리를 유난히 좋아하는 변태!

"삼십 분 만에 가긴 힘들어요. 한 시간 뒤에 도착해도 될까요?"

"모드레드가 감기에 걸렸답니다. 약은 먹였는데 열이 내리질 않네요. 열이 내리는 것만 확인하고 갈게요. 그래도 될까요?"

롯은 혜경의 간청이 적어도 세 번 반복될 때까지 기다렸다가 조건부로 응낙했소. 호텔 내규에 따른다면 절대로 불가하지만, 한 시간 때론 두 시간 뒤에 도착하는 것을 지배인의 권한으로 용인하겠다고. 다만 주말 저녁에 식사를 함께 하고 싶다고.

나는 통신망부터 끊어버렸소. 모드레드가 일어서는 역사적인 순간을, 머저리의 전화 때문에 놓칠 순 없었던 게요. 물론 모드레드는 이미 한 차례 일어났던 적이 있소. 하지만 그 순간을 목격한 사람은 나뿐이라오. 그날 이후로 모드레드는 일어서려는 시도조차 하지 않았소. 혜경은 아들이 일어나려다가 주저앉고 또 일어나려다가 앉는 것을 양손을 모은 채 바라보았소. 가죽신을 신겼다고, 기어다니던 아이가 선다는 것은 믿기 어려웠지만, 내 장담을 믿어보기로 한 거요. 믿었다가 모드레드가 못 일어선다 해도, 혜경으로선 잃을 게 없소. 믿음에서부터 기적이 비롯된다는 복음서 문장들이 새삼스럽게 다가왔다오.

혜경은 탁자의 기둥을 양손으로 잡고 두 무릎에 힘을 잔뜩 주는 아들을 보며 감탄사를 뱉었소.

"오! 필……."

혜경의 입모양은 분명 '필'이었소. 다른 사람은 몰라도 나만은 그것이 '빌'이나 '휠'이 아니라 '필'이란 걸 아오. 가죽 필통을 믿던 어린 시절, 그 필통의 원래 주인인 짝꿍 아서, 그러니까 바로 내가 떠오른 게 분명하오.

가죽 필통이 떠올랐다는 것은…… 그렇소. 그 필통을 쥐면 높은 곳까지 날아오를 수 있고 또 뛰어내려도 다치지 않는다는 이야기처럼, 기적이 일어났다는 뜻이라오. 모드레드가 탁자 기둥을 잡고 선 게요. 모드레드를 끌어안은 혜경의 눈엔 눈물이 그렁그렁했소. 평생 뱀처럼 기어 다닐까 봐 걱정하던 아들이 두 다리로 버티며 웃었소. 그리고 엄마에게 두 팔을 번갈아 내밀기까지 했으니까.

모드레드가 거기서 걸음까지 뗐다면, 나는 망원경을 접고 이차선 도로를 건너 혜경의 집으로 뛰어들어갔을 게요. 그레이스 당신에게 이런 편지를 쓰지도 않았겠지.

거기까지였소.

혜경이 손뼉을 두 번 치곤 양팔을 벌려 걸어오라 손짓했지만, 모드레드는 턱을 들어 낮은 천장을 보거나 고개를 숙여 제 발을 살폈소. 발바닥은 물론이고 발등을 감싼 가죽신을 내려다보고만 있었던 게요. 신이란 발을 보호하면서 또한 걷기 위해 만든 물건이지 않소? 그런데 모드레드는 더 이상 발등에 상처가 생기지 않은 것, 발바닥이 땅에 닿더라도 불쾌하지 않은 것에 만족할 뿐, 무릎을 굽히려고도 발을 뻗으려고도 하지 않았다오. 혜경이 답답한 마음에 아들의 허리를 잡고 살짝 당기려 했소. 사람이든 동물이든, 엄마들은 늘 그런 식으로 자식을 독려한다오. 더 단호한 엄마도 세상엔 많소. 부리로 아기 새를 둥지 밖까지 밀어내는 어미 새, 사슴의 뿔을 두려워하며 뒷걸음질 치는 아기 사자들을 앞발로 밀며 으르렁대는 암사자, 제일 작고 약한 아기 오리가 따라오기를 기다리지도 않고 다른 아기 오리들을 이끌고 호수를 건너가버리는 어미 오리……

모드레드는 울음을 터뜨렸소. 성홍열에라도 걸린 듯 달아오른 얼굴이 조금만 더 기다리려던 혜경의 의지를 꺾었소. 경기를 일으키거나 기절하기 전에 얼른 아들을 품에 안곤 도닥였다오.

단호한 거절이었소. 모드레드는 걷지 않기로 한 것이오.

걷지는 않았지만 서서 세상을 보는 것은 즐겼소. 처음엔 식탁 기둥이든 벽이든 혜경의 다리든 붙들었지만, 곧 아무 데도 기대지 않고 오롯이 서게 되었다오.

혜경이 내게 따졌소.

"메타세쿼이아처럼 꼼짝을 안 해!"

두 달 만에 사사롭게 건넨 첫마디였소. 내가 가죽신을 내밀었을 때도 혜경은 놀란 눈으로 주저했었다오.

'고마워'라는 말이 따라 나오진 않았소. 인사 따윈 중요하지 않소. 고마워하는 마음이 벌써 내 마음에 닿았으니까. 모드레드가 적어도 앉은뱅이 신세는 면한 게요. 그러나 나는 결코 만족할 수 없었소. 서 있기만 하고, 엉덩방아를 찧은 후 다시 엎드려 평생을 기어 다니도록 둘 순 없는 법이라오.

거대한 벽이었소. 나무가 걷지 않듯 모드레드도 걷지 않았소. 나무는 땅 밑으로 뿌리를 뻗지만, 모드레드의 두 발엔 잔뿌리가 없었소. 모드레드도 혜경을 비롯하여 거리를 오가는 이들이 걷는 걸 봤지만, 자신의 발을 들지도 무릎을 굽히지도 발목을 흔들지도 않았다오.

어느 휴일 혜경의 집으로 모처럼 아기들이 모였소. 이제 막 걸음마를 시작한 아기들이 엄마들 응원을 받으며 바쁘게 방과 거실을 돌아다녔지. 박수와 웃음이 집 전체에 가득 찼소. 움직이지 않고 서 있기만 한 아기는 모드레드뿐이었다오. 아기들은 오며 가며 팔꿈치나 어깨나 엉덩이나 혹은 얼굴로 모드레드를 건드리거나 밀거나 당겼소. 모드레드는 두 다리와 두 팔 그리고 몸에 잔뜩 힘을 주고는 버티더군.

유달리 빨리 걷는 아기가 있었소. 뛰는 것은 아니지만 종종걸음을 친다고나 할까. 바지도 티셔츠도 온통 붉은색이었소. 작은 불꽃 하나가 이리저리 돌아다니는 듯했다오. 다른 아기들은 걷다가 앉고 또 일어나서 걸었지만, 그 아기만은 몸의 균형을 잃고 넘어지거나 앉는 법이 없었소.

처음엔 우연이었을지도! 걸어가다가 멈췄소. 겨우 1미터 앞에 모드레드가 서 있었던 게요. 물론 아기는 어른처럼 능숙하고 빠르게 옆 걸음을 옮기거나 몸을 돌리진 못하오. 차라리 다가오는 아기를 나아가서 붙잡아버리는 경우가 많소. 그런데 모드레드는 비키지도 않고 붙잡지도 않았소. 불꽃 아기도 이상했었나 보오. 모드레드를 한참 쳐다보다가 살짝 더 다가왔소. 둘 사이의 거리는 50센티미터도 채 되지 않았소. 웃으면 침이 상대의 이마나 볼에 묻을 정도였다오. 모드레드는 미동도 하지 않았소.

움직인 쪽은 오히려 불꽃 아기였다오. 로터리를 도는 자동차처럼 모드레드를 뺑 돌더니 벽까지 걸어갔소. 그리고 돌아서선 더 빠른 걸음으로 모드레드를 향해 나아왔다오. 이번에는 우연히 돌아다니다가 모드레드를 만난 것이 아니라, 아예 모드레드를 노리고 걸어오는 것이오. 그리고 또 1미터 앞에서 멈춘 후 얼굴을 살피더군. 이번에도 모드레드의 반응이 없자, 불꽃 아기는 방금 했던 행동을 반복한 뒤, 곧장 더 빨리 거의 뛸 듯이 나아와선 1미터 앞에서 멈췄소. 모드레드에게 마지막 기회를 주겠다는 표정이었소.

비키든, 당기든, 밀치든!

불꽃 아기가 갑자기 웃음을 터뜨렸소. 그건 명백한 비웃음이었소.

비웃음이 웃음 중에서 가장 전파력이 세다는 걸 아시오? 특히 비웃음의 대상이 무리 중 최약자일 때, 물이 배수구로 한꺼번에 빠져나가듯, 비웃음이 휘돌며 쏠린다오. 아기들이 모두 웃음을 터뜨렸소. 불꽃 아기 곁으로 모여들었다가 모드레드를 둘러싸더니 웃고 또 웃고 있는 서로를 보며 웃었던 게요.

그 후로 혜경의 집에 아기들이 온 적은 없소. 또래들이 걷는 걸 보면 모드레드도 자극을 받아 따라하겠거니 하는 막연한 기대는 무참히 깨졌다오. 역효과가 났소. 아기든 어른이든 혹은 개든 고양이든 혹은 두 발이든 네발이든, 걸어다니는 동물이 나타나면 모드레드는 일어서려고도 하지 않았소. 앉는 것도 꺼려 하며, 엎드려 뱀처럼 돌아다녔소.

혜경도 예외가 아니었다오. 모드레드를 일으켜 세우려면, 혜경도 집을 나와야만 했소. 내가 망원경으로 들여다보는 창을, 혜경 역시 창틀 밑에 앉아 잠시 숨을 고른 후 무릎을 펴곤 도둑고양이처럼 고개만 빼꼼히 올려 살펴야만 했다오. 혜경의 뒤통수가 가리는 바람에, 망원경을 통해 모드레드가 일어서는 장면을 보지 못하는 날이 늘었소.

혜경은 모드레드를 데리고 호수로 나가기 시작했소. 아기를 집 안에 두고 창으로 몰래 들여다보는 건 엄마로서 못할 노릇이니까. 인적이 드문, 그러니까 마을 주민이나 관광객이 주로 다니는 수변 산책로가 아닌, 길 없는 곳을 골라 깊이 들어갔다오.

호수에서 적어도 30미터는 떨어진 평평한 모래땅에 모드레드를 내려놓았소. 그리고 바위나 나무 뒤에 숨어 아들을 지켜봤소. 숨어 보는 건 집에서나 마찬가지지만, 엄마와 아들 사이에 벽이라거나 창은 없었소. 모드레드의 뺨을 스치는 바람이 혜경의 이마에도 닿았고, 모드레드의 고개를 들게 만든 딱따구리 소리를 혜경도 같이 들었다오.

그렇게 다니다 보니 자주 가는 곳도 생겼소. 아침부터 해 질 녘까지 온종일 머물러도 누구 한 사람 오지 않는, 모드레드가 서 있기 딱 좋은 호숫가였소. 혜경이 티라노사우루스 머리처럼 생긴 바위 뒤에 자리를 잡은 날이었다오. 손엔 소설책이 한 권 들렸소. 그 전까진 빈손으로 와서 모드레드를 지켜보았다오. 그런데 아들은 한 번 일어서면 적어도 한 시간은 꿈쩍도 하지 않았소. 처음엔 십 초마다 그다음엔 일 분마다 그다음엔 십 분마다 확인했지만, 그 자리 그대로였던 게요. 모드레드가 몸의 균형을 잃고 주저앉는다면 엉덩방아 찧는 소리가 들릴 만큼 가까운 거리였소. 혜경은 적어도 십오 분에 한 번씩은 고개를 들어 아들을 살피기로 하곤 소설책을 챙겼던가 보오. 그 소설 제목을 확인했지만 당신에게 밝히진 않겠소. 그렇고 그런 연애소설이라오. 혜경은 오후 다섯 시까지 십오 분마다 고개를 들었다오. 알람시계를 가져간 것도 아닌데, 신기할 정도였소. 그런데 오후 다섯 시부터 작은 변화가 생겼다오.

다섯 시 십육 분, 고개를 들었소.

다섯 시 삼십삼 분, 고개를 들었소.

다섯 시 오십삼 분, 고개를 들었소.

그리고 여섯 시 이십삼 분에 고개를 들었던 게요.

망할 놈의 연애소설이 문제였소. 처음엔 지루해서, 십오 분이 채되기도 전에 모드레드가 잘 있는지 궁금했는데, 남자와 여자가 파혼하고 헤어졌다가 다시 만나기 위해 약속 장소로 향하면서, 그 장소가 하필이면 호숫가라서 고개를 드는 간격이 조금씩 밀렸던 게요. 여섯 시 이십삼 분, 그러니까 삼십 분이나 책에 코를 박았던 이유는 남녀가 드디어 사랑을 나누는 장면을 읽느라 바빴던 탓이오. 작가가 문장에 힘을 잔뜩 실어 그 장면을 무려 서른 페이지나 늘어놓았소. 긴 입맞춤과 포옹과 서로를 파고드는 사랑을 끝까지 따라갔던 혜경이 고개를 들었을 때, 그러니까 여섯 시 이십삼 분, 모드레드는 서 있던 자리에서 사라졌소.

혜경이 소설 속 정사에 빠진 삼십 분 동안, 나는 모드레드를 지켜보았다오. 가죽신을 신은 동안엔 단 한 순간도 눈을 떼지 않기로 했었소. 기적의 순간은 아무도 기대하지 않는 뜻밖의 순간에, 좀도둑처럼 갑자기 찾아드는 법이라오. 맨눈으로도 충분히 보였지만 목에 걸고 갔던 망원경을 들고 찬찬히 살폈소. 가죽신을 신은 후, 하체는 물론이고 상체의 움직임이 조금이라도 달라졌는지 알기 위해서였다오. 안타깝게도 기어 다니다가 일어나는 순간까지만 박진감이 넘쳤고, 그 후론 지루했소.

수풀에 가려 무릎 아래 그러니까 종아리와 발목과 발등은 보이지 않았지만, 모드레드는 평소처럼 호수를 향해 서 있었소. 발을 들거나 무릎을 굽히는 짓은 전혀 하지 않고, 메타세쿼이아처럼 꼿꼿하게 자리를 지켰단 뜻이오. 호숫가 나무들이 산책하지 않는 한 모드레드도 걸음을 떼진 않을 듯했소.

다섯 시 오십삼 분, 혜경이 고개를 들어 아들을 확인하고 다시 책 속으로 빠져든 뒤에도 달라진 건 없었다오. 적어도 여섯 시 이십 분까진 그랬소. 삼십 분이 아니라 한 시간 동안 소설을 읽다가 고개를 들더라도 달라지진 않을 듯했소. 그런데 여기서 우리가 놓친 것이 있었다오. 매일 반복되기에 소중함을 잊었던 게요.

해가 지기 시작했소.

일몰은 여섯 시 삼십삼 분이지만, 여섯 시 이십 분부터 서쪽 하늘이 급격하게 붉어졌다오. 언제 보아도 상서로운 기운이 호수에 어리었소. 하늘도 붉고 땅도 붉고 호수까지 붉어오니, 그 속에 선 모드레드의 얼굴도 잘 익은 감처럼 발개졌소. 대낮의 하늘 대낮의 땅 대낮의 호수와는 완전히 다른 세상이었다오. 왜 그와 같은 차이가 나는지, 모드레드는 따져 고민하지 않소. 낮과 다른 저물 무렵을 온몸으로 느끼려 할 뿐이라오. 두 눈이 점점 커지더니 콧김을 품품 뿜으면서 볼까지 번갈아 실룩거렸소.

노을이 불편해서일까, 걱정했소. 호수를 두른 나무들이 무성한 탓에 해가 중천에 떠 있을 때는 모드레드의 얼굴에 곧장 닿지 않았소. 하지만 해가 호수 서편 산꼭대기로 기울자, 모드레드와 하늘 사이를 가릴 것이 사라졌다오.

하늘과 호수의 붉은 기운이 모드레드를 자극한 건 맞소.

그리고 그 자극은, 혜경을 빨아들인 연애소설보다 더 큰 쾌감이었다오. 모드레드의 입귀가 찢어질 듯 올라갔으니까.

여섯 시 이십일 분에는 완연히 웃는 얼굴이었소. 입소리를 제법 크게 냈지만 소설 속 남녀가 몸으로 주고받는 대화에 집중한 혜경은 듣지 못했소. 거친 입맞춤이 만드는, 상상의 들숨소리와 날숨소리가 온통 혜경의 귀를 채웠다오. 격렬한 주고받음이 입술과 얼굴에만 머물지 않고 목으로 어깨로 허리로 엉덩이로 내려갔소. 떨리고 흔들렸소. 엎드린 여자의 엉덩이를 살짝 세운 후 남자가 차분하게 성기를 밀어 넣었다오. 여자의 신음이 지금까지와는 달리 더 높고 길었소. 남자가 더 차분하게 넣자, 여자는 더 높은 봉우리를 넘어 더 넓은 평원을 누비는 쾌감을 토했소. 그 쾌감이 여자의 허벅지를 지나 무릎을 타고 발목을 지났을 때가 여섯 시 이십이 분이었지.

발목! 그렇소. 풀에 가려 보이지 않던 모드레드의 발목이 갑자기 망원경에 들어왔소.

'기쁨의 왼발'을 디뎠던 것이오.

'신나는 오른발'도 곧 모습을 드러냈고.

모드레드는 서산으로 기우는 해를 향해 걷기 시작했다오. 수천 번 수만 번 걸었던 것처럼, 너무나도 익숙하면서도 빠른 걸음으로! 첫 걸음이라 하기엔 지나치게 흥겨웠소. 그렇소, 오늘을 기억하는 몸짓을 보여달란 빛의 제안을 받아들인 모드레드는 걸음마를 하면서 또한 춤을 췄던 게요.

여섯 시 이십삼 분, 혜경이 고개를 들었을 땐 모드레드의 두 발이 호숫물에 처음 닿았소. 거기서 걸음마이자 춤을 멈추지 않았다면 내가 먼저 달려갔을 게요. 그런데 발바닥과 발가락과 발등과 발목을 적시는 붉은 물을 음미하듯, 멈춰 섰소. 고개를 숙인 채 발목까지 찰랑이는 물을 쳐다보았다오. 밟히는 모래의 즐거움과는 다른, 차갑게 감싸 도는 물의 기쁨이여! 혜경이 달려와선 아들을 끌어안았소.

당신은 내게 이 순간 질문을 던질 법도 하오.

'세 번째 요구도 그렇다면 충족되지 않았습니까?'

아니오. 나도 잠깐 착각했었소.

모드레드가 지는 해를 향해 그러니까 호수를 향해 곧장 걸으리라 예측한 적이 없으니까. 나 역시도 깜짝 놀랐다오. 그레이스의 가죽신이 일으킨 기적! 폭죽 터지듯 이딴 생각이 떠올랐소. 그러나 헛된 경탄은 오래가지 않았다오. 혜경이 아들을 끌어안고 들어올렸을 때, 나는 똑똑히 보았소, 모드레드의 맨발을!

가죽신은 그가 오랫동안 서 있었던 바로 그 자리에 놓여 있었소. 그러니까 저물녘 바뀐 세상이 온몸과 온 마음을 감싸돌자, 신부터 벗었던 게요. 허리를 숙이지도 않고 두 발만 놀려 스스로 어떻게 신을 벗었는지는 따지지 마시오. 거기까진 나도 모르겠소. 익숙하게 걸었듯이 익숙하게 벗었겠단 추측만 할 뿐! 신을 신는 게 기적이 아니듯 신을 벗는 것도 심각하게 따질 대목은 아니라오.

모드레드는 가죽신 덕분에 저물녘까지 서서 버텼는지도 모르오. 다시 말해 가죽신이 걷는 걸 방해한 게지. 참지 못할 만큼 기쁨이 차오르자, 가죽신을 빠져나온 두 발로 걸으며 춤까지 췄다오. 당신이 보낸 가죽신은 발등 상처를 치료하고, 모드레드가 일어서는 데까지만 효과가 있었소.

모드레드의 두 번째 세 번째 걸음마에서 이 사실을 명명백백하게 재확인했소. 아기는 맨발로만 계속 걸었다오. 그레이스의 가죽신은 물론이고 어떤 신도 거부하고 오로지 맨발이었소.

그레이스.

확실히 합시다. 당신은 내가 제시한 요구 중 세 번째를 충족시키지 못했소. 그러니 계약에 따라 나는 이 편지를 쓸 권리가 있소. 잊지 않았겠지만, 계약서의 해당 조항은 다음과 같소.

'고객을 완전히 만족시키지 못할 경우, 주식회사 그레이스는 처음부터 다시 고객의 요구에 따라 제품을 만든다.'

벨트 백을 만드시오.

혜경에 대해선 충분히 이야기했으니, 허리 사이즈나 각별히 좋아하는 소재와 색상을 따로 밝히진 않겠소. 샘플을 몇 개 미리 만들어 사진이나 동영상에 담아 첨부파일로 띄우지도 마시오.

호랑이 잡는 포수 이야길 읽은 적이 있소. 포수가 어떻게 호랑이를 사냥하는지 아시오? 기다린다는 것이오, 호랑이가 다가와선 도약할 때까지. 요 앞발로 먹잇감의 목뼈를 한 방에 부러뜨리는 게 호랑이라오. 뒷발을 차며 뛰어오르는 바로 그 순간, 앞발이 허공에 뜨고 가슴이 열릴 때, 심장을 맞혀야 하오. 기회는 단 한 번뿐! 총알이 빗나가면 호랑이 밥이 되는 게지. 우리도 한 번에 끝을 봅시다. 일일이 내가 의견을 낸다면 그걸 당신 작품이라 할 수 있겠소?

지금까지 벨트 백을 떠올린 적이 두 번 있었소.

룸메이드는 쇼핑 카트처럼 생긴 도구함에 청소용구를 넣어 천천히 밀고 다닌다오. 혜경의 도구함에는 비누, 샴푸, 치약을 비롯한 일회용품들, 수건들, 스킨과 로션, 사각 휴지와 둥근 휴지, 비와 쓰레받기, 밀대…… 그리고 회색 비닐봉지가 걸렸더군. 다른 건 다 호텔 마크가 찍힌 최고급인데, 그 봉지는 척 봐도 무척 낡았소.

립스틱 두 개, 거의 다 쓴 로션, 수첩과 몽당연필, 손수건으로 싼 쿠키 세 조각, 손톱깎이, 그리고 사진 두 장. 두 장 다 모드레드를 찍은 거라오. 집에서 한 장 호수에서 한 장.

개인 소지품을 넣을 변변한 손가방도 없었던 게요. 룸메이드 월급이 박봉인 건 맞소. 하지만 비닐봉지라니!

동료인 수잔은 벨트 백을 허리에 둘렀소. 수잔 외에도 두 명이 더 벨트 백을 가졌더군. 토끼 문양이 그려진 수잔의 노란 벨트 백을 봤을 텐데도, 혜경은 비닐봉지를 고집했소. 초라한 고집이라오, 전혀 어울리지 않는.

나는 출퇴근 시간에 맞춰 테라스로 나가곤 했소. 멀리서나마 혜경을 지켜보기 위해서였소. 가방을 들지 않았다오. 벨트 백뿐만 아니라 어떤 가방도 없었소. 출퇴근용 자전거의 운전대엔 비닐봉지를 걸었다오. 호텔에 도착해선 대기실에서 간단히 스킨과 립스틱을 발랐지만, 그 외는 전혀 화장을 하지 않았소. 맨 얼굴로 다녀도 예쁜 얼굴인 건 맞소. 그러나 화장을 하면 열 배 아니 백배 더 아름다울 텐데, 안타까웠다오.

혹시……? 생각이 훌쩍 엉뚱한 방향으로 튀었소. 이어서 질문 하나가 날아들었다오. 일부러 맨 얼굴에 옷도 대충 걸친 채 비닐봉지를 들고 다니는 건 아닐까? 남편과 사별한 지 햇수로 이 년이

지났지만, 먼저 떠난 짝을 추모하는 마음이 평생을 가기도 하니까.

벨트 백을 두 번째로 떠올린 곳은 모드레드가 첫걸음마를 한 호숫가였소. 뛰어나간 혜경이 호숫물에 두 발을 넣고 선 아들을 황급히 들어 올렸다오. 그리고 연애소설 읽던 바위까지 와선, 아들을 품에 안은 채, 비닐봉지에 오른손을 집어넣었소. 손수건을 찾아 아들의 젖은 발을 닦기 위해서였다오. 그런데 손수건을 꺼내지도 못한 채 비명부터 질렀소.

곰개미들!

쿠키를 노리고 들어갔었던가 보오. 대여섯 마리가 동시에 손을 물었소. 놀라 뒷걸음치던 혜경이 모드레드와 함께 나뒹굴었다오. 다행히 머리를 찧지는 않았지만, 어깨와 등에 타박상을 입었고, 옷은 온통 흙투성이가 되었소.

벨트 백을 허리에 찼더라면, 곰개미가 들어갈 일도 없고, 아들을 들자마자 곧바로 손수건을 꺼내 젖은 발을 닦았을 게요.

혜경은 손등과 손목이 퉁퉁 부어오르는 바람에 일주일이나 고생했소. 쉬면 좋으련만, 단 하루도 빠지지 않고 악착같이 객실 청소와 정돈을 마쳤다오.

자, 이 정도면 혜경에게 어울리는 벨트 백이 떠올랐으리라 믿소.

기다리겠소.

아서 씀. A

4
오드 아이

브랜드는 제품도 서비스도 아닌 한 인간에 대한 기록이다.
— 유다정

그레이스 6인회에서 가장 먼저 불만을 터뜨린 사람은 영업이사 방지훈이었다.

"이럴 줄 알았습니다. 생후 십팔 개월이 지나도 뱀처럼 기어다니던 아기가 걸었으면, 그뿐만 아니라 춤까지 췄다면 대성공이죠. 이유야 어떻든 우리가 만든 가죽신을 신고 나서 일어난 일 아닙니까? 그런데 걸을 땐 맨발을 고집한다고요? 신을 아예 신지 않는다고요? 안 봐도 뻔한 트집입니다. 신을 신고 걸었더라도 벗겼겠죠."

페인터 눈도 방 이사 주장에 동의했다.

"애매하게 떠넘기면 당할 수밖에 없겠네요. 가서 확인하기도 어려운 노릇이고."

은어가 한술 더 떴다.

"제가 갈게요. 어딥니까, 그 호텔이?"

아서의 정체가 미심쩍다는 문자를 내게 보내긴 했지만, 가죽신을 만드는 데 가장 열의를 갖고 덤벼든 이는 은어였다. 신발에도 조예가 깊은 줄 처음 알았다. 내가 귀국한 후 비컨이 파리에 일주일 더 머물며 떠올린 아이디어를 제품에 접목시킨 것도 그였다. 정성을 들인 만큼 실망도 컸다.

내가 잘랐다.

"고객이 요청하지 않는 한, 그레이스가 먼저 만남을 제안해선 안 된다고 계약서에 명시되어 있습니다. 고객의 집이나 근무지를 방문해서도 안 되고요. 찾지 못하는 것이 아니라 찾지 않아야 합니다. 신뢰의 문제니까요."

잠시 침묵이 흘렀다. 회의는 내 아틀리에서 열렸다. 6인회에서만큼은 각자의 생각뿐 아니라 감정까지 자유롭게 드러나기를 바랐다. 권위를 없애기 위해 둥근 테이블을 들였다. 시작도 끝도, 중심도 변두리도 없는 완전한 원탁이었다. 반쯤 걷은 커튼 사이로 햇볕이 따사로웠다. 오 분만 해바라기를 해도 시린 어깨와 얼어붙은 마음이 녹아 부드러워질 듯했다. 회의를 이끄는 사회자도 매번 바꿨다. 지정석도 없었다. 저마다 원하는 자리에 앉으면 마지막 빈 곳이 내 자리였다. 안건마다 다양한 합종연횡이 이뤄졌다. 어제 찬성한 이가 오늘 반대하고 오늘 비판한 이가 내일 칭찬했다.

아틀리에 운해를 총괄하는 채대숙 실장이 나를 거들었다.

"사실만을 적었다고 백 퍼센트 믿긴 어렵더라도, 완전히 거짓말로 몰아선 곤란합니다. 이건 개인적인 의견이지만, 저는 아서가 적어 내려간 인생 이야기가 사실일 가능성이 높다고 봐요."

페인터 눈이 끼어들었다.

"근거가 뭐죠?"

뿔테 안경을 올려 쓰곤 힘주어 답했다.

"디테일입니다."

"디테일?"

채 실장은 유아용 가죽신이 눈앞에 놓인 것처럼, 오른손을 들어 하나하나 허공을 짚어가며 설명했다.

"우리가 보낸 가죽신의 효능을 세세히 평했더군요. 몽땅 형편없다는 게 아니지 않아요? 모드레드의 발등을 보호하고 치료를 돕기 위해 쿠션을 넣은 부분은 칭찬했습니다. 가죽 제품에 대한 이해가 깊은 것만은 분명해요. 가죽 관련 회사에 다녔거나……."

은어가 콧바람을 내며 말허리를 잘랐다.

"대숙 님, 황당무계한 그 삶이 모두 진짜라고요? 소를 타고 하늘을 날고, 사람이 염소와 사랑에 빠지고, 천 개의 칼집을 만들었다가 없앤 후 다시 천 개를 만들었다는 이야길 사실로 믿으란 거예요? 차라리 물 위를 걸어 다녔다거나 앉은뱅이를 일으켜 세웠다면 믿는 시늉이라도 하겠네요."

채 실장의 넓적한 얼굴이 불판처럼 달아오르더니 코에선 더운 김까지 뿜어 나왔다. 반대로 회의 분위기는 빙하가 떠다니는 남극의 얼음바다보다 차가웠다. 그레이스에 입사하지 않고 지하 공방에서 계속 짝퉁을 만들었다면, 은어는 채 실장의 조수 신세를 벗어나지 못했을 것이다. 죽 선생에게 말 한 마디 섞지 못하던 채 실장을 내가 직접 보지 않았던가. 지하 공방에서였다면, 은어는 채 실장의 주장을 비판하거나 비꼬기 어려웠다. 나는 직급에 상관없이 평등하고 자유로운 토론을 원했지만, 채 실장으로선 은어의 공격이 곱게 들리진 않았으리라. 작은 눈을 단검처럼 뜬 채 받아쳤다.

"다 소설이란 겁니까? 내가 소설을 얼마나 많이 읽은 줄 알아요?"

아무도 답변을 못했다. 아틀리에든 어딘든 채 실장이 소설 읽는 모습을 본 사람이 없었다. 침묵의 의미를 알아차린 듯 이어 말했다.

"물론 회사에 가져와선 읽지 않아요. 그건 철칙이죠. 일은 회사에서 소설은 집에서! 하여튼 소설을 읽다 보면, 이건 허구가 아니라 사실이라고 느껴지는 대목이 있답니다. 은어 님이 지적한 설정이 허무맹랑한 거 나도 잘 안다고요. 하지만 그렇다고, 가죽신에 대한 예리한 품평이 훼손되진 않죠."

다시 침묵이 돌았다. 은어는 곧바로 반격하진 않았다. 채 실장이 자신의 사사로운 취미까지 드러낸 것은 무척 화가 났음을 의미했다. 방 이사가 은어를 지원하고 나섰다.

"대숙 님이 픽션의 세계를 퇴근 후에 즐기신다니 의외군요. 저도 대학 다닐 때 희곡과 소설 제법 읽었습니다. 대숙 님도 소설을 즐기신다니, 일인칭 주인공 시점이란 거 아시죠? 자전적 소설이라고 들어보셨고요? 사실인 것 같지만 허구죠. 전부 허구는 아니고 사실을 적당히 섞기도 하지만, 그걸 모두 사실로 받아들여선 곤란합니다. 하나만 덧붙이자면, 소설 쓰는 작가들 대부분은 마음이 꼬였다고 어느 책에 적혀 있더라고요. 허구를 적을 때는 더 사실같이 만들고, 사실을 적을 때는 대충 사실이 아닌 것처럼 둔답니다. 가죽과 신에 대해서 세세하게 의견을 냈으니, 그쪽에 종사하는 전문가 같다고 하셨습니까? 그 의견이 전문적인 건 인정하죠. 하지만 그 정도는 관련 논저를 보름만 들여다보면 흉내 낼 법합니다. 평생 배 한 번 안 타고 항해소설을 짓거나 성지를 가지도 않고 순례기를 출간하는 작가처럼."

은어는 종종 방 이사와 어울리며 영업 노하우를 묻곤 했다. 아틀리에와 매장 영업팀은 데면데면 지내는 것이 보통이고, 고객의 평가를 가운데 두고 대립하며 다투는 일이 잦았다. 방 이사 입장에선 아틀리에에 속한 은어를 우군으로 두고 싶었으리라. 잠자코 듣기만 하던 비컨이 끼어들었다.

"트로이는 고객의 상황에 밀착해서 요구에 딱 들어맞는 제품을 만드는 게 목표 아니었던가요?"

방 이사가 되물었다.

"하고 싶은 말이 뭡니까?"

비컨의 목소리가 높아졌다.

"아서 님뿐만 아니라 트로이 프로젝트에서 고객들의 다양한 주문서를 계속 받을 테니, 분명한 원칙을 세워야 할 것 같습니다. 우리가 탐정도 아니니, 고객이 참말을 하는지 거짓말을 하는지 추리

할 순 없어요. 제품주문서에 적힌 걸 기준으로 삼고 가야 합니다. 고객이 적은 이야기가 사실이든 아니든 우리는 주문서에 충실하면 그만입니다. 설령 그 이야기가 허구라 해도, 아서 님이 스스로 적어 보낸 이야기를 뒤집진 않을 테니까요. 어찌 보면 간단합니다. 이번에 온 메일도 아서 님이 써온 틀 안에서 움직이고 있어요. 아서 님이 만약 모드레드란 아기가 없어서 신을 신기지 못했다고 하면 큰 문제가 되겠지요. 그건 앞서 우리가 읽은 이야기의 틀에서 벗어나는 상황이니까요. 모드레드가 그레이스에서 만든 가죽신을 신은 채 걷지 않았다는 것, 저물녘 호수에서 걸음을 떼긴 했지만 맨발이라는 것이죠. 이 설명은 우리가 알고 있는 이야기의 틀을 뒤흔든 건 아닙니다. 모드레드가 왜 우리 신을 신고 걷지 않았는지는 저도 궁금하고 매우 안타깝습니다. 앞으로도 아서 님은 자신의 이야기에 근거하여 주문할 겁니다. 우리도 어디까지나 그 이야기를 제품 생산의 근거로 삼아야 하고요. 이야기 바깥까지 고민할 필요가 없는 셈이죠. 믿느냐 믿지 않느냐는 딴 문제입니다. 틀이 정해졌으니 오히려 우리에겐 편합니다. 이야기를 하나도 털어놓지 않은 채 그림만 떡 하니 그리고선 만들어달라는 고객도 많았잖아요? 그림대로 똑같이 만들었는데 원하는 제품이 아니라고 한다면, 그땐 정말 막막하죠."

명쾌했다.

그렇지만 뜻밖이기도 했다.

비컨은 말과 글보다 그림과 몸짓을 훨씬 편하게 여기지 않는

가. 문자를 읽어내기 너무 힘들어 병원에서 난독증 검사까지 받았다고 했다. 말이나 글보다는 이미지에 집중하여 디자인 작업을 해온 비컨이, 고객의 그림보다 이야기를 더 높이 사는 것이 모순처럼 느껴졌다. 그러나 당장 이 자리에서 그 차이를 따질 순 없었다. 나는 방 이사와 은어에게 반대 의견을 개진하겠느냐고 눈으로 물었다. 방 이사는 고개를 가볍게 저었고, 은어는 기어이 자신의 입장을 더했다.

"저는 아서 님이 보낸 이야기가 허풍 투성이고 상상으로 빚었다고 보지만, 아서 님의 제품 주문이 이야기를 벗어나지 않았다는 설명을 받아들입니다. 하지만 여전히 걱정이 되는군요. 아서 님 이야기가 언제 먹잇감을 골라 심장을 꿰뚫는 화살이 될지 모르니까요. 기존 틀을 벗어나지 않고서도 얼마든지 우릴 곤경에 빠뜨릴 수 있습니다. 차라리 곧이곧대로 사실만 적는, 상상력이 부족한 고객이라면 걱정을 덜겠어요. 하지만 아서 님이 펼쳐 보인 이야기는 매우 엉뚱하지만 솔직히 흥미진진한 대목도 적지 않잖아요?"

비컨만 모순인 것이 아니라 은어도 그랬다. 황당무계한 이야기라며 맹공을 퍼붓다가 흥미진진했다는 속내를 드러낸 것이다. 은어의 방향 전환 역시 가슴에만 묻고 내 입장을 밝혔다.

"은어 님이 걱정하는 게 뭔지 알겠습니다. 그럼에도 불구하고 저는 비컨 님과 같은 생각입니다. 하나만 강조할게요. 회사 설립 후 이 년이 넘는 동안 제품주문서를 적어도 천 장은 받았을 겁니다. 원본은 제 방 서랍장에 자물쇠까지 달아 고이 모셔뒀어요. 일일이 노트북에 입력하고 분류를 마쳤습니다. 철마다 유행을 예고하는 패션쇼가 세계 곳곳에서 열린다는 건 다들 아시죠? 패션업계 종사자들은 왜 그 아이템이 유행했고, 유행하고 있으며, 유행해야 하는지도 모른 채, 비슷한 걸 준비해서 따라 하느라 바쁜 나날을 보냅니다. 유명한 패션 디자이너나 잡지 편집장들이 모여서 분석들을 하지만, 속 시원하게 설명하는 경우가 거의 없었어요. 그레이스는 귀에 걸면 귀걸이 코에 걸면 코걸이인 유행을 따르지 않으려 해요. 유행하는 아이템보단 제품주문서에 담긴 천 개의 바람을 세심하게 검토한 후 한 걸음 앞서 걸을 겁니다.

아서 님의 글에 과장이나 거짓말이 섞일 순 있겠지요. 하지만 고객이 상당한 금액을 지불하고 작성한 제품주문서입니다. 거금을 내고 엉터리 제품을 만들어달라는 사람이 과연 있을까요? 돈 값을 한다는 말 들어보셨죠? 아서 님의 글이 우리들 예상보다 엄청나게 길다는 점, 인정합니다. 제가 여태껏 꼼꼼하게 읽은 천여 장의 주문서 중에서도 가장 기니까요. 지금까지 주문서들이 단편소설이었다면 이건 대하소설입니다. 하지만 십억을 먼저 내고 나중에 십억을 더 낼 고객의 제품주문서가 다른 일반 주문서와 똑같다면 그게 더 이상한 일이겠죠. 저는 아서 님이 트로이 프로젝트의 기준이라고 봅니다. 이 정도는 감당하겠다는 각오로 시작해야 합니다. 그리고 아서 님의 대하소설 같은 이야기는 우리에게 또다른 분석 자료를 제공하는 것이기도 하고요."

"또다른 분석 자료라고요?"

페인터 눈이 말꼬리를 잡아챘다. 내가 기다렸다는 듯이 답했다.

"지금까진 많아야 한두 번 리콜을 받아 애프터서비스를 한 것이 전부였어요. 하지만 트로이 프로젝트는 다릅니다. 고객이 만족할 때까지 제품을 거듭 만드니까요. 이 과정을 고스란히 비공개 기록으로 남길 겁니다. 글과 사진과 그림과 동영상까지 하나도 빠뜨리지 않고 데이터베이스에 저장하겠습니다. 의견을 주고받으며 제품을 거듭 만드는 과정이 그레이스로선 처음부터 다시 시작하는 만큼 부담이 있지만, 고객의 취향과 바람을 더 분명하고 풍부하게 알게 되겠지요. 한 사람을 아주 깊이 이해하게 된다는 겁니다. 이렇게 열 명을 지나 스무 명 정도만 하고 나면, VVIP들을 위한 그레이스만의 방식이 정립되리라고 봅니다."

다섯 사람이 짧은 침묵 속에서 고개를 끄덕였다. 내가 창업과 함께 제품주문서 양식을 왜 직접 만들고 거듭 수정했는지, 또 고객이 휘갈긴 글과 끼적인 그림을 왜 하나도 버리지 않고 보관하는지, 나아가 트로이 프로젝트를 왜 시작했는지 그들도 비로소 납득한 것이다.

글로벌 명품 시장에서 온라인 거래 비율은 꾸준히 증가하고 있다. 지금까지 VVIP의 경우는 고객이 원하는 시간과 장소로 직접 방문해서 상담하는 것을 원칙으로 삼았다. 트로이 프로젝트는 VVIP까지 온라인 환경으로 유인하려는 적극적인 첫 시도다.

"오 일 후 대전에서 모이는 걸로 하죠. 벨트 백은 대숙 님도 지금까지 여러 번 만드셨죠?"

"쉰 개쯤, 명품은 거의 섭렵했습니다. 오늘 당장 시작할 수 있어요."

채 실장의 열정과 끈기가 아틀리에 운해를 여기까지 끌고 왔다. 내가 아무리 새로운 기획을 계속 하더라도, 아틀리에가 구멍이 뻥 뻥 뚫렸다면 그레이스라는 배는 침몰할 수밖에 없었다. 채 실장은 스스로 고른 파이톤과 은어 두 과장을 양 날개 삼아 겁 없이 나아갔다. 밤에도 잠들지 않았고 태풍에도 숨지 않았으며, 열 번 수정 지시를 내리면 열 번을 묵묵히 고쳤다.

"오 일 뒤! 각자 검토할 자료 빠짐없이 살펴보고 만날 사람 충분히 만나고."

"저는 호텔 서너 군데 둘러볼 게요. 눈스테이블 단골 중에 호텔 매니저가 두어 명 됩니다. 룸메이드용 벨트 백이니까 베테랑들 만나 인터뷰도 하고. 같이 갈래요?"

"좋습니다."

비컨이 페인터 눈의 제안을 받아들였다. 눈스테이블에서부터 둘은 매니저와 단골 고객이면서 친구였다. 그들이 먼저 나간 후 채 실장과 은어도 저녁까지 마감할 가방이 있다며 지하 아틀리에로 내려갔다. 방 이사만 끝까지 기다렸다가 물었다.

"약속이 열두 시?"

둘 사이엔 여전히 반말이 편했다.

"아니, 한 시. 점심을 늦게 드셔."

"같이 갈까?"

"혼자 다녀올게. 동행이 있다고 미리 말씀 안 드렸는데, 같이 가면 예의가 아니지."

"그래도……."

"먼저 대전에 가서 챙기고 있어."

서울과 부산에 이어 대전에도 백화점 두 곳에 그레이스 매장을 열게 되었다. 비컨과 함께 고심하여 정한 주제는 '오드 아이(odd eye)'였다. 똑같은 꼴에 색상만 달리하는 방식이다. 디자인은 마쳤고 어젯밤부터 설치에 들어갔다. 나도 저녁에는 대전으로 내려가 삼박사일 머무르며 작업을 독려할 예정이었다.

"잊은 거 아니지? 싸우는 건 나 방지훈이 할게. 물론 유다정 당신을 믿어. 지금까지도 잘 해왔고. 하지만 곳곳에 괴물이 도사리고 있다고."

그는 내가 싸움닭처럼 굴지 않기를 바란다면서 역할 분담을 제안했다. 이 나라는 아직 남녀평등이 이뤄지지 않았고, 여자라는 이유로 어려움을 겪는 경우가 숱하게 많다는 것이다. 부당한 상황에 맞닥뜨릴 때마다 언성을 높이며 따지고 다투면, 사업에 쏟을 시간과 에너지가 부족해진다고 주장했다. 여자라서 받을 상처는 피하자고, 남자여야만 통하는 자리엔 자신이 나가겠노라고, 그는 방죽포해수욕장에서 올라온 첫날부터 입버릇처럼 말했다.

"고마워."

중요 고객에게 제품을 전할 때는 여전히 내가 직접 갔지만 딱 거기까지였다. 그레이스 제품을 구입한 고객 중 몇몇은 호의로 가벼운 식사나 술자리에 초대하기도 했다. 골프나 등산 모임 참여를 권하는 이도 있었다. 그런 자리엔 대부분 방 이사가 나갔다. 고객과의 사적인 만남을 최대한 줄였으며 그 시간을 제품 개발에 쏟아부었다. 콧대 높고 시건방지다는 소문을 온몸으로 막으며, 평일 저녁은 물론 휴일까지 반납하고 하루에 두세 군데 모임에 참석한 사람이 바로 방 이사였다. 그가 아니었다면 내 집중력이 많이 흐트러졌을 것이다.

방 이사의 헌신과 공로를 인정하지만 회사의 핵심 가치와 방향은 내가 결정한다. 그 누구도 대신할 수 없다.

도토리묵에 파전을 곁들여 막걸리가 올라왔다. 벌써 불암산 등산을 마친 남자들이 구석에 둘러앉아 술잔을 기울이고 있었다. 나는 삼십 분 일찍 와서 주변 골목을 걸었다. 계곡을 따라 불어내려오는 초겨울 바람이 코끝을 얼렸다. 핑크 컬러 몽클레르 란스에 이자벨 마랑의 블랙 모달 스카프를 꺼내 두르니 쌀쌀한 기운을 한결 덜었다. 군데군데 먹구름이 모이더니 진눈깨비가 떨어지기 시작했다. 오래 혼자 걷고 싶은 날씨였지만 서둘러 식당으로 돌아왔다. 때마침 도착한 타로 정과 만나 함께 들어갔다.

나는 시큼한 막걸리 냄새에 각종 서체의 붓글씨로 벽을 채운 이 가게가 처음이었고, 에르메스 벨벳 슈트를 벗고 용암이 끓듯 강렬한 붉은 셔츠 차림으로 맞은편에 느긋하게 앉아 낮술을 마시는 타로 정은 단골일 것이다. 그는 술의 종류나 가게를 가리지 않았다. 어떤 날은 한 병에 수백만 원이 넘는 와인을 찾았고 또 어떤 날은 허름한 포장마차에서 소주를 기울였다. 그 많은 가게의 공통점은 그가 단골손님이라는 점이다. 게으름을 부리듯 느릿느릿 다녔지만, 세 가지만은 남들보다 먼저 또 풍부하게 누리는 남자였다. 술과 음악 그리고 에르메스!

제작하는 음반 역시 처음엔 두서가 없어 보였다. 휴게소에서 자주 듣는 트로트 모음곡에서부터 댄스 뮤직과 포크를 거쳐 클래식까지 손을 댔다. 내가 데모 곡을 건네고 만났을 때, 그는 포크의 역사를 다섯 시간이 넘도록 설명했다. 역사만 줄줄 읊은 것이 아니라 군데군데 중요한 노래는 직접 부르기까지 했다. 그날 그의 목소리로 처음 들은 곡도 적지 않았다. 그렇게 오후 한나절을 보내고 양꼬치를 곁들여 칭따오 두 병을 나눠 마신 뒤, 나는 타로 정에게 음반 제작을 맡기기로 결심했다. 양꼬치집도 물론 그의 단골이었다.

"오늘 같은 날은 금정산이 좋아!"

술과 안주는 타로 정이 정했다. 오늘 같은 날엔 왜 금정산 막걸리가 좋으냐고 물었다간, 한 시간 넘게 막걸리 이야기를 들어야 한다. 그가 들고 와선 옆 의자에 올려놓은 운해 백을 쳐다보며 콧등으로만 웃었다. 타로 정을 위해 이름을 새기고 CD만 넣는 주머니를 달았다. 그를 따라 옥정호로 가지 않았다면, 오늘 같은 자리는 없었으리라. 막걸리부터 한 잔 들이켰다.

"저녁에 부르실 줄 알았어요."

또한 그는 해가 떨어지기 전에는 사람을 만나지 않는 것으로 유명했다. 박쥐의 영혼이라고도 했다.

"이 집이 이래 봬도 꽤 인기가 있어. 테이블이 겨우 다섯 갠데, 저녁에 오면 길게 줄을 서야 해. 대낮에 술 마시는 걸 즐기지 않지만, 줄 서서 기다리는 건 더 싫어. 욕쟁이 주인 할매가 여간 깐깐하질 않거든. 선금을 아무리 두둑하게 내더라도 예약을 안 받더라고. 안주 만들 재료가 떨어지면 대기 줄이 길어도 장사를 끝내. 여기 올 땐 그래서 이 시간쯤 와. 밤에만 술 마시란 법도 없고."

그 법을 정한 이가 타로 정이다.

술을 마실 땐 술만 마셔야 하는 것이 타로 정의 또다른 주도(酒道)였다. 각자 막걸리 한 통을 비울 때까진 본론으로 들어가지 않았다. 그 법을 어기고 서둘러 이야기를 꺼내면, 그도 욕쟁이 할매처럼 냉정하게 술판을 접었다. 이런 식으로 타로 정과의 인연이 갑자기 끝난 가수들이 적지 않았다. 내가 그레이스를 설립하고 이끈 이 년 동안, 타로뮤직은 적어도 열 배 더 성장했다. 오 년 전에 냈던 트로트 음반이 작년부터 불티나게 팔리는 중이었다.

"그레이스 2집 준비는?"

음반 제작을 원하는 가수들이 줄을 섰다는 소식을 듣고는 있었다.

"바빠요."

"가방쟁이 그레이스가 노래하는 그레이스를 잡아먹는 꼴인가. 사업에 뛰어드는 가수들을 여럿 봤지. 떡볶이에서 속옷까지, 거의 다 일 년을 못 버티고 그만두더라고."

"그레이스 시작한 지 벌써 이 년이나 지났는걸요."

타로 정이 고개를 끄덕였다.

"내가 사람을 잘못 봤나 봐. 오트쿠튀르를 하겠다고, 우리나라 최초의 가죽 명품 회사가 되겠다며 나섰을 땐 참 철이 없구나 싶었지. 마음을 좀처럼 열지 않는, 수십 년 해왔던 곳에서 해왔던 사람들과 해왔던 방식을 고집하는 장인들로 아틀리에를 꾸려야 하는데, 대학 나와 연기자와 아이돌 그룹 준비하던 애가 무슨 수로 그들을 설득할까. 시늉만 하다가 그만두고 돌아오겠거니 했지. 〈리옹을 달리다〉 그 노랜 좋았으니까, 유다정이 사업에 실패하고 나면 2집을 만들자 생각했고. 근데 넌 오드 아이더라. 나처럼!"

놀라지 않을 수 없었다. 비컨과 함께 짠 디자인의 핵심 단어, 오드 아이가 타로 정의 입에서 튀어나온 것이다.

"오드 아이라고요? 왜요?"

대전에서 백화점 두 곳에 동시 입점한다는 사실을 귀띔하지도 않았다.

"유 대표는 사업가 기질도 있는 거지. 예술과 사업은 상극인데 말이야."

미소로 대답을 대신했다. 웃긴 했지만 술이 확 깼다. 가슴 깊숙이 넣어둔 보물 하나를 더 들킨 기분이었다. 그레이스를 시작한 후, 대학 신입생부터 연습생 시절까지를 곁에서 지켜본 방 이사가 종종 놀란 눈으로 말했다.

"유다정 당신에게 이런 면이 있는 줄 몰랐어."

그땐 사업을 하지 않았으니까. 내 안의 것을 끌어내는 데만 집중했으니까. 회사 구성원들의 장단점을 파악하고 목표를 세워 꾸려나간 적이 없으니까.

채대숙을 비롯한 아틀리에 운해의 장인들을 만날 때는 최대한 자세를 낮췄다. 회사 경영을 책임진 사람은 대표인 나지만, 제품 하나하나를 만드는 일은 아틀리에 장인들 몫이다. 가죽을 다듬고 만지는 일에서 나는 아직 초보자였다.

"지식과 경험이 많이 부족하니, 제가 실수하더라도 그때그때 지적하며 가르쳐주세요."

사업을 하기로 마음을 굳힌 뒤로는 잠을 줄여가며 가죽과 관련된 모든 것을 보고 읽고 들었다. 거래처와 고객과 회사를 바삐 오가는 와중에도 책을 읽고 자료를 찾고 인터넷을 뒤졌다. 마음에 드는 제품만 따로 모아 열 번이고 스무 번이고 뜯어봤고, 만드는 법을 찾아 확인했고, 장단점을 공책에 길게 적어두었다. 나만의 타 아그였다.

장인들에게 다양한 지적을 받긴 했다. 그러나 그것은 대부분 얕게 알아서가 아니라 너무 많이 고민한 결과였다. 파이톤과 은어는 지금도 여전히 몇몇 순간 나를 무시하며 잘난 체를 하지만, 채 실장과 페인터 눈은 곧 내 노력을 알아차렸다. 가죽을 손수 다루진 못하지만, 안목과 지식은 함께 의논할 정도에 이르렀다.

"사업을 쉽게 접진 않겠군. 운해 백이 날개를 달아준 셈인가? 난 유 대표가 옥정호 운해를 닮은 백을 정말 만드리라고 전혀 기대하지 않았어."

"포기라도 시키시려고 그런 요청을 하셨나요?"

"난이도가 엄청 높긴 했지. 사칙 연산을 겨우 배운 아이에게 삼각 함수 문제를 낸 꼴이랄까? 99퍼센트는 실패를 예상했고, 만에 하나 백을 만들어낸다면 인정할 수밖에 없겠다 생각했어."

"고맙습니다. 덕분에 여기까지 왔어요."

"그게 어디 내 덕인가, 유 대표 실력이지. 하지만 딱 지금 그 나이에 나와야 하는 노래가 있다는 건 알아둬. 자꾸 미루다 보면 늦어. 늦어서 부를 노래가 그땐 또 있겠지만, 지금처럼은 안 되지. 곡은 쓰고 있지?"

"정 사장님은요?"

그도 가수를 꿈꿨다는 이야기를 들었다.

"그거…… 헛소문이야. 난 2퍼센트 부족해. 아마추어로선 꽤 하지. 노래방에선 95점 이하로 내려간 적이 없고. 하지만 음반 낼 정도는 아냐. 내 수준은 내가 알아. 나라고 노력을 안 했겠어? 아무리 해도 틈이 메워지지 않더라고."

다시 2퍼센트 이야기다. 그는 항상 '2'라는 숫자로 자책하며 스스로를 비하했다. 어느새 각자 앞에 놓인 막걸리가 비었다. 나는 한 통씩을 더 시킨 후 어색한 비유로 말머리를 돌렸다.

"그레이스에서 만드는 가방들을 노래라고 여길래요."

"노래는 노래고 가방은 가방이지. 여기서 더 사업에 매진하면 완전히 가버릴 거야. 그땐 돌아오고 싶어도 못 와."

"그땐 저도 다시 음반을 내기엔 2퍼센트 부족했다 여기겠네요."

버텼다. 음반을 고민하기엔 시기상조였다. 매출 이십억 원이 이천억 원으로 뛰어오르는 것을 우선 보고 싶었다. 음반은 그다음 어디쯤으로 미뤘다.

"곧 죽어도 녹음실에 순순히 들어가진 않겠다 이거군. 아깝네."

"제가 녹음실에 가는 것보다 정 사장님이 아틀리에로 오시는 편이 빠르겠지요."

타로 정이 손바닥으로 입술을 훔치곤 턱을 들어 천장을 바라보았다.

"오더메이드 시스템이 흥미로운 건 인정하지. 대량 생산 대량 소비가 아닌, 세상에서 단 하나뿐인 내 물건을 만나는 기쁨은 무척 크니까. 하지만 그건 아틀리에에 탁월한 장인들이 모이고, 느리더라도 하나하나 정성껏 만들어가겠다는 경영 방침이 분명해야 가능해. 나도 오더메이드로 운해 백을 만들어달라고 했지만 거의 포길 했었다고. 딴 회사에 몇몇 제품을 특별히 주문해 받아본 적도 있어. 흡족한 적이 단 한 번도 없었지. 그런데 그레이스는 다르더라. 백 퍼센트 만족했느냐고 묻는다면 퍼펙트는 아냐. 품질이 예상보다 월등하게 높았기 때문에 수정 없이 받았지. 고객들의 선주문 방식이 40퍼센트를 넘겼다니, 이제 그레이스 하면 '오더메이드'란 인식이 뚜렷이 박히겠네. 제품주문서가 몇 장이나 된다고?"

"천 장입니다. 앞으로 삼 년 안에 만 장을 채울 겁니다."

"천 장도 유의미한 데이터를 낼 수 있는데, 만 장이면 빅이군."

"최고급 원자재와 부자재를 마련하고, 백 년이 지나도 유지될 품격 있고 미니멀한 디자인을 추구합니다. 거기에 고객들이 수천 가지 혹은 수만 가지 아이디어를 보태는 거예요. 정 사장님의 운해 백이 대표적인 예입니다. 가죽 백 만드는 사람 중에 옥정호 가본 이도 드물고, 설령 갔다고 해도 운해를 본 이는 더 드물고, 봤다고 해도 그걸 백으로 만들 시도를 하는 이는 더더욱 드물지요. 정 사장님이 요청하지 않았다면 저 역시 상상도 못했을 일이에요. 운해 백을 찾는 고객이 많아서 매출이 크게 는 것도 사실이지만, 그레이스를 이끌 기본 철학을 확립했다는 점이 훨씬 중요합니다. 앞으로도 몇몇 디자이너나 크리에이터의 창의력에 의존하지 않을 겁니다. 전문가보다는 고객들의 집단 지성을 믿으려고요. 두 마리 토끼를 쫓게 만들거든요. 실용적이어야 하고 아름다워야 합니다."

"세계 시장에 먹힐 거라고 보나?"

이십억 원이 이천억 원으로 도약하는 길!

"물론입니다. 제품주문서를 내는 고객이 만 명이 되고, 또 그 만 명이 십만 명 백만 명 천만 명으로 늘어나면, 훨씬 더 강력해질 테니까요."

"회사 사이즈도 키워야겠군."

"맞습니다. 특히 아틀리에 규모를 늘려야 하죠."

"돈 많이 들겠어. 백 명 이상 한 공간에 두려면, 제법 큰 건물을 지어야 하지 않겠어?"

"백 명이 필요할 때가 오겠지요. 하지만 그들을 한 공간에 두진 않을 거예요. '마이크로 팩토리'로 운영하고 싶어요."

"마이크로 팩토리?"

"장인들이 아틀리에에서 일할 때 집중도가 높고 시너지도 큰 인원이 몇 명인 줄 아세요?"

"몰라."

"열 명입니다. 그보다 많으면 디테일하게 작업하기 어려워요. 아틀리에 운해도 딱 열 명입니다. 마이크로 팩토리는 장인 열 명을 한 팀으로 둡니다. 백 명을 한 공간에 넣는 것이 아니라 열 명을 열 개의 공간에 두는 거예요. 열 명의 국적이 같을 필요도 없고, 아틀리에를 국내에만 둘 이유도 없겠죠. 그레이스가 성장하면, 유럽, 미국, 중국 등에 마이크로 팩토리를 늘려갈 수 있습니다. 그 팩토리들끼리의 소통을 본사에서 맡고요. 이렇게 하면 작업 능률이 향상되는 것은 물론이고, 초기 투자 비용도 크게 줄어듭니다. 게다가 지역별로 자연 환경과 문화의 다양성을 살린 제품을 만드는 것이 가능합니다. 이렇게 해야 회사 규모가 커져도 오더메이드 40퍼센트 선주문을 계속 유지할 수 있어요."

"야심가였군."

타로 정이 윗니로 아랫입술을 가볍게 눌렀다가 떼며 웃어 보였다. 그레이스 2집을 타로뮤직에서 영영 내지 못하겠단 생각을 했을 수도 있다. 마이크로 팩토리가 육대주에 여섯 개만 만들어져도, 곡을 만들고 다듬을 시간이 턱없이 부족할 것이다. 겨우 여유가 생긴다 해도 상당한 재력과 국제적인 네트워크를 지닌 다음이니, 타로뮤직이 아니라 세계 유명 음반사와 접촉할 수도 있다.

기관 투자가들과 자리를 갖기 전에 그레이스의 가치를 미리 알고 호평해 준 이들을 다섯 명만 만나보려 했다. 그들의 조언을 반영하여 투자제안서를 업그레이드시킬 계획이었다.

타로 정은 다섯 명 중 첫손에 꼽혔다. 투자가 필요하면 의논해 달라고 먼저 말한 장본인이기도 했다. 그사이 타로뮤직도 승승장구했으니 투자 가능성은 더욱 높았다. 막걸리를 반 통 넘게 더 비웠다. 이제 타로 정의 대답을 듣고 싶었다. 운해 백을 처음으로 주문한 고객이 타로 정이란 사실을 알 만한 사람은 다 알았다. 그가 투자를 결정하면 후속 투자를 유치하는 데 큰 도움이 된다.

"투자제안서는 잘 봤어. 기관 투자가들에게 그대로 보낼 건 아니지?"

"고칠 부분이 많은가요?"

"전부!"

"네?"

"전부 새로 써야 한다고."

당황한 나는 잠시 말을 잃었다. 보름을 꼬박 밤을 새우다시피 하며 작성한 글이다. 타로 정이 설명했다.

"예술가가 예술가에게 보낸 글로는 흠 잡을 데가 없어. 그런데 투자를 받으려는 회사 대표가 투자자에게 보내는 제안서로는 낙제점이지. 언어가 다르니까."

"언어가 다르다고요?"

"명확한 근거를 제시해야 해. '중국 명품 시장이 성장하고 있다'

이 따위로 적으면 안 돼. 지금 세계 명품 시장에서 중국 고객이 차지하는 비중이 어느 정도지?"

"35퍼센트 안팎인데, 2025년엔 46퍼센트로 늘어날 전망입니다."

"그걸 왜 제안서엔 안 적었어? 그래프로 딱 정리를 해야지."

"꼭 그렇게 해야 합니까?"

"투자자는 유 대표를 신뢰하지 않아. 객관적인 데이터를 믿을 뿐! 그러니까 다 바꿔. 보내기 전에 내게 한 번 더 미리 보여줘. 투자 유치를 위해 제안서를 보내는 회사가 얼마나 많겠어? 형식을 제대로 갖춰야 첫 장이라도 펼치고 읽지. 유 대표라면 기본도 안 된 글을 읽겠나?"

"알겠습니다. 다시 만들겠습니다."

고마운 지적이었다. 투자제안서를 거의 매주 받아서 검토하는 타로 정이 아니었다면, 이처럼 날카로운 충고를 듣지 못했으리라. 그가 덧붙였다.

"제안서는 처음부터 새로 쓰는 걸로 하고, 하나만 더 확인하고 싶은데……."

제안서 밖으로 말머리를 돌리는 것이 불길했다. 어느 책에선 이렇게까지 주장했다. 투자자를 제안서 안에 가둬라, 소설에 몰입하는 독자처럼.

"말씀하세요."

"트로이란 프로젝트 시작했다며?"

아침 회의에 참석한 다섯 사람의 얼굴이 떠올랐다. 트로이 프로젝트는 6인회에서만 논의한 극비 사항이다. 다른 직원들은 아직 오더메이드 제품 중 하나로만 알고 있었다. 언젠가는 전체 직원과 공유하겠지만 성공 가능성을 높인 뒤 따로 일정을 잡으려 했다. 투자제안서에도 물론 넣지 않았는데 타로 정이 곧바로 짚은 것이다. 타로 정이 그레이스의 VVIP 고객이지만 프로젝트 안내 메일을 그에겐 보내지 않았다. 프로젝트를 성공시킨 뒤 투자를 강력히 권하고 싶었던 것이다. 흘리기라도 한 걸까? 유출시켰다면 누구란 말인가? 따져 묻는다고 순순히 알려줄 사람이 아니다. 어쨌든 극비 프로젝트의 진행 상황을 외부인이 안다는 것은 회사로선 심각한 문제이다.

"맞습니다. 첫 고객이 주문한 제품을 만드는 중입니다."

솔직히 인정했다. 비밀은 이미 달걀처럼 깨어졌다.

"단번에 성공 못했고?"

오늘 아침 회의 내용까지 아는 듯했다.

"정 사장님도 운해 백이 백 퍼센트는 아니라고 하셨잖아요? 트로이에선 고객이 백 퍼센트 만족하는 제품을 만들려고 합니다. 2퍼센트가 부족하다면, 그 2퍼센트를 메우기 위해 처음부터 다시 집중하는 것이죠. 회사의 총체적인 역량을 키우는 좋은 기회로 삼을 겁니다."

"리스크도 크지."

타로 정은 핵심만 짚었다. 위험 요소가 상당한 것은 사실이며, 이미 각오를 했다.

"시간과 비용은 마이너스더라도 최대한 감수하려 합니다. 당장 잃는 것보다 장기적으로 얻는 것이 훨씬 많을 테니까요."

"배워나가는 과정이다! 오케이! 거기까지는 받아들이지. 하지만 끝까지 백 퍼센트 제품을 만들지 못하면? 시간과 비용도 문제겠지만, 그레이스가 거듭 실패한 과정이 밖으로 낱낱이 알려지면, 회사 이미지는 엄청난 타격을 입게 돼. 회생 불능에 빠질 수도 있다고."

프로젝트를 진행하며 발생하는 문제들이 외부에 유출되지 않을 것이라고 자신 있게 받아치진 못했다. 프로젝트가 이미 타로 정에게 새어나간 상황이므로. 그의 생각을 마저 듣고 싶어 조심스럽게 말끝을 흐렸다.

"그 말씀은……?"

타로 정이 마치 낚싯바늘을 잡아당기는 잉어처럼 반 박자 빨리 강하게 답했다.

"트로이 프로젝트를 중단한다면, 타로뮤직은 오늘이라도 당장 그레이스에 투자하겠네."

하마터면 서울에서 대구까지 갈 뻔했다. 알람을 맞춰뒀지만 듣지 못했다. 이상한 꿈을 꿨다. 태어나면서부터 내가 천재로 각광받는 꿈이었다. 수학과 과학에 특별한 재능이 있다는 기사가 신문을 비롯한 여러 매체에 실렸다. 텔레비전에도 출연했는데, 직접 문제를 거대한 칠판에 적어가며 풀기도 하고, 과학자들과 문답을 이어가기도 했다. 칭찬을 받은 날엔 꼭 가방에 들어가서 잠을 청했다. 누가 불러도 나가지 않았다. 기도했다. 평범한 아이가 되게 해 달라고. 재능이 사라질 수만 있다면 무엇이든 하겠다고.

물뱀이 소매로 파고들어 팔꿈치에 닿기라도 했을까. 서늘한 기운에 눈을 뜨니 기차가 대전역에 도착한 후였다. 서둘러 내렸다. 막걸리 때문에 밀려든 두통은 아니었다. 타로 정이 다른 조건을 제시했다면 적극적으로 방어했을 것이다. 트로이 프로젝트 중단을 요구할 줄은 몰랐다. 투자를 받는다는 것은 간섭이 늘어난다는 뜻이다. 머리론 알고 있었지만 눈앞에서 겪고 나니 감당하기 쉽지 않았다. 받아치는 대신 좀더 고민해 보겠다며 겨우 물러섰다.

방 이사가 역까지 마중을 나왔다. 겨울비가 부슬부슬 내렸다.

"작업은?"

조수석에 타자마자 양손 엄지로 관자놀이를 누르며 물었다.

"시작은 했는데……."

말끝을 흐렸다.

"왜?"

주차비를 내며 별일 아니라는 듯 답했다.

"윤 부장님이 묻더라고. 유 대표 언제 오냐고."

윤웅식 영업부장과는 지난주에 대전에서 이미 회의를 마쳤다. 지적 사항은 없었고 덕담을 주고받으며 저녁 식사를 끝낸 후 서울로 돌아왔다. 그날 회의에서도 윤 부장은 방 이사를 무시한 채 나하고만 이야기를 주고받았다.

"몇 시부터 중단한 거야?"

"세 시."

"연락을 했어야지?"

"유 대표를 직접 만나기 전에는 타일 한 장 못 붙인다고 어깃장을 놓네. 정 사장과 미팅하고 있을 시간이라 신경 쓰게 하고 싶지 않았어."

연락을 받았더라도 할 수 있는 일이 없었던 건 맞다. 그래도 내가 기차를 타기 전 문자로라도 알렸어야 하지 않은가. 아니다, 문자를 받았더라면, 한 시간을 곤히 자면서 내려오지 못했으리라. 방 이사의 배려가 고맙긴 해도, 작업 중단은 밀린 잠보다 백배 천배 더 중요한 문제였다.

"퇴근한 건 아니고?"

"기다린댔어."

단단히 따질 작정인가.

"속부터 풀자."

"기다리고 있다니까."

"저기, 해장국집에 세워."

늦게 갔다가 판이 아예 깨지는 경우도 있지만 지금은 아니었다. 윤 부장을 지치게 만드는 편이 나았다. 주먹만 한 선지를 숟가락으로 잘라 떠먹었다. 기다리다 지친 사람은 자신도 모르게 약점을 드러낸다. 술꾼들은 혀가 얼얼할 만큼 뜨거운 국물을 삼키고도 속이 시원하다고 했다. 타로 정과 낮술을 마시며 나눈 이야기를 숙취와 함께 머릿속에서 지웠다. 원하는 것을 서로 확인하였으니, 대전에서의 일을 마친 후 다시 꺼내도 늦지 않다.

윤 부장의 갑작스런 작업 중단 명령만 집중해서 고민했다. 회의를 너무 순조롭게 마쳐 걱정스럽긴 했다. 백화점을 겪어보니 사소하더라도 문제를 논의하는 편이 나았다. 단 하나도 지적하지 않는 경우는 준비가 완벽하든가 백화점에서 관심이 없든가, 둘 중 하나였다. 전자이길 바랐지만 대부분 후자였다.

"라 부장은?"

동시에 오픈할 B백화점 영업부장 이름은 라본길이다. A백화점은 대전에 터를 닦은 지 사십 년이 넘은 전통을 자랑하는 최강자였고, B백화점은 올해 개점한 다크호스였다.

"거긴 진도 많이 나갔어. 아주 마음에 든대."

직급은 부장으로 같았지만, 윤웅식이 라본길보다 열 살이나 많았다. 같은 날 오전과 오후로 나눠 가진 사전 회의에서 라 부장은 부스에 설치하려는 마네킹에 관심이 많았다.

"정 사장과는 이야기 잘 했고?"

고개를 들어 방 이사에게 설명하려다가 다시 선지를 숟가락에 퍼 담았다. 회사에서 투자와 영업을 의논할 임원이 방 이사인 것이 맞다. 그런데 그는 투자와 영업만을 중심에 두고 나머지를 판단하는 경향이 있었다. 아틀리에 운해에 속한 장인들의 실력보다도 자신이 거느린 영업팀 실적을 더 높이 샀다. 아무리 잘 만들어도 제대로 팔지 못하면 소용이 없고, 또한 제대로 팔려면 회사 규모가 크면 클수록 좋다는 주장을 줄곧 펼쳤다.

"나쁘지 않았어. 오드 아이부터 끝내고 약속 잡아야지. 그땐 같이 가."

방 이사도 더 이상 캐묻지 않았다. 내게서 아직 풍기는 막걸리 냄새로부터, 타로 점이 단칼에 거절하진 않았다고 추측했으리라.

해장국을 깨끗이 비운 뒤 양치에 가글까지 했다. 백화점에 곧바로 들어가지 않고, 휴대전화를 비행기모드로 바꾼 뒤 근처 공원을 우산을 쓴 채 두 바퀴나 돌았다. 대전의 공원은 서울의 공원보다 더 넓고 더 고즈넉했다. 겨울비가 내리는 바람에 야간 산책을 나온 사람도 거의 없었다. 군데군데 흐린 등을 바라보며 섰다가 걷고 또 섰다가 걸었다. 방 이사는 서너 걸음 뒤에서 따르기만 했다. 대표가 생각에 골몰할 땐 말을 걸지 않는다, 이것은 그레이스 직원이라면 누구나 아는 첫 계명이었다. 저녁 아홉 시가 넘어가고 있었다. 빗방울이 더욱 굵어졌다. 시간을 확인한 뒤 백화점으로 들어가며 문자를 넣었다.

– 유다정입니다. 곧 도착합니다.

윤 부장이 바로 전화를 걸어왔다. 경쾌하게 받았다.

"많이 기다리셨죠? 죄송해요. 서울에서 약속이 길어졌어요. 매장으로 오시겠어요? 지적해 주시면 바로 답을 드리겠습니다."

사무실 대신 매장을 택했다. 단둘이 이러쿵저러쿵 따지기보단 매장에서 관계자들과 함께 이 문제를 해결하고 싶었다. 일 층 매장 입구로 들어서자 방 이사가 보디가드처럼 가까이 붙었다. 윤 부장에게 봉변이라도 당할까 염려하는 눈치였다. 나는 한 걸음 뒤에서 따르라며 눈짓을 보냈다. 윤 부장을 발견하자마자 종종걸음으로 가선 고개를 반만 숙인 채 웃으며 인사를 건넸다.

"식사는 하셨어요? 제가 너무 늦었죠?"

아마추어 권투선수로 전국체전까지 출전했다는 윤 부장이 긴숨을 내쉰 뒤 말했다.

"됐고…… 매장이나 제대로 해놓으쇼."

아무리 딸뻘이지만 지난번 회의 땐 말을 함부로 놓지 않았다.

"제대로라고요? 조감도를 미리 보여드렸지 않습니까? 그대로 하고 있는 거 맞지요, 지훈 님?"

고개를 돌려 방 이사와 눈을 맞췄다.

"변경 사항이 전혀 없습니다. 조감도와 똑같습니다."

윤 부장이 오른팔을 휘휘 저었다. 당장 훅이라도 날릴 기세였다.

"여긴 명품들이 즐비하오. 그런데 볼썽사납게 꾸미면, 다른 매장들까지 손해를 입소. 벌써부터 항의한 브랜드도 있고……."

그런 브랜드가 있을 수도 있고 순전히 윤 부장이 지어낸 이야기일 수도 있다. 나는 한 걸음도 물러설 뜻이 없었으므로 따지기 시작했다.

"볼썽사납다고 하셨는데, 뭘 말씀하시는 건가요?"

"딱 삼십 개 품목만 팔겠다 이거요? 중앙 탁자에 또 그걸 다 모아놓는다? 나머지 공간엔 푸른 바탕에 우주복을 입은 마네킹들을 세우겠다고? 악어 같고 늑대 같고 불곰 같고 박쥐 같고 지렁이 같고 송충이 같은 녀석들을 말이오. 마네킹들이 입고 있는 옷이나 쓰고 있는 모자나 신고 있는 신발을 팔겠다면 그러려니 하겠소. 마네킹들은 그레이스 제품을 단 한 점도 걸치지 않았다며? 임대한 평수 중 십 분의 일에만 제품을 놓고, 나머진 SF영화 세트장이라도 만들 작정이오? 이게 볼썽사납지 않으면 뭐가 볼썽사납겠소. 전혀 어울리지 않아! 여기가 대체 어디라고 생각한 것이오?"

"블루 플래닛, 푸른 행성이죠."

B백화점은 레드 플래닛, 붉은 행성이었다. 역습을 당한 윤 부장이 더 이상 비판을 못한 채 눈만 끔벅거렸다. 행성 운운하는 이 여자를 어찌 한다? 그러나 그에겐 어찌 할 방도가 당장 떠오르지 않을 것이므로, 나는 설명을 이었다.

"이미 허락을 하셨으니 콘셉트를 바꿀 순 없습니다. 전에도 말씀드렸지만, A백화점과 B백화점에서 같은 날 같은 시각에 오픈합니다. 라 부장님은 조감도를 보시곤 마네킹들에 대해 몇 마디 묻긴 하셨지만, 전체 콘셉트가 흡족하다 하셨어요."

"그럼 B로 가서 하시오. 유 대표가 몰라서 그런데 우리 백화점 특히 일 층은 우아해야 해요. 그래야 고객들 지갑이 열린다고. 탁자 하나에만 제품들을 올려둔다는 게 말이나 될 법한 소리인가. 지난 사십 년 동안 이런 적은 단 한 번도 없었고……."

공격이 최선의 방어다. 버티는 대신 네댓 걸음 단숨에 나아갔다.

"백화점 내규는 충분히 숙지했고 따르겠습니다. 하지만 매장에 제품을 얼마나 어떻게 내놓는가는 입점할 저희가 맡을 부분이죠. 타당한 이유도 없이 공사를 막으신다면, B백화점에만 매장을 내겠습니다.”

윤 부장의 눈 밑이 심하게 떨렸다. 적당히 숙이고 들어올 줄 알았던 것이다. 겨울비를 맞으며 공원을 걸으면서 내린 결정이었다. 다른 회사 매장들과 어깨높이를 맞추며 가느니 차라리 접자! 처음부터 끝까지 뜻대로 하리라. 역공에 놀라긴 방 이사도 마찬가지였다. 을이 갑에게 절대로 해서는 안 되는 행동을 한 셈이니까. 그러나 나는 갑질을 순순히 받아줄 마음이 없었다. 을질로 갚아주고 싶었다. 물론 퇴로는 마련해 두었다. 윤 부장도 모르고 방 이사도 몰랐지만.

“A백화점 방침이 그러하다면 따로 갑론을박하진 않겠습니다. 깨끗이 접고 저희가 B백화점에 매장을 두 개 내는 데만 이의를 제기하지 말아주세요.”

B백화점에 매장을 두 개 낸다? 방 이사도 처음 듣는 이야기였다. 지난번 회의 후 라 부장이 은밀히 건넨 제안을 나 혼자만 새겨들었다가 폭탄처럼 터뜨린 것이다.

“라, 라, 라와 벌써 입을 맞춘 것이오?”

“아닙니다. 윤 부장님이 오늘 이렇게 나오실 걸 제가 예상하고 라 부장님과 의견을 주고받는 건 불가능하니까요. 매장을 하나 더 내더라도 좋을 만큼 콘셉트가 뛰어나단 칭찬을 듣긴 했지요. 때마침 빈 매장이 있다고도 하셨고요. 여기만큼 좋은 자린 아니지만, 오드 아이를 하려면 매장 두 군데가 반드시 필요하고, 또 두 군데 매장을 인테리어 한다는 조건으로 서울에서 팀을 데려왔으니, 그 정도 손해는 저희가 감수하겠습니다. 이렇게 정리하면 될까요?"

윤 부장이 어깨가 흔들릴 만큼 고개를 저었다. 스트레이트가 닿을 턱과 어퍼컷이 꽂힐 명치가 무방비로 드러났다.

"유 대표! 뭘 그리 급히 정리를 한다는 겁니까? 내가 다 유 대표 걱정해서 하는 소리지……. B백화점으로 쪼르르 가버리면 섭섭하지. 우리 백화점에 그레이스가 입점한다는 안내 문자가 이미 나갔습니다. 좋소, 조감도대로 하시오. 그럼 되겠소?"

윤 부장은 화끈한 성격만큼이나 변덕이 심했다. 입장을 돌변하여 입주 업체들을 난처하게 만든 적이 많다는 풍문은 익히 들었다. 나는 짧은 침묵을 최대한 길게 즐겼다. 이윽고 그가 항복을 했다.

"제발! 부탁하오."

녹다운된 그를 보며 못 이기는 척 말했다.

"고맙습니다. 푸른 행성을 이곳에 제대로 만들어보겠습니다."

윤 부장은 내가 딴소리를 못하도록 서둘러 매장을 떠났다. 사무실로 가면서도 계속 부하 직원에게 동의를 구하듯 투덜거렸다.

"요즘 젊은 사람들은 알다가도 모르겠어. 백화점에선 한 뼘 한 뼘이 다 돈인데, 기기묘묘한 마네킹만 주르르 세우고 제품은 달랑 탁자 하나에만 놓고 장사를 하겠다니, 참내, 고객들이 오려나 모르겠네……."

매장 디자인은 내가 직접 했다.

제품 디자인에선 그레이스 디자인팀장 비컨에게 우선권을 줬지만 매장은 달랐다. 콘셉트부터 소품까지 모든 걸 내가 결정한 뒤 비컨이 한두 마디 거드는 식이다. 처음엔 비컨이 매장까지 맡겠다고 나섰다. 디자이너로서의 자존심이다. 그러나 내가 건넨 스케치들을 보곤 마음을 고쳐먹었다. 비컨은 가방이나 옷이나 신발처럼 제품에 대해선 독특하고 세련된 감각을 지녔다. 그러나 매장처럼 텅 빈 공간은 또다른 세계였다.

나는 공간을 채우고 바꾸고 지우는 것을 즐겼다. 연극 동아리 폭풍에서 익힌 감각이었다. 배우로 무대에 서기도 했지만, 무대 디자인을 맡기도 했다. 폭풍엔 스태프가 몇 명 되지 않았기 때문에 한 사람이 여러 일을 책임져야 했다. 나 혼자서 무대 디자인과 소품을 전담한 작품만도 세 편이다. 윌리엄 셰익스피어가 원했던 베니스나 런던을 무대에 담으려고도 해보았고, 아예 서울이나 부산이나 그것도 아니면 목포 혹은 제주로 바꿔보기도 했다. 구체적인 공간을 몽땅 지우고 지극히 단순화시켜 추상적이면서도 모호한 공간을 만든 적도 있었다. 그러면서 깨달았다. 무대가 배우만큼이나 중요하다는 것을. 빛과 소리와 색과 모양이 섞이자, 배우가 등장하지 않았는데도, 관객은 느끼고 이해했다. 배우로 무대에서 연기하는 것과는 또다른 즐거움을, 무대를 디자인하고 만들며 누렸다.

상상이 곧바로 무대가 되진 않는다. 연출자를 비롯한 스태프 그리고 배우들과 거듭 의논해야 한다. 무대 디자인을 설명하면 나머지 사람들이 평가와 지적을 하는 식이 대부분이다. 아마추어 극단이든 프로페셔널 극단이든, 이 과정은 참석자들의 자존심을 너덜너덜하게 만들 정도로 치열하다. 연출자는 자신의 연출 방향과 무대를 연결시켜 고민했고, 배우는 자신이 맡은 역이 좀더 빛나기를 바랐고, 스태프들도 각자 염두에 둔 부분을 부각시키는 데만 신경을 썼다. 나는 늘 빠듯한 예산 속에서 디자인한 이 무대가 최선임을 설명해야 했다. 머릿속 상상을 여러 사람들이 납득할 수준으로 펼쳐 보이기란 무척 어려웠다. 말로 부족한 부분은 스케치로 채웠다. 두 시간이 넘게 설명하고도 받아들여지지 않던 무대 디자인이 스케치 한 장에 만장일치로 채택된 후로는, 반드시 무대를 꼼꼼하게 그렸다. 내가 가장 원하는 무대뿐만 아니라, 시간과 장소 그리고 인물에 따라 변주된 스케치까지 더 그려두었다가 내밀었다. 스케치가 서른 장을 넘어갈 때도 많았다. 서투르던 그림 솜씨도 차츰 나아졌다. 상세하게 사실적으로 그리는 것보다 무대에 담고 싶은 내 생각과 느낌을 강조하는 방식을 선호했다.

매장 디자인도 다르지 않다. 매장은 이러이러해야 한다는 낡은 틀이 있긴 하다. 주력 상품을 중심에 두고 다른 제품들을 배열하는 방식이다. 서울과 부산에 매장을 낼 때나 그 외 도시에서 팝업 매장을 열었을 때도 윤 부장과 같은 지적을 숱하게 들었다. 나는 용기를 내어 항상 또 다르게 가보고 싶었다. 어차피 그레이스는 대량으로 제품을 생산하여 다수의 고객에게 판매하는 회사가 아니다. 명품과 비교해도 소재와 디자인이 뒤떨어지지 않는다는 사실을 알아보는 고객이 필요한 것이다. 불특정 다수를 위한 매장이 아니라, 예술성과 실용성을 함께 살피는 눈 밝은 고객에게 어울리는 매장을 만들어야 한다.

대전 오드 아이의 주제는 미래다. 지구가 아닌 다른 행성에서의 나날을 담고 싶었다. 다양한 우주 생명체들을 등장시키고 그들과 교감하는 특별한 시간을 고객들에게 선사하고자 했다. 매장 중앙엔 행성을 닮은 거대한 눈을 뒀다. 푸른 행성은 블루 아이, 붉은 행성은 레드 아이! 그리고 벽엔 석고로 만든 다양한 팔들이 벽을 뚫고 나오도록 했다. 고객은 그 팔처럼 자신의 팔을 흉내 낼 수도 있고, 또 그 손을 맞잡을 수도 있다. 벽에는 또한 큼지막한 이름들이 궤도를 돌듯 흘러간다. 행성에 도착한 지구인의 이름일 수도 있고 혹은 그 행성에 거주하는 외계 생명체의 이름일 수도 있다. 그와 같은 분위기까지 깔면서, 내가 적어나간 이름은 채대숙과 페인터 눈을 비롯한 아틀리에 운해의 장인들이다. 수십 년간 묵묵히 한길을 걸어온 그들을 향한 존경심을 담았다.

그레이스의 가방을 우주 생명체들이 지니도록 하지는 않았다. 그건 너무 쉬운 길이다. 제품을 구입하고 사용할 때 그레이스가 예측한 미래를 함께 누리는 기분이 들면 그것으로 족했다.

푸른 행성과 붉은 행성을 오드 아이로 표현하는 기획안에 영감을 준 사람은 은어다.

"브루스 채트윈의 가방처럼, 탐험가를 위한 가방을 만들어요. 지구를 탐험하든 우주를 탐험하든."

은어는 브루스 채트윈의 영혼이 옮겨오기라도 한 듯, 몰스킨 노트를 흔들어대며 떠들었다. 브루스 채트윈이 파타고니아에 간 것은 그의 할머니가 지닌 가죽 조각 때문이며, 파타고니아까지 가서 확인한 가죽의 정체는 3미터가 넘는 거대한 나무늘보 밀로돈이라고 했다. 채트윈의 할머니가 밀로돈 가죽이 아니라 우주인의 가죽을 지녔다면, 브루스 채트윈은 우주비행사가 되었을지도 모른다고 덧붙였다. 우주인의 가죽, 거기서 나는 한 걸음 더 나아가 지구 밖 행성을 디자인해 보자는 생각이 들었다. 은어는 가끔 이런 식으로 자신도 모르게 나를 자극했다. 열에 아홉은 제품으로 만들거나 매장을 꾸리기에 적합하지 않았지만, 단 하나라도 도움이 된다면 그것으로 충분했다. 비컨이 내게 도움이 된다는 사실을 알고 제안한다면, 은어는 도움이 되든 안 되든 이야기부터 하는 쪽이었다. 지금도 은어는 내가 오드 아이의 착상을 그가 떠받든 브루스 채트윈으로부터 얻었음을 모를 것이다.

삼박사일이 지나갔다.

A백화점과 B백화점을 오가며 작업을 독려했다.

윤 부장은 사과의 의미로, 라 부장은 격려의 의미로 식사를 청했지만 정중히 거절했다. 김밥을 배달시켰고, 그 시간도 아까우면 영양제 몇 알을 삼키면서 현장을 지켰다.

입점을 알리는 안내 문구가 붙은 합판으로 매장 전체를 가리긴 했지만, 영업 시간에는 소음이나 먼지가 나는 공사를 할 수 없었다. 중요한 공사는 백화점이 문을 닫는 저녁 여덟 시부터가 시작이었다. 서울에서 트럭에 싣고 온 짐들을 박스째 지하주차장에서 일층 매장까지 엘리베이터로 옮겼다. 조감도대로 대형 카펫을 비롯한 깔개를 바닥에 깔고 각종 집기들을 설치하다 보면 새벽이었다.

백화점 건너편에 미리 잡아둔 비즈니스호텔에서 간단히 아침을 먹고 눈을 붙였다가 오후 늦게 백화점으로 와서 다시 작업을 재개했다. 이 일을 A백화점과 B백화점을 오가며 해냈다. 그나마 두 백화점의 거리가 택시로 십오 분 정도여서 다행이었다.

백화점 영업에 피해를 주지 않으려면 밤샘 작업은 필수였다. 아르바이트 청년들까지 구하여 짐을 옮기고 푸는 일은 방 이사가 맡았고, 박스가 열린 뒤부터 모든 배치는 내 지시를 따랐다. 처음 서울에서 팝업 스토어를 오픈할 때는 서서 꾸벅꾸벅 존 적도 있지만, 이제는 거뜬하게 새벽을 맞았다. 언제 어떻게 힘을 써서 일하고 또 언제 어디서 느슨하게 쉬는지 터득한 것이다. 두 매장을 동시에 차릴 역량과 노하우를 지녔으니, 다음엔 네 개 매장을 함께 여는 기획도 해볼 법했다.

영업이 끝나고 불 꺼진 백화점을 혼자 어슬렁거리는 것은 나만의 숨은 취미였다. 천으로 가렸거나 혹은 진열한 그대로 놓인 상품들 사이를 지나니, 이곳이 푸르지도 붉지도 않은 또다른 외계 행성처럼 느껴졌다. 파는 사람과 사는 사람이 빠져나간 자리. 상품은 여전히 가득했지만, 생명의 온기는 사라졌다. 그렇지만 생명의 탄생까지 수억 년을 기다릴 필요는 없다. 밤이 지나고 아침이 밝으면, 다시 백화점은 사람들로 붐빌 것이다. 달의 뒤편처럼 고요하고 느리고 어두운 순간이 매일 밤 백화점에 찾아든다는 사실이 신기했다.

개점일인 12월 10일 아침 열한 시부터 고객들이 밀어닥쳤다. A백화점과 B백화점을 차례대로 방문하는 고객도 적지 않았다. 두 매장을 비교한 사진이 SNS에 온종일 올라왔다. 블루와 레드로 편을 나눠 논쟁이 붙기도 했다. 가장 많이 사용한 해시태그는 '#오드아이'였다. 대전충남 지역 신문 기사도 호평 일색이었다. 푸른 행성과 붉은 행성 그리고 외계 생명체가 과학도시 대전과 매우 어울린다고 했다. 기획 단계에서 도시의 이미지를 당연히 고려했지만, 인터뷰를 할 땐 과학도시 운운하며 촌스럽게 굴지 않았다. 그것보다는 뉴욕이나 파리 혹은 런던에서도 '오드 아이' 콘셉트로 매장을 내고 싶다고 포부를 밝혔다. 우주는 넓고 행성은 많다. 블루와 레드 외에 색상 또한 다양하고.

인기만큼이나 매출도 눈부시게 올랐다. 백화점 명품관 개장 이래 최고를 찍었다. 그레이스 제품들이 해외 명품의 절반 혹은 삼분의 일 가격이란 점을 고려한다면 주목할 성과였다. 오더메이드 방식으로 제품주문서를 작성한 고객이 매장에서 제품을 직접 구입한 고객보다 세 배나 많았다. 지방에선 더욱 낯선 오더메이드란 벽을 순조롭게 넘어선 것이다.

6인회는 밤 열 시에 A백화점 앞 비즈니스호텔 소회의실에서 시작되었다.

채대숙과 페인터 눈과 비컨과 은어 역시 오전부터 내려와서 매장 일을 거들었다. 그들은 철야 작업을 이어간 내 건강을 염려하며 회의 시간을 다음 날로 조정하자고 했다. 그러나 나는 회의를 마친 후 쉬겠다며 고집을 부렸다. 쉽게 잠들 것 같지도 않았다. 저녁 여덟 시 영업을 끝내고 매장을 정리했다. 제품을 올려뒀던 탁자 위가 말끔했다. 자축의 눈빛만 서로 나눈 뒤 둘러앉아 회의를 시작했다.

비컨부터 벨트 백에 관한 착안점을 설명했다.

"아서 님의 이야기에 따르자면, 혜경 님은 매일 두 가지 역할을 합니다. 모드레드를 홀로 기르는 엄마이면서 호텔 룸메이드죠. 룸메이드로 근무할 때 지니는 물품과 엄마로서 아기를 돌볼 때 필요한 물품이 섞이지 않도록 주머니를 따로 마련했습니다. 그리고 색은 화려하지 않게, 유니폼과 어울리는 그린으로 정했습니다. 언뜻 보면 벨트 백을 찼는지조차 모를 정도면 좋겠네요. 가죽은 모공이 미세하며 부드럽고 매끄러운 카프스킨(calfski)으로 하겠습니다."

페인터 눈과 채 실장이 고개를 끄덕이며 동의했다. 방 이사가 의견을 보탰다.

"벨트 백을 차고 일해 본 사람은 여기서 저뿐인 듯합니다. 유럽을 한창 돌아다닐 때였는데, 어쩌다 보니 델보 백만 사게 되었어요. 서른일곱 개를 사서 입국한 후 경기도 모처로 날라야 하는 날이었죠. 세관에 신고한 후 두 시간을 기다렸다가 관부가세랑 관세사 수수료를 입금한 후 백을 찾았죠. 관부가세는 제품마다 들쑥날쑥하지만 20퍼센트 안팎이 붙습니다. 어쨌든 백의 개수와 품질을 확인한 후 트럭에 실어야 했어요. 파트너십으로 일하는 협력사 직원 둘이 오긴 했지만, 백을 트럭에 옮겨 싣는데 저 혼자만 손 놓고 구경할 순 없더라고요. 그래서 벨트 백에 개인 물품과 서류들을 넣어 허리에 두르고 저도 상자를 날랐답니다. 시간은 돈이니까요. 한 시간 빨리 도착하면 그만큼 고객 만족도가 올라가죠. 벨트 백에서 제일 중요한 게 뭔지 아십니까? 상체와 하체를 바쁘게 놀리더라도, 특히 허리를 돌리고 굽히고 젖히더라도 백이 고정되어야 한다는 겁니다. 허리를 움직일 때마다 가방이 느슨해서 왔다 갔다 하거나 벨트가 풀려버리면, 안심하고 일할 수 없어요. 디자인은 비컨 팀장이나 아틀리에에서 만드는 대로 따르겠습니다. 다만 벨트의 역할을 확실하게 만듭시다. 한 몸처럼 허리에 딱 붙게! 쉽게 풀리지 않도록!"

나는 비컨과 채 실장을 보며 확인받듯 물었다.

"가능하겠습니까?"

두 사람이 차례대로 답했다.

"디자인에 반영하는 건 큰 어려움이 없습니다."

"삼 주만 주시면 흠 하나 없는 벨트 백을 보여드리겠어요."

모처럼 언성을 높이지 않고 순조롭게 결론에 이르렀다. 참석자 모두의 얼굴에 잔잔한 웃음이 번졌다. 무엇을 해도 잘되고 무슨 말을 해도 부드럽게 넘어가는 그런 날이었다. 눈치라곤 없는 은어가 마무리로 향하던 회의 분위기를 질문 하나로 바꿨다.

"대비책을 세워둬야겠지요?"

좌중의 시선이 쏠렸다. 내가 되물었다.

"대비책이라뇨?"

"아서 님이 이번에도 트집을 잡을 테니까요. 예상 문제를 미리 풀듯 불만 사항들을 체크해 두는 게 어떻겠습니까?"

페인터 눈이 말벌처럼 쏘았다.

"아틀리에에서 만들 벨트 백이 완벽하지 않으리라 예단하는 겁니까?"

은어가 주저하지 않고 답했다.

"하늘 아래 완벽한 인간이 없듯, 하늘 아래 완벽한 벨트 백도 없습니다. 평가가 갈린다는 건 패션 잡지를 아무 거나 들춰도 알 수 있지요."

이미 끝내고도 남았을 회의가 은어로 인해 길어지고 있었다. 비컨이 굳은 표정으로 물었다.

"어쩌잔 겁니까?"

"삼 주 후 벨트 백을 보낼 때, 예상되는 불만에 대한 답을 미리 적어 동봉하죠."

방 이사가 받았다.

"미리 입을 틀어막자! 나쁘진 않군요. 예상 문답은 그럼 은어 님이 작성할 건가요?"

처음으로 지지하는 발언이 나오자 은어의 목소리가 바이올린 소나타처럼 높아졌다.

"초안은 제가 만들어보겠습니만, 다정 님이 검토를 해주십시오."

비컨이 끼어들었다.

"다정 님은 업무가 벌써 차고 넘치니, 제작은 대숙 님과 의논하시고 디자인은 저와……."

"제게 가져와요."

나는 말허리를 자르고 은어의 요청을 받아들였다.

6인회는 거기서 끝났다.

회의를 마친 우리는 각자의 객실로 들어갔다. 신발을 벗자마자 졸음이 불개미떼처럼 몰려들었다. 화장부터 지워야 했지만 몸이 계속 가라앉았다. 이대로 해가 뜰 때까지 자고 싶었다. 훼방꾼처럼 문자가 왔다. 은어였다.

– 푸른 행성과 붉은 행성 참 멋졌습니다. 우연의 일치겠지만, 저도 오드 아
  이를 생각한 적이 있습니다. 외계 행성은 아니고, 남극과 북극이긴 하지만.

브루스 채트윈의 가방에 대한 언급은 없었다. 침대에 엎드린 채 제법 길게 답을 적었다가 전부 지웠다. 한 문장만 보냈다.

– 우연을 필연으로 만드는 게 실력이죠.

다시 문자가 왔다. 미간을 찌푸리며 두 주먹으로 침대를 동시에 내리친 후 아이폰을 확인했다. 은어가 아니라 비컨이다.

– 축하해요. 역시 다정 님이 만드는 매장은 매혹적이에요. 피로를 말끔히
  없애주는 티가 있는데 드시겠어요? 한 잔 마시면 아주 깊이 잠들었다가
  상쾌한 아침을 맞이할 거예요.

내가 외계 행성으로 가자고 말하자마자, 비컨은 외계 행성을 연상시키는 소재들부터 찾은 뒤 외계 생명체를 다양하게 세우자는 의견을 덧붙였다. 그는 SF 영화를 매주 두세 편씩 꼭꼭 찾아보는 마니아였다. 수많은 캐릭터가 머릿속에 자리 잡고 있었다. 끄집어

내어 섞는 과정이 순탄치는 않았지만 즐거움도 컸다. 함께 이룬 성공이었다.

고객들이 근처 매장까지 빙빙 돌아 줄을 설 만큼 밀려든 것을 확인한 뒤, 비컨은 모습을 감췄다. 오늘의 주인공은 유다정이며, 그는 조연은 물론이고 단역의 자리도 탐내지 않았다. 언론 인터뷰를 연이어 하고, 윤 부장과 라 부장을 비롯하여 백화점 관계자들을 만나면서도 주변을 두리번거렸다. 방 이사와 채 실장과 페인터 눈과 은어가 상기된 얼굴로 즐거워할수록 비컨의 부재가 더욱 신경 쓰였다. 이렇게 누군가를 걱정하는 것이 오랜만이었다.

욕실에서 손을 씻다 말고 벽에 걸린 하트 모양 거울을 한참 동안 들여다봤다. 열다섯 살, 교통사고로 부모가 세상을 떠났다는 소식을 들은 날도 문을 잠그고 장난감 집처럼 여기던 가방에 들어가 앉아선 혼자 오래 하트 모양 손거울을 들여다봤었다. 가슴이 뛰는 것조차 죄스러웠다.

열 시부터 6인회를 시작한다고 단체 문자를 띄운 후, 함께 김밥으로 저녁을 대신할 때도 나타나지 않다가, 비컨은 회의 시작 오분 전에야 비즈니스호텔 소회의실로 들어섰다. 회의에서 벨트 백에 대해 구체적인 의견을 풀어놓은 사람은 비컨이었다. 직원 모두가 오늘 대전에서 거둔 성공을 기뻐하는 동안, 혼자 백화점 밖으로 나가선 이 궁리 저 궁리를 한 것이다.

노을을 함께 보듯 별을 같이 보는 건 어떨까. 별을 같이 보면서 푸른 행성과 붉은 행성에서 벌어졌을지도 모르는 이야기를 나누는 것은? 이야기를 나누며 캔 맥주나 글라스 와인이라도 가볍게 마시는 것은? 아참, 비컨이 함께 마시자고 문자에 적은 것은 맥주나 와인이 아니라 티였지. 티! 나는 티를 마시면 정신이 유리구슬처럼 맑아진다. 맥주나 와인이라면 분위기에 젖어 흘러갈 수도 있겠지만, 티는 분위기가 설령 만들어진대도 관찰하고 분석하게 만든다. 왜 하필 티람!

전화를 걸었더니 비컨이 바로 받았다.

"고마워요. 티는 마신 걸로 할게요. 많이 피곤하죠. 어려운 과제 해내느라 애썼어요……."

'빨리 쉬어요!'라고 인사를 하려는데, 그가 먼저 말했다.

"쉬웠어요."

"네?"

"오드 아이 콘셉트가 제겐 너무 쉬웠다고요."

"그게, 어떻게 쉬울 수 있죠? 알아요, 비컨 님이 SF 마니아라는 거. 하지만 색깔만 달리한 두 행성을 만들어 채운다는 게 보통 일은 아니죠."

"모델이 있으니까요."

"오드 아이의 모델이 있다고요? 뭐죠 그게?"

"다정 님과 저요."

"비컨 님과 나?"

"오드 아이로 해보라고 하셨을 때, 금방 떠올랐어요. 같은 취향을 지닌 두 사람이 있는 거죠. 변산반도에서 처음 만나 지금까지 제가 얼마나 자주 놀라는 줄 아세요? 남녀 통틀어 다정 님만큼 저와 취향이 같은 사람이 없었으니까요. 같은 모양을 갖추되, 색깔에 해당하는 결정적인 차이 하나만 부여하면 콘셉트 작업은 끝이었습니다."

"색깔에 해당하는 결정적인 차이? 그걸 뭘로 잡았죠?"

글과 이미지의 차이라고 답을 하지 않을까 기대했다. 아무리 따져봐도 그와 내가 맞지 않는 것은 그것 하나뿐이다. 그런데 비컨은 쓸쓸한 웃음과 함께 엉뚱한 답을 했다.

"밀물과 썰물이죠."

잠시 주춤했지만 곧 내 식대로 이해했다. 밀물은 비컨이고 썰물은 나인 것이다. 다가오는 남자와 물러나는 여자. 오늘은 이 정도에서 내 역할에 충실하기로 했다.

"쉬어요."

다급한 목소리가 딸려 들어왔다.

"이거라도……."

전화를 끊으려다가 멈췄다. 비컨이 티 대신 주려는 '이것'이 궁금했다. 촤르르릉. 에이마이너를 훑는 소리에 가슴이 심하게 뛰었다. 곧바로 노래가 시작되었다. 자작곡이었다.

　　반짝이는 건 아무 것도 없지만

　　솔직한 영혼의 진실은 빛이 나요

　　당신을 위해서라면 우아하게 비상할 게요

우리 함께 왈츠를 춰요

오늘은 즐기고 내일은 걱정 말아요
가끔은 힘이 들어도 더 많이 웃을 거예요
반가와요 손을 내밀면 다정하게 잡아줄래요
우리 함께 왈츠를 춰요

봄비처럼 촉촉하고 실처럼 가느다랗고 심야라디오 디제이처럼 콧소리가 얹힌 목소리가 내 정수리에서 등을 지나 발뒤꿈치로 똑똑 떨어졌다. 목소리로 마사지를 받는 기분이었다.

잘 들었다고, 노래가 정말 좋다고, 괜찮으면 티 대신 맥주나 와인을 한 잔 답례로 사고 싶다고 말하려는데, 전화가 끊겼다. 아이폰을 들곤 맥없이 웃었다. 내가 먼저 물러나놓고 혼자 섭섭한 썰물의 마음! 비컨이 전화를 끊지 않았더라면…….

잠을 청하는 대신 아서의 메일을 다시 불러냈다. 처음부터 찬찬히 눈으로 읽어 내려가다가, 입술을 닫은 채 혀만 움직여 읽다가, 이 대목부터는 입술까지 열고 또박또박 낭독했다. 책을 눈으로 읽어 가다 보면 소리를 내야 제맛이 나는 장면을 종종 만난다. 그때는 성우처럼 목소리에 감정을 실어 읽기 시작했다.

…… 소설 속 남녀가 몸으로 주고받는 대화에 집중한 혜경은 듣지 못했소. 거친 입맞춤이 만드는, 상상의 들숨소리와 날숨소리가 온

통 혜경의 귀를 채웠다오. 격렬한 주고받음이 입술과 얼굴에만 머물지 않고 목으로 어깨로 허리로 엉덩이로 내려왔소. 떨리고 흔들렸소. 엎드린 여자의 엉덩이를 살짝 세운 후 남자가 차분하게 성기를 밀어 넣었다오. 여자의 신음이 지금까지와는 달리 더 높고 길었소. 남자가 더 차분하게 넣자, 여자는 더 높은 봉우리를 넘어 더 넓은 평원을 누비는 쾌감을 토했소. 그 쾌감이 여자의 허벅지를 지나 무릎을 타고 발목을 지났을 때가 여섯 시 이십 이 분이었지.

폭풍 시절부터 작품을 분석하며 등장인물의 생각이나 느낌을 떠올린 적이 많았다. 그러나 이토록 생생하진 않았다. 혜경의 높고 긴 신음이 내 귀를 달구며 파고든다는 착각이 들 정도였다. 몸과 몸이 밀착하여 타오를수록 마음은 심하게 흔들렸지만, 그 흔들림을 또 저만치 두고 보는 다른 마음도 있었다. 그 마음의 차분함이 좋았다.

잠들기 직전, 시린 눈으로 문자 하나를 겨우 적고 한 번 더 읽은 다음 내일 아침 일곱 시 발송 예정으로 저장했다. 수신인은 타로정이었고 일곱 시는 그가 새벽 조깅을 마치고 모닝커피와 함께 네 개의 신문을 차례대로 읽는 시각이었다.

— 트로이 프로젝트는 포기하지 않겠습니다. 응원과 배려에 감사드리며, 앞으로도 지켜봐주세요.

5
세상에서 가장 작은 바람

 그레이스

당신들은 하나만 알고 둘은 몰랐던 게요.

철없는 소년들 탓을 해선 안 되오. 사람은 누구나 장난을 치니까. 장난꾸러기로 간주되지 않더라도, 장난 없는 인생이 어디 있겠소. 정치하는 동물, 생각하는 동물, 이야기하는 동물만큼이나 인류는 장난치는 동물이라오.

호텔 로비에서 쌍둥이와 마주쳤을 때 기분이 썩 좋진 않았소. 오십 대 중반으로 보이는 부모는 저만치 앞서 걸었고, 쌍둥이는 고무공을 던지고 받으며 낄낄거렸다오. 초원에 갓 나와 이리저리 뛰어다니는 얼룩 망아지들! 다행히 깨지거나 넘어진 물품은 없지만 타인을 배려하지 않는 행동이긴 했소. 열두 살쯤 되었을까. 나중에 확인해 보니 열네 살이 넘었더군.

그들은 객실 둘을 얻었소. 부모와 쌍둥이가 각각 따로 방을 쓴 게요. 이박삼일 호텔에 묵는 동안, 부모는 호수를 산책하고 보트 낚시를 즐길 예정이었소. 쌍둥이는, 또래들이 대부분 그러하듯, 아무런 계획 없이 따라왔다오. 그 아이들은 호텔 창문으로 내려다본 호수 이름이 무엇인지 떠날 때까지도 몰랐을 게요.

아침에 부모와 쌍둥이는 비슷한 시각에 객실을 나왔소. 부모는 호수로 갔고 쌍둥이는 실내 수영장을 택했다오. 저녁 식사 때까진 각자 자유롭게 지내기로 합의를 본 게요. 현명하다면 현명한 판단이오. 억지로 낚싯배에 태운들 자연의 아름다움에 눈 돌릴 아이들이 아니니까. 보지 않는 만큼 더 행복한 사이도 있소.

쌍둥이는 정오가 되기 전에 객실로 돌아왔소. 수영을 실컷 즐기며 놀다가, 공을 깜빡 방에 두고 나온 걸 깨달은 게요. 수영장에서 튜브나 공을 빌려주기도 하지만, 꼭 그 은빛 고무공이어야만 했다오. 집착을 통해 사랑도 배우고 미움도 익힐 나이였소. 운동장에서 주고받는 공놀이보다 이차선 도로를 사이에 두고 주고받는 공놀이가 재밌고, 도로에서 주고받는 공놀이보다 호텔 로비에서 주고받는 공놀이가 신나고, 호텔 로비에서 주고받는 공놀이보다 수영장에서 헤엄치며 주고받는 공놀이가 매력적이라오. 그리고 쌍둥이는 또다른 재미를 그날 처음 느꼈소. 얻는 것이 있으면 잃는 것도 있는 법이라고 하잖소. 얻는 사람과 잃는 사람이 꼭 일치하진 않지만.

혜경이 객실 청소를 거의 마칠 즈음이었소. 사이드 테이블에 놓인 고무공을 수건으로 닦는 혜경을, 쌍둥이가 방문 틈으로 보았다오. 내가 선물한, 그레이스가 만든 벨트 백을 허리에 차고 있었소. 가볍고 허리에 밀착된 느낌이 좋다더군. 쌍둥이가 혜경에게서 공을 받아 나갔다면 이 편지에 그들이 등장하지도 않았을 게요. 벨트 백이 그들을 자극했고 또 새로운 집착을 낳았소. 발상의 전환이라고나 할까. 쌍둥이는 혜경을 공처럼 주고받으며 장난을 치기로 마음먹은 게요. 규칙은 간단했소. 혜경이 눈치 채지 못하도록 도둑고양이처럼 객실로 들어온 뒤, 등으로 돌려놓은 벨트 백을 잡아당길 것!

혜경은 쌍둥이의 급습을 받고 뒷걸음질 쳤다오. 자신을 끌어당긴 이를 확인하려고 돌아서는 순간, 다른 소년이 반대편에서 벨트 백을 또 당겼소. 몸의 균형을 잃은 채 비틀대며 끌려갈 수밖에 없었다오.

"이, 이게 무슨……."

말을 마치기도 전에 세 번째 손길이 백을 잡아챘소. 정말 공처럼 이리저리 끌려 다니기 시작한 게요. 혜경은 벨트를 풀어야겠다는 생각이 들었소. 번갈아 등 뒤에서 뻗는 쌍둥이의 손길을 막긴 힘든 노릇이니까. 그런데 벨트를 풀려 해도 풀리지 않았다오. 계속 걸음을 옮기면서 허리와 어깨가 돌아가는 상황이긴 했소. 멈춰 서서 했더라면 쉽게 풀었겠지. 하지만 멈추든 흔들리든 어떤 경우에도 원할 땐 쉽게 풀리도록 만들었어야 하오. 너무 꽉 고정시킨 게요, 백이 움직이지 않도록.

쌍둥이의 새로운 장난은 혜경이 버티지 못하고 주저앉으며 끝났다오. 울음을 터뜨리기까지 했소. 혜경이 앉은 후에도 쌍둥이는 백을 잡고 당기려 들었다오. 장난에 심취하니, 공이 된 사람의 마음 따윈 안중에도 없었던 게요. 한낱 놀이의 도구니까. 도구는 언제든 교체가 가능하니까. 누워서 질질 끌려 다니는 험한 꼴을 당할 수도 있었소. 난 참지 못하고 끼어들었다오. 혜경이 룸메이드로 일하는 동안 어떤 경우에도 참견하지 않겠다고 약속했지만!

노래를 부르며 복도를 지나쳤소. 음정과 박자를 무시하고 목청껏 소리를 질렀다오. 쌍둥이는 열린 객실 문과 복도를 걸어오는 목소리 큰 남자가 부담스러웠을 게요. 그들은 장난을 멈추고 고무공을 챙겨 풀장으로 가버렸다오.

울음을 그치고 일어선 혜경이 벨트 백을 풀어 청소도구 카트에 얹고 나오기까진 이십 분이나 걸렸소. 고무공 취급을 당한 마음의 상처가 컸던 게요. 다음 날, 청소를 마친 내 방 침대에 벨트 백이 놓여 있었소.

사진을 첨부했으니, 그날 장난이 만든 끔찍한 자국들을 확인했으리라 믿소. 맞소, 그건 혜경의 손톱이 만든 것들이오. 벨트를 풀려고 애쓰다가 엄지손톱이 부러지기까지 했소.

혜경이 룸메이드로 일한다는 사실, 호수를 찾는 가족 단위 관광객이 많다는 점을 이미 당신에게 알려줬소. 그렇다면 벨트 백을 차고 객실에서 일하는 동안 일어날 불상사를 예측했어야만 하오. 트로이 프로젝트의 제품을 사용할 고객의 일상까지 세심하게 살피겠다는 약속을 지키지 않은 게요.

읽긴 했소, 벨트 백을 넣은 상자와 함께 온 안내 편지를! 솔직히 그 편지를 읽는 순간부터 불안하고 불쾌했소. 가정법과 책임 회피의 문장들이 가득하더군. 이렇더라도 그건 우리 책임이 아니고, 저렇더라도 그건 우리 책임이 아니며, 그렇더라도 그건 우리 책임이 아닙니다. 쌍둥이가 벨트 백을 고무공으로 여겨 가지고 놀았다면, 그건 누구 책임일까. 거기까지 예측 못했는지, 눈을 씻고 봐도 이 상황을 설명하는 책임 회피는 가정법으로 적혀 있지 않더군. 당신들이 오만하다고 생각하진 않소? 아무리 예측에 예측을 거듭하더라도, 당신들이 만든 제품을 둘러싸고 벌어질 일을 모두 알 수는 없는 노릇이오. 수백 아니 수천의 걱정을 미리 하고 변명거리를 찾느니, 제품을 한 번이라도 더 살피겠소. 집중할 대상은 변명이 아니라 품질이란 사실이 너무나도 자명하니까.

세상에서 가장 작은 안경집을 만드시오.

혜경은, 초등학교를 졸업하기 전부터 몽골 초원을 질주하는 유목민의 피가 자신에게 흐른다는 근거 없는 자랑을 늘어놓곤 했소. 모험담을 떠벌리는 쪽은 대부분 나였는데, 유목민의 후예라는 이야기만은 언제나 혜경의 몫이었다오. 내 눈앞에 나타난 날부터 마을을 떠날 때까지 안경을 쓴 적이 단 한 번도 없었소. 내가 봐둔 저수지나 강으로 나가선 이편에서 저편을 살피고는 신나게 설명했소. 내 눈엔 백내장 걸린 환자의 시야처럼 흐릿한 풍경의 세부가 혜경에겐 수정처럼 또렷했던 게요. 줄잡아 천 미터는 떨어진 거리에서 걸어가는 농부의 손에 들린 감자와 고구마를 가릴 정도였다오. 지평선 끝까지, 생물이든 무생물이든, 초원의 모든 것이 보인다는 유목민 이야기도 그때 들었소.

머나먼 곳을 잘 보는 비결이라도 있느냐고 물었다오. 혜경은 내 눈을 뚫어져라 쳐다보더니 되물었소.

"못 느꼈어?"

"뭘?"

"방금 내 눈에서 빛이 나갔잖아."

"그랬어?"

"눈에 불을 켜. 그럼 잘 보이더라."

십 년은 강산뿐만이 아니라, 한 사람의 시력까지도 바꿔놓았소. 호텔에서 룸메이드로 일하는 혜경을 발견했을 때, 내 가슴을 시리게 만든 것은 혜경이 쓴 뿔테 안경이었다오. 혜경으로부터 가장 멀리 있어야만 하는 단어가 바로 안경이니까.

렌즈 두께가 상당하더군. 원반처럼 생긴 검은 동공이 툭눈금붕어보다 튀어나와 보였소. 어렸을 때 우리 가게를 드나들던 철강 회사 늙은 노동자가 그처럼 두꺼운 안경을 썼었다오. 안경알에 늘 김이 서려, 소머리 국밥을 먹기 전엔 안경부터 벗어야 했소. 어느 날엔 식탁에서 떨어진 안경을 찾으려고 엉뚱한 곳을 한참이나 더듬었다오. 내가 가서 안경을 주워 씌워줬소. 식은땀을 흘리며 당황하던, 시커멓고 쭈글쭈글한 얼굴.

혜경은 객실에 혼자 남았을 때만 안경을 허리춤에서 꺼내 썼소. 허리춤 어딘가에 안경을 반으로 접어 숨길 주머니를 만들었던가 보오. 바지가 품이 넉넉했고, 또 무릎 바로 위까지 오는 푸른 앞치마로 가슴과 배를 완전히 가렸기에, 안경 하나 숨길 자리는 나왔던 게요.

안경 없는 혜경의 얼굴이 만 배는 더 곱소. 무겁고 두꺼운 뿔테가 독보적인 우아함을 가리는 꼴이라오. 안타까운 일이지. 하지만 렌즈의 두께만큼이나 시력이 정말 나빠졌다면, 최소한 자전거로 출퇴근할 때만이라도 안경을 썼으면 싶었소. 그러나 혜경은 집에서도, 집에서 호텔을 오갈 때도, 호텔 로비나 복도에서도 안경을 쓰는 법이 없었소. 오직 객실에서만, 그것도 복도의 발소리에 귀기울인 다음에야 숨겨둔 보석을 꺼내듯 접은 안경을 펴 썼다오.

알맞은 안경을 골라 쓰지 않았기 때문에 롯과 같은 작자와 어울렸던 게요.

호텔 직원 중에 안경을 쓴 사람은 없었소. 반바지 착용을 금하듯 안경을 쓰지 않는 것이 호텔 내규였다오.

롯은 동시에 둘 혹은 세 명의 여자에게 사랑을 고백했소. 또 그 사실을 자랑스럽게, 위스키 몇 잔만 건네면 처음 어울리는 남자들 앞에서 떠벌렸다오. 그는 자신이 고백한 여자들의 이름과 직업을 밝히진 않았소. 언급을 않거나 멋대로 바꿨지. 호텔로부터 먼 곳에서, 기차로 달리더라도 하루 만에 돌아오기 힘든 곳에서 벌어진 일이라는 뉘앙스를 풍겼소. 그가 이 호텔 룸메이드에게 고백한 사실이 밝혀지면, 지배인인 그에게 악재가 아닐 수 없다오.

눈치 빠른 룸메이드들은 롯이 이 계절에 눈독을 들이는 여자를 알아차렸소. 지배인이 생사여탈권을 쥐고 있으니 함부로 소문을 내지 않고 지낼 뿐이었다오. 이야기에 등장하는 여인이 분명 혜경인데도, 그는 호텔에서 다섯 시간 반은 차를 타고 나가야 닿는 마을 도서관에서 근무하는 사서라고 꾸몄소. 나는 눈을 감고 이야기 속 여인과 혜경을 겹쳐놓았다오.

"매우 독특한 여잡니다. 곁에 있어도 멀리 있는 것 같달까요. 책 좋아하는 사람은 다 그렇다면서요? 몸은 곁에 머물러도 마음은 책을 따라 수만 년 전으로도 가고, 수만 킬로미터 밖으로도 간대요. 희한한 일도 다 있죠, 정말? 책만 쥐면 말수가 현저하게 줄어들긴 합니다. 내가 백 마디 하는 동안 한두 마디나 할까요. 어떨 땐 그냥 미소만 짓습니다. 한데 그 짧은 말이나 웃음의 위력이 참으로 대단해요. 내가 지껄인 긴 이야기를 미리 전부 알고 있는 듯하니까요.

이상한 믿음을 지닌 여자입니다. 어떤 믿음이냐고요? 별건 아니지만 또 따져보면 별거죠. 믿는 대로 이뤄진다는 믿음이니까. 말도 안 되는 소리예요. 저도 얼마나 황당한 주장인지 압니다. 돈을 간절히 믿으면 부자가 됩니까? 집을 간절히 믿으면 이런 호텔을 갖게 되나요? 한데 그 여자가 반문하더군요. 돈이나 집 따윌 믿어서 뭣하냐고. 그럼 대체 뭘 믿어야 하느냐고 물었던 적이 있죠. 그 여자는, 놀랍게도, 한심하게도, 사람을 믿고 싶다더군요. 그 대답을 듣고 나니 기분이 무척 나빴습니다. 믿을 만한 사람을 아직 만나지 못했다는, 그러니까 내가 못 미덥다는 뜻이니까요. 지금부터라도 믿음이 생길 만큼 말하고 행동하란 일종의 경고이기도 하고요. 내가 왜 그 여자에게 믿음을 줘야 합니까? 사랑하는 사이니까 당연하다고요?

옷기지 마십시오. 올해 들은 농담 중에 가장 괴팍하네요. 사랑을 믿을 나이는 지났죠. 사장님은 우리 호텔 최장기 투숙객이니 당연히 부자일 테고, 그동안 미녀들도 많이 만나셨지요? 아시잖습니까? 여자를, 사랑해서 만나는 건 아니잖습니까? 일하기도 바쁜데 여자를 왜 시간을 내어 만나냐? 간단합니다. 흥미로우니까! 사장님이 그 여자를 보신다면, 어디 한번…… 이란 생각을 가지실 겁니다. 저도 그랬으니까요. 결코 만만한 여자는 아닙니다. 사방에 탑처럼 쌓아둔 책처럼 자신을 지키는 벽이 단단하거든요. 무너뜨리기 어려우니 더더욱 생각납니다. 어디 한 번 어디 두 번 어디 세 번."

혜경이 쓰는 것과 똑같은 뿔테 안경을 구하는 건 쉬웠소. 안경점 주인이 눈썰미가 무척 좋았다오. 내 설명을 듣자마자 곧바로 접는 뿔테 안경을 꺼냈고, 또 그 안경테를 구입한 여자 고객의 인상착의를 말했소. 그의 입을 막으려다가 그만뒀다오. 혜경이 객실에서만 안경을 꺼내 쓰는 이유를 그가 말했던 게요.

"충혈이 심했습니다. 둘 중 하나죠. 불면증 혹은 알코올 의존증! 어쩌면 둘 다일 수도 있죠. 안경사인 제가, 술을 줄이십시오, 권할 순 없으니, 잠을 충분히 자는 게 눈 건강에 중요하다는 정도만 조언을 드렸었죠. 한데 제게 묻더군요. 자꾸 벌레가 벽이나 방바닥에 붙어 있는 것 같은데, 잡으려 가면 없다고. 잠을 푹 자고 안경을 맞추면 그것도 나아지느냐고."

"벌레라고 그랬소? 헛것이 보인단 게요 아니면 진짜 거기 벌레가 있단 게요?"

"저는 안경사입니다. 안경사는 안과의사가 아니니 의학적으로 확언하긴 어렵지만, 눈에 자꾸 벌레가 보이는 경우는 대부분 둘 중 하나에 가깝습니다. 망상증이거나 아니면 눈 속에 흠집이 생겼거나. 정신적인 문제가 없다면 심한 충혈 탓일 가능성도 있지요. 그 여자 손님이 묻더군요. 안경을 쓰면 벌레인지 아닌지 구별할 수 있냐고. 안경을 쓰지 않는 것보단 훨씬 낫다고 답했답니다. 한데 제일 값싼 렌즈를 맞춰 가셨으니, 어쩌면 안경을 쓰고도 벌레인지 아닌지 구별을 못한 채, 손으로 집거나 발로 밟을 가능성도 있지요."

나는 혜경이 눈치 채지 못하도록 안경을 바꿔치기 했소. 언제 어떻게 했는지는 적지 않겠소. 상상에 맡기겠소만, 내겐 너무나 쉬운 일이란 것만 밝혀두리다. 새 안경엔 최고급 렌즈를 끼웠다오.

혜경이 객실로 들어와 안경을 허리춤에서 꺼내 쓴 아침, 안경을 다시 벗어 창 쪽으로 들곤 살폈다오. 고개를 갸웃거리기까지 했소.

어쨌든 벌레가 전혀 없는데도 빗자루를 흔들거나 밀대로 미는 짓은 더 이상 하지 않았소. 퇴근과 동시에 안경점으로 찾아가더군.

"달라진 건 없습니다. 구입하신 바로 그 테와 렌즈입니다."

당연히 안경점 주인에게 미리 손을 써뒀소. 그 가게가 개업한 뒤 가장 비싼 렌즈를 구입한 고객에 대한 예의를 갖춰달라 청하였소.

안경집을 만들어주시오.

세상에서 가장 작은 안경집이어야 하오.

푸른 앞치마에 어울리는 색으로 골랐으면 싫소. 렌즈에 흠집이 생기지 않도록 각별히 신경을 써야 한다오. 롯이 아니었다면, 안경집 이야기를 꺼내지도 않았을 테요. 망할 놈! 벼락 맞을 놈! 유황불에 천년만년 타오를 놈! 재가 되고 가루가 되고 먼지가 될 놈! 뼈 마디마디를 부러뜨릴 놈! 겨울 내내 호텔 옥상에 거꾸로 매달아둘 놈!

맹점이라고 아시오? 망막 안쪽의 아주 작은 홈, 시신경이 빠져나가는 점. 시세포가 없어서 맹점에선 물체가 보이지 않는다오. 호텔에는 감시 카메라가 참 많소. 물론 객실엔 없지만, 그 외 대부분의 장소는 감시 카메라에 잡힌다오. 덕분에 호텔을 오가는 이들의 동선을 정확하게 파악할 수 있소. '대부분'이지 '전부'는 아니오. 지배인 롯은 대부분에서 빠진, 그러니까 맹점과 같은 곳들을 파악해 두었더군. 객실 밖 감시 카메라가 없는 곳으로 가기 귀찮을 때는 아예 더 대담하게 굴기도 했소.

혜경이 객실을 청소하는 동안, 나는 바로 위층 비즈니스 룸에 오래 앉아 있곤 했다오. 아침에는 거의 이용객이 없는 데다 높은 칸막이 덕분에 편히 하고픈 일을 할 수 있었소. 간단히 말하자면, 바닥의 미세한 소음을 증폭시켜 듣는 디지털 기기의 도움을 받아 상상의 날개를 폈다오. 수백 번 듣다 보니, 청소 순서와 시간까지 대략 짐작하게 되었소. 특히 진공청소기를 작동시킬 때는 동선을 구체적으로 그려볼 정도였다오.

십오 분 넘게 꼬박 이어지던 청소기 소음이 그날따라 오 분 만에 끊겼소. 청소기가 부엌과 식탁 아래를 지나 소파에 이르렀을 때였다오. 혹시나 싶어 일 분을 더 기다렸지만 소음은 들리지 않더군. 황급히 비즈니스 룸을 나섰소. 급한 마음에 엘리베이터 대신 비상계단으로 뛰어 내려갔다오.

현관문은 예전처럼 한 뼘쯤 열려 있었소. 거실 소파부터 살피니, 거기 청소기가 놓여 있긴 했는데, 본체는 뒤집히고 흡입구는 소파 옆 화분 사이에 끼었다오. 불길했소. 급하게 강제로 청소기를 끈 흔적이 역력했던 게요.

"나가! 나가라고."

혜경의 목소리였소. 침실 앞까지 가선 둥근 문고리를 쥐었다오.

"처음처럼 왜 이러실까?"

불길한 예감이 이번에도 적중했소. 롯의 목소리가 이어서 나온 게요. 장난기에 술기운이 살짝 얹혔다오. 그가 커피 대신 위스키를 텀블러에 넣고 다닌다는 소문이 거짓만은 아니었던 게요. 그런데 짧은 침묵이 지난 뒤, 이해하기 힘든 대화가 시작되었소. 너무 놀라 팔뚝에 소름이 돋을 정도였다오.

"여긴 내 일터야."

이건 혜경의 딱 부러지는 목소리였고,

"제 일터이기도 합니다."

이건 롯의 기름기 많고 착착 감기는 목소리였소.

휴대전화를 꺼내 녹음 버튼을 눌렀소. 내 귀에도 대화가 들렸으니, 녹음 기능이 탁월하다고 거듭 광고한 휴대전화이니 충분히 목소리를 담을 것이오.

혜경은 하대하고 롯은 존대했다오. 둘만의 뒤바뀐 대화법이었소. 롯은 이런 식의 설정을 즐겼다오. 사귀는 여자들마다 설정이 달랐지. 가장 먼저 정하는 것이 바로 말투였소. 서로 존대하거나 서로 하대하는 경우는 있지만, 지배인이 하대하고 룸메이드가 존대하는 경우는 없었다오. 롯은 현실과는 다른 말투에서 자극받던 게요.

혜경과 롯은 여주인과 하인 사이로 설정되었던가 보오.

"여기선 싫어."

이것은 주장이 확실한 혜경의 목소리.

거긴 내 침실이고 내 침대요. 또한 혜경은 내 애인이었고 내 애인이어야 하며 내 애인일 여자라오.

"저는 다른 곳은 싫고 여기가 좋습니다. 위스키를 고르시지요. 물론 종류별로 완비하고 있습니다만, 오늘은 지난번에 마시려다만 발베니가 어떨까 합니다."

이것은 고집이 뚝뚝 떨어지는 롯의 목소리.

말투는 말투일 뿐, 관계를 주도하는 쪽은 롯이었소. 말과 행동의 불일치! 롯은 혜경의 명령을 번번이 어겼고, 존대어로 낸 의견이 거절당할 수 있단 생각은 하지 않았소. 혜경은 롯이 정한 울타리 안에서, 자유 같지 않은 자그마한 자유만 겨우 누렸던 게요. 그런데 방금 혜경은 그 울타리를 벗어나려 했소. 싫은 척 하는 것이 아니라 정말 싫다는, 거절의 뜻을 분명하게 밝혔으니까. 혜경의 거절이나 거부는 롯이 설정한 이야기엔 담겨 있지 않았소. 어디까지나 롯이 원하는 방향으로 상황이 흘러가야만 했다오.

"여기선 싫다니까."

이것은 롯이 만든 울타리를 다시 부수는 혜경의 목소리.

그때 곧바로 뛰어들어갔어야만 했소. 그런데 삼세번이라고나 할까. 혜경이 단호하게 거절하는 목소리를 딱 한 번만 더 듣고 싶었다오. 롯을 벼랑 끝으로 내몰듯 꾸짖는 순간, 침실 방문을 열고 뛰어들 작정이었소.

그런데 상황이 돌변했다오. 사람 목에서 나는 소리 대신 둔탁한 소리가 들렸소. 그제야 나는 문고리를 돌려 밀었소. 침대 옆 바닥에 혜경이 쓰러져 있더군. 고개만 돌린 롯은 내 얼굴을 보자마자 눈이 두 배는 커졌다오.

"아서 사장님! 여긴 어떻게……."

이 세상에서 들어본 가장 한심한 헛소리였소. 내 객실에 내가 들어오는 것은, 비록 룸메이드가 청소 중이긴 해도, 가능한 일이지만, 지배인이 룸메이드와 단둘이 침실에서 싫다 좋다 언쟁을 벌인 까닭을 설명하기란 참으로 어렵지 않겠소? 더구나 그 싫고 좋음이 남녀가 몸과 마음을 섞는 일과 연관된다면.

피, 피였소.

손이 온통 피범벅이었다오.

놀라고 당황한 건 롯도 마찬가지였소. 말도 안 되는 변명부터 해대더군.

"살짝 부딪쳤을 뿐입니다. 혜경이 스스로 넘어졌습니다."

치료가 먼저였소. 롯을 젖히고 혜경의 옆에 왼 무릎을 꿇었다오. 무엇인가가 바닥에 닿은 무릎을 찔렀소. 부서진 렌즈 조각이었다오. 그 조각이 바지를 뚫고 살갗에 박힌 게요.

안경 때문이었소. 롯에게 밀려 넘어질 때, 허리춤에 넣어둔 안경을 깔고 앉았고, 렌즈와 테가 부서지면서 살갗이 찢기고 피가 흘렀으며, 상처 난 엉덩이에 갖다 댄 손까지 피가 묻었소.

구급차를 부르려고 휴대전화를 꺼냈소. 그런데 혜경의 피 묻은 손이 휴대전화를 향해 달려들었다오. 우린 모처럼 두 눈이 마주쳤소. 아주 짧은 순간이었지만 예전처럼 강렬했지. 혜경이 눈으로 말했소.

하지 마.

다쳤어. 응급실에 가서 치료해야 해.

조금 찢어졌을 뿐이야. 됐어.

이게 조금이야? 온통 피라고.

부탁이야. 하지 마.

롯이 그 순간 혜경을 등 뒤에서 부축하여 일으키려 했소.

"별일 아닙니다. 우선 욕실로 가서 씻어내죠."

폭행 물증을 없애려는 시도였소. 나는 주먹을 날렸지. 롯의 광대뼈와 눈두덩을 동시에 제대로 갈긴 게요.

혜경은 병원에서 응급 처치를 받은 후 입원했소. 생각보다 상처가 깊었다오. 의사는 사흘 정도 입원을 권했지만, 내가 일주일을 더 얹어 열흘을 고집했소.

롯과 합의하에 이 사고를 불문에 부쳤소. 혜경의 요청을 따른 게요. 혜경이 만류하지 않았다면, 내가 폭행범으로 잡혀 들어가는 한이 있더라도, 롯을 가만두지 않았겠지.

혜경은 눈길을 뚫고 구급차가 도착하기 전에, 이 방에서 벌어진 일을 청소하듯 스스로 정리했소. 롯과 내게도 역할을 줬다오. 롯은 혜경을 밀지 않았고 나는 롯을 때리지 않았다고. 혜경의 부상은 청소를 하다가 떨어뜨린 유리잔 파편 탓으로 돌렸소. 이렇게 묻어버리는 것이 혜경의 뜻이었소. 치료비 전부를 호텔에서 부담하겠다는 연락이 나중에 왔소.

오 일 안에 안경집을 완성하시오.

이왕 입원을 했으니 안과 치료까지 병행할 예정이라오. 퇴원과 동시에 안경점으로 가서 새 안경을 맞출 것이오. 그때 안경점 주인이 그레이스가 만든 안경집에 안경을 넣어 건네도록 하고 싶소.

시일이 촉박하지만 최상품이어야 하오.

제작 기간이 오 일을 넘기면, 아무리 좋은 안경집을 만들어도 늦소.

사족으로 두 가지만 강조하리다.

가볍고 작아야 하오. 허리춤에 쏙 감추고선 안경을 거기 뒀다는 사실조차 잊을 만큼. 안경테와 렌즈도 세상에서 가장 가벼운 것으로 고르도록 했소.

또 하나는, 흠집이 없도록 렌즈를 보호하는 것은 기본이고 웬만한 무게는 견디도록 만들어보오. 혜경의 몸무게, 그러니까 165센티미터에 49킬로그램 정도에 눌려도 절대로 부서지지 않도록 하라 이 말이오.

방법을 반드시 찾아내시오. 그걸 하라고 트로이 프로젝트에 돈을 미리 낸 것 아니겠소.

이번엔 실망시키지 말았으면 하오.

아서 씀. 🅐

6
평온한가요 놀라운가요

매일 똑같은 일을 정성껏 반복하라.
한 주에 하나씩은 회사를 바꿀 새로운 일도 하라.
—유다정

해외에서 칠십 통의 메일이 왔고, 이십 통은 재주문이었다. 제품에 문제 제기를 한 고객은 아서뿐이다.

디자인팀장 비컨은 6인회 조찬에 끝내 불참했다. 페인터 눈이 비컨을 위해 비건 식당을 어렵게 예약했지만, 나타나지 않은 것이다. 아이폰을 아예 꺼두었다.

내 전화는 무슨 일이 있어도 언제든 받겠다고 했다.

대전에서 올라온 후 특별히 달라진 점은 없었다. 사흘에 한 번 회사에 나오던 사람이 일주일에 한 번으로 뜸해진 정도랄까. 비상근이고 프로젝트별로 합류하는 방식이기에, 출근 횟수나 근무 기간은 중요하지 않았다. 필요한 회의엔 미리 알아서 왔고, 특히 내

142 2부 그레이스라는 몸

가 그와 의논을 했으면 싶을 땐 어김없이 회사에 나와 있었다. 전화를 아예 끄고 잠적한 것은 처음이었다. 신경이 쓰였다.

어젯밤에도 비컨과 함께 늦게까지 남성용 백 팩에 부착할 금속 장식들을 의논했다. 나는 액세서리 없이 가는 쪽을 선호했지만, 비컨은 너무 심심할 수 있으니 최소한만 사용하자는 입장이었다. 이니셜 'G'를 넣어도 무난하고 상징물을 따로 고민해도 좋을 듯했다. 비컨은 가재를 비롯한 절지동물을 추천했다. 만들기는 까다롭지만, 그 많은 다리를 제대로 구현만 한다면 주목을 끌 것이므로! 초원을 뛰노는 들짐승이나 하늘을 휘젓는 날짐승은 이미 식상하다고 했다. 한 주만 더 고민하기로 하고 마무리 지은 시각이 자정이었다. 국화차를 내온 후 줄곧 궁금했던 걸 물었다.

"비컨 님은 글 읽기 싫어하잖아요? 그래서 디자인을 하게 되었다고 얘기도 했었고. 근데 아서 님이 털어놓은 인생 이야기는 왜 특히 중요하다는 거죠?"

비컨이 엉뚱하게 되물었다.

"아서 님 이야기 재밌으세요?"

"제품주문서 상세 설명이니까……."

"주문서에 담기지 않았다면 안 읽었을 수준인가요?"

무조건 읽어야만 하는 이야기였으므로, 읽지 않는 상황을 고려한 적은 없었다. 잠시 생각한 후 솔직하게 답했다.

"궁금하긴 해요. 아서 님과 혜경 님의 러브스토리."

"아서 님 같은 남자는요?"

"네?"

"마음에 드시냐고요?"

"비컨 님은 어때요? 아서 님처럼 사랑하는 거?"

비컨은 동문서답을 했다.

"이야기의 종착지가 궁금해도 이건 일이니까, 우린 최상의 제품을 만들고 빠지면 그만입니다. 괜히 아서 님 이야기에 마음을 빼앗기면 엉뚱하게 끌려들어갈지도 몰라요."

"엉뚱하게 끌려들어간다고요? 어디로요?"

비컨은 정색한 채 눈을 들여다보며 답했다.

"내가 왜 글을 싫어하는 줄 아세요? 실제 세상보다 글 속 세상을 더 아끼는 사람들이 많아섭니다. 끔찍한 착각이죠. 다정 님은 그런 착각하면 안 됩니다. 절대로!"

그리고 아틀리에를 나간 후 연락두절이었다.

회의를 시작하자마자 은어가 목소리를 높였다.

"이제 확실해졌습니다. 끌려다닐 순 없어요. 아서 님은 완벽한 제품보다 궁지로 몰린 우리를 비웃으며 즐기는 중입니다."

페인터 눈이 끼어들었다.

"정당한 사유 없이 계약을 파기하면 손해배상금이 선입금의 열 배죠."

채 실장이 액수를 구체적으로 밝혔다.

"백억!"

방 이사가 받아쳤다.

"아서 님 주문이 정당하다고 봅니까?"

페인터 눈이 답했다.

"정당한가 아닌가를 이제 와서 따지자는 건가요?"

은어가 끼어들었다.

"따질 건 따져야죠. 누가 보더라도 지나칩니다. 사기꾼이나 하는 짓이죠."

"지나친 것과 부당한 건 달라요. 법정이든 언론이든, 고객과 이런 시비를 붙는 상황 자체가 그레이스에겐 치명타입니다."

"끌려가자고요? 언제 끝날지도 모르는데요?"

"아서 님은 트로이 프로젝트에서 정한 규칙을 따르고 있습니다. 그 규칙을 만든 건 여기 모인 우리들이고요."

방 이사가 은어를 거들었다.

"더 큰 낭패를 당하기 전에 손을 뗍시다. 백억 전부를 원하지 않을 수도 있고……. 제가 아서 님께 연락을 넣어 따로 만나보겠습니다."

페인터 눈이 확인받듯 말했다.

"지훈 님이나 은어 님 주장처럼 아서 님이 전문 사기꾼이라면, 백억만 받고 떨어지진 않을 거예요. 재판을 걸겠지. 오백억쯤 내놓으라고 할까. 그보다 더 많을지도 모르고."

채 실장이 마른 손등을 번갈아 쓸며 설명했다.

"아서 님도 품질은 높게 평했어요. 벨트 백이 가볍고 허리에 밀착된 느낌도 좋았다고 했잖아요? 사기꾼이더라도 한번 만나보고 싶긴 하네요. 육 년 동안 칼집 천 개를 만들었다가 버리고 다시 천 개를 만들었다는 게 허풍이 아닌 듯합니다."

페인터 눈도 아서의 안목은 인정했다.

"관객이나 코치라기보단 선수 같아요. 전부 사실로 간주하고, 아서 님이 보낸 인생 역정을 다시 읽으니 흥미롭더라고요. 이 정도라면 그레이스에서 스카우트해야죠."

채 실장은 따라 웃었지만, 방 이사와 은어의 얼굴은 더욱 굳었다. 양분된 의견을 묵묵히 들으며, 비컨이라면 어떤 의견을 냈을까 궁금했다. 6인회 참석자들의 의견과 무관하게 내 입장은 확고했다.

"트로이 프로젝트는 중단 안 합니다. 이제 겨우 두 번 지적을 받았을 뿐이에요."

방 이사가 반박했다.

"지적도 지적 나름이죠. 백이 제멋대로 놀지 않게 벨트를 최대한 몸에 맞도록 조이고, 쉽게 벗겨지지 않도록 한 건 전혀 문제가 없습니다. 풀지 못한 건 혜경 님 잘못이고……."

은어가 보충했다.

"벨트 구멍의 지름은 다른 제품보다 2밀리미터 작았고요. 구멍에 끼우는 핀의 길이는 5밀리미터 길게 했습니다. 미끄러짐이나 흔들림에 의해 핀이 구멍에서 빠지는 걸 방지했어요. 아서 님 주문에 충실히 따른 겁니다. 이걸 걸고넘어질 줄은 정말……."

예상 문답까지 작성해서 동봉한 그였다. 아서의 이야기는 은어의 상상을 이번에도 넘어섰다. 나는 말허리를 잘랐다.

"지적 사항을 고객 탓으로 돌려선 안 됩니다."

"그래도……."

"은어 님이 문제 될 부분을 미리 살피고 그에 대한 보완책을 상세히 적어 보냈지만, 아서 님 지적처럼, 우리 상상력이 여전히 부족한 겁니다. 호텔 룸메이드니까, 가족 단위 투숙객 중에는 당연히 아이들도 있겠지요. 장난꾸러기들이 룸메이드의 벨트 백을 잡아당길 경우 우리가 대비책을 검토했던가요? 우리가 미리 살피지 않은 상황에서 문제가 생겼는데, 그걸 고객 잘못으로 떠넘겨선 안 되죠. 그레이스의 상상력 부족, 배려 부족을 깨끗이 인정합시다."

은어가 억울한 듯 받아쳤다.

"이 세상에 어떤 회사도 거기까지 상상하고 배려하진 못합니다."

"다른 회사는 못하더라도 그레이스는 해야 합니다. 바로 거기까지 가야 트로이 프로젝트는 성공합니다. 제가 왜 이 프로젝트를 고집하는지, 아서 님을 통해 증명하는 중이란 생각도 드는군요. 여기 계신 여러분의 실력과 상상력이 동종업계 장인들과 비교해서 부족한 건 절대로 아닙니다. 최상이라고 저는 믿어요. 하지만 여전히 아쉬운 부분도 있는 겁니다. 그레이스가 명품 회사들과 경쟁해서 살아남으려면, 탁월한 품질은 기본이고 상상력과 배려 역시 최고 중의 최고가 되어야 합니다."

페인터 눈이 농담 아닌 농담을 건넸다.

"혹시 아서 님과 짜고 우릴 트레이닝 중인 건 아니시죠?"

헛웃음이 나왔다.

"트로이 프로젝트가 자작극이라도 된단 건가요? 제가 한때 잠시 연기를 했다고 거기다가 갖다 붙이십니까?"

침묵이 흘렀다. 어떤 회사 대표도 직원들을 트레이닝하기 위해 이렇듯 많은 시간과 돈을 허비하진 않는다. 나는 아무 것도 걸려 있지 않은 벽을 잠시 쳐다본 뒤, 손뼉을 세 번 치며 분위기를 바꿨다. 벨트 백의 아쉬움은 남겨두고 다음 과제로 넘어가야 한다.

"삼세번이라고 했는데, 이제 진짜 실력 발휘를 해볼까요. 안경집입니다, 세상에서 가장 작은! 그러니까 호텔 투숙객은 물론이고 지배인이나 동료 룸메이드 눈에도 띄지 않아야 해요. 작고 가볍지만, 메일에서도 밝혔듯이, 깔고 앉았을 때 안경테가 부러지거나 안경알이 빠져 사람이 다치는 걸 막아야 합니다. 우리 중에 안경은……?"

내 시선이 채 실장에게 향했다. 코에 걸린 뿔테 안경이 유난히 무거워 보였다. 아틀리에에서 작업할 땐 늘 안경을 썼다. 어두컴컴한 지하에서 이십 년 넘게 가죽을 자르고 바느질을 하느라 눈을 혹사시킨 결과였다. 라식 수술을 받겠다는 이야기를 그레이스 창립일부터 해왔지만 아직 안과에 가서 검사도 못 받았다. 바쁘기도 했고 또 귀찮기도 했다.

"안경집은 저도 없습니다. 안경점에서 플라스틱 안경집을 무료로 끼워주긴 하는데, 쓰다 보면 어디 뒀는지 잊어먹어요. 이참에 제 것까지 하나 만들까 합니다. 안경집 주문도, 확인해 봐야겠지만, 이십 개 이상 들어왔습니다. 지적받은 적은 한 번도 없고요.

작고 가벼운 건 쉬운데, 사람 무게를 견디긴 어렵겠네요."

페인터 눈이 채 실장에게 물었다.

"신발이나 벨트 백보다는 그래도 간단하겠죠?"

"맞습니다. 안경집으로 아서 님을 꼭 만족시켜 드리고, 두 번째 고객으로 넘어가죠. 대기 중인 고객이 몇 명이나 되는지요?"

새벽에 확인한 숫자를 밝혔다.

"열 분입니다. 그중에서 일곱 분은 언제쯤 당신 차례가 오는지 궁금하다는 메일을 보내셨고요. 첫 고객과의 진행 상황에 대해 질문을 주신 분도 두 분 계십니다. 대기 고객이 있는 건 좋은 일입니다. 한 분 한 분 최선을 다하다 보면, 트로이 프로젝트도 제자리를 찾겠지요."

회의가 끝났다. 채 실장과 페인터 눈과 은어가 먼저 식당을 나와 회사로 돌아간 뒤에도 방 이사는 자리를 지켰다. 나와 눈이 마주치자 용건을 꺼냈다.

"개인 투자자는 확보했어?"

"아직."

"투자제안서는?"

"쓰고 있어."

"같이 쓸까. 날을 잡아 집중해서……."

"도움이 필요하면 요청할게."

아직은 혼자 더 다듬을 부분이 있었다. 논의할 문제가 없으면 그만 나가자는 뜻으로 오른손을 가볍게 들어 보였다. 그가 조심스럽게 물었다.

"고 회장님께는 언제 갈 건데?"

내 안색이 변했지만, 그는 못 본 체하며 할 말을 더했다.

"횡성에 눈이 엄청 내렸대. 자작나무숲이 근사하다며? 같이 다녀오자."

"갈 일 없어. 연락드린 거야?"

"오해 마. 내가 먼저 한 건 아냐. 전화를 주셨어."

"그래서?"

"투자자를 찾고 있느냐고 물으시기에, 그렇다고 말씀드렸지. 같이 언제든 오라시더라. 아버지 같은 분이잖아? 목신통신 고 회장님으로부터 투자를 받으면, 일이 순조롭게 풀릴 거야. 개인 투자자도 붙을 거고, 기관 투자가들도 관심을 갖겠지. 고 회장님 정도면 단독 투자만으로도 우리에게 필요한 금액을 넘길 수도 있어."

평생 목신정밀과 목신통신에 관한 이야기를 주변에 한 적이 없다. 대학 시절 연극동아리 친구들도 내 십 대 시절을 알지 못했다. 매사에 적극적이고 유쾌했기 때문에, 그들은 내가 화목한 가정에서 부모의 사랑을 듬뿍 받으며 자랐으리라 여겼다. 아이돌 그룹 그레이스의 매니저로 들어오지 않았다면, 방 이사도 내게 일찍 불어닥친 불행을 몰랐을 것이다.

데뷔를 코앞에 두고 일분일초를 아껴 연습에 몰두하던 봄날, 지훈은 낯선 문자를 받았다. 고정목 회장이었다. 연습실 근처까지 왔는데, 유다정 모르게 잠시 만났으면 좋겠다고 했다. 카페에서 기다리던 목신통신 고 회장은 케이크를 내밀곤 일어섰다. 지훈이 기억하던 내 생일과는 아주 먼 날이었다. 고 회장은 오늘이 내 부모님의 기일이라고 귀띔했다. 매니저 지훈은 대학 친구 누구도 모르는 비밀 하나를 알게 되었다.

"개인 투자자 유치는 내가 알아서 할게."

"타로뮤직 정 사장 일, 알고 있어?"

"뭔데?"

"정 사장이 안 좋은 소문을 퍼뜨리고 다녀……. 그레이스가 곧 망할 거라고. 타로뮤직이 요즘 승승장구하고 있고, 정 사장이 점 찍은 가수들이 연이어 뜨는 건 알지? 촉이 좋다는 소문이 그 바닥에 쫙 퍼졌거든. 그런 정 사장이 그레이스를 씹어대니, 개인 투자든 기관 투자든 악영향을 미칠 거야. 왜 나랑 의논 안 했어?"

"정 사장이나 너나 똑같은 입장이니까."

"트로이 건이야?"

"응. 트로이를 중단하면 투자하겠대. 거절했더니 화가 단단히 났나 봐."

"나하고 먼저 의논했어야지. 트로이를 내부 직원이 반대하는 것과 외부에서 반대하는 건 엄연히 달라."

"아서 님에게 끌려가지 말라던 사람이 누구더라? 정 사장 입장까지 알면, 네가 더욱 이 프로젝트를 접자고 주장했겠지. 근데 난 그럴 뜻이 없으니, 알리지 않은 거고."

명확한 근거를 댈수록 그는 고 회장에게 더 기대를 걸었다.

"우리가 돈을 그냥 빌려달라는 게 아니잖아? 그레이스가 그동안 성장해 온 과정을 설명하고, 또 얼마나 품질이 뛰어난가를 보여드리고 투자를 받자는 거야. 모르는 사람한테도 투자제안서 내밀고 몇 달씩 매달리는데, 고 회장은 가족 같은 분이잖아?"

"안 돼."

"오늘은 설명을 들어야겠어. 내가 납득할 이유를 하나라도 대봐."

그는 순순히 물러서지 않았다. 그만큼 절박한 상황이었다. 나는 자세를 고쳐 의자에 등을 대곤 눈을 감았다. 지하주차장으로 내려가는 통로가 보였다. 전등을 밝혔지만 어둠이 차를 따라 돌고 또 돌았다. 칠 층을 지나 팔 층이라고 표시된 안내판에서 눈을 떴다. 살짝 어지럽기까지 했다.

"마트료시카 인형 본 적 있어?"

"러시아 인형 말야? 열고 열고 또 열어도 작고 더 작고 더욱더 작은 인형이 담긴, 그거?"

"맞아. 고 회장은 내 가방들을 그렇게 정리했어. 청소랍시고 가장 큰 가방을 열곤 그보다 작은 가방을 넣고, 그 가방보다 작은 가방을 넣고, 또 그 가방보다 작은 가방을 넣었지."

"갑자기 가방 정리하는 얘긴 왜 하는데?"

"내게 가방 스무 개가 있다고 쳐. 나는 그것들을 내 방에 가득 펼쳐놓지. 가방 속에 가방을 넣는 건 상상도 못해. 가방과 가방을 붙여두지도 않는다고. 그렇게 둬야 가방에서 자유롭게 이야기들이 나오기도 하고 떠돌기도 하고 또다시 가방으로 들어가기도 해.

모양과 크기가 다른 가방을 갖는 이유는 다른 물건과 다른 이야기를 넣고 다니며 또 간혹 서로 얼마나 다른지 꺼내 비교해 보기 위해서지, 다른 가방을 겹겹이 넣으라는 게 아냐. 가방이 비었다고 거기에 다른 가방을 집어넣고, 또 거기에 또다른 가방을 집어넣는 건 가방 학대야."

"학대까지야……."

그가 '학대'라는 단어를 꼭 집었다. 지나치게 센 지적이라고 느끼는 듯했다. 내 입장을 더욱 강조했다.

"고 회장이 만든 가방에 또다른 가방처럼 들어가지 않을래. 가방에 대한 근본적인 생각이 달라도 너무 달라. 이게 이유들 중 하나야."

도움을 받으려 했다면, 아이돌 그룹 그레이스 때부터 손을 내밀었을 것이다. 미성년자일 때는 고 회장 도움으로 학교도 다니고 생활도 했지만 거기까지였다. 계속 그를 인생의 가방으로 삼아 그 속에 들어앉으면, 영원히 벗어나지 못할 듯했다. 고 회장은 나를 위해 점점 더 폭이 넓고 속이 깊은 가방을 만들었다. 한 발이라도 그 가방에 발을 들이면 빠져나오지 못할까 두려웠다. 대학에 진학하고 스무 살이 되자 자립했다. 가방에 갇힌 삶은 그때까지로 충분했다.

그레이스를 시작할 때 나를 따라다닌 헛소문은 두 가지였다. 독고찬과 헤어지지 않았다는 이야기가 제일 많았고, 고 회장이 뒷배라는 이야기도 간간이 들려왔다. 후자의 풍문에서 고 회장은 키다리 아저씨처럼 멋지고 따뜻한 부자였고, 나는 행운을 움켜쥔 가난

뱅이 고아 소녀였다. 남몰래 다짐하고 또 다짐했다. 회사를 정상 궤도에 올려놓은 후 횡성으로 찾아가겠다고. 고 회장과 목신통신으로부터는 어떠한 투자도 받지 않겠다고. 키다리 아저씨 신화를 깨겠다고. 실력으로 입증하겠다고. 방 이사에게 다시 당부했다.

"고 회장님이 또 연락을 주더라도 유 대표와 직접 의논하시라고만 해. 알겠지? 나 몰래 딴짓 벌이면 절교야."

그가 한 걸음 물러나면서도 송곳처럼 대꾸했다.

"알았어. 하지만 절교를 유다정 당신만 할 줄 안다고 여기진 마."

"일인 다역을 네가 주로 맡긴 했지."

"유다정 당신은 언제나 여주인공이었고."

뒤늦은 감사 인사를 건넸다.

"그 시절 무대에서 연기를 해낸 건 네 도움이 컸어. 역할을 바꿔보자고는 왜 안 했어?"

"나 방지훈이 남주인공을 맡고, 유다정 당신이 일인 다역을 한다고? 어색해. 각자에게 맞는 자리가 있는 거야. 무대의 여주인공이든 회사의 대표든, 그건 유다정 당신에게 어울리지."

"넌?"

"나 방지훈은 그때나 지금이나, 태양을 도는 행성이지. 수성도 되었다가 해왕성도 되었다가."

"절교하는 역은 없었지 아마?"

"……그렇긴 하네."

"다행이다."

길게 숨을 내쉬었다. 그는 그 숨이 끝나기를 기다렸다가, 막과 막 사이 무대에 오른 어릿광대처럼 눈썹을 가운데로 몰아세우곤 떨며 말했다.

"쓰지 않은 대본이 인생이라잖아? 속단은 금물!"

예봉산과 검단산 사이로 차를 몰았다. 평일 오후 강변도로엔 차들이 많지 않았다. 내비게이션에 불러준 주소를 다시 확인했다. 경기도 광주시 퇴촌면 천진암로 994−5. 퇴촌, 천진암, 낯선 동네.

거듭 생각해도 마음이 편치 않았다. 내 문자엔 꼭 답장을 했으니까. 지금까지 가장 늦게 온 답장이 세 시간 뒤였다. 이탈리아 토르볼레에서 윈드서핑을 즐기는 중이었다며, 지중해를 배경으로 사진과 함께 문자를 보내왔다. 국내에선 무슨 일이 있더라도 한 시간을 넘지 않았다. 반대로 나는 세 시간을 넘긴 경우가 수두룩했고, 하루나 이틀 뒤에 답장한 경우도 적지 않았다. 답장하지 않은 문자도 많을 것이다. CEO, 스타트업의 대표란 무엇인가. 연락하고 연락하고 또 연락하는 사람이다. 하루에 업무용 전화를 서른 통이상, 업무용 문자를 백 개 넘게 주고받았다. 오십 통 이상의 전화와 삼백 개 이상의 문자를 주고받는 날도 드물지 않았다. 그러나아무리 통화와 문자가 많더라도, 답장을 못하거나 뒤늦게 한 이유는 아니다. 아예 읽지 않는다면 모를까, 아무리 바쁘더라도 최소한 삼십 분마다 발신자를 확인했으니까. 비컨이란 이름을 보고도 넘어갔었다. 지금은 기억나지 않지만 급히 처리할 업무가 있었으리라.

연인 사이에서 누가 더 빨리 답하는가를 사랑의 밀도와 연결시킨 에세이를 읽은 적이 있다. 맞는 주장이긴 한데, 어차피 사랑이란 기울어진 운동장이다. 나는 그 운동장의 기울기를 스스로 조정한 적이 없다. 내가 먼저 다가간 적이 없었단 이야기다. 늘 나무처럼 서 있었고, 남자들이 개미처럼 고양이처럼 부엉이처럼 바람처럼 눈처럼 달빛처럼 다가왔다. 비컨에게 호감을 갖긴 했지만 비컨이 내게 갖는 마음만큼은 아니었다.

세 시간만 기다려보기로 했다.

투자제안서 초고를 다듬고, 아틀리에에서 새로 들어온 고객들의 제품주문서 열 장을 장인들과 함께 검토한 뒤, 차를 몰고 나섰다. 점심은 영양제와 건강 보조 식품으로 대신했다. 알약은 동시에 세 개도 가볍게 넘겼는데 즙은 언제나 힘들다. 설명서엔 노화 방지, 피로 회복, 다이어트, 항산화 효과 등 좋은 말들이 가득했다. 하루에 한 끼는 이렇게 때웠다.

서울 어느 구석에 살겠거니 여기고, 회사에 등록된 주소를 확인하진 않았다. 새벽이든 야심한 밤이든, 꼭 필요한 회의엔 토를 달지 않고 일찌감치 와선 늦게까지 자리를 지켰으니까. 여행 중일 때는 못 오는 경우도 더러 있었지만 올 땐 또 확실히 왔다. 그렇게 쌓인 신뢰가 프리랜서로 이 바닥에서 지금까지 일을 계속하는 비결일 것이다. 회사 근처 숙소에서 뒹굴다가 달려오는 것이 아닐까 싶을 정도로 편한 복장일 때가 많았다. 그런데 오늘 확인하니, 거주지가 서울이 아니라 경기도 하고도 퇴촌면이다. 천진암은 또 뭐람.

팔당호로 접어들었다. 멀리 소내섬이 보였다. 진눈깨비가 다시 흩날렸다. 우산 없이 진눈깨비를 맞으며 걷던 날들이 떠올랐다. 비도 아니고 눈도 아닌, 비이면서 눈인 뒤섞임. 나는 둘 중 하나를 고르라고 할 때마다 물러났다. 진눈깨비는 불순하고 불명확하여, 더없이 아름다웠다. 겨울도 아니고 봄도 아닌, 겨울이면서 봄인 뒤섞임. 개나리와 진달래가 피기까진 아직 며칠 더 기다려야 했다.

파리 메종앤오브제 전시장 앞에서 비컨과 나눈 대화가 문득 떠올랐다. 디자인에서 파랑을 유난히 많이 쓰는 이유가 바다 때문이냐고 물었다. 그와 처음 만난 곳도 변산반도였다. 비컨이라는 이름도 바닷길을 안내하는 등대다. 그가 답했다.

"매일 보고 다녀서 그런가 봐요."

혹시 집이 인천이나 강화도 근처냐고 물었더니 아니라고 했다. 매일 본다는 것을 자주 본다는 식으로 받아들이곤 넘어갔다. 그런데 물빛을 만끽하려고 꼭 바다에 갈 필요는 없다. 강도 있고 호수도 있다. 한강을 지나 팔당호로 들어서서 한없이 넓은 파랑을 마주하자, 비컨의 설명이 사실 그대로였음을 깨달았다. 그가 사는 경기도 퇴촌면에서 서울로 나오려면, 맑은 하늘에 얻어맞아 퍼렇게 멍든 강물과 오롯이 대면할 수밖에 없다.

광동교를 지나 천진암로로 찾아들어가는 동안에도 푸르름은 사라지지 않았다. 강이 천으로 바뀌고 유량은 줄었지만 흐르는 물은 여전했다. 물을 따라 길이 나고 집이 서고 산이 드리웠다. 초

행길의 불안함이 사라진 것도 쉼 없이 흘러가는 물 때문이었다. 구불구불 이어진 오르막에서도 멈추지 않았다. 걸을 때도 자전거 페달을 밟을 때도 버스나 택시를 탈 때도, 온통 이 파랑에 젖을 수밖에 없었다. 오래전 『한없이 투명에 가까운 블루』란 일본 소설 제목을 들었을 때, 아무리 맑아도 투명이란 단어까지 끌어들인 건 지나치다 여겼다. 그러나 정말 투명에 가까운, 아니 투명 그 자체인 블루가 있음을 오늘 눈으로 확인했다.

퇴촌에서 서울까지 나오려면 한 시간이 넘게 걸렸다. 차가 막히기라도 하면 두 시간은 각오해야 한다. 회의가 잡히면 서너 시간 전에 일찌감치 길을 나섰을 것이다. 늦은 밤 혹은 이른 새벽, 인적 없는 도로를 한없는 푸르름에 의지하여 달려온 모양이다.

회사에 등록한 주소지에 닿으니 '천진식당'이란 입간판이 먼저 보였다. 비컨의 미니 컨트리맨이 앞마당에 주차해 있었다. 나란히 차를 세우고 내렸다. 빵 굽는 냄새가 흘러나왔다. 어금니로 고이는 침을 모아 삼키며 고개를 돌리니 둥근 박달나무 판에 새긴 이름이 보였다. 서재도서관 책 읽는 등불베짱이.

마침 도서관 문이 열렸다. 책을 한 아름 들고 나오던 여자가 웃음과 함께 인사부터 건넸다.

"반갑습니다."

회색 누빔 점퍼에 삼색 슬리퍼를 신었다. 도서관을 제 집처럼 편히 여기는 분위기가 옷차림에서 묻어났다.

"비컨이라고, 사람을 찾는데요."

"아, 뒷디!"

"뒷디?"

"여긴 마을도서관이고요. 이쪽으로 돌아가면 별채가 있거든요. 거기로 가보세요. 뒷마당 디자이너, 줄여서 동네 아이들이 '뒷디'라고 부른답니다."

"도서관인데, 빵 굽는 냄새가……."

다시 침이 웅덩이처럼 고였다. 빵 냄새를 제대로 맡은 적이 언제였던가. 먹는 시간까지 줄여가며 가방에만 빠져든 시절이었다. 여자는 눈을 살짝 감고, 배가 몹시 고픈 아이처럼 숨을 깊이 들이쉬곤 답했다.

"참 좋죠? '릴리 브레드'라고 도서관 안에 빵집이 있답니다. 출출하시면 들르세요. 책도 읽고 빵도 먹고 일석이조예요."

건물을 끼고 돌았다. 아이들 웃음소리가 창틈으로 새어나왔다. 도서관에 가서 친구들과 저렇듯 떠들며 웃은 적이 내겐 없었다. 혼자 방에서 책을 읽든 잠을 자든 머물렀다. 열다섯 살 이후엔 더더욱 그랬다. 비컨도 가끔 저 아이들과 어울리는가 보다. 그러니 '뒷디'란 별명까지 붙었겠지. 조용히 제 할 일만 챙기는 회사와는 다른 삶이다. 계곡을 따라 늘어선 음식점들 사이에 도서관이 있을 줄은 몰랐다. 등불베짱이, 이름마저 정겹다. 편히 와서 베짱이처럼 쉬며 놀며 책 읽고 빵 먹다가 가라는 뜻일까. 딱딱딱 딱딱! 딱따구리 소리가, 편견을 버리고 이제부터 정신 바짝 차리라는 듯, 뒤통수를 때렸다.

단층집은 뒷마당 제일 구석에 자리를 잡았다. 낡은 슬레이트 지붕은 이 건물이 원래 창고였음을 드러냈다. 그림도 무늬도 글자도 없는 흰 벽이 비컨과 어울렸다. 벨을 찾았지만 보이지 않았다. 현관문을 두드렸다. 인기척이 없었다. 창문으로 돌아가선 이름을 불렀다.

"비컨! 안에 있어요?"

앞마당에서 본 미니 컨트리맨이 떠올랐다. 작고 가볍지만 단단한 블루. 도로 위를 질주하는 물방울.

차를 두고 산책이라도 나간 걸까. 다시 현관문을 두드리려는데, 문이 살짝 열리더니 눈동자가 반짝였다. 내 얼굴을 확인하고서야 문을 닫은 후 걸쇠를 벗기고 열었다. 여태 누워 있었는지 얼굴이 붓고 푸석푸석했다. 내가 현관으로 들어서서 신발을 벗기도 전에, 비컨이 양손으로 입을 가리고 밭은기침을 했다.

"미, 미안해요. 회의에 갔어야 했는데……."

등을 돌리곤 어깨까지 흔들리는 기침을 쏟았다. 부축하려는 내 손을 밀어냈다.

아팠구나!

"어서 가서 누워요. 쉬지도 못하게 깨웠네, 내가……."

"거의 다 나았습니다. 가벼운 몸살감기예요. 폭 자려고 수면제를 먹었는데, 눈 떠보니 지금이네요. 그런데 여기까진 어떻게?"

여기까진 어떻게…… 왔을까.

나도 그걸 알고 싶었다. 직원이 회의에 불참했다고 집까지 찾아간 적은 없다. 그레이스 대표로서 오늘 연락할 업무만도 스무 건이 넘었다. 그것들을 모두 미룬 채 서울을 벗어난 것이다. 짐작을 확신으로 바꾸고 싶긴 했다. 하지만 그곳으로 간다고 확신할 수 있으리란 보장은 없었다.

별채는 방 하나 거실 겸 부엌 하나 욕실 하나로 단출했다. 디자이너의 거처답지 않게 벽엔 아무것도 걸려 있지 않았다. 못 하나 박은 흔적이 없었다. 미니멀리즘, 내 아파트는 물론이고 가방에까지 추구하고 싶은 다섯 글자가 자연스럽게 떠올랐다. 벽지 없이 노출 콘크리트에 칠한 푸른색으로 자신의 스타일을 드러냈다.

그를 끌어 뉘곤, 침대에 걸터앉아 답했다.

"전화도 문자도 전부 꼭꼭 씹어 드셔서 탈이라도 났나 싶어…… 왔죠."

"그런다고 오시는 분 아니잖아요?"

비컨이 열에 들뜬 웃음과 함께 아이폰을 확인하곤 긴 숨을 몰아쉬었다. 전화와 문자가 여러 통이었다. 파리에서 돌아온 후부터 더욱 틈 없이 굴기는 했다. 내가 오라 마라 한 적은 있지만, 그가 내게 오라 마라 한 적은 없다. 나는 그가 오라 한다고 가고, 오지말라 한다고 가지 않는 사람이 아니니까. 그도 이미 알고 있었다. 그런데 오늘은 스스로 왔다.

"병원부터 가야 하는 거 아닌가요? 약은?"

"삼 일 전에 내과에 들러 주사도 맞고 약도 탔어요. 괜찮았는데, 퇴근하고 나서부터 갑자기 안 좋아지더라고요. 그래도 회의엔 가려고, 새벽 다섯 시에 공유해 주신 메일을 읽은 후 벨트 백의 문제점도 정리하고 안경집에 대해서도⋯⋯."

자정 무렵 건강 잘 챙기라고 국화차까지 타줬는데, 그 차를 마신 후 몸살감기가 심해진 것이다. 국화차 때문은 아닐 테고, 무엇이 그를 이토록 힘들게 했을까. 아서의 엉뚱한 요구들이 바위처럼 어깨를 짓눌렀을까.

"지금은 아무 생각 말고 눈 좀 더 붙여요."

"아닙니다. 이제 일어나야죠. 차나 커피라도⋯⋯."

비컨의 이마를 손바닥으로 가만히 누르며 물었다.

"해열제는?"

"먹었어요."

"체온계는?"

고개를 저었다. 상비약통을 갖추고 살진 않았다.

"다행히 열이 많이 높진 않네요. 불청객 신경 쓰지 말아요. 내가 챙겨 마실게요. 이야긴 나중에 하고 두 시간만 더 자요. 알았죠?"

"그래도 어떻게⋯⋯."

"어렸을 때 내가 몸살을 얼마나 자주 앓았는지 얘기 안 해줬죠? 그렇네, 아직 못한 얘기가 많네. 잘 들어요. 몸살감기, 이거 완전히 내 전공 영역이에요. 약도 약이지만 이럴 땐 허리가 아플 정도로 충분히 자야 해요."

방문을 닫고 부엌으로 나왔다. 싱크대 옆 이인용 식탁엔 의자가 하나뿐이다. 커피 잔 두 개가 식탁에 놓였다. 둘 다 커피가 반쯤 남았다. 이 집을 내게 알려준 도서관 여인? 무늬나 그림이 없는 잔은 옅은 파랑을 품었다. 잔을 씻고 작은 주전자에 물을 끓였다. 쟁반에 먹다 남은 호밀빵과 함께 두툼한 책 한 권과 얇은 책 두 권이 놓여 있었다. 『셰익스피어 4대 비극』과 『욕망이라는 이름의 전차』와 『뜨거운 양철 지붕 위의 고양이』였다. 이 책들도 기울어진 운동장의 증거다. 한때 내가 대사를 전부 외우고 다녔던 작품들. 비컨은 책을 읽지 않는다고, 그 대신 여행을 자주 가고 길 위에서 마주치는 사람들과 개와 고양이들을 즐겨 관찰한다고, 펜을 들어 가끔 그리기도 한다고, 변산반도에서 처음 만났을 때부터 단언했다. 그러므로 그가 이 책들을 읽은 이유는 단 하나다. 나 때문이다.

우리 둘의 유일한 차이가 비컨의 노력으로 사라진다면? 그리하여 우리의 취향이 완전히 일치하는 날이 온다면?

낮게 코고는 소리가 들려왔다. 『햄릿』부터 펼치곤 눈으로 읽기 시작했다. 그레이스를 설립한 후 윌리엄 셰익스피어나 테네시 윌리엄스와 시간을 보낸 적이 없었다. 문산 아파트 침대 옆 책장에는 대학 시절 애독한 희곡집들이 꽂혀 있긴 했다. 연극에 몰두할 때는 밑줄을 긋고 메모를 하고 동선을 그리며 열독한 책들.

완전히 망각한 것은 아니다. 지금처럼, 여유만 생기면, 1막 1장의 첫 대사만 읽어도 그다음 대사들이 줄줄 떠올랐다. 몸 어딘가에 구석구석 꼭꼭 숨었다가 혀를 타고 입술로 흐르는 느꺼움들.

책을 덮고 마당으로 나왔다. 비컨을 괴롭히던 열이 옮겨왔는가. 『햄릿』을 읽는 내내 얼굴도 목도 등도 화끈거렸다. 젖은 낙엽을 피해 땅을 보며 걸었다. 도로까진 나가지 않고, 마당에 떨어진 녹슨 동전이라도 주우려는 아이처럼.

빵 냄새에 다시 고개를 들었다. 두 여자가 나란히 도서관을 나와선 나를 향해 서 있었다. 비컨의 집을 가르쳐줬던 여자가 손을 흔들며 물었다.

"왜 나오셨어요? 여긴 서울보다 5도는 더 추워요."

키가 한 뼘 정도 작은, 밤색 털모자를 쓴 여자가 빵이 가득한 쟁반을 들고 내려왔다. 뒤따라온 여자가 자신들을 소개했다.

"저는 도서관장 등불이고요, 이쪽은 빵집 주인 릴리예요."

"유나정이라고 해요. 그레이스라는 작은 회사를 하고 있고요."

"아, 그레이스!"

등불이 알은체를 했다. 릴리가 지지 않고 말했다.

"격주로 도서관에 모여 뒷디에게 디자인을 배우거든요. 간단한 가방이나 지갑 같은 것들이죠. 뒷디가 샘플이라고 들고 온 지갑과 가방이 모두 그레이스 제품이었어요. 그래서 알죠. 그 회사 대표님이셨구나. 뒷디가 이곳으로 이사 온 뒤 첫 손님이라서, 누군지 엄청 궁금했거든요. 대표님 성함이 그레이스인가요?"

"맞기도 하고 아니기도 하고 그래요. 설명하기가 좀 복잡해요."

샤넬과 '샤넬'처럼, 그레이스와 '그레이스'의 관계를 잠시 짚어보았다. 코코 샤넬처럼 디자인부터 바느질까지 직접하는 실력이 내겐 아직 없다. 그러나 언젠가는 내 손으로 가방을 시작부터 끝까지 만들고 싶긴 했다. 두 여자는 내 바람을 아는 것처럼 기다리며 웃어주었다.

"복잡하죠. 맞아요. 다 그렇죠. 책 하나 읽는 것도, 빵 하나 만드는 것도, 잘하려면 정말 복잡해요. 자, 이거⋯⋯."

릴리가 쟁반을 내밀자, 나는 이마에 주름을 살짝 잡으며 난처한 표정을 지었다.

"부엌에도 아직 남았던 걸요."

"먹다가 남으면 가져가세요. 발효 빵이라 되도록 빨리 먹는 게 좋긴 해요."

"빵값이⋯⋯."

등불이 고개를 저었다.

"됐어요. 뒷디를 잘 부탁드려요. 벌써 석 달이나 수업을 했는데, 수강료를 안 받네요. 이렇게 제 몫을 못 챙겨서야, 복잡한 세상 어찌 살아갈까 싶어요. 툭하면 기침이나 하고⋯⋯."

"잘 먹을게요."

더 물리치긴 어려워 쟁반을 받은 후 물었다.

"가끔씩 커피도 함께 드시나 봐요?"

등불이 되물었다.

"어떻게 아셨어요? 릴리가 내리는 커피 맛이 또 일품이거든요. 뒷디도 가끔 도서관으로 건너 와선 마시곤 해요. 커피 타임을 길게 갖는 건 아니에요. 잘 아시겠지만, 항상 뭔가 딴생각에 사로잡혀 있는 사람이라서요."

릴리가 이어받았다.

"쟤들이 언제 할 거냐고 물어도 그냥 웃기만 하더라고요. 보물이라도 감춰뒀는지……."

현관으로 들어설 때 문자가 왔다. 쟁반을 식탁에 놓은 뒤 아이폰을 꺼내 확인했다.

— 잘 지내고?

홈페이지가 깔끔하고 좋네. 영어판 일어판 중국어판에 프랑스어판까지 있고. 제품들은 대충만 봐도 유다정 스타일이군. 셰익스피어부터 지금까지, 모두를 감동시킬 연극을 하겠다고 덤볐으니까. 이제 다시 만나 이야기를 해볼 때 아닌가. 어떤 차원에서든 역차별은 하지 마. 너무 늦진 않았으면 싶다.

오 년 만에 불쑥 날아든 문장들을 읽고 또 읽었다.

독고찬이었다.

어느 날 문득 옛 애인이 생각나서, 내가 설립한 회사 홈페이지를 대충 훑어보고 보낸 문자가 아니었다. 독고찬은 떠난 애인을 챙길 만큼 한가하지 않았다. 시애틀에서 게임 회사를 세워 제2의 전성기를 맞았다는 소식이 공중파 뉴스를 탈 정도였다. 전남 백수 해안에서 헤어지고 지금까지 독고찬을 단 한 번도 떠올리지 않았다면 거짓말이다. 그레이스를 설립한 후 불현듯 그의 얼굴이나 말투나 습관이 생각나곤 했다. 연애할 때는 이해할 수 없었던 언행의 이유를 깨달은 아침도 있었다. CEO에겐 CEO의 생각과 느낌이 있고 직원에겐 직원의 생각과 느낌이 있다는 주장은 헛말이 아니었다. 그때 알았더라면 다르게 받아줬을 텐데, 하는 아쉬움이 찾아들었다. 그러나 딱 거기까지였다.

시애틀로 함께 가자는 독고찬의 제안을 거절했다. 그가 이끄는 대로 끌려가지 않은 것을 후회한 적은 없다. 평생을 이 남자의 그늘에서, 누구의 아내로 지내고 싶지 않았으니까. 독고찬이 파격적인 제안을 하더라도, 그는 이제 내가 이 세상에서 제일 마지막에 마지못해 만날 남자였다.

단순한 안부 문자가 아니다. 글의 가치를 믿고 글쓰기에 많은 공을 들이는 독고찬이 아니었던가. 트집 잡힐 단어는 행간으로 요령 있게, 완벽에 가깝도록 밀어 넣었다. 독고찬의 글을 곁에서 오래 지켜본 내겐 행간이 읽혔다. 그레이스의 어려운 형편을 이미 파악했으니 도움을 요청하라는 신호였다.

아이폰을 쥐고는 다시 현관을 나섰다. 이번에는 뒷마당과 앞마당을 가로지르고 이차선 도로를 건너 계곡 아래로 내려갔다. 여름이면 피서객으로 가득 찼을 평상이 모두 비었다. 그중에서 얼음이 녹아 흐르는 물에 가장 가까운 평상을 택해 도로를 등지곤 앉았다. 심호흡을 두 번 하곤 손등으로 이마를 훔친 뒤 통화 버튼을 눌렀다.

"반갑구나."

숨 찬 목소리.

"일하고 계셨어요?"

"눈 치우는 중이야. 늦겨울 눈이 매섭더구나. 지방 국도는 군청에서 염화칼슘을 뿌리는데 진입로에서 집까진 내 일이거든. 제법 쌓였네. 언제 올 거냐? 미리미리 치워두마."

정목은 반가운 마음을 감추지 못했다. 한 호흡 쉬고 답했다.

"당장은 어려울 듯해요."

"그래? 그럼 봄에 오려무나. 꽃나무들을 집에서 봉우리까지 군데군데 심어뒀으니, 제법 볼만하게 필 거야. 방 이사에게 사정은 다 들었다. 봄까진 괜찮겠어?"

절교까지 들먹였건만, 지훈은 그레이스가 처한 어려움을 귀띔한 것이다. 대표인 나와 그레이스를 위하는 길이라고 믿었을까. 정목의 기대부터 가지 치듯 잘랐다.

"봄에도 찾아뵙긴 힘들 거예요. 건강 잘 챙기세요. 진입로 눈 치우는 거나 꽃나무 심는 건 혼자 하시지 말고 사람 사서 하시고요. 괜히 아침저녁으로 저 기다린다고 도로까지 나왔다가 들어가지 마세요. 방 이사에게 또 전화하지 마시고요. 방 이사가 혹시 전화하더라도 받지 마세요. 그레이스의 대표는 저예요. 방 이사가 무슨 소릴 하더라도, 최종 결정은 제가 합니다."

횡성으로 돌아갈 날을 약속하지 않았다. 예측하기 어려웠다. 정목은 내 마음을 알아차렸으리라. 물러나서 기다리는 데 익숙한, 기다리고 기다렸다가 사랑하는 여자와 둘도 없는 친구를 잃은 사람이다. 반복하지 않겠다고 다짐하며 오늘까지 왔을지 모른다. 전화로 그 마음을 전부 헤아리긴 어려웠다.

"알겠다. 하지만 꼭 오긴 와야 해. 잊지 마라. 넌 어찌 생각하는지 모르겠지만, 이 세상에서 네가 편히 머물 집은 여기란다. 네 부모를 누구보다도 잘 아는 사람이 나 외에 누가 있겠니? 하나만 부탁하자."

"말씀하세요."

"힘들수록 더욱 필요한 게 가족이야. 기다리마."

"…… 고맙습니다."

겨우 답한 뒤 전화를 끊었다.

별채로 돌아갔다. 얼그레이 차를 끓이고 빵을 잘라 쟁반에 담아 들곤 방으로 들어갔다. 비컨은 여전히 잠에 취해 있었다. 낮과 밤을 바꿔 산다더니 며칠 잠을 설친 모양이었다. 사이드 테이블에 쟁반을 놓은 뒤, 침대 모서리에 걸터앉았다. 비컨이 미동을 느낀 듯 눈을 떴다. 나는 허리를 숙이곤 장난스럽게 얼굴을 가까이 댔다. 눈과 눈이 마주쳤다. 꿈이 아닌 걸 깨달은 그가 허리를 접고 앉으려 했다. 나는 다시 그의 이마를 손바닥으로 누르곤 눈을 감았다. 그는 눕지도 앉지도 못한 채, 기다려야 했다. 이윽고 눈을 뜬 내가 환자를 능숙하게 다루는 베테랑 간호사처럼 밝은 목소리로 말했다.

"열이 내렸네요. 다행이에요."

"잠시 좀 걷다 올까 합니다. 종일 누워만 있었더니, 답답해서요."

"괜찮겠어요?"

비컨이 고개를 끄덕였다. 옷장을 열어 무스너클 화이트 점퍼에 목도리와 가죽장갑을 꺼냈다. 도서관 앞에서 그에게 물었다.

"어디로 가요?"

"천진암 광암성당까지 가보려고요. 삼십 분, 천천히 걸으면 사십 분쯤 걸립니다."

"천진암이 정말 있군요?"

비컨이 맥락을 몰라 어리둥절한 표정으로 즉답을 못했다. 질문을 보탰다.

"광암성당은 또 뭔가요?"

"18세기 천주교 신자 이벽의 호가 광암입니다. 천진암에 모여 서학을 논했다는군요."

처음 듣는 이야기였다. 비컨이 앞장을 섰고 나는 한 걸음 떨어져 뒤따랐다. 오르막길로 접어들었다. 다행히 바람이 등 뒤에서 올라왔다. 오가는 차들이 없었으므로, 우리는 곧 나란히 걷게 되었다. 침묵이 어색해지기 전에 내가 물었다.

"은어 님은 어떤 사람 같아요?"

비컨이 고개만 돌려 눈으로 물었다. 그건 왜 갑자기?

"지훈이가…… 아니 지훈 님이 트로이 프로젝트를 반대하는 건 이해해요. 병행수입을 시작한 후부턴 돈이라는 단 하나의 기준으로 여기까지 왔으니까. 근데 은어 님은 왜 사사건건 지훈 님 편에 설까요?"

욕심쟁이 은어는 제품 디자인을 배우려고 자주 비컨에게 가르침을 청했다. 비컨이 짜증을 부리거나 잠적해 버려도, 기다렸다가 다시 가서 묻고 또 물었다. 다섯 번 매달리면 한 번 정도는 비컨도 이런저런 충고를 하고 이런저런 책과 전시회를 권했다. 채대숙이나 페인터 눈처럼 아틀리에에서 함께 일하는 장인들보다 비컨과 먹은 저녁이 더 많았다. 은어는 아틀리에 장인들에겐 자신의 야망을 오히려 감췄고, 비컨에겐 공공연하게 장인들의 태도와 작업 방식에 불만을 털어놓았다. 이 층 창고 구석이나 오 층 옥상 테라스에서 은어와 비컨이 함께 있는 모습을 나도 종종 봤다.

"고집 센 녀석이에요. 납득이 되지 않으면 다음 페이지로 넘어가질 않죠. 트로이 프로젝트는 약점도 많고 비약하는 지점도 있잖습니까? 다정 님이나 저는 받아들일 만한 구멍이지만, 녀석은 꼭 구멍이 뚫린 이유와 그 속에 들어간 게 돌인지 나무인지 알고 싶은가 봅니다."

"혹시 딴 맘 있는 거 아닌가요?"

"딴 맘……이라뇨?"

"가끔 그런 남자들을 본 적이 있어요. '애(愛)'를 '증(憎)'으로 드러내는……. 내 관심을 끌려고 반대부터 하는 게 아닐까, 가끔 그런 생각이 들어요."

비컨이 피식 웃었다. 그가 웃음의 의미를 설명할 때까지 기다렸다.

"그렇게 반응하는 남자들이 많은 건 사실입니다. 하지만 그 녀석이 다정 님을 마음에 둔 것 같진 않네요. 퇴촌까지 와서 회사일 얘기만 계속하실 건가요?"

"궁금했던 거라…… 알겠어요. 딴 얘기 할게요. 아서 님 이번 메일 읽었어요?"

"회사 일 얘기 말고 딴 얘기 한다면서요?"

"이건 딴 얘기예요. 읽었어요?"

"네."

"어젯밤에 국화차 같이 마실 때, 아서 님이 마음에 드느냐고 물었잖아요?"

"그랬죠."

"그래선지, 새벽에 도착한 메일을 읽는데, 아서 님이 맘에 드는지 안 드는지 잠깐 생각하게 되더라고요……. 비컨 님은 어땠어요? 이번 편지에서 제일 맘에 든 부분이 어디예요?"

"잘 모르겠어요."

"전부 맘에 안 들었나요? 하기야 그럴 수도 있겠네요. 메일이 온 것 자체가 제품에 문제를 제기하는 것이니, 비컨 님으로선 무슨 이야기가 담겼든지 불쾌할 법도 해요."

"다정 님도 실망하셨잖아요?"

"아니라고 하면 거짓말이죠. 하지만 이번 메일에도 제 맘에 쏙 드는 대목이 있긴 했어요."

"어디죠?"

눈을 감고 그 대목을 읊조리기 시작했다. 새벽에 소리 내어 대여섯 번 읽었을 뿐인데도 연극 대사처럼 술술 나왔다.

혜경은, 초등학교를 졸업하기 전부터 몽골 초원을 질주하는 유목민의 피가 자신에게 흐른다는 근거 없는 자랑을 늘어놓곤 했소. 모험담을 떠벌리는 쪽은 대부분 나였는데, 유목민의 후예라는 이야기만은 언제나 혜경의 몫이었다오. 내 눈앞에 나타난 날부터 마을을 떠날 때까지 안경을 쓴 적이 단 한 번도 없었소. 내가 봐둔 저수지나 강으로 나가선 이편에서 저편을 살피고는 신나게 설명했소. 내 눈엔 백내장 걸린 환자의 시야처럼 흐릿한 풍경의 세부가 혜경에겐 수정처럼 또렷했던 게요. 줄잡아 천 미터는 떨어진 거리에서 걸어가는 농부의 손에 들린 감자와 고구마를 가릴 정도였다오. 지평선 끝까지, 생물이든 무생물이든, 초원의 모든 것이 보인다는 유목민 이야기도 그때 들었소.

비컨은 이 대목이 왜 맘에 드느냐고 눈으로 물었다. 내 시력이 빼어나게 좋아서라고 밝히는 대신 적당히 둘러댔다.

"애인에게 몽골 초원을 질주하는 유목민의 피가 흐른다고 소개하는 문장을 읽은 적이 없어요. 예쁘다 착하다 능력 있다, 이런 설명들로부터 얼마나 멀리 있는지…… 그만큼의 거리가 아서 님이 지닌 개성이겠죠. 맘에 들어요."

"또 맘에 드는 대목이 있나요?"

"……없어요, 요번 메일에선."

짧은 침묵이 지나갔다. 까마귀 울음 따라 비컨이 겨울 하늘을 올려다보았다.

"하나만 물어봐도 될까요?"

고개를 끄덕였다.

"솔직히 아직도 꿈같아요. 파리에서도……"

"틈을 내주지 않았죠."

비컨이 잠시 멈춰 서선 빤히 나를 쳐다보았다. 나는 걸음을 떼며 말을 이었다.

"틈을 보이면 파고드니까. 비컨은 그런 사람이잖아요?"

비컨 님이라고 하지 않고, 비컨이라고 했다. '님'이란 글자 하나를 붙이고 안 붙이고의 차이가 꽤 컸다. 공식적인 거리를 이제부터 두지 않겠다는 신호였다.

"왜 지금은……?"

"틈이 아니라 홍해를 갈라놓듯 구냐고요? 싫어요?"

"싫은 건 아니지만…… 놀랍죠. 이런 날은 오지 않으리라 생각했으니까. 다정 씨랑 나란히 천진암을 향해 걷는 건 상상도 못했으니까."

예민한 비컨 역시 내 이름 뒤에 '님' 대신 '씨'를 붙였다. 나는 속마음을 그대로 말했다.

"틈을 허락하기 싫었어요, 파리에선!"

"그럼?"

지금은?

"걱정되더라고요."

"제가요? 오늘 회의에 불참해서요? 전화를 안 받아서요?"

"오늘 말고, 대전에서…… 오드 아이 할 때……."

"저도 갔었잖아요?"

"잠깐 얼굴만 비추고 사라졌죠. 어딜 갔어요? 담당 디자이너와인터뷰하겠다는 기자가 여럿이었어요."

"제가 낄 자린 아니죠."

"둘이서 한 공동 작업이잖아요? 콘셉트는 내가 제시했지만 비컨이 디테일을 전부 챙겨줘 날짜를 겨우 맞췄죠. 나 혼자였다면 못 했을 거예요."

"말씀드렸잖아요? 오드 아이는 쉬운 작업이었다고."

파도가 밀려들고 또 밀려드는 듯했다. 영원히 드러나지 않는 뻘을 잠시 떠올렸다. 아니 그렇게 잠겨 있기만 하면 뻘이 아닐 것이다. 말머리를 돌렸다.

"어딜 갔던 건가요?"

"아! 택시 타고 카이스트 정문 앞에서 내렸어요. 잠시 산책할 곳으로 데려다달라고 했는데, 택시 운전사가 거기로 가더라고요. 갑천이더군요. 천변을 따라 걷다가 쉬다가 또 걷다가 왔습니다."

"천변을 걸으려고 대전에 간 건 아니잖아요?"

"트로이 프로젝트 때문에…… 생각할 시간이 필요했어요. 지훈 님은 아서 님을 사기꾼 취급했지만, 만만한 상대가 아니란 생각이 들었거든요. 기쁘기도 했고요."

"기쁘다고요?"

"졸부의 취향을 만족시켜 주는 일이라면, 아예 입 닫고 빠지려 했죠. 하지만 맞설 만한 적이라면……."

"고객은 적이 아닙니다."

"어쨌든, 모처럼 진지하게 걸었죠. 저는 걸어야 머리가 돌아가거든요. 다리랑 뇌랑 맞물려 돌아간다고나 할까요. 근데 왜 제 걱정을 했습니까?"

"찾았는데, 없으니까……."

"갑자기 사라진 게 어디 한두 번인가요?"

맞는 지적이다. 솔직히 나도 그날 왜 자꾸 비컨이 신경 쓰였는지 논리적으로 설명하긴 어렵다. 소회의실에서 회의를 마치고 객실로 돌아온 후 에이마이너로 시작하는 비컨의 자작곡 〈반가와요〉를 아이폰 너머로 들으며 마음이 흔들렸다면, 더 이야기가 자연스러우리라. 그러나 자연스러움을 위해 내 감정이 흔들린 때를 바꾸고 싶진 않았다.

"인생의 수수께끼 혹시 있나요?"

"그게 뭐죠?"

"평생 풀어야 할 숙제 같은 거……."

"없어요."

"나를 자신의 가방이라고 말한 분이 있었어요. 열다섯 살 때 그 말을 들었는데, 지금까지 수수께끼를 못 풀었네요. 이런저런 답을 떠올려 맞춰봐도 딱 떨어지질 않았거든요. 그런데 오늘 답을 찾은 것 같아요."

"그래요? 뭔가요, 수수께끼의 답이?"

"비컨, 당신이 내 가방이면 좋겠다는 생각이 들었거든요."

"왜죠? 왜 하필 가방이에요?"

"형숙 씨 그러니까 제 엄마는 가방을 즐겨 들진 않으셨어요. 하지만 내가 가방을 무척 좋아한다는 걸 아셨죠. 가방이 떠들거나 빛을 뿜진 않아요. 하지만 누군가에게 딱 어울리는 가방은 그가 지니고 다닌다는 사실 하나만으로도 멋과 편안함을 함께 주죠."

비컨이 내 눈을 들여다보며 물었다.

"그런가요?"

가방처럼 말없이 고개를 끄덕였다. 비컨이 웃으며 말했다.

"틀린 답일지도 몰라요."

"제겐 정답이에요."

갈림길이 나왔다.

비컨이 왼편으로 방향을 잡았다. 가끔씩 오가던 차들도 사라졌다. 앞서 걷던 비컨의 장갑 낀 오른손이 무척 커 보였다. 그 손을 갑자기, 가볍게 쥐었다. 그리고 읊조리듯 노래했다.

"반짝이는 건 아무 것도 없지만 / 솔직한 영혼의 진실은 빛이 나요."

비컨이 몸을 돌려 섰다. 마주 잡은 두 손을 내려다보았다. 나는 고개를 들어 눈을 보며 물었다.

"맞나요? 그다음은 어떻게 되더라……."

그가 걸음을 떼며 노래를 불렀다.

"당신을 위해서라면 우아하게 비상할 게요 / 우리 함께 왈츠를 춰요 / 오늘은 즐기고 내일은 걱정 말아요 / 가끔은 힘이 들어도 더 많이 웃을 거예요 / 반가와요 손을 내밀면 다정하게 잡아줄래요 / 우리 함께 왈츠를 춰요."

손을 맡긴 채, 그가 이끄는 대로 걸음을 떼면서, 노래가 끝날 때까지 춤을 췄다. 왈츠라고 하기엔 서툰 몸짓이지만 멈추지 않고 끝까지 움직였다. 아이폰을 통해 단 한 번 들은 노래인데도, 수십 번 들은 것처럼 정겨웠다. 허밍을 하며 이어지던 노래가 갑자기 뚝 멎었다. 성당에 닿기도 전에 철문이 길을 막은 것이다. 아직 공사가 끝나지 않은 듯 군데군데 쌓아놓은 모래와 돌들이 보였다.

"다음에 다시 와야겠습니다."

다시 왔을 땐 〈반가와요〉를 이중창으로 불러도 좋겠다는 생각을 하며 돌아섰다.

"아!"

숨이 막혔다.

붉은 기운이 산꼭대기와 산등성이와 계곡에 안개처럼 내려앉았다. 변산반도에서 품었던 수평선의 노을이 그윽하게 넓었다면, 천진암에서 바라다보는 노을은 더 짙고 더 무거웠다. 수천 년 수백 년 수십 년을 꾹꾹 눌러 참은 서러움을 떠올렸다. 그 서러움이 울음으로 쏟아진다면 저 같은 빛깔이리라.

비컨은 노을이 가장 잘 보이는 너럭바위를 골라 나부터 앉힌 후 곁을 지켰다.

"좋죠, 정말?"

그 말만 하곤 노을을 보았다. 나는 그의 어깨에 머리를 기대면서 비로소 깨달았다. 울음을 닮은 노을을 보여주고 싶어 이리로 왔구나.

비컨의 콧잔등과 두 뺨과 이마와 두 눈이 온통 붉었다. 나 역시 마찬가지리라. 비슷한 취향을 연이어 발견하고서도 지금까지 애써 무시했다. 그는 상품을 만들지만 더 예술로 다가서려 했고, 나는 예술을 끌어들이더라도 더 상품의 가치를 따졌다. 교집합은 있겠지만, 가는 방향이 다르다고 여겼다. 노을에 젖어 같은 색에 휩싸이고 나니, 우리 두 사람의 차이는 지극히 사소했다. 그보단 호감이 훨씬 컸다. 만남을 시작하기에 충분한 마음이었다. 그가 고개를 돌렸다. 나는 턱을 들면서 두 팔로 그의 목을 감쌌다. 더 깊이 알고 싶은 얼굴로 가까이 갔다. 그가 짧게 만류했다.

"아직 감기가……."

말이 끝나기도 전에, 노을보다 붉은 입맞춤을 시작했다. 감기에 걸려도 괜찮아요. 우리의 첫날을 기억하는 기념품으로 여길래요. 당신이 몸살감기에 걸린 덕분에 내가 이렇게 왔잖아요? 또 우리가 여기서 입 맞추잖아요?

그 마음을 읽은 듯 비컨도 비로소 나를 안았다. 먹이를 찾아 산을 넘고 강을 건넜던 새들이 가오리연의 꼬리처럼 노을을 길게 달고 돌아오는 중이었다. 서로에게 스미느라 바쁜 그와 나를 지날 때는 더 낮게 날고 더 오래 울며 더 크게 날갯짓을 했다. 불협화음이 소란스러웠지만 우리의 몸과 맘을 떼어놓진 못했다. 이백사십여 년 전부터, 믿음과 소망과 사랑 중에 제일은 사랑이라는 이야기가 시작된 천진암보다 사랑에 빠지기 좋은 곳은 없었다.

7
청혼을 위하여

그레이스 대표에게

계약서를 확인해 보았소.

주식회사 그레이스가 고객의 주문에 의해 제품을 완성했으나, 고객이 피치 못할 사정으로 그 제품이 필요하지 않게 되었을 때, 그레이스는 고객으로부터 새로운 주문을 받는다. 단 그것이 피치 못할 사정인지는 그레이스가 판단한다.

'피치 못할 사정'이라 해서 천재지변처럼 거창한 건 아니오. 어쩌면 혜경의 모든 것이 내겐 천재지변인지도 모르겠소.

객실에서 몰래 안경을 써왔다는 사실을 나만 알았던 게 아닌가 보오. 호텔의 해명을 꼬치꼬치 캐묻는 전화가 걸려왔다오. 기자라 더군. 다친 룸메이드가 유리잔이 아니라 안경테와 렌즈에 찔렸다는 소문을 들었다고 했소. 호텔에선 깨진 유리잔이 분명하다고 잡아뗐다오. 하지만 기자는 룸메이드가 실수로 깨뜨린 유리잔 파편에 다쳤는데 호텔에서 입원비 전액을 부담하는 것은 이상하지 않느냐고 다시 물었소. 혜경이 가장 모범적인 룸메이드이며, 호텔은 직원 복지에 남다른 관심을 두고 있다고 빠져나가긴 했소. 하지만 기자들이 어떤 족속이오? 전화 한 통에 의심을 푸는 순진한 인간들이 아니지 않소? 심층 취재가 시작되기 전, 호텔은 문서로 정하진 않았지만 내규로 통하던 규범 하나를 변경했소. '안경 착용 금지'를 '안경 착용 가능'으로 말이오. 규범을 바꾼 후에도 직원들이 안경 착용을 주저하자, 지배인 롯은 점심시간을 이용하여 모든 직원의 시력 검사를 실시했다오. 그리고 기준 이하 시력을 지닌 이들에겐 일주일 안에 안경을 맞춰 쓰고 출근하도록 지시했소.

열흘 후 혜경은 퇴원과 함께 안경점으로 가긴 갔소. 하지만 허리춤에 숨기기 좋도록 반으로 접히는 뿔테 안경 대신 멀리서도 번쩍번쩍 빛나는 금테 안경을 골랐다오. 반으로 접히느냐고 묻지도 않았소. 귀사에서 아슬아슬하게 기한을 맞춘, 세상에서 가장 작고 가벼운 안경집을 사은품으로 제공할 기회도 사라져버렸소. 플라스틱으로 만든 무지갯빛 안경집을 골라 나왔던 게요.

피치 못할 사정에 대한 설명은 여기까지라오.

귀사가 이것을 피치 못할 사정으로 받아들이지 않겠다면, 나로선 어쩔 수 없는 노릇이긴 하오. 귀사의 방침은 어떤지 모르겠으나, 그레이스, 당신은 여기서 그만두지 않으리라 믿소. 이미 눈치챘겠지만, 내가 만족하는 것은 중요하지 않소. 이번에 귀사가 보낸 안경집도 나무랄 데 없이 훌륭했다오. 그러나 내 주문이 끝나려면, 혜경을 흡족하게 만들어야 하오. 아직은 아니오. 인생이란 게 그렇지 않소? 어느 순간엔 이 사람과 이 물건이 세상에서 가장 소중하지만, 또 어느 순간이 되면 그 사람과 그 물건을 없는 것처럼 취급하고, 돌아서서 또다른 사람 또다른 물건을 찾는다오. 혜경이 원하는 바로 그 순간에 최고의 제품을 만들어 선사하고 싶소. 타이밍이 조금이라도 맞지 않으면 혜경을 만족시킬 수 없다오. 물론 귀사의 잘못은 아니오. 하지만 나는 타이밍까지 맞춘다는 조건으로 돈을 낸 게요. 그 값이면 이 정도 조건을 내걸 만하지 않겠소?

혜경은 권고사직을 당했다오.

나는 닷새나 늦게 이 기막힌 사실을 확인했소. 추문 탓이오. 롯이 혜경을 각별히 챙겨온 걸 못마땅하게 여긴 룸메이드—수잔이라는 강력한 의심을 하고 있소만—가 흉문을 퍼뜨렸소. 부담을 느낀 롯은 예전에 사귀었던 다른 여자들에게 했던 것처럼, 자신은 손해를 전혀 보지 않으면서 관계를 정리하는 수순을 밟았다오.

나중에 안 사실이지만, 지프를 트집 잡았다더군.

혜경은 햇볕과 바람과 나무와 꽃과 강과 바다를 사랑하는 영혼이지 않소? 여고 시절, 방과 후 혜경은 내가 미리 답사한 곳으로 함께 가서 오랫동안 머물렀소. 마을과 학교에서 만나는 사람들로는 만족할 수 없었던 게요. 마을 밖에서 다른 존재를 보고 듣고 만지려 했소. 처음 보는 나무와 처음 보는 꽃과 처음 보는 사람에게 끌린 것도 그 때문이라오. 흔한 호기심이 아니라, 혜경이라는 사람 자체가 사랑이 넘쳤소.

자전거 출퇴근도 지극히 혜경답다오. 호기심이 발동할 때마다 쉽게 멈출 수 있으니까. 자전거는 자동차가 다니기 힘든 좁고 울퉁불퉁한 길도 오간다오. 호수가 만든 생태계의 다채로움을 매일 즐겁게 받아들이려 한 게요. 힘을 쓰는 일이자 힘을 받는 일이었소. 그런데 호텔에서 집까지 자전거로 오가는 것만으론 만물을 향한 넘치는 사랑을 충족하기 어려웠던가 보오.

롯의 지프를 빌려 타고 호수를 돌았다고 하오.

호텔 주차장 제일 구석 자리에 있었소. 롯은 중형 세단을 타고 출퇴근을 했고, 지프는 아주 가끔 비포장 숲길을 달릴 때 몰고 나갔소. 필요하면 언제든 쓰라며 열쇠까지 복사해서 건넨 사람이 바로 롯이고.

혜경은 근무 중에는 물론이고 낮에 지프를 본 적은 없소. 그랬다면 직원들 눈에 금방 띄었을 게요. 늦은 밤 그러니까 자정부터 해 뜨기 전까지 주로 그 차를 이용했소. 심야 관리원과 롯만 그 사실을 알고 있었다오.

아! 그리고 나도 혜경의 심야 드라이브를 알아차렸소.

혜경을 따르느라, 차를 한 대 샀다오. 처음엔 추격이 쉽지 않았소. 혹시 혜경이 지프를 몰고 롯과 밀회를 즐기러 가는 길이 아닐까 걱정했었소. 하지만 혜경은 모드레드를 재운 후 호텔로 다시 왔고, 언제나 혼자 차를 몰았으며, 호수를 한 바퀴든 두 바퀴든 혹은 열 바퀴든 돈 다음 곧장 호텔 주차장으로 돌아왔다오. 중간에 내린 적은 단 한 번도 없었소.

이 호수엔 햇빛 아래 좋은 곳 열 군데와 달빛 아래 좋은 곳 열 군데가 있다오. 호텔 로비에 스무 개의 풍경 사진이 '선샤인'과 '문샤인'으로 나뉘어 나란히 걸렸소. 나들이 나가는 투숙객은 사진 속 풍경들을 품평하며 갈 곳을 정했다오. 혜경도 달빛에 어울리는 장소를 당연히 여럿 알고 있소. 호수 곳곳에 보물처럼 숨겨진, 로비의 사진들보다 훨씬 근사한 풍경을 찾아다니는 것이 혜경의 취미 아닌 취미였다오. 모드레드가 맨발로 호수로 걸어 들어간 곳도 문샤인으로 꼽힌 곳의 근처였소. 자전거나 도보로 취미 생활을 즐겼지만, 지프를 탔을 때만은 예외였소. 그러니까 일부러 지프를 세우지 않은 것이오. 혜경답지 않은 행동이리오. 달리는 지프에선 빛도 소리도 냄새도 제대로 즐기기 어렵소. 내가 아는 혜경은 당연히 군데군데 차를 세우고 호숫가를 돌아다니며 지금 이곳의 변화를 시시각각 오감으로 만끽하는 사람이니까.

풍경보다 속력이었소. 이상하고도 이상한 일이지.

내가 미친 듯이 가죽 칼집 천 개를 만들 때, 혜경은 하지 말라

만류했었소. 한 가지에 몰두하지 말고, 고개를 들어 주변을 보라고. 주위를 걸으라고. 그런 혜경이 질주라는 단어가 어울릴 만큼 내달린 게요. 스포츠카로 경주를 하더라도 그렇지는 않았을 듯하오. 호수를 따라 굽이굽이 난 이차선 좁은 길을 시속 120킬로미터가 넘게 달리니, 풍경을 곁눈질할 겨를도 없었을 게요.

불길했소.

혜경이 하필이면 롯의 지프를 빌려 타는 것도 마음에 들진 않았지만, 지프를 한 대 사서 선물을 할까 잠시 고민도 했지만, 느긋하게 호수의 밤 풍경을 즐기며 드라이브를 한다면 운치도 있고 좋았을 게요. 하지만 달리기 위해 달리는 것은 옳지 않소. 막아야지. 사고의 위험은 물론이고, 행여 나쁜 마음을 먹고 핸들을 꺾기라도 하면 호수에 추락하고 마니까. 회생의 기회는 전무하오.

밤마다 지프를 따를 수밖에 없었소. 너무 가깝지도 않고 멀지도 않도록, 거리를 둔 채 지프를 쫓아 호수를 돌고 돈 후 객실로 돌아오면 온몸이 다투듯 아팠소. 눈은 시리고 뒷목은 뻣뻣하고 어깨부터 손끝까지 마디마디가 저렸소. 잔뜩 긴장해서 운전한 탓이오. 앞서 가는 혜경이 무사한지도 살펴야 하고, 또한 내 차도 안전하게 도로를 달려야 했소. 내가 이렇다면 혜경도 당연히, 몹시, 눈을 붙이기 힘들 정도로 아팠을 게요. 녹초가 되어 쓰러져 깜빡 잠이 들었다가 시끄러운 알람에 겨우 눈을 뜨면 어느새 룸메이드가 객실 청소를 시작할 시간이었소. 나는 이도 닦기 전인데 혜경은 벌써 다른 객실을 청소 중이었다오.

어느 새벽엔 호텔 주차장에 지프를 대고 자전거로 집에 도착할 때까지, 혜경을 따라갔었소. 그리고 다시 나오기를 기다렸다오. 혜경은 모드레드의 밥을 챙긴 후 설거지와 청소를 마치고 앞집에 사는 보모에게 아들을 맡긴 뒤, 자전거를 타고 출근했소. 등을 침대에 댈 겨를도 없었소. 객실 청소를 마치고 귀가한 다음에 아주 잠깐 눈을 붙였을 수는 있겠지. 하지만 그 저녁에 약속이라도 생기거나 보충 근무를 할 처지면 그마저도 쉽지 않았을 게요.

늘 피곤한 사람이 잠을 줄이면서까지 심야 드라이브에 몰두한 까닭이 무엇이겠소?

현실로부터의 도피? 속력에의 탐닉? 아니면 반복에서 아무런 잡념도 갖지 않는 고독자의 시간?

그 전부였을지도 모르오. 잠보다는 질주가 하루하루를 버틸 힘을 줬는지도!

혜경은 퇴원한 그 밤부터 다시 지프를 몰았다오.

찢긴 부위를 기웠고, 살점이 붙어 아물었다고는 하나 아직 실밥을 풀진 않았소. 허리를 돌릴 때마다 옆구리가 불편했고, 걸을 때마다 기우뚱거렸다오. 혹시나 싶어 밤 열한 시부터 지하주차장으로 내려가 운적석에 앉아 기다렸소. 자정을 갓 넘겼을 때 혜경이 자전거를 타고 왔다오. 우연을 가장하여 막아설까 망설였소. 아직 빗방울이 떨어지진 않았지만 일기예보에선 밤사이 폭우를 예고했다오. 차문을 열고 나서려는데, 혜경의 얼굴이 전등에 비쳤소. 환하게 웃고 있더군. 생사를 몰랐던 연인과 수십 년 만에 재회하듯,

지프를 보자마자 함박웃음을 터뜨린 게요. 뛰다시피 걸음이 빨라지는 바람에 내가 끼어들 틈이 없었소.

예보가 틀리기를 얼마나 바랐는지 모른다오. 장대비가 쏟아질 땐 비만 내리는 법이 없소. 괴성이 들려왔소. 강력한 바람이 나무를 흔들고 돌을 흔들고 호수를 흔들고 집을 흔들고 땅을 흔들었소. 흔들리며 버티다가 견디지 못한 것들이 여기서 쿵 저기서 쿵 소리를 냈고, 쿵쿵대는 사이로 휘이이잉 휭 휭 허공을 긁는 바람이 엇박자로 불었다오. 방한과 방음에 뛰어난 이중창을 꼭꼭 닫아걸어도 그 소리를 막진 못했소. 차라리 호텔 밖으로 뛰어나가 소리 속으로 달려들고 싶은 충동이 일어날 정도였다오.

처음 네 시간은 바람이 거세게 불긴 했어도 비는 내리지 않았소. 이렇게 두 시간만 더 돌면 먹구름이 내려앉은 호수가 서서히 밝아올 게요. 나는 이 세상에 등장한 모든 신들의 이름을 생각나는 대로 마구마구 부르며 기도했소.

"오늘 하루 비를 뿌리지 않는다고, 세상이 달라지는 것은 없습니다. 하지만 지금 비를 내리면 누군가는 위험에 처하고 누군가는 슬픔에 젖을 겁니다. 도우소서, 도우소서, 도우소서."

간절한 기도와는 달리, 비가 내리기 시작했소. 이름을 기억해 내지 못한 신이 노했던가 보오. 천천히 방울방울 떨어지는 것이 아니라 자동차 앞 유리와 덮개를 후드득 때렸다오. 놀라 어깨를 움찔 떨 지경이었소. 와이퍼가 바삐 움직였지만 쏟아지는 비를 걷어내긴 역부족이었다오. 나도 모르게 속력을 줄였소. 한데 혜경의 지프는 장대비에도 아랑곳하지 않고 달렸다오. 순식간에 시야에서 사라질 정도였소. 다시 속력을 올렸소. 빗길에선 사고 위험이 더욱 클 테니까, 더더욱 지프를 놓쳐선 안 되었소.

이상하게도 그날따라 철근을 잔뜩 실은 트럭들이 줄지어 맞은편에서 나타났소. 중앙선을 물고 다가오는 바람에, 혜경도 나도 호수 쪽으로 바짝 더 붙어 운전할 수밖에 없었다오. 중앙선을 넘나들기 시작한 것은 맞은편 트럭뿐만이 아니었소. 혜경의 지프도 구비를 돌 때마다 자꾸 선을 넘어갔다 오는 게요. 선을 넘는 순간 트럭과 마주치면 대형 사고가 날 판이었소. 혜경의 지프를 세워야겠다는 생각이 들었다오. 자신을 미행한 줄 안다면 무척 화를 낼 것이오. 하지만 지금은 사람 목숨부터 구하는 것이 급했소.

가까이 다가갔다오. 도로엔 어둠이 여전했지만 어느새 날이 서서히 밝아왔소. 비상 깜박이를 켜고 경적까지 길게 울렸다오. 차를 세우란 신호였소. 그러나 지프는 더욱더 속도를 높이더군. 트럭 한 대가 지나가길 기다렸다가 중앙선을 침범하여 뒤쫓았소. 가속을 거듭하여 지프와 나란히 달리게 되었을 때 차창을 열고 곁눈질을 했다오. 그때 나는 보았소, 흐느낀 채 운전하는 혜경을!

무엇 때문에 울지?

언제부터 울음을 터뜨렸을까?

가장 참기 힘든 것이 여자의 눈물이라오. 사랑하는 여자가 저렇듯 혼자 펑펑 울고 있으니, 답답하고 안타깝고 무엇보다도 화가 났소. 진작 따라붙어 살폈어야 했다오. 내 잘못이오.

여섯 시간 내내 울었는지는 확실하지 않소. 나란히 달린 것도 그때가 처음이니까. 맞은편에서 트럭이 또 왔기 때문에 혜경의 뒤로 물러나 따를 수밖에 없었소.

그런데 혜경이 갑자기 지프를 세웠다오.

처음 있는 일이었소. 나도 속력을 늦췄다가 도로변에 멈춰 섰소.

차에서 내린 혜경이 비를 맞으며 곧장 걸어왔다오. 달아날까, 잠시 고민했소. 미행을 들킨 적이 없었으니까. 지금이라도 혜경을 지나쳐 사라지고 시치미를 뚝 뗄까 생각했던 게요. 그러나 혜경이 차도 가운데로 곧장 걸어왔기 때문에, 달아나려면 중앙선을 넘어가야 했다오. 마침 트럭이 또 줄줄이 왔소. 무엇보다도 나는 혜경이 안전한지 알고 싶었다오. 운전을 하며 눈물을 쏟은 이유가 궁금하기도 했소. 달아날 기회가 점점 줄어들다가 거의 없어졌다오. 어쩔 수 없구나 여기며 그대로 있었소. 혜경이 운전석 차창을 두드렸소. 나는 창을 내리는 대신 문을 열었소. 반 걸음 물러선 혜경은 내 얼굴을 보곤 묘한 표정을 지었소. 젖은 두 눈에 불길이 확 일었다고나 할까. 괜찮아?라고 묻기 전에 혜경이 먼저 말했소.

"내 인생에 끼어들지 말라고 했지?"

"무슨 일이야?"

"무슨 일이면?"

"위험해. 오늘 밤은 더더욱!"

나도 더 피할 뜻이 없었다오.

기다렸지만, 혜경은 무엇 때문에 눈물을 흘렸는지 말하지 않았소. 내가 덧붙였소. 지금 생각하면 참으로 어리석은 말이었다오.

"운전할 땐 운전만 해······. 울 땐 울기만 하고······."

혜경이 노려봤소. 무엇인가 말을 하려고 입술을 오물거리다가 멈췄다오. 그리고 돌아서선 다시 지프로 갔소.

한 바퀴 두 바퀴 세 바퀴나 더 호수를 돌았다오. 날이 밝기 전에 호텔로 서둘러 돌아가던 지난 밤들과는 달랐소. 나는 거리를 유지한 채 지프를 따르기만 했다오. 혜경은 평소보다 한 시간 늦게 호텔 주차장에 닿았소. 날은 이미 훤했지만 아직 출근한 직원은 없었다오. 비는 어느새 그쳐 있었소. 혜경은 지프를 제자리에 댄 후 자전서를 타곤 집으로 갔고, 나는 객실로 올라갔다오.

피곤과 후회가 다투듯 밀려왔소. 너무 피곤해서 잠이 오지 않거나 너무 후회되어 손바닥으로 제 입술을 때린 적 있소? 겨우겨우 유지하던 외줄타기의 균형이 한꺼번에 무너진 꼴이었다오. 벌 받고 싶어도 벌 주는 이가 없었소. 엉뚱하게도 그 벌은 혜경에게 내려졌다오.

롯이 혜경을 상습 절도범으로 모함한 때가 그날이었소. 차 열쇠를 훔쳐 밤마다 지프를 몰고 다녔단 게요. 야간 관리원을 증인으로 세웠소. 이상한 점은 혜경이 항변을 전혀 하지 않았단 것이오. 호텔의 권고사직을 받아들이고는 그걸로 끝이었소.

다음 날부터 내 객실 담당 룸메이드가 수잔으로 바뀌었다오. 수잔에게 혜경이 왜 오지 않느냐고 물었소. 수잔은 룸메이드들의 담당 층이 부정기적으로 바뀌기도 한다고 답했소. 혜경이 어느 층으로 옮겨 갔는지 또 물었지만, 수잔은 모른다고 했소. 롯이 호텔 전체 직원에게 함구령을 내렸던 게요.

프런트에 전화를 했소. 부지배인인 칼은 혜경의 건강이 좋지 않아 며칠 쉬도록 배려했다고 둘러댔다오. 롯이 만든 거짓말이었소. 나중에 안 사실이지만, 권고사직에 이의를 제기할 수 있는 기간이 일주일이었소. 롯은 그때까지 혜경과 권고사직을 연결시키는 어떤 말과 글도 막으려 들었던 게요.

혜경의 집으로 곧장 달려갔다오. 집은 텅 비어 있었소. 앞집 유모에게 물어도 모자의 행방을 모르겠다고 했소. 혜경이 모드레드를 데리고 떠난 게요. 완전히 사라졌소.

별별 생각이 다 들더군.

혜경은 사라지기 위해 내 인생에 등장한 걸까.

그것이 혜경의 존재 이유일까.

혜경을 찾아 육대주를 떠돈 것이 십 년이오. 밤을 꼬박 새우며 지프를 뒤쫓았고, 또 혜경과 뜻하지 않게 짧은 대화까지 나눴는데, 갑자기 사라진 게요.

호수는 물론이고 주변 마을까지 샅샅이 훑었소. 혜경이 단 한 번이라도 들른 곳은 다 찾아갔다오. 그러나 어디에도 없었소. 늦은 밤 돌아왔다가 새벽에 씻지도 않고 호텔을 나섰소. 닷새 만에 결국 지독한 감기몸살에 걸렸다오. 열이 펄펄 끓으면서 팔과 다리 근육이 송곳으로 찌르듯 아팠소. 침실에서 앓고 있는데, 누군가

조심스럽게 문을 열고 들어왔소. 혜경의 얼굴인가 싶어 베개에서 머리를 뗐는데, 눈을 감았다가 크게 뜨니 수잔이더군.

"나가시오. 당장!"

객실에 투숙객이 머무르는 한, 룸메이드는 함부로 들어와선 안 되오. 거실도 아니고 침실까지 들어왔다는 사실을 내가 문제 삼는 다면, 수잔은 이 호텔에서 더 이상 근무하기 어렵소. 그런데도 수 잔은 머뭇거리며 서 있었다오.

"나가라니까."

차갑게 대했소. 식은땀이 흐르고 목이 아파왔지만, 수잔의 도움 따윈 받고 싶지 않았다오. 한데 수잔은 나가지 않고 윗니로 아랫 입술을 물곤 주먹을 쥐었다 폈다 했소. 눈동자도 심하게 흔들리더 군. 그리고 말허리를 자르지 못할 만큼 재빨리 털어놓았다오. 뜻밖 의 이야기였소.

"드릴 말씀이 있어요. 혜경은 휴가 중인 게 아닙니다. 권고사직 당했어요."

나는 당장 롯을 만나기 위해 지배인실로 갔소. 권고사직시킨 것 이 맞느냐고 단도직입적으로 따져 물었다오. 롯은 예상 질문에 대 비한 듯 차분하게 문서를 내밀었소. 혜경이 롯의 지프를 무단으로 몰고 나갔다가 돌아온 날짜와 시간이 꼼꼼하게 적혀 있었다오. 그 리고 다음 페이지는 혜경이 근무 중에 몰래 술을 마신 날짜와 시 간으로 채워졌소. 롯은 내가 짐작했던 것보다 훨씬 뻔뻔스러운 작 자였소. 혜경과 사귄 사실 자체를 딱 잡아뗐다오. 그리고 지프를 편하게 이용해도 좋다고 열쇠를 복사해서 건넨 일이 몰래 열쇠를 훔쳐 복사한 뒤 제멋대로 차를 몰고 다닌 범죄로 바뀌었고, 혜경에게 억지로 술을 권하여 함께 마신 날들이 혜경 혼자 술에 취한 날들로 둔갑한 게요. 문서만 보자면 권고사직 사유가 되고도 남았소.

롯은 내가 얼마나 지독한 사람인지 몰랐던가 보오.

"경찰에 신고는 했습니까?"

놀란 눈으로 쳐다보더군. 내가 고쳐 물었소.

"차 키를 몰래 복사해서 지배인의 지프를 밤마다 몰고 다녔다면, 절도범이지 않습니까?"

"지프는 그대로 있습니다."

"그 차가 어떻게 쓰였을지도 모르는 일이고……."

"법적인 문제로까지 삼고 싶진 않습니다. 호텔에서 함께 일한 직원이기도 하니까요. 이 문제로 호텔 이름이 오르내리는 것은 싫습니다."

구설수에 오르고 싶지 않다는 뜻이었소. 그렇다고 물러날 내가 아니라오.

"혜경이 주로 마신 술은 뭐였습니까?"

"네?"

"여기 날짜와 시간은 나오는데 주종은 없어서 묻는 겁니다. 맥주였소? 라거 혹은 페어에일?"

"모르겠습니다."

"와인이었소?"

"모르겠습니다."

"글렌피딕, 조니워커, 밸런타인, 맥캘란, 발베니, 글렌모렌지, 라프로익…… 을 모른다곤 하지 않겠죠?"

"술이야 알죠. 바에 있으니……."

"혜경이 호텔 스카이라운지 바에서 방금 말한 위스키 중 한 잔이라도 마신 적 있소?"

"확인해 보겠습니다."

"확인해 보나 마나, 없소, 단 한 번도! 룸메이드가 감당하기엔 턱없이 비싸니까. 게다가 룸메이드들은 특별한 경우를 제외하고는 스카이라운지 출입을 내규로 금하고 있다 들었는데, 아닌가요?"

"맞습니다."

"한데 어떻게 혜경은 그 위스키들을 밤도 아니라 낮에, 근무 시간에, 그것도 담당 객실에서 마셨을까요? 이것도 모른다고 할 겁니까?"

"혜경이 그랬습니까? 위스키를 마셨다고?"

"룸메이드가 투숙객에게 그딴 얘길 할 것 같소?"

"그럼 어떻게……?"

"세상에는 두 종류의 사람이 있습니다. 혼자서도 술을 곧잘 마시는 사람과 혼자선 술을 절대로 안 마시는 사람. 혜경은 어느 쪽이던가요?"

"그, 그걸 왜 제게 물으시죠?"

처음으로 롯이 말을 더듬었소.

"위스키들을 종류별로 혜경과 나눠 마신 사람이니까! 물증이 있느냐고 따지진 마시오. 경찰이 오기 전엔 아무 것도 내놓지 않을 테니까. 자, 물증이 궁금합니까? 그럼 경찰을 부릅시다. 당신이 연락하겠습니까? 내가 할까요?"

물증이라고 해서 대단한 건 아니오. 단지 두 사람이 내 침실에서 위스키를 놓고 옥신각신하는 대화를 녹음해 뒀을 뿐이라오. 경찰도 대화를 들으면 둘 사이의 특이함을 알아차릴 것이오. 지배인 롯이 쓴 극존대와 룸메이드 혜경이 쓴 극하대는 상식에 어긋나니까. 위스키를 준비해 와서 혜경에게 권한 이는 명백하게 롯이오. 혜경은 내 침실에선 술을 마시지 않겠노라고 완강하게 버텼소.

두 사람의 이상한 대화를 녹음한 건 그때 한 번이지만, 혜경은 종종 술을 마신 뒤 객실 정리를 해왔소. 아무리 양치를 해도 술기운을 완전히 없애긴 어려운 법이라오. 기억을 더듬어보니, 플라스틱 작은 통에 든 샴푸와 린스 그리고 수건을 놓는 위치가 달라진 날이 종종 있었소. 술을 마셨을 때와 아니었을 때 1센티미터쯤 차이가 난다면 믿겠소? 다른 사람은 안 믿더라도 그레이스 당신이라면 믿을 만도 하오. 가죽을 자르고 기워 제품을 만드는 우리에게 1센티미터는 일반인의 1미터에 해당할 정도로 심대한 차이니까. 예민함과 섬세함이야말로 우리의 직업병이자 무기라오.

롯은 바로 꼬리를 내리고 원하는 게 뭐냐고 물었소. 혜경을 찾아 내 앞에 데려오라 요구했다오. 혜경만 데려오면, 롯과 혜경이 대낮에 위스키를 종류별로 마신 일은 덮어주겠다고.

반신반의했소. 롯을 절벽 끝까지 밀어붙이긴 했지만, 과연 혜경을 찾아낼 수 있을까. 롯도 찾지 못한다면 어찌해야 할까. 천 개의 칼집을 만들어서 줬던 지요한에게 연락을 취하려고도 해봤소. 하지만 전화번호는 바뀌었고 아무리 검색해도 그가 어디에 있는지 알 길이 없었소. 내 손만 멀쩡했다면, 그가 먼저 내 앞에 나타났을 수도 있소. 하지만 그도 나도 선수라오. 심각한 부상을 입고 은퇴한 선수를 다시 경기장으로 불러내진 않소. 요한의 입장에서 나는 공짜로 줘도 쓰지 않는 퇴물인 게요.

이틀 후 롯에게서 혜경을 찾았다는 연락이 왔소. 권고사직에 대한 이의제기 기간이 경과한 직후였다오. 진작 혜경에게 연락이 닿고도 시간을 끌었다는 의심이 들었소. 하지만 나는 그 의심을 파고들진 않았다오. 혜경이 나를 만나러 오겠다고 했다는 게요. 그런데 오늘 당장이 아니라 여덟 달 뒤로 못을 박았소.

차라리 잘되었소.

이 글을 쓰는 지금도 혜경과 모드레드의 안위가 몹시 염려스럽소. 하지만 혜경이 호텔로 돌아와서 나를 만날 날짜를 밝혔으니, 믿고 기다리는 수밖에 없소. 혜경은 자기가 한 말에 책임을 지는 사람이라오.

가방을 만들어주시오. 청혼 가방이라오.

더 미룰 수 없다는 결론에 도달했소. 이렇게 훌쩍 또 잠적해 버리면 영영 혜경을 찾지 못할 수도 있다오. 그러니 최선을 다해보기로 하였소.

청혼을 혜경이 받아들이도록, 세상에서 가장 사랑스러운 가방을 만들어주오. 내가 혜경과 혼인할 수 있다고, 아니 혼인해야만 한다고 그레이스 당신부터 먼저 믿고 지지하는 것이 중요하오.

혜경의 마음을 정확히 모르니, 청혼 가방을 만들기가 녹록하진 않을 게요. 누구보다도 내가 그 어려움을 깊이 느낀다오. 하지만 한 사람이 한 사람을 정확히 안다는 게 과연 가능할까? 청혼을 한 달 후가 아니라 일 년 후 십 년 후 백 년 후로 미루면 가능성이 커질까?

마음은 세우는 것이기도 하지만 번지는 것이기도 하다오. 굳은 심지도 중요하지만, 때로는 내 마음을 상대에게 스며들게도 해야 하오. 그레이스 당신이라면, 당신이 자랑하는 제품으로 번짐과 스밈을 할 수도 있겠소. 해야만 하오.

기다리겠소.

아서 씀. A

8
여파 혹은 재회

돈이 아니라 실력을 믿자.
힘이 들 때는 아틀리에로 가서 직원들의 손과 눈을 보자.
희망이 거기에 있다.

— 유다정

낮잠이 잦아졌다. 불면에 시달린 탓이다.

아틀리에 의자에 앉으면 자는 줄도 모르고 잠든다. 꿈 없이 곤한 잠. 선약들을 벽돌 깨듯 처리해 나가야 하는데, 밤새 참호를 파느라 지친 군인처럼 눈이 감겼다. 청혼 가방을 만들어달라는 아서의 메일이 도착한 일요일 오후도 그랬다. 메일을 읽기 시작할 때는, 완독하자마자 6인회 멤버들에게 공유한 후 회의를 소집하려고 했다. 그렇지만 회의는 자정에야 겨우 열렸다. 이렇게 늦어진 데는 두 가지 이유가 있다. 하나는 쏟아지는 잠, 또 하나는 눈물!

제품주문서를 읽고 울 줄은 몰랐다. 그것도 읽자마자 운 것이 아니라 잠든 채 눈물을 쏟았다. 잠에서 깼을 때, 눈과 뺨뿐만 아니라 턱과 목까지 젖어 있었다. 잠들기 전에 읽은 아서의 메일 속 문단이 떠올랐다. 메일을 다시 열어 확인하고 낭독했다. 눈물이 입술을 타고 들어와 혀에 닿았다.

가까이 다가갔다오. 도로엔 어둠이 여전했지만 어느새 날이 서서히 밝아왔소. 비상 깜박이를 켜고 경적까지 길게 울렸다오. 차를 세우란 신호였소. 그러나 지프는 더욱더 속도를 높이더군. 트럭 한 대가 지나가길 기다렸다가 중앙선을 침범하여 뒤쫓았소. 가속을 거듭하여 지프와 나란히 달리게 되었을 때 차창을 열고 곁눈질을 했다오. 그때 나는 보았소, 흐느낀 채 운전하는 혜경을!

까마귀 날자 배 떨어지고, 엎친 데 덮친 꼴이다.

이번엔 6인회의 동의를 쉽게 끌어내지 못했다. 트로이 프로젝트가 첫 고객 아서에게 막혀 지지부진하더라도, 다른 제품의 국내외 판매가 순조롭다면 버티며 기다릴 법도 했다. 그러나 2월부터 매출이 하루가 다르게 급락했기에, 대책 회의가 매일 열렸다.

지금까지 그레이스는 틈새시장을 파고들었다. 명품들과 비교해도 품질은 크게 차이 나지 않으면서도 값은 합리적이었다. 브랜드보다 품질을 따지는 고객들 눈에 띄어 꾸준히 매출 상승을 이어왔다. 그러나 혼자만 독식하는 영원한 블루오션은 없다. 수십 년 동안 프레타포르테를 고집하던 '둥실'을 비롯한 몇몇 회사가 그레이스처럼 오트쿠튀르를 앞세우며 모여들기 시작했다. 그들도 오더메이드를 주장했지만, 고객의 주문을 전면적으로 수용하는 것이 아니라, 제한을 두고 서너 가지만 반영하는 식이었다. 고객의 이름을 새겨주거나 액세서리나 가방끈의 길이를 수정해 주는 정도에 그쳤다. 내 관점에서 보자면, 오트쿠튀르나 오더메이드라고 주장하는 것이 낯부끄러울 수준이었다. 가죽과 소재 역시 그레이스에 비해 현저하게 떨어졌지만, 막대한 광고비로 유명 배우들을 전면에 내세워 고객의 눈길을 사로잡았다. 특히 둥실은 '오트쿠튀르'라는 공중파 패션 프로그램에 메인 후원사로 나섰다.

판은 작고 소문은 빨랐다. 매출이 급감하는 상황에서 기관 투자나 개인 투자를 받는 것은 불가능에 가까웠다. 거듭 수정한 투자 제안서는 틀이 잡혔지만, 기관 투자가들은 제안서를 보지도 않고 손사래부터 쳤다. 개인 투자자들도 결정을 유예하기는 마찬가지였다. 제대로 된 제안서를 가져오라던 타로뮤직 정 사장도 둥실을 비롯한 회사들의 협공부터 막으라고 했다. 냉정한 현실이었다.

삼 개월 동안 월급을 50퍼센트만 지급하겠다는 글을 직원 전체에게 메일로 알렸다. 국내 백화점 매장에서라도 판매량을 예년 수준으로 유지하는 것이 급선무였다.

오후 네 시에 온 아서의 메일을 저녁 일곱 시에야 공유했다. 어젯밤의 불면을 감안하더라도 낮잠을 두 시간이나 잤고, 눈물을 닦아내며 화장을 다시 하면서 생각을 정리하는 데 나머지 한 시간을 썼다. 마스카라를 바르며 스스로에게 되물었다.

혜경처럼 운 건가? 내가 왜?

아서의 이야기에 빨려들지 말라던 비컨의 충고가 떠올랐다. 매혹적인 이야기이긴 했다. 아서와 혜경이 마을에서 풋풋한 사랑을 나눌 때까진 즐겁게 읽었지만, 혜경이 마을을 떠나고 아서가 혜경을 찾아 세계를 떠돌면서부터는 조마조마했다. 아서가 호텔 룸메이드인 혜경과 만난 후로는 더더욱 긴장한 채 정독했다. 트로이 프로젝트를 위해서지만, 아서와 혜경의 사랑도 매우 궁금했다. 아서가 차를 사서 따라가지 않았다면, 혜경의 눈물을 보지 못했을 것이다. 혜경을 배려하고 위하는 아서는 괜찮은 남자다. 내 인생을 돌이켜봐도 아서 같은 남자를 만난 적이 없다. 사랑을 들이밀며 모든 것을 다 해줄 것처럼 구는 남자들도 결국 단 하나의 방향을 고집했다. 자신만을 사랑해 달라는 건 자신이 원하는 대로 생각하고 느껴달라는 요구와 다름 아니었다. 다른 생각 다른 느낌을 말하기라도 하면 사랑이 식었다며 몰아세웠다. 내가 왜 우는지 혹은 웃는지 혹은 멍하니 시간을 흘려보내는지, 아서처럼 따라와 지켜본 남자는 없었다. 제품주문서는 제품 주문을 위한 내용이 담기는 공식 문서다. 거기에 회사 대표의 눈물이 얹히는 건 전혀 어울리지 않는다.

일요일 자정부터 화상 회의를 시작했다. 몇 시간이라도 빨리 주말 실적을 분석하고 대책을 세우기 위해서였다.

다섯 사람은 실내인데 비컨만 야외였다. 밤하늘을 배경으로 뒀다. 현재 머무는 곳이 어디인지는 철저하게 감췄다. 화면에 등장하는 배경은 하늘이거나 때론 장식물이 하나도 없는 벽이거나 때론 지하 계단이었다.

혜경에게 안경집이 필요 없는 상황에 대한 각자의 의견부터 돌아가며 들었다. 방 이사와 채 실장과 페인터 눈과 은어가 차례차례 입장을 밝혔다. 네 사람 의견이 똑같았다. 트로이 프로젝트의 첫 고객 아서의 주문은 안경집으로 끝마쳐야 하며, 청혼 가방을 만들 책임은 그레이스에게 없다는 것이다. 비컨만 동의하면 내 의견을 밝히지 않은 상태에서 만장일치였다. 지금까지 그는 방 이사의 반대편에 섰다. 비컨 곁엔 늘 내가 있었다.

"저도 생각이 다르지 않습니다……."

그리고 말을 끊었다. 참석자들 눈이 동시에 커졌다. '저는 여러분과 생각이 다릅니다', 이렇게 이야기를 시작하리라 여겼던 것이다. 비컨은 고개를 들고 밤하늘을 올려다보았다. 내게 묻는 듯했다. 나까지 그들의 편에 서면 당신은 어떻게 해?

고개를 내린 비컨이 말을 이었다.

"안경집은 정말 우리가 잘못한 게 하나도 없죠. 다정 님이 이쯤에서 트로이 프로젝트의 첫 고객을 정리하시겠다면 따르겠습니다……."

방 이사가 손뼉을 두 번 친 후 받았다.

"이제 다정 님만 결단하면 되겠습니다."

나는 즉답 대신 고개를 치켜들었다. 비컨과 똑같은 자세였다. 비컨에겐 뭇별들이 보였을 테지만, 내겐 흰 천장이 고작이었다. 흰 천장에 붉은 점을 찍듯, 비컨이 전에 던진 질문이 떠올랐다. 완벽한 제품을 완성하더라도, 아서와 혜경의 결말을 알고 싶죠?

제품은 완벽했지만, 그 제품을 사용할 고객 그러니까 혜경이 안경집을 평할 기회 자체가 없었다. 그러므로 아서의 주문을 한 번더 받아 제품을 만드는 편이 낫다. 다행히 청혼 가방이지 않은가. 가방도 만족하고 결혼도 성사되면 트로이 프로젝트와 아서의 로맨스는 동시에 끝이 난다. 이보다 더 좋은 마무리는 없다.

"하지만……."

"하지만 아쉬움은 남네요."

뒤를 이어 '하지만'을 뱉은 이는 비컨이었다. 내가 머뭇대는 사이그는 '아쉬움'이란 단어까지 말해 버렸다. 트로이 프로젝트를 정리할 뜻이 내게 없음을, 말을 끊어가며 눈치껏 알아차린 것이다. 내뜻을 따르겠다는 표시이기도 했다.

"아쉬움이라고요?"

말꼬리를 잡아채는 것으로 충분했다. 나머지는 비컨이 내 생각을 나보다 더 잘 설명할 테니까.

"가방이야말로 그레이스의 주력 품목이지 않습니까? 제게 결정권이 있다면 청혼 가방까지 만들어 건네면서 아서 님과의 거래를 마무리하겠어요. 혜경 님이 호텔에서 호수로 집어던진 가방이 화이트 쇼퍼 백이란 걸 잊지 않으셨죠? 그 호수의 러브스토리는 가방으로 시작해서 가방으로 끝나는 게 어울려요. 회사 형편이 어려운 줄은 알지만, 여유가 조금이라도 남았다면, 가방을 만들어보고 싶네요. 청혼 가방은 우리도 처음이잖아요?"

은어가 도끼눈을 뜨며 끼어들었다. 비컨의 돌변이 더욱 그를 화나게 만든 듯했다.

"모르시겠어요? 아직도 설명이 필요한가요? 월급을 반 토막 내기 전에 트로이 프로젝트부터 중단하겠다는 선언을 하셨어야죠? 회사에 폭탄이 떨어졌는데, 생트집만 잡는 진상 고객을 위해 청혼 가방을 만들자고요?"

방 이사가 이어서 비컨을 공격하기 전에, 내가 먼저 말했다.

"잠깐만! 침묵합시다. 생각 좀 할게요."

다섯 명의 마이크가 일제히 꺼졌다. 검지 끝으로 탁자를 두드렸다. 처음엔 일 초에 서너 번씩 들리던 소리가 점점 느려졌다. 삼십 초에 한 번 그다음엔 일 분에 한 번 그리고 멈췄다.

"미리 말씀드릴게요. 이번 결정은 여러분과 의논하지 않겠습니다. 제가 결정하고 제가 책임지죠."

분할된 화면에서 한 사람 한 사람 둘러보곤 설명을 이었다.

"청혼 가방을 만들기 위해 여기까지 왔다는 생각이 듭니다. 벨트 백을 만들긴 했지만 그건 연습 경기죠. 혜경 님의 사랑을 얻는 것이 우리 고객 아서 님의 목표 아닌가요? 인생의 목표를 이루기 위해 청혼 가방이 필요하단 겁니다. 해야죠. 여기까진 해드리고 싶어요."

틈을 주지 않은 채 실장에게 물었다.

"시간적인 여유는 있죠? 이번엔 사람 마음을 제대로 훔쳐야 해요. 다른 일도 아니고 청혼이니까."

채 실장의 마디마디 튀어나온 손가락이 먼저 떨렸다. 그리고 입가에 엷은 웃음이 맺혔다. 그 역시 회사 형편을 살펴 반대는 했지만, 할 수만 있다면 도전하고 싶은 것이다.

"오더메이드 주문이 대폭 줄었으니까요. 백화점 매장에 나갈 제품은 이미 작업을 끝냈어요."

나는 월급을 50퍼센트밖에 지급하지 못하니, 근무 시간을 아틀리에에서 자율적으로 조정하도록 했다. 채 실장은 퇴직자 없이 이교대 근무를 하겠다고 했다. 방 이사가 비컨을 끌어들여 반대 의견을 냈다. 비열한 방식이었다.

"다정 님! 이번만큼은 비컨 님에게 끌려가면 안 됩니다. 자를 건 자르고 피해를 최소화해서 내일을 도모해야지요. 아서 님에게 우린 할 만큼 했습니다. 회사는 취미 생활을 하는 곳이 아니에요."

그 순간 비컨이 사라졌다. 화면엔 뭇별이 반짝이는 밤하늘만 남았다. 페인터 눈이 불렀다.

"비컨 님!"

답이 없었다. 채 실장도 궁지에 몰린 디자이너를 찾았다.

"괜찮아요? 비컨 님! 거기 어디에요? 얼굴부터 다시 보여주세요."

비컨은 돌아오지 않았다. 더는 비컨을 찾지 않고 방 이사에게 따졌다.

"끌려가다니? 제가 언제 비컨 님에게 끌려갔단 거죠? 6인회의 뜻을 모아 지금까지 왔습니다. 비컨 님과 의견이 일치한 적이 많긴 하지만, 그걸 제가 끌려갔다는 식으로 주장하는 건 큰 착각이자 저에 대한 모욕입니다. 비컨 님에 대한 모욕이기도 하고요. 사과하세요."

방 이사가 화를 참지 못하고 벌떡 일어섰다. 그 바람에 화면에서 얼굴이 잘려나갔다.

"테이블만 원형이면 뭣합니까?"

나는 텅 빈 테이블을 쳐다보았다. 퍼붓고 싶은 말들을 누르는지, 방 이사의 긴 한숨과 씩씩거리는 소리만 들려왔다.

천진암에서 노을을 함께 본 저녁부터 비컨과 연애를 시작했다. 회사에선 대표와 디자인팀장으로 각자의 역할에 충실했지만, 우리 사이가 심상치 않다는 소문이 돌았다. 나는 드러내진 않았지만 일부러 숨기지도 않았다. 숨기려 해도 숨길 수 없는 것들이 있다.

화상 회의가 어색하게 끝났다. 방 이사는 마지막까지 사과하지 않고 침묵으로 버텼다. 채 실장과 페인터 눈과 은어가 거의 동시에 화면에서 나갔다. 둘만 남자 방 이사가 물었다.

"얘길 더 할까?"

"올라와."

별똥별 하나가 긴 꼬리를 달고 떨어졌다. 그 꼬리가 비컨의 화면에서 사라질 때까지 쳐다보다 컴퓨터를 껐다.

"실망이야. 지훈이 네가 이럴 줄 몰랐어."

내 아틀리에로 들어서는 방 이사를 몰아붙였다. 그도 답답한지 즉답을 못하고 한숨만 쉬었다. 일요일인데도 회사에 출근했다가

퇴근하지 않고 화상 회의에 참가한 이는 방 이사와 나 둘이었다. 방 이사가 맞은편에 앉자마자 나는 발톱을 세웠다.

"여기서 멈추면 시작하지 않은 것보다 못해. 대기 중인 고객들에게 어떻게 설명할 건데? 청혼 가방까지 원했지만 안경집에서 멈췄다고 할 거야? 지훈이 너도 연극을 했으니 알 거 아냐. 이 고비를 넘어서야 해. 멈추지 않고 더 올라가야 마무리를 지을 수 있는 거라고."

"차라리 비컨 때문이라고 해."

"아니란 거 알잖아? 사귀는 건 맞아. 하지만 그걸 회사의 공적인 업무에까지 끌어들이진 마."

"오로지 혼자 내린 결정이란 말이지? 트로이를 멈추지 않고 계속하는 것, 아서의 청혼 가방 요청을 받아들이는 것까지?"

"맞아."

그가 손바닥으로 제 이마를 쓸다가 멈췄다.

"이 난국을 돌파할 방법을 알려줄까? 간단해."

"방법? 뭔데?"

"유다정 당신이 두 가지만 하면 돼. 우선 트로이 프로젝트를 완전히 끝내. 아서에게 안경집으로 마무리를 짓겠다는 통보와 대기 고객들에게 양해를 구하는 건 나 방지훈이 할게. 또 하나는 완전한 오더메이드 시스템을 접는 것! 영영 하지 말자는 게 아니고 회사 형편이 좋아질 때까지만 한시적으로 멈추자. 국내는 물론이고 국외에서 날아오는 제품주문서대로 만드는 방식은 포기하고, 꾸준히 팔리는 가방과 지갑 위주로 삼십 가지 품목만 집중적으로 판매하는 거야. 유통은 내가 어떻게든 뚫어볼게."

"오더메이드를 받는 척만 하는 가짜는 우리가 아니라 등실이야. 그런데 왜 우리가 오트쿠튀르를 멈추고 프레타포르테로 가야 한다는 거지? 그게 말이 된다고 생각해?"

"나도 바로잡을 수 있다면 바로잡고 싶어. 하지만 오더메이드가 어디까지인지, 오트쿠튀르는 또 무엇인지 명확한 정의가 있어? 법적으로 여기까진 합법이고 여기서부턴 불법인 기준이 있냐고? 물량 공세로 광고를 퍼붓는 걸 어떻게 당해?"

"그래도 그레이스의 원칙을 바꿀 순 없어."

"살아남는 게 먼저야. 그레이스가 살아남으면, 오더메이드는 그때 다시 해도 돼. 회사 망하고 나면 트로이 프로젝트니 오더메이드 시스템이니 이딴 게 다 무슨 소용이겠어. 그리고……."

"그리고?"

"유다정 당신이 그 두 가지 제안만 받아들인다면, 투자도 나 방지훈이 책임지고 끌어올게."

"목신통신 고 회장님께 연락이라도 드린 거야? 도와달라고?"

"그냥 달라는 것도 아니고 투자해 달라는 건데, 다른 회사는 되는데 목신통신은 왜 안 돼? 말씀은 드렸지만 고 회장님이 조건을 거시더라. 유다정 당신 허락이 우선이래."

"고 회장님이 아니면 어디서 투자를 받겠단 거야?"

투자자를 밝히는 대신 말머리를 돌렸다.

"돈이면 다 돼. 누구 돈인지는 중요하지 않다고. 회사를 살리려면 이 방법뿐이야. 다정아! 나 방지훈이 왜 방죽포에서 유다정 당신을 따라 서울로 온 줄 알아? 다시 만나려고? 아니야. 유다정 당신이란 여자는 지나간 사랑에 눈 돌리지 않는다는 걸 나 방지훈은 잘 알아. 당신은 내가 필요했어. 당신을 여주인공으로 만들기 위해 나머지 배역을 전부 내가 맡아 연습했던 것처럼! 나 없이는 그레이스를 시작할 수 없었다고. 아냐?"

정확한 지적이다. 주식회사를 세울 때는 가죽 제품을 만들 마음만 급했을 뿐, 유통망을 구축할 인맥도 지식도 능력도 없었다. 방지훈을 영업부장으로 두고 그 벽을 뚫으려 했다.

"그땐 믿고 맡겼는데 왜 지금은 그렇게 안 해? 이 반복을 나 방지훈은 평생 받아들였고, 유다정 당신도 그렇다고 믿었기에, 방죽포에서 올라왔던 거야. 이걸 이제 깨겠다? 그레이스 대표는 당신 유다정이지만, 이 회사가 망하면 당신만큼이나 나 방지훈도 절망할 거야. 나도 여기에 내 모든 걸 걸었으니까. 그러니 다정아! 회사부터 살리자. 재고해 줘. 알겠지?"

"사과부터 해."

그는 소리 없이 웃기만 했다. 익숙한 웃음이었다. 아이돌 그룹 그레이스가 해체된 날이었다. 지하 팔 층에서 반 층 더 내려가 그의 자취방에서 사랑을 나눈 후, 흐릿한 형광등을 보며 나란히 누웠을 때도 그는 저렇게 웃었다. 나를 너무 잘 알기에 웃기만 했던 것이다. 그가 만약, 앞으론 내가 책임질게, 따위의 장담을 했더라면, 나는 당장 혼자 계단을 걸어 올라갔을 것이다. 『로미오와 줄리엣』공연을 마친 겨울, 내가 쏟아냈던 비판을 그는 잊지 않고 기억했다.

"남자든 여자든, 사랑만 책임지면 돼. 사랑이 아닌 것까지 왜 떠안아? 죽긴 왜 죽어? 그건 사랑도 뭐도 아냐."

나도 그를 책임지지 않았고 그도 나를 책임지지 않았다. 지하 팔 층에서 반 층 더 내려갈 기회가 그 후론 없었다. 그보다 높은 곳에선, 비록 지하 칠 층이나 육 층이라고 해도, 우리는 몸과 맘이 통하는 대화를 나누지 않았다. 그는 그의 일을 찾아 떠났고, 나 역시 마찬가지였다.

"알았어. 비컨 님에게 끌려가지 말라고 요구한 건 잘못했어. 하지만 유다정 당신이 끌려들어가는 중이란 지적은 취소할 마음이 없어. 내가 알던 유다정이 아니니까. 비컨 님과는 상관없다 하니…… 아서 님일지도 모르겠네."

"아서? 그 이름을 왜 꺼내?"

비컨에 이어 방 이사까지 내 삶과 아서를 연결시켰다. 할 말을 다 쏟을 작정인 듯, 심각한 내 얼굴을 보고도 충고를 멈추지 않았다.

"한 번도 만난 적 없는 고객에게 왜 그렇게 집착해? 집착, 이것도 사과할 단어인가? 그럼 사랑으로 바꿀게."

"사랑?"

'집착'이란 단어도 예상 밖인데, '사랑'이라니. 불쾌했다. 그의 설명이 멈추지 않았다.

"사랑하니까, 불가능한 일도 해주려 애쓰는 거랑 뭐가 달라? 그렇게 아서가 행복했으면 좋겠어? 하지만 어쩌나. 채 실장이 청혼 가방을 최상품으로 만들면, 혜경 님이 아서 님 청혼을 받아들일 가능성이 높아질 텐데. 그래서 둘이 결혼해 버리면, 아서 님은 행복하겠지만, 유다정 당신도 행복할까?"

"고객과는 연애 안 해."

"알지. 하지만 마치 연애하는 것처럼, 그 정도로 터무니없이 아서 님 편만 든단 거야. 그가 요구하면 무조건 들어줄 준비를 마친 사람처럼. 난 그런 사람 마음을 잘 알아."

"그걸 네가 어떻게 알아?"

이 질문은 던지지 말았어야 했다.

"해는 해바라기를 몰라. 하지만 해바라긴 다른 해바라기를 알지."

지훈이 아틀리에를 나간 후, 나는 국화차를 끓여 텀블러에 담아 회사 옥상으로 올라갔다. 옥상으로 통하는 길은 두 개였다. 하나는 아틀리에를 나가서 복도를 지난 뒤 콘크리트 계단을 통하는 것이다. 또 하나는 파티션으로 가려놓은, 라꾸라꾸 침대가 있는 구석 자리 쪽문을 열고 원형으로 돌아가는 철제 계단을 오르는 것이다. 아이디어가 떠오르지 않거나 머리가 복잡할 때면, 철제 계단을 빙빙 돌아 옥상으로 향하곤 했다.

"어딨어?"

옥상으로 올라서자마자 주변을 살피며 말했다. 둥근 탁자가 모두 다섯 개, 탁자마다 의자가 네 개씩이다. 여름에는 파라솔도 치고, 점심시간이나 때론 업무 중에도 옥상에 둘러앉아 커피를 마시며 잡담이나 회의를 했다. 훈풍이 불지 않는 3월 초였으므로, 옥상을 찾는 직원은 아직 없었다. 그저께는 꽃샘추위에 눈까지 내렸다. 오직 나 혼자만 입김으로 언 손을 녹이며, 무서우면서도 짜릿한 모험을 상상하는 아이처럼 눈발에 아득해진 숲과 흐린 하늘을 쳐다보았다.

"어떻게 알았어?"

되물으며 비컨이 뒤에서 안았다. 나는 어깨를 가볍게 흔들다가 멈췄다. 그의 실핏줄이 보이는 야윈 손등에 뺨을 대곤 밤하늘을 우러렀다.

"아까 화면에서 나갈 때 의자 다리에 걸렸었지?"

"소리 났어?"

"응."

"의자가 넘어진 것도 아니고, 살짝 걸렸을 뿐인데, 그 소릴 듣고 여기 있는 줄 알았다고?"

뭔가 대단한 비밀이 담긴 듯해도, 별것 아닌 경우가 많다. 화상회의 참석자 중에서 내게만 그 소리가 들린 것도 그중 하나다.

"나도 걸렸었거든, 어제 새벽에……."

"오늘은 퇴근하지? 같이 가, 퇴촌으로!"

문산 아파트를 판 돈까지 회사에 넣었다. 보름 전 최소한의 짐만 챙겨 비컨의 집으로 들어갔다. 여행 가방 세 개가 전부였다. 이제 퇴촌이 아니면 아틀리에에서 밤을 보낼 수밖에 없다.

"할 일이 남았어."

"내일 해. 이십사 시간 계속 일만 하면 쓰러져."

돌아섰다. 그의 까만 눈동자가 갑자기 보고 싶었다. 그 눈을 더 잘 보기 위해 양 손바닥으로 비컨의 뺨을 눌렀다.

"난 안 쓰러져."

"가자!"

"화났어?"

비컨은 내가 말머리를 돌리기 위해 묻는다는 걸 노련한 마술사처럼 눈치 챘다.

"그 사람들, 당신을 너무 무시하잖아. 내가 당신을 조종이라도 하는 것처럼. 웃겨 정말. 당신이 조종당할 사람이야?"

"방 이사로선 그런 소릴 할 만해. 터무니없는 주장이지만. 그렇다고 화면에서 나가버린 당신도 잘한 건 아니지."

"나는……."

"나를 사랑해서지? 그래서 못 참았던 거고?"

말허리를 자르고 거듭 묻자, 그는 즉답을 못한 채 입으로만 웃었다. 방 이사로부터 들은 이야기를 꺼냈다.

"내가 아서 님을 사랑하는 것처럼 보여?"

"누가 그래?"

"방 이사."

비컨이 내 손을 당겨 잡았다.

"사랑하는 것처럼 보이는 건 중요하지 않아. 사랑하는 게 중요하지."

"아서 님에게 내가 지나치게 신경을 쓰는 것 같다고 지적한 사람은 당신이야."

"그건, 당신이 완벽주의자여서 그럴 수도 있어."

"사랑해서일 수도 있고?"

"당신이 누굴 사랑하는지는 당신이 알지."

농담은 그 정도로 충분했다. 내가 사랑하는 사람이 누구인지는, 그도 알고 나도 알았다.

"같이 퇴근 못해. 대신……."

"대신……?"

대답 대신 발뒤꿈치를 살짝 들며 내 입술을 비컨의 입술에 포갰다. 회사에서 키스를, 그것도 내가 먼저 시도한 것은 처음이다. 입술을 가까이 댄 건 나지만, 혀로 그 입술을 쓸고 핥은 쪽은 비컨이다. 우리는 누가 먼저랄 것도 없이 격렬하게 끌어안은 채, 서로를 삼키는 키스를 이어나갔다. 별똥별이 떨어졌다. 또다른 별똥별이 뒤이어 떨어졌지만, 별을 살피기 위해 입술을 떼거나 탄성을 지르지 않았다. 체온을 나누는 이 사람에게만 집중했다. 빨아들이고 빨려 들어갔다. 내 손이 비컨의 바지 지퍼에 가 닿았다. 딱딱했다. 비컨의 손도 나를 흉내 냈다. 봄밤의 숲을 덮기 시작한 안개처럼 우리는 부드럽게 젖어 있었다.

"회의 시작할 때부터 이랬어?"

비컨이 답했다.

"아니."

"그럼?"

"오늘 당신은 화면을 켜기 전에 먼저 오디오 상태부터 확인했지. 목소리가 제대로 나가는지 단어 하나를 말했어. 그 소리가 날 일으켜 세웠어."

"뭐랬는데 내가?"

"그레이스."

"그게 왜 당신을 세워?"

"당신 목소리니까. 충분해."

다음 날, 점심 식사 후에 지하 일 층 아틀리에를 지나 지하 이 층 창고로 내려갔다.

2월부터 어려움이 닥칠 줄도 모르고, 매출이 한창 오르던 작년 가을 은행 대출을 받아 직원을 대폭 늘여 지하 일 층은 물론 지상 일 층까지 절반을 아틀리에로 썼다. 일 층에 따로 전용 작업실을 만들어주겠다고 제안했지만, 채 실장은 지상으로 올라올 마음이 전혀 없다며 단칼에 거절했다. 지하에서 동료들과 함께 지금처럼 오순도순 일하겠다고 답했다. 페인터 눈 역시 가죽들을 이 층 탁자에 잔뜩 늘어놓고, 두 명의 조수와 함께 칠 작업을 하느라 바빴다.

채 실장과 페인터 눈만 만날 때는 지하 이 층 창고를 애용했다. 삼 층에서 이 층에 들러 페인터 눈에게 눈짓을 하고 또 지하 일 층에서 채 실장 책상을 가볍게 두 번 손등으로 두드리는 것은 즉

석 모임의 신호였다. 가끔 은어가 따라와서 합석한 적도 있지만 오늘은 아니었다.

"꽉 찼네."

창고는 비닐에 포장된 채 출고되기만을 기다리는 제품으로 가득했다. 숨이 막혀왔다. 제품 주문 자체가 줄어든 데다 이미 주문을 받은 제품도 취소되거나 연기되는 일이 잦았다. 특히 둥실의 판매 전략이 그레이스에 심각한 손실을 안겼다. 무조건 그레이스보다 싸게 판다는 소식이 입소문을 탔다. 명품의 절반도 안 되는 가격이지만, 왜 그렇게 비싸게 파느냐는 항의가 매일 전화나 문자로 들어왔다. 영업팀에서 가격 인하를 제안했지만, 나는 받아들이지 않았다. 마지막 자존심이었다. 창고 면적의 70퍼센트를 도서관 책장처럼 진열된 제품들이 차지했다. 세 사람이 즐겨 잡담을 나누는 둥근 탁자는, 행군을 기다리는 병사처럼 열을 맞춘 진열대 뒤 구석에 있었다. 제품들이 많이 빠졌을 때는 진열대 사이사이로 우리들의 유치하고 유쾌한 모습이 언뜻언뜻 보였지만, 오늘은 성벽에 겹겹이 막힌 모양새였다. 페인터 눈은 프림과 설탕이 잔뜩 담긴 봉지 커피 석 잔을 내왔다. 삼 층 회의실엔 커피 원두를 자동으로 갈아 내려 마시는 커피머신이 있지만, 채 실장부터 인턴까지 아틀리에 직원들은 모두 봉지 커피를 좋아했다. 심장을 쿵쾅거리게 만들고, 눈을 밝게 하며, 손끝을 되살리는, 달달한 검은 석유.

"지훈 님에게 너무 섭섭해하지 마세요. 회사를 위하는 마음에서 그러는 것이니까요. 페인터 눈이나 저는 제품 만드는 것만 알지, 회사 경영이나 영업은 전혀 모릅니다."

채 실장이 슬쩍 방 이사를 두둔했다. 어제 회의에서 그들은, 내가 강하게 밀어붙이기 전까진, 트로이 프로젝트를 끝내자는 입장이었다. 방 이사는 끝까지 뜻을 꺾지 않았고, 채 실장은 마음을 바꿔 청혼 가방을 만들기로 했다. 그 변심이 스스로 불편한 듯했다.

"섭섭하지 않아요. 다만 제 원칙을 포기할 순 없어서 그렇죠."

"원칙?"

"장인이 만드는 제품, 사람이 돋보이는 가방, 대한민국 최초의 명품 브랜드! 이 세 가지 원칙을 벗어나거나 포기한다면, 그레이스를 할 이유가 없어요."

셋이 창고에 모인 이후로 가장 지루하고 딱딱한 말이었다. 세 가지 원칙을 모르는 직원은 없다. 특히 채 실장과 페인터 눈은 이 원칙을 창업 첫날부터 지키려고 대표인 나보다도 더 안간힘을 썼다. 페인터 눈이 말머리를 돌렸다.

"데이트할 시간은 있어요?"

질문만 받았는데도 입귀가 올라갔다. 어젯밤 옥상에서, 흔들리며 바라본 밤하늘이 떠올랐다. 별똥별은 다시 오지 않았지만 비컨과 마음을 섞고 틈을 메우자 밤하늘 별들이 나를 따라 움직였다. 별들의 합창을 끌어내는 지휘자이자 군무를 만드는 안무가. 그게 바로 나였다.

이십사 시간을 꼬박 써도 모자랄 지경이긴 했다. 매출이 떨어지면서 대책회의가 늘자 제때 자는 것도 어려웠다. 한두 시간 책상에 엎드려 졸다가 곧 일어나 자료를 챙겨 회의하는 일이 잦았다. 바쁜 만큼 긴 시간을 내긴 어려워도 마음은 주고받았다. 힘내라는 이모티콘 하나, 책상에 두고 간 펜 하나로 서로를 향한 격려와 관심을 확인했다. 사랑을 해본 사람이라면 다 아는 마술이다. 문제는 시간이 아니라 밀도다. 밀도가 전부다. 비컨에게 단 일 분이라도 몸과 마음을 다 쏟으려 했다. 바쁘니 얼굴 보지 않고 손 잡지 않고 입 맞추지 않고, 마음만으로 충분하단 얘긴 결코 아니다. 어젯밤엔 내 몸이 먼저 알아차렸다. 화면에서 비컨이 갑자기 사라진 후, 내 몸은 그를 기다리며 심하게 흔들렸다. 그 역시 회의를 시작하기 전부터 그랬다고 했다. 마이크 테스트하는 내 목소리를 듣자마자 그의 몸이 알아차리고 먼저 반응했다니까. 허기를 채울 기회를 감지한 굶주린 짐승 두 마리.

"아시잖아요?"

말을 아꼈다. 사랑을 해본 사람이라면 저절로 아는 것들.

"비컨 님이랑 다정 님 잘 어울려요. 여러모로 최선이다 싶기도 하고. 정돈이 깔끔하게 되었으니까요."

"정돈? 무슨 정돈?"

페인터 눈이 시선을 채 실장에게 옮기며 되물었다.

"설마 모르시는 건 아니죠? 대숙 님이 다정 님 흠모하는 거?"

채 실장의 코와 뺨과 이마가 한꺼번에 붉어졌다.

"쓸데없는……."

막으려 했지만 페인터 눈이 한 걸음 더 나갔다.

"쓸데없지만 아름다운 게 바로 짝사랑이죠."

채 실장이 반격했다.

"나만 그랬나? 그레이스로 가자고 부추긴 사람이 누군데 이래? 다정 님 짝사랑한 건 페인터 눈 당신이 먼저야. 아버지인 죽 선생을 떠나야 할 때가 되었노라고, 소주 세 병씩 각자 마실 때, 다섯 시간 넘게 주장한 사람을 똑똑히 알지."

그랬던가. 시선이 페인터 눈에게로 향했다.

"생사람 잡으시네. 그건 짝사랑이 아니라 호감이라는 거야. 다정 님은 당당하고 열정이 넘치니까, 좋은 기회라 여긴 거지. 입은 삐 뚤어져도 말은 바로 하라고, 그때 나 아니었으면 아직도 대숙 님은 죽 선생, 고약한 그 노인네 시중이나 들며 짝퉁 가방 만들고 있었을 거야. 아틀리에 총책임자는 꿈도 꾸지 못했다고. 안 그래?"

"맞네, 그건."

채 실장이 꼬리를 내렸다. 가죽을 만질 때 외엔 이래도 좋고 저래도 좋다는 식이다. 사랑마저 그러할까.

"하지만 난 아녜요."

채 실장이 앞뒤 자르고 다시 부인했다. 내가 물었다.

"저를 사랑하지 않는다고요?"

"사랑해요. 하지만……."

"하지만?"

"아니에요."

"저도 대숙 님 사랑해요."

"정말요?"

"제가 더 많이 사랑할 걸요. 하지만……."

채 실장의 표정이 어두워졌다.

"하지만?"

"저도 아니에요."

대숙이 웃음을 터뜨렸다. 웃느라 눈물이 흐르는 바람에 안경을 벗었다. 페인터 눈이 낄낄거렸고, 나도 손뼉으론 모자라서 손등으로 탁자를 두드리다가 의자에서 내려와선 새우처럼 허리를 접고 가빠진 숨을 고르기까지 했다. 그렇게 십 분쯤을 웃음의 포로가 된 채 웃기만 했다. 지나치게 웃다 보면 어떤 소리가 나고 어떤 몸짓을 하는지, 그날 우리 셋은 다양하게 보고 들었다. 물론 내 소리와 몸짓도 그 속에 포함되었다. 겨우 웃음이 잦아든 후, 그래도 툭툭 튀어나오는 웃음을 누르며 말했다.

"제가 먼저 두 분을 짝사랑했어요. 두 분이 제 사랑을 받아주지 않았다면, 여기까지 오지도 못했을 거예요. 투자나 영업은 처음에도 어려웠고 지금도 쉽지 않네요. 하지만 두 분이 아틀리에 운해에서 가방을 만들고 있단 생각만 하면 용기가 생기더라고요. 그레이스에서 그동안 만든 품목이 어마어마하죠?"

"이백여 개 정도 되죠."

"대기업도 그렇겐 못해요. 잘나가는 서너 품목에 집중하고 나머진 적당히 변주하는 정도죠. 우리처럼 완전히 다른 착상으로 새로운 품목을 만들진 않습니다. 오십 년 걸릴 일을 오 년 만에 한 거예요. 그게 다 두 분 덕분입니다."

페인터 눈이 쑥스러운 듯 검지로 제 손등을 긁으며 말했다. 오늘도 열 개의 손톱 색깔이 제각각 달랐다.

"맘껏 만들게 내버려두셔서 그렇죠."

"왜 제가 맘껏 그랬을까요? 전 그 이유를 알아요."

채 실장과 페인터 눈이 동시에 쳐다보았다. 나는 다시 웃지 않을 수 없었다.

"사랑해서죠. 두 분을 사랑해요. 두 분이 만드는 가방을 사랑해요."

잔잔한 웃음이 시냇물처럼 지나갔다.

뿔테 안경 속 두 눈을 들여다보며 어제부터 궁금했던 것을 물었다.

"대숙 님도 안경집까지만 하고 싶으셨어요?"

대숙이 솔직하게 답했다.

"방 이사가 그러더군요. 대기 고객이 많다고. 그 고객들은 기다리느라 얼마나 답답하고 애가 타겠어요. 아서 님에겐 할 만큼 했으니, 이제 다른 고객들에게도 최상품을 빨리 만들어드려야겠단 생각이 들었어요."

순박한 마음. 결코 미워할 수 없는 장인의 마음이다.

"아직도 열 명이에요. 선입금의 10퍼센트를 대기 예약금으로 먼저 넣고 나머지는 자기 차례가 돌아왔을 때 채운다는 건 설명드렸죠?"

트로이 프로젝트에 참여하려면 고객이 프로젝트 시작과 함께 십억 원을 내고 프로젝트가 성공하면 다시 십억 원을 내야 했다. 대기 명단에 올라가기 위해서도 먼저 일억 원이 필요했다. 대기자가 열 명이니 그것만 해도 십억 원이다. 방 이사는 문산 아파트를 팔지 말고 대기 예약금을 쓰자고 했다. 나는 그 돈만은 절대로 손을 대지 않겠다고 버텼다. 그 돈을 쓰는 것은 불법이며, 그레이스를 믿고 마음을 내준 이들에게 할 짓도 아니다. 방 이사는 방법을 찾겠다고 했고, 문제가 생기면 모든 책임을 지고 감옥에라도 가겠다고 했다. 회사를 살리는 것이 우선이라는 것이다.

페인터 눈도 이어 말했다. 매니저로 입맛이 까다로운 고객들을 응대하며 일한 경력에 어울리는 절충안을 제시했다.

"아서 님이 흥미롭긴 해요. 완전히 만족했다는 편지를 받고 싶기도 하고요. 근데 가끔은 대기 중인 나머지 고객들이 원하는 제품은 뭘까 궁금해지기도 합니다. 괜찮다면, 한 번에 둘 혹은 셋씩 트로이 프로젝트를 하는 건 어떨까요? 그렇게 해서 성과를 내면, 지훈 님도 이 프로젝트를 접자는 얘긴 안 할 듯합니다."

나도 그 고민을 하지 않은 것은 아니다. 대기 고객 중에는 자신의 차례가 언제 돌아오는지 구체적인 날짜를 원하는 이도 있었다. 무작정 기다리기는 싫다고 했다.

대숙에게 물었다.

"동시에 두 여자를 짝사랑한 적 있나요?"

"없죠."

"앞으로 해보실 생각은?"

"없습니다. 저는 오직 다……."

말허리를 잘랐다.

"트로이 프로젝트가 제겐 그렇습니다. 한 번에 한 명씩! 동시에 두 명에게 집중할 자신이 아직 없네요. 부족하면 더 더 더 정성을 쏟아야 하니까요."

"알겠습니다."

채 실장도 페인터 눈도 내 뜻을 받아들였다.

"월급이 줄어서 죄송해요."

페인터 눈이 답했다.

"신경 쓰지 않으셔도 됩니다. 일이 메뚜기처럼 밀려들 때도 있고 가뭄에 시달리는 강처럼 줄 때도 있죠. 그때그때 맞춰 사는 데는 대숙 님이나 저나 익숙합니다. 버텨보다가 안 되면 회사에 지장이 없는 선에서 아르바이트라도 뛰죠."

"파트타임으로 눈스테이블에 다시 나가시려고요? 그 음식들이 가끔 생각나곤 해요. 어쩜 그렇게 고기나 생선이랑 똑같은 맛이 나는지……."

"아서라는 첫 봉우리를 넘고 나면 눈스테이블로 가시죠. 전직 매니저 자격으로 스페셜 요리를 내오겠습니다."

"아틀리에 직원 모두 같이 가요. 축하파티 겸."

"좋습니다."

채 실장에게 고개를 돌렸다.

"이번엔 청혼 가방이에요. 만들어본 적 있나요?"

"없습니다."

페인터 눈이 끼어들었다.

"짝사랑 전문가니까 걱정 마십시오. 이번 작업을 하는 내내 심장은 빨리 뛰겠지만 손은 호수처럼 고요할 겁니다. 그렇죠?"

"그, 그럼요."

나는 페인터 눈의 왼손과 채 실장의 오른손을 동시에 쥐었다.

"두 분만 믿을 게요. 예감이 좋네요. 청혼 가방으로 끝나면 아서 님도 행복하고 우리도 행복할 거예요."

"드라마의 해피엔딩으로 딱 어울리겠군요. 결혼식과 함께."

"작업은 내일부터 시작해도 되죠? 오늘은 좀 즐겨요."

"그게……."

채 실장이 망설이자, 페인터 눈이 기분파답게 앞질러 답했다.

"당연하죠."

"잠시만 기다리세요. 제가 아틀리에로 가서 와인 몇 병 가져올 게요. 마셔요 오늘은."

채 실장도 그제야 환하게 웃어 보였다.

"오늘은 마시고, 내일은 일하고!"

페인터 눈이 받았다.

"모레도 일하고!"

내가 또 받았다.

"쭉 일할 거니까, 오늘은 취할 때까지 마셔요!"

지금은 갈 수 없는 문산 아파트에서 명품 가방들을 함께 뜯고 자르던 저녁이 떠올랐다. 그때처럼, 마음을 합쳐 오늘 하루만이라도 즐겁게 보내고 싶었다.

와인을 챙기려고 사 층 아틀리에로 막 들어서는데 문자가 왔다. 아이폰을 가까이 당겨 발신자를 확인하고 또 확인했다. 그리고 채실장에게 전화해선, 급한 일이 생겨 오늘 와인 파티는 어렵겠다고 알린 뒤 회사를 나섰다.

호텔 스카이라운지는 한산했다. 예약석에 미리 와서 출입문을 등진 채 앉은 남자는 창밖을 내려다보는 중이었다. 행인이 적은 만큼 가로수의 여린 초록빛이 더 눈에 들어왔다. 완연한 봄이라기엔 왠지 서럽고 스산했다. 아르마니 그레이 슈트가 말끔했다. 어깨 선만으로도 남자를 알아보았다. 깊게 숨을 들이마셨다가 뱉은 후 맞은편 자리로 가서 돌아섰다. 남자가 일어섰다.

"오랜만이네."

독고찬이 내민 손을 가볍게 잡았다가 놓았다. 나는 버버리 패딩부터 벗어 옆에 놓았다. 급히 나오느라 옷을 챙겨 입을 겨를이 없었다. 메종키츠네 니트에 청바지 차림이다.

"바쁘지 않아요?"

내 상황을 짐작이라도 한다는 듯 천천히 답했다.

"눈코 뜰 새 없이. 누구에게는 절체절명의 위기지만 누구에게는 일생일대의 기회지."

설명을 얹진 않았다. 사업을 위해 잠시 귀국할 수는 있지만, 내게 연락하는 건 또다른 차원이다.

"너무 늦지 않았으면 해."

독고찬이 재회의 성격을 분명히 했다. 나도 물론 그 문장을 기억하고 있었다. 독고찬이 보낸 문자를, 그와 전화번호를 주고받은 후 처음으로, 읽고도 답하지 않았으니까. 답할 이유가 없다고 여겼다.

"또 씹으면 어쩌려고 그랬어요?"

그가 보낸 문자에 '청혼 가방 만든다며?'라는 문장이 없었다면, 이 자리까지 나오지도 않았다. 회사 기밀이 새어나갔으니 심각한 상황이다. 타로 정에게 트로이 프로젝트의 시작을 알린 이도 찾아내지 못했다.

"답을 직접 들어야겠기에……."

각자 들을 답이 따로 있었다. 넘겨짚었다.

"방지훈이죠?"

"대학 동기라니 질긴 인연이긴 하네. 방 이사는 그레이스가 투자받을 준비를 거의 완벽하게 마쳤다고 했지만, 오너에게 확언을 들어야지."

역시 방 이사다. 아침에 제시한 두 가지 제안은 독고찬의 뜻이었다. 방 이사는 독고찬에게 유다정도 결국 승복할 것이라고 장담했으리라. 독고찬은 영업 담당 이사의 낙관을 곧이곧대로 받아들일 만큼 허술하지 않았다.

"수천억 게임 회사를 경영하시는 분이 그레이스에까지 눈 돌릴 줄 몰랐네요."

"유망 스타트업들을 살펴보는 게 내 취미 생활이야. 알 텐데……."

이 년 남짓 연애하는 동안, 독고찬은 사업에선 손을 뗐지만 투자는 계속 했다. 스타트업 대표들과 어울렸으며, 나로선 엉뚱하게만 보이는 몇몇 회사에 거금을 투자하기도 했다. 대부분 게임 쪽이었고 그레이스 같은 브랜드를 염두에 두진 않았다. 딱 한 번 이런 말을 한 적은 있다. 사업은 국적이나 종교나 남녀노소 구별 없이 누구나를 대상으로 하는 아이템을 택해야 한다고. 게임이나 가방 같은.

독고찬이 가방을 예로 들었지만, 내가 꿈꾼 가방과는 거리가 멀었다. 나는 세상에서 단 하나밖에 없는, 그 고객에게 가장 어울리는 가방을 원했고, 그는 누구든 가볍게 들고 다닐 수 있는 가방이면 충분했다.

"헛걸음했네요."

일찌감치 끊고 일어서려 했다. 독고찬과의 재회보다 방 이사의 배신이 마음을 더 출렁이게 했다. 파문에 파문이 이어졌다.

"청혼 가방, 그거 만들어!"

독고찬은 방 이사를 통해 전달한 뜻을 스스로 뒤집었다. 나는 다시 자리에 앉았다.

"만들고 싶으면 만들어도 돼. 만들지 말라고 안 만들 사람이 아니잖아? 아서를 만족시키고 싶다면 그렇게 해. 그레이스를 경영하며 유다정, 당신이 쌓은 경험이 쓸모없다고 보지 않아. 실패를 통해서 진리를 터득하는 것이 또한 인간이니까. 하지만 착각해선 안되는 게 있어. 대부분의 인간들은 실패를 하곤 끝나버려. 실패하더라도 성공을 향해 다시 날아오르려면 최소한의 에너지가 필요해. 그 에너지는 두 방향에서 오지. 하나는 내부로부터! 그러니까 트로이 프로젝트 따위에 회사 역량을 쏟는 잘못을 범하지 마. 아틀리에 핵심 장인들이 아서의 가방 하나에 몇 주 혹은 몇 달을 허비해선 안 돼. 차라리 그들에게 휴가를 줘. 충분히 쉬게 한 후 다시 시작하는 게 낫지. 또 하나는 나 같은 사람과 손을 잡을 것! 물론 당신과 나는 생각도 감각도 다른 부분이 많아. 다르지만 같이 할 부분이 있으면 힘을 합치는 게 사업이야. 난 당신의 비상에 필요한 모든 걸 뒷받침할 수 있어."

"왜요? 미련 같은 거 간직하는 사람이 아니잖아요?"

독고찬이 다시 창으로 고개를 돌렸다. 이번엔 가로수가 아니라 흐린 하늘을 쳐다보았다. 봄이면 황사가 불어닥치곤 했다. 아직 누런 모래가 황해를 건너고 있다는 소식은 없었지만, 우중충한 날들이 이어졌다. 나도 오늘 아침엔 날씨를 확인하며 속으로 뇌까렸다. 한바탕 비라도 시원하게 내렸으면.

"날 다 아는 것처럼 말하는군."

"알 만큼은 알죠."

"그래? 난 유다정 당신을 더 알고 싶은걸. 연애를 해야 아는 부분도 있지만, 일을 함께 해야 아는 부분도 있는 것 같아. 우린 연애는 했지만 일을 같이 하진 않았잖아?"

"날 더 알고 싶다고요?"

독고찬이 고개를 끄덕였다. 백수의 풍력발전기들이 떠올랐다.

힘차게 돌아가는 프로펠러를 올려다보며 다짐했었다. 끊어야 할 인연은 과감히 도려내고, 바람처럼 원 없이 날아가자고. 그의 것을 내 것으로 착각하지 말자고. 갑자기 얻은 행운은 별안간 사라지는 법이라고. 도려내야 할 명단 첫머리에 독고찬이 놓였다. 내가 되새기는 장면을 알아차리기라도 한 듯, 그가 말했다.

"지금 당장 답을 달란 건 아냐. 알려줘야 할 것 같아서……. 방이사가 나한테만 그레이스의 속사정을 귀띔하진 않았을 테니까. 고맙다는 인사는 나중에 받을게."

일어서는 나를 향해 독고찬이 같은 문장을 세 번째로 반복했다.

"너무 늦지 않았으면 해."

지훈과는 연락이 닿지 않았다. 휴대전화도 꺼놓았고 문자를 보냈지만 답이 없었다. 스스로 항성을 없애고 궤도를 이탈한 행성이 되었다. 불길했다.

'그레이스의 추락'이란 기사가 올라온 것은 저녁 여섯 시였다. 위기를 맞은 회사들을 묶어 소개하는 기사였다. 위기를 기회로 바꿔 극복해 나가는 회사 하나와 스러져가는 회사 하나가 비교되었다. 그레이스는 후자였다. 경쟁업체들의 등장으로 매출이 급감하는 상황에서, 트로이 프로젝트에 대한 유다정 대표의 집착이 추락의 원인으로 지적되었다. 첫 고객에게 끌려다닌 경과를 자세하게 소개한 후, 대표로서 적절한 대응을 못했다는 혹평이 이어졌다. 방 이사가 넘겨준 자료에 근거한 기사였다. 비슷한 기사가 한 시간

만에 열 군데나 더 실렸다.

채대숙과 페인터 눈과 은어를 제외한 아틀리에 직원 일곱 명 전원과 영업지원팀 총무과장 고숙희의 사직서가 저녁 일곱 시 내부 통신망에 올라왔다. 일일이 연락을 했지만 모두 방 이사처럼 폰을 꺼두었다.

지하 이 층 창고로 내려갔다.

채대숙과 페인터 눈과 함께 대낮 와인 파티를 벌이려던 곳이다. 그때까지만 해도, 쉽진 않겠지만 희망의 불꽃을 피우겠단 의지가 있었다. 우리만 잘하면 얼마든지 뚫고 나갈 수 있다고 믿었다.

불을 켜고, 가득 쌓인 제품들 사이를 지나, 둥근 테이블로 가서 앉았다. 악평으로 가득 찬 기사들과 아틀리에에서 오늘 아침에도 반갑게 인사했던 직원들의 사직서를 다시 읽었다. 전화가 빗발치기 시작했다. 비컨의 문자도 있었고, 기자라고 자신을 소개한 이들의 문자도 이어졌다. 트로이 프로젝트 대기 고객들의 이름도 연이어 떴다. 광풍이었다.

의자에 앉아 고개를 숙였다. 그레이스란 배가 큰바람을 만나 뒤집힐 듯 흔들리는 중이었다. 답답했다. 엄지로 가슴 한가운데를 꾹 눌러 돌렸다. 질주하는 트럭들 사이로 혼자 울며 걷는 기분이랄까. 이정표란 이정표엔 묘지 이름만 가득했다. 아이폰을 내려다보았다. 이상하게도 가장 먼저 떠오른 이름은, 비컨이 아니라, 전화번호도 모르는 아서였다. 왜 그런지 이해할 수 없었다.

9
모두 손이 하는 일

🤚 그레이스 보시오.

청혼은 거절당했소.

내가 이 편지를 쓰는 이유를 한 줄로 요약한 셈이오. 당신이 만들어 보낸 가방이 제 역할을 완수하진 못한 게요. 그렇지만 나는 당신에게 편지를 쓰지 말까 하는 생각도 했다오. 청혼 가방을 만들기 위해 당신과 아틀리에 장인들이 쏟은 정성을 그 어느 때보다 진하게 느꼈기 때문이라오. 하마터면 가방 때문에 청혼을 받아들일 뻔했다고 혜경이 털어놓을 정도였소.

색이 탁월했소. 혜경의 마음을 붙들려면 오직 이 색밖에 없단 느낌이 들었다오. 다크(dark)! 블랙(black)이 아닌 다크! 심해에 기어이 닿는 색, 사랑의 깊이를 헤아리는 색, 마음 저 밑바닥에 깔린 색, 불쑥불쑥 괴물처럼 튀어나와 빛을 삼키는 색.

여덟 달을 길고양이처럼 서성거렸소.

봄이 가고 여름이 가고 가을이 가고 초겨울 바람이 불었다오.

호텔에 투숙한 뒤로 호숫가를 여유롭게 산책한 적이 없었소. 언제나 혜경의 일상에 맞춰 기다리고 따라 가고 멀리서 지켜보고 돌아와선 오늘을 기록해 두는 나날이었으니까.

그런데 혜경을 기다리고 또 가방이 도착하기를 기다리며 보낸 여덟 달은 그와 같은 날들이 아니었소. 어디서 무엇을 하는지, 도대체 그려지지가 않았다오. 칼집 천 개를 두 번 만들고 육 년 만에 마을로 돌아갔을 때가 떠올랐소. 혜경이 사라졌단 말을 듣고 정말 막막했다오. 다크, 그렇소 완전한 다크였소. ……어디로 갔는지, 또 무엇 때문에 마을을 떠났는지, 전혀 알 수 없었다오. 함께 보낸 세월이 적지 않으니, 그 속에서 몇몇 미래를 짐작할 수 있지 않느냐고 상철이 형도 묻긴 했소. 하지만 그때 내게 혜경은, 오래전에 읽긴 했지만 내용이 전혀 기억나지 않는 빛바랜 잡지 같았다오. 답답하고 답답한 노릇이었소.

그때보단 훨씬 상황이 나은 게요. 여덟 달 뒤 돌아온다고 했으니, 그 말을 믿고 기다리는 수밖에 없었소. 롯을 불러 혜경의 행방을 따질까 고민도 했지만 그만두었다오. 거처를 안다면 그곳으로 가고 싶어 더 미칠 게요. 간들 혜경이 반겨줄 리 만무하오. 사라질 때 사라질 만한 이유가 있는 것이라오. 내가 그 이유를 알 수도 있고 모를 수도 있지만, 혜경에게 이유 자체가 없었던 적은 없었소. 돌아올 땐 돌아올 이유가 또 있겠지. 떠난 이유 만큼이나 돌아올 이유가 궁금했다오. 떠나면 영영 돌아오지 않는 쪽에 가까운 사람이니까. 그래서 내게로 돌아오지 않고 지금껏 지내왔으니까.

길고양이처럼 서성거리다가 길고양이들을 만났다오.

녀석들은 호수 곳곳에서 보였지만, 호텔 주변에 특히 더 많았소. 첫 사나흘은, 나는 나 고양이는 고양이로 움직였다오. 내가 나타나면 녀석들은 노려보며 앉거나 엎드렸다가, 거리가 가까워지면 일어나 슬그머니 피했소. 재빨리 달아나는 녀석은 열에 한두 마리였고, 대부분은 귀찮은 듯 느릿느릿 걸음을 뗐다가 멈추더군. 내가 달려들더라도 잡히지 않고 달아날 수 있는 딱 그만큼의 거리였소. 그때까진 내게 아직 습관이 남아 있어서, 길을 따라 걷긴 해도 머릿속엔 혜경의 모습이 가득했다오. 고양이든 뭐든 관심 밖이었던 게요.

혜경이 즐겨 읽던 연애소설을 펼쳐 들고 걷던 봄날이었소. 남녀가 정사를 시작하는, 그러니까 모드레드가 첫걸음을 딛는 줄도 모르고 혜경이 몰입했던 소설 속 바로 그 장면에서, 갑자기 고양이가 울었소.

야옹!

멀찍이 떨어진 곳에서 들려온 울음이 아니었소. 바로 내 발밑에서 들려왔기에 놀라 걸음을 멈췄다오. 한 마리가 아니었소. 걸음을 멈췄을 때는 다섯 마리였고, 뒤이어 다섯 마리가 더 합세했소. 고양이들이 내 앞을 막은 건 처음이었소. 녀석들은 나만을 노려보다가 달려들어 껑충 뛰어오르기까지 했다오. 겨우겨우 피해 호텔로 달아났소.

그날 이후로 차츰 녀석들이 눈에 들어오기 시작했소.

그 고양이가 그 고양이 같더니 점점 구별이 되었다오. 차를 몰고 삼십 분이나 나간 후 벤치에 잠시 앉았을 때 만났던 녀석을 호텔 앞에서 보기도 했고, 호텔 앞에서 봤던 녀석을 언덕 너머 마을 술집 담벼락에서 만나기도 했소. 무늬와 울음과 크기는 제각각이지만 삐쩍 말랐다는 게 공통점이라오. 다리를 저는 녀석도 있고, 비틀거리며 겨우 내 손길을 피해 숨는 녀석도 있었소. 봄꽃이 흰 눈처럼 내리던 날엔 죽은 들고양이들, 그러니까 꽃잎에 덮인 녀석들을 세 마리나 발견했소. 그때부터였던가 보오, 고양이 사료를 가방에 챙겨 넣고 다녔던 것이.

산책의 목적이 분명해졌소. 길고양이들을 찾아 먹이를 주기 위하여! 한데 호텔 주변 녀석들은 경계가 심했다오. 아마도 호텔 직원 중에 고양이들을 괴롭히는 자들이 있는가 보오. 빼빼 마르고 더러운 녀석들이 호텔 주변을 어슬렁거리는 것이 투숙객들 눈에 곱게 보일 리 없을 테니까. 사료통을 따로 마련하거나 그러진 못했소. 고양이를 발견하면 사료를 한 움큼 남겨두고 떠나는 방식이었다오. 다음 날 그 자리로 가보면, 사료는 단 한 알도 남아 있지 않았소. 호텔에서 멀어질수록 고양이를 만날 기회는 줄어들었다오.

그때는 발자국을 살폈소. 고양이 발자국이다 싶은 곳엔 그 발자국 예닐곱 개를 가득 채우고도 남을 만큼 사료를 부어줬소.

길고양이들에게 관심을 두지 않았다고 하더라도 한 달은 흘러 갔을 게요. 기다리고 기다리다 보면 기다리는 데 익숙해지니까. 하지만 가끔 고양이들을 찾아다닌 것, 사료를 부어준 것, 덕분에 녀석들 중 몇몇이 통통하게 살이 오른 것은 작은 기쁨이었다오. 전재산을 털어 길고양이들을 거두는 데 썼다는 누군가의 이야기를 들은 적이 있소. 그때는 그 마음이 전혀 이해되지 않았는데, 나는 비록 못하겠지만 그리하는 이들의 진심을 살피게는 되었소.

사랑 아니겠소. 길고양이에게 사료를 매일 준들, 녀석들이 내게 무슨 보답을 하겠소? 은혜 갚은 까치니 호랑이니 두꺼비니 하는 우화들이 있지만, 그건 한낱 이야기일 따름이라오. 보답이 없더라도 하고 싶어 하는 것이 사랑이지. 주고 싶어 주는 것이 사랑이고, 기다리고 싶어 기다리는 것이 사랑이라오.

혜경이 돌아온다고 약속한 바로 그날 아침에도 나는 사료를 챙겨 호텔을 나섰소. 첫눈이라도 내릴 듯 잔뜩 찌푸린 날이었지. 정오에 만나기로 했으니, 아직 세 시간쯤 여유가 있었다오. 객실에서 계속 기다릴까도 했소. 하루쯤 사료를 주지 않는다고 큰 문제가 생길 것 같지는 않았다오. 하지만 아무것도 하지 않고 멍하니 앉아 있자니, 고양이들이 자꾸 눈에 밟혔던 게요. 내일 아침 호텔을 나설 때 고양이들이 앞을 막아서선 노려볼지도 모르지 않소? 왜 어제는 사료를 주지 않았느냐고 따지는 그 눈들을 상상하니 참!

매일 사료를 주다 보니, 특정 장소에서 나를 기다리는 녀석들이 생겨났소. 은행나무 아래이기도 했고, 너럭바위 옆이기도 했고, 여울목 입구이기도 했고, 그루터기 위이기도 했다오. 내게 곁을 허락하진 않았지만, 내가 사라지기 전에 벌써 사료로 다가가선 고개를 숙이고 먹기 시작했소. 되돌아오지 않는다는 걸 아는 게요.

마음이 급했던지, 평소보다 삼십 분 일찍 호텔로 돌아왔다오. 객실 청소를 마치고 나오던 수잔과 복도에서 마주쳤소. 수잔이 밝은 웃음과 함께 물었다오.

"고양이들이 참 많죠?"

"어찌 알았소?"

"룸메이드로 객실 청소를 하다 보면 투숙객에 대하여 저절로 알게 되는 것들이 있답니다. 물론 그게 무엇이든 절대로 발설하진 않습니다. 고양이 사료가 한두 알씩 탁자나 소파 밑에 떨어져 있더라고요. 저도 집에서 고양이를 두 마리 기르니까 금방 알아봤죠. 투숙객 중 애묘인들도 꽤 있겠지만, 직접 사료를 챙겨 길고양이를 먹이는 분은 처음이세요."

잠시 말을 아꼈다가 내 눈을 보며 물었다오.

"혜경이라도 있었으니 녀석들이 목숨을 건졌죠."

"무슨 소립니까, 그게?"

"모르셨어요? 길고양이에게 사료를 주지 말라는 지배인의 엄명이 있었지요. 객실에서 몰래 안경을 쓰는 것과는 비교할 수 없을 정도였죠. 하지만 혜경은 자전거를 타고 오가면서 사료를 줬답니다. 제게 웃으며 그러더군요. '간단해. 비닐봉지에 사료를 가득 담고는, 자전거 뒤에 묶는 거야. 나뭇가지로 구멍을 뚫지. 그리고 천천히 지그재그로 달려. 고양이들을 굶겨 죽이는 건 죄야. 안 그래?' 혜경은 고양이를 키우진 않았어요. 키우는 건 싫다 했지요. 하지만 길고양이들이 굶주려 죽어가는 걸 두고 보진 않았답니다. 확실히 우리랑 달랐어요."

과연 그랬소. 혜경이라면, 지배인 롯의 엄명보다는 길고양이들의 목숨이 더 중요하다 여겼을 테요. 그리고 자전거에서 사료를 흘리면서, 매일 아침저녁으로 신나게 웃었을 사람이라오. 나보다 먼저 고양이들을 챙긴 이가 혜경이라니 더없이 기뻤소.

뜻하지 않았는데도 서로 연결되는 경험을 한 적이 있소?

명백한 우연이지만 결코 우연으로 두긴 싫은 일 말이오. 혜경은 내게 길고양이에 대해 말하지 않았고, 고양이들을 쳐다본 적도 없소. 내 관찰력을 탓해야 하겠지. 출퇴근하는 혜경을 몰래 차로 따라갔었다오. 차도가 아니라 덜컹대는 숲길로 들어가서 이십 분 정도를 달렸는데, 거기까지 뒤따르진 못했소. 나는 자전거가 없었고, 이십 분 뒤에 혜경은 어김없이 차도로 나왔기 때문이오. 달라진 건 없었소. 뒷자리에 묶어둔 비닐봉지에서 사료가 빠져나가버렸겠지만, 그것까지 눈에 들어오진 않았다오.

혜경이 청혼을 받아들이면, 가장 먼저 산책부터 가야겠단 생각이 들었소. 사료를 주면서, 길고양이들에 대해 한 마리씩 이야기를 하는 게지. 내가 아는 녀석과 혜경이 아는 녀석, 나와 혜경이 함께 아는 녀석, 나와 혜경이 함께 모르는 녀석까지! 미리 낳은 자식들처럼, 고양이들의 성격과 생김새와 먹성을 이야기하다가 이름을 지어도 좋겠소. 혜경이 이미 붙인 이름과 내가 부른 이름 중 일치하는 것이 있을까, 궁금했다오. 비교해 보진 않았지만, 나는 어쩐지 한두 마리는 혜경과 내가 같은 이름으로 벌써부터 불렀을 거란 느낌이 들었소. 부모나 연인에겐 동시에 찾아드는 단어나 감정이 있질 않소? 고양이들의 이름에도 우연한 일치가 있겠지. 이 녀석은 아무리 생각해 봐도 이 이름밖에 없겠군…… 단 하나의 구멍으로 녀석을 몰아서 뽑아낸 이름!

먼저 도착한 결혼 선물이라고나 할까.

그랬소. 나는 길고양이들 덕분에 미리 행복했다오.

청혼 가방은 이 세상에 하나뿐일 게요.

보석이나 꽃을 건네며 청혼하는 장면은 수없이 보았소. 하지만 가방을 건네며 결혼을 청한 적이 있었던가, 기억나지 않소. 빛 한 줌 들지 않는 깊은 바다를 연상시키는 색과 함께 매우 작은 사이즈가 눈에 먼저 들어왔다오.

그레이스!

가방은 무엇인가를 담는 것인데, 청혼 가방에는 오로지 혜경을 향한 내 마음만 담기를 바란 것 같소. 그러니 보석함이 들어갈 자리와 연서 한 장 꽂힐 자리만 두고 나머진 없앴겠지. 당신은 그 두 칸이 보석함과 청혼 편지를 위한 자리라는 설명을 친절하게 덧붙였지만, 나는 가방과 함께 온 당신의 글을 읽기 전에 이미 알아차렸다오.

그레이스, 당신 말이 맞소.

어떤 여자도 가방만 보고 청혼을 받아들일 것인가 말 것인가를 판단하진 않는다오. 가방에 담긴 마음을 보는 것이겠지. 그래서 내 마음을 담을 구체적인 물품 두 가지를 더 제시한 게요. 보석과 편지!

반지는 파파라차 사파이어로 골랐소.

스리랑카 연꽃과 인도양 노을이 섞인 빛깔이라오. 혜경이란 사람은 말이오, 붉되 활활 타올라 재로 바뀌지 않고, 바다와 하늘을 은은하게 물들이는 쪽에 가깝소. 나도 그렇게 혜경에게 스며들어 오래오래 머물고 싶소. 밤이 오더라도 큰바람 불더라도 높은 파도 치더라도, 파파라차 사파이어처럼 둘만의 안온한 붉음을 즐긴다면, 그럴 수만 있다면!

혜경은 저물 무렵 서쪽 하늘을 즐겨 바라보는 사람이었소. 아래에서부터 서서히 붉어오는 시간을 아끼는 사람이었소. 그렁그렁한 눈망울에 그 붉음이 맺히는 사람이었소. 가끔 나는 혜경이 여고생이었을 때부터 노파의 등처럼 굽은 영혼을 지녔는지 의심했었소. 노을을 열 번 백 번 아니 천 번쯤 보며 기쁨과 허무를 동시에 품는, 살아보지 않았으나 삶의 격정과 스산함을 만지고 숨이 끊어지지 않았으나 죽음의 평온과 지루함을 깔아뭉개는 내 사람.

편지봉투는 노을빛으로 골랐고, 편지지는 밑줄 없는 백지를 택했소. 내 마음에 티끌이 하나라도 묻지 않기를 바랐다오.

편지를 썼소. 고쳐 쓰고 고쳐 쓰고 고쳐 썼지만 맘에 들지 않았소. 쓰다가 두 번 토하기까지 했지만 아쉬웠다오. 단어가 박히고 문장이 흐르면, 내 맘이긴 한데 완전히 내 맘은 아닌 그런 느낌이 들었소. 더 나은 단어와 문장이 분명히 있는데 찾지 못한 것은 아닐까. 청혼이 끝난 뒤 더 나은 단어와 문장이 떠오른다면 견디기 힘들 게요. 그래서 사전을 뒤지고 검색을 하고 책까지 뒤적여 보았지만, 마음에 쏙 들어오는 단어와 문장은 없었소.

내 마음이 고스란히 담긴 단어와 문장은 이 세상에 없는 건지도 모른다는 생각까지 했소. 단어와 문장에 억지로 가둘 바에야 차라리 백지를 넣어 띄울까.

그레이스, 당신에겐 시시콜콜한 부분까지 몽땅 적어도 괜찮은데, 혜경에게 건넬 청혼 가방에 넣을 편지지는, 백지 한 장이 태평양처럼 넓어 보였다오.

백지인 채로 넣진 않았소. 아무것도 적혀 있지 않은 종이가 태평양처럼 넓다면 내 마음이 어떤지 혜경이 알아차리긴 더더욱 어렵지 않겠소? 다듬고 다듬어, 줄이고 줄여, 녹이고 녹여 적긴 적었소. 여기에 공개할 순 없겠지만, 나로선 최선을 다했다는 것만 알아주시오.

혜경이 도착했소.

약속한 시간에 객실 앞에 도착하여 벨을 눌렀소. 하나 그리고 반. 벨의 길이만 듣고도 알았다오. 수잔은 하나 둘 그리고 반까지 늘어지는 경우가 많았지만, 혜경은 언제나 하나 그리고 반이었소. 길지도 짧지도 않은, 자신이 누구인가를 알리기에 적당한 길이였소. 돌이켜보면 언제나 혜경은 그랬다오. 모자라지도 넘치지도 않는, 너무 앞서거나 뒤처지지도 않는, 적당한 곳에 머물렀으니까. 오히려 내가 쭉 앞서가거나 확 뒤처졌소. 혜경과 함께 마을 바깥을 돌아다닐 때가 그래도 적당했던 나날이었다오.

"왔구나."

어리석은 말이었소. 혜경이 투명인간도 아닌데, 왔구나라니!

만나서 할 말을 물론 준비해 두었다오. 하지만 정말 와서 내 앞에 서니, 악수만 나눠야 할지 가벼운 포옹이라도 해야 할지 아니면 서너 걸음 거리를 유지한 채 손을 흔들어야 할지, 그 전부를 하지 말아야 할지 정할 수 없었다오. 한심하게도 의미 없는, 내가 몹시 떨고 있음을 드러낸 말만 뱉었소. 혜경은 고개를 끄덕이곤 소파로 가서 앉았다오.

"모드레드는?"

맞은편에 앉으며 묻지 않아도 될 질문을 또 던졌소. 하늘이 두 쪽이 나더라도 아들은 꼭 챙기는 엄마니까. 당연히 함께 왔겠지.

"수잔에게 잠시 맡겼어."

"커피 마실래?"

"물 한 잔만."

혜경이 잔을 비울 때까지 기다렸소. 목이 꽤 말랐던가 보오. 짧은 침묵이 흘렀소. 오랫동안 자신이 맡아 청소와 정리 정돈을 하던 객실을 쳐다보더군. 꼼꼼히 훑는 것도 아니고 멍하니 바라보는 것도 아닌, 이 공간에 묻은 먼지를 가볍게 털어내는 정도의 눈길.

침묵을 깨지 않고 기다렸어야 했소.

그랬다면 청혼 가방을 그날 내밀지 않았을 수도 있었다오.

여덟 달이나 기다렸소. 돌아오겠다고 약속을 했으니 참았지만, 지금부터 하루는 이미 보낸 여덟 달 중 어느 하루와도 같지 않소. 혜경이 내일과 모레와 한 달 뒤와 일 년 뒤 계획을 들려주기 전, 먼저 내 계획을 건네고 싶었소. 평생에 걸쳤으되 지극히 단순한 계획이었다오.

"가죽 필통 생각 나? 내가 선물했던?"

"내가 훔친 거지."

혜경이 정정했소. 무지개 필통을 훔친 건 나도 마찬가지였기에, 우린 잠자리 날개처럼 웃었소.

"선물이 있어…… 훔치고 싶어서……."

"뭘?"

모호함이 끼어들었소.

무슨 선물인지 묻는 것일 수도 있고 무엇을 훔치고 싶은지 따지는 것일 수도 있으니까. 그런데 그 둘은 결국 하나를 가리켰소.

당신 마음이라고 답하는 대신, 장식장에 넣어뒀던 종이상자를 꺼내 소파 앞 탁자에 올려놓았다오. 혜경이 천천히 상자를 열곤 선물을 꺼냈소. 나는 서둘러 농담을 건넸다오.

"호수로 던져버리고 싶더라도, 이번엔 가방을 열어본 다음에 해."

혜경의 손놀림이 점점 빨라졌소. 상자를 열고 나서야 손을 잠시 멈췄다가 보석함과 편지를 조심조심 꺼냈다오. 보석함을 열어 파파라차 사파이어 반지부터 집어 들었소. 하늘과 호수와 혜경의 두 눈이 파파라차 사파이어처럼 붉어오는 저물녘에 반지를 꺼냈더라면 더 좋았을 것을! 하지만 호텔로 돌아오는 날도, 나를 만나는 시간도 혜경이 정했소. 내겐 선택권이 없었다오. 혜경은 반지를 보석함에 도로 넣고는 뚜껑을 닫지 않은 채 편지봉투를 열었소. 편지를 꺼내 눈으로 읽어 내려갔다오.

참 긴 시간이었소.

길고양이처럼 호텔 밖을 한 바퀴 돌다 올까 싶었소. 나갔다가 들어와도 혜경이 여전히 편지를 읽고 있을 것만 같았소. 착각하지 마시오. 내 편지는 매우 짧다오. 열 줄이 전부이니, 처음부터 끝까지 다 외울 정도니까. 하지만 혜경은 편지지에서 눈을 떼지 않은 채 읽고 또 읽더군. 불길했소.

시간을 끌수록 불리한 것이 청혼이라고들 하지 않소? 승낙할 마음이면, 자세한 이야긴 나중에 하더라도, 우선 고개를 끄덕이거나 눈시울부터 붉히는 법이라오. 하지만 혜경은 고개를 들지도 않았고 눈을 맞추지도 않았소.

나는 긴 한숨이 절로 흘러나왔다오. 소파와 거실 사이에 긴, 평소에는 보이지도 않던 머리카락들이 눈에 띄더군. 수잔은 혜경에 비해 청소 시간이 절반밖에 되지 않았소. 대충대충 하는 만큼 먼지와 얼룩이 여기저기 남았다오. 혜경의 귀엔 들리지 않도록, 양손을 들어 내 입을 틀어막았소. 날숨에 담긴 안타까움이 혜경의 고운 볼에 닿길 원하지 않아서였소.

혜경이 드디어 고개를 들고 말했다오.

"돌아갈 곳이 있다고 믿었나 봐. 세계를 떠돌다가도 마음만 먹으면 갈 데가 있다고. 네가 이 호텔에 있어서 더 그런 생각을 했던 것 같아. 아무리 먼 곳까지 가더라도, 돌아갈 그곳과는 이어져 있다고 말이지. 마을을 떠나고 처음으로 부모님께 전화를 드렸어. 내가 다쳐서 병원에 누워 있으니, 짧은 연락이라도 넣고 싶어지더라. 지금 당장 가진 않더라도, 꼭 돌아갈 그곳! 한데 엄마 휴대전화는 꺼져 있고, 아빠 휴대전화는 낯선 여자가 받더라고. 간호사였어. 아빠가 뇌출혈로 쓰러져 위독하시대. 환자와의 관계를 묻기에 딸이라고 했더니 당장 오라더군. 엄마가 곁에 계시지 않느냐고 물었어. 간호사가 뭔가 차트를 넘기는 듯하더니, 환자의 아내 그러니까 엄마는 같은 병원에서 암으로 이미 사망하셨대. 남편이 죽고 내가 시부모 곁을 떠난 바로 그즈음이더라고. 울음이 터졌어. 왜 그 생각을 못했을까. 엄마나 아빠도 언젠가는 세상을 떠나시겠지만, 지금은 아니라고 여겼어. 어리석고 한심해. 후회해도 소용없는, 돌이킬 수 없는, 우리가 아직 겪지 않은 일들이 세상엔 얼마나 많은 걸까.

비행기표를 알아봤는데, 가장 빠른 게 다음 날 오후였어. 밤을 보내고 아침에 나가야 했지. 노을이 지고 어둠이 깔리니, 견딜 수가 없더라. 롯의 지프를 타고 질주했어. 그거라도 하지 않았으면 정말 미쳐버렸을 거야. 그 밤에 나를 미행하지 말았어야 했어. 그 모습은 조물주에게도 보이기 싫었으니까.

나를 권고사직시키겠다는 롯의 통보를 공항에서 받았지. 지프를 편하게 쓰라고 차 키를 내민 건 롯이었어. 그런데 절도라니, 참으로 웃기는 노릇이지. 말도 안 되는 상황이었지만 아빠에게 가는 게 더 급했어. 아빠까지 잃는다면 난 정말 못 견뎌. 안 돼, 절대로 안 될 일이야. 모드레드와 함께 비행기를 타고 마을로 돌아갔지. 아빠 내가 갈 때까지 견디셨지만 나나 당신의 손자 얼굴을 보진 못하셨어. 이미 의식이 없으셨거든.

중환자실에 머물며 시간이 허락하는 한 용서를 빌었고, 마을을 떠난 후 겪은 일들을 조용조용 말씀드렸어. 들으셨을까. 인간의 감각 중 청각이 그래도 끝의 끝까지 제 기능을 한다고 어디선가 읽긴 했는데……. 마을에서 그냥 눌러살까 하는 생각도 잠시 들었어."

"한데 왜 돌아온 거야? 돌아가셨니?"

"아니! 여전히 병원에 계셔. 쓰러지기 전에 내게 편지를 남기셨더라. 미리 작성한 유언장이지. 혈압이 높으셔서, 당신이 행여 쓰러지기라도 하면, 쓰러졌는데 급사하지 않고 지금처럼 병원에 오래 지내게 되면, 의식을 찾지 못해 자신의 뜻을 밝히지 못하면, 그때 내게 전해주라고 변호사에게 맡기셨다고 하더군. 편지 내용은 간단했어. '남은 재산은 병원비로 쓴다. 유산은 없다. 아빠에게 얽매이지 말고 가던 길을 가라.' 이게 다였어."

"유언장을 따라 다시 이곳으로 온 거야?"

"꼭 그런 것만은 아냐. 아빠 말씀에 순종하며 살아오진 않았으니까. 내가 있고 싶으면 있는 거지. 웃기는 이야기긴 한데, 그 마을이 타향이더라고. 돌아갈 곳이라 믿은 내가 어리석었어. 시장 입구에서 상철이 오빠를 만났지. 나를 보자마자 아서 네 이야기를 꺼내더라. 네가 나를 찾아 세계를 떠돌고 있을 거라고. 우리가 재회한 걸 오빠 모르고 있었으니까.

그 얘길 들으니까 네게 돌아가야겠더라고. 두 가지 생각이 새순처럼 돋더군. 하나는 내가 어디에 머물고 있는가를 네게 알려는 줘야 한다는 것. 그렇지 않으면 너는 또 나를 찾는다고 세계를 떠돌 테니까. 네가 그러는 줄 몰랐을 땐 상관없었지만, 이제 알아버렸으니 그것만은 막고 싶더라. 그리고 나머지 하나는 이 마을에서 우리가 만나서는 안 된다는 것. 상철이 오빠를 비롯하여 마을 사람들은 너와 나를 어리석은 철부지로만 기억해. 그들은 우리가 얼마나 달라졌는지 몰라. 인정도 안 할 거야. 처음부터 타향이면 선입견이 없겠지만 타향으로 바뀌었으면서도 고향처럼 구는 곳에선 상처받기 십상이지. 그러니 내가 호숫가 호텔로 돌아가는 편이 낫겠다는 결정을 내렸어. 이 호수는 내 고향도 아니고 네 고향도 아니지만, 내 아들 모드레드의 고향이니까. 네게 부탁할 일도 있고."

"부탁?"

그 단어에 마지막 기대를 걸었소. 결혼해 달란 부탁이라면 얼마든지 응할 마음이니까.

"다시 룸메이드로 일하고 싶어. 권고사직의 사유가 터무니없단 건 아서 너도 알지? 네가 조금만 도와주면 복직할 수 있어. 해줄 거지?"

청혼 승낙을 못 받았으니 낙담했지만, 절망의 바닥에 코를 부딪치진 않았소. 혜경이 적어도 영영 내 곁에서 사라지는 일은 없으니까. 그리고 당분간은 이 호텔에서 룸메이드로 근무하며 매일 객실을 정돈하고 싶다고 하지 않소. 혜경이 원래 자리로 돌아오도록 도와달라고 먼저 요청하고 있지 않소. 혜경으로부터 그와 같은 청을 받는 사람은 오직 나 하나뿐이라오. 그 자리가 결코 가볍지 않소.

"알았어."

혜경은 보석함과 편지를 챙기지 않았다오. 가방을 베란다로 들고 나가 호수를 향해 던지지도 않았소. 조용히 일어나선 객실을 나갔을 뿐이오. 패잔병처럼 혹은 먹이 흔적처럼, 보석함과 편지와 청혼 가방만 남았소. 비로소 나는 남겨진 현실이 무엇인가를 깨달았다오. 후회가 밀물처럼 몰려들더군. 숨기고 숨기고 한 번만 더 숨길 일이었을까. 냉정한 거절보다는 이 편이 더 아팠소.

혜경이 원위치로 오는 데는 하루면 충분했다오.

내가 여덟 달을 더 투숙하며 혜경을 기다린 사실은 호텔 직원들에게 이미 소문이 났소. 혜경을 향한 지극한 마음을, 수잔이 눈치채도록 내버려둔 측면도 있다오. 그레이스, 당신이 보낸 청혼 가방을 장식장 제일 윗칸 중앙, 가장 잘 보이는 자리에 넣어뒀으니까. 혜경은 장식장 속에 놓인 귀중품에 눈길을 두는 짓 따윈 하지 않았지만, 룸메이드 대부분은 투숙객의 개인 물품을 살폈다오. 객실에서 그것들을 찬찬이 볼 시간이 있다는 건, 룸메이드만이 누리는 특권 아닌 특권일 게요. 물품들로부터 손님의 과거를 추측하거나 현재 재정 상태를 따져보거나 미래에 언제쯤 호텔을 떠날지 추측도 했소.

수잔이 혜경 대신 객실을 맡은 뒤, 나는 가끔 혜경에 대해 한두 마디 묻곤 했다오. 내가 호텔에 도착하기 전, 그러니까 혜경이 이곳에 취직한 초창기에 적응을 어떻게 했는지 알고 싶었던 게요.

사랑이란 게 그렇지 않소? 나를 만나기 전에 상대방이 무엇을 했는지, 또 나와 만나는 동안에도 둘이 함께 있지 않을 때 무엇을 하는지, 알 수만 있다면 모조리 알려는 마음.

수잔은 꽤 많은 이야길 들려줬다오. 청소하는 시간보다 내가 몰랐던 혜경의 언행들을 이야기하는 시간이 길어지기도 했소. 수잔은 한두 마디면 끝날 이야기를 삼십 분 혹은 한 시간 넘게 하는 재주를 타고난 사람이었다오. 이야기를 썩 잘 하는 편은 아니었소. 간간이 혜경의 말투를 흉내 내기도 했고 몸짓을 따라 하기도 했다오. 전혀 비슷하지 않았지만, 그 사실을 지적하진 않았소. 대신 팁을 두둑하게 찔러주었다오. 다른 사람에 대한 이야기라면 중간에 끊었겠지만, 혜경에 관한 이야기는 어느 것도 지루하지 않았소. 천 년이라도 잠자코 들을 만큼.

여덟 달 동안 수잔이 들려준 수많은 이야기 중에서 기억나는 대목을 옮겨보자면 다음과 같소.

"룸메이드를 처음 하면 앓아눕기 마련인데, 혜경은 거뜬하게 적응했답니다. 지하 이 층 보일러실 옆에 룸메이드 휴게실이 있는 거 아세요? 대부분 낡은 소파에 앉거나 누워 졸거나 자죠. 그 방에서 춤을 춰댄 건 혜경이 처음이었어요. 뭉친 근육을 풀어줘야 한다나요. 막춤은 아니고 최소한 몇 년은 댄스학원에서 전문적으로 배운 스텝이었어요. 그날부터 친해졌죠. 룸메이드로 제법 오래가겠다 싶었거든요."

"롯 지배인님과 친해진 건 모드레드 때문이에요. 혜경은 의외로 강골이라 여간해선 아프지 않았지만, 모드레드가 문제였죠. 툭하면 고열에 기침을 해댔답니다. 손발에 두드러기가 나기도 했고요. 지배인 님이 충분히 배려를 했죠. 혜경이 일하는 동안 모드레드를 맡아줄 유모를 알아봐준 것도 지배인 님이고요. 혜경의 바로 앞집에서 보모를 구했으니 더욱 잘된 일이죠. 모드레드가 응급실에 두 번 실려 갔을 때, 근무 중인 혜경을 병원으로 보낸 것도 지배인 님이셨어요. 노회한 백인 지배인이 동양인 신참 룸메이드에게 호감이 있었으니까 그랬겠죠. 혜경으로선 고마운 일이겠지만."

"숲과 강에 대해선 모르는 게 없었어요. 나무와 풀 이름은 물론이고, 날아가면서 내는 아주 짧은 울음만 듣고도 새의 종류를 맞췄으니까요. 둘이서 배를 저어 호수로 나간 적이 딱 한 번 있는데, 주먹만 한 물고기가 따라오더라고요. 혜경이 그 물고기를 돌려보냈어요. 먹이를 던져준 것도 아니고, 소리를 지른 것도 아니고, 말로 타이른다고 들을 물고기도 아닌데, 참 신기했죠. 가만히 일어서

더니 수면을 내려다보기만 했어요. 정말이라니까요. 그렇게만 했는데도, 물고기가 꼬리지느러미로 수면을 휘젓더니 돌아섰답니다.

고등학교 때 친구가 있었대요. 숲과 저수지와 강을 미리 답사한 후 데려가준 친구! 혜경이 머물고 싶을 때까지, 언제까지나 곁을 지켜준 친구! 나무와 풀과 새와 물고기에 대해서도 미리 알아와선, 저건 어떻고 이건 어떻다고 설명해 준 친구! 세상에서 가장 자상한 친구! 당연히 남자친구겠죠. 첫사랑이냐고 물었더니 웃기만 하더라고요."

"남편과 사별했다는 것만 알아요. 다시 결혼할 맘은 없다고 했지만, 헛소리죠. 사랑하는 남자가 나타나기만 해봐요. 사랑하면서 돈도 좀 있는 남자가 나타나는 게 중요해요. 사랑 하나에만 목숨 걸 나이는 지났으니까요. 룸메이드 이딴 거 집어치우고 새 출발 하겠죠. 내 희망사항이기도 하고 혜경도 마찬가질 겁니다. 특별히 아서 사장님께만 말씀드리는 겁니다만, 이 호텔에서도 한 번 그런 적이 있었대요. 억만장자 투숙객과 룸메이드의 로맨스! 장기 투숙객이던 억만장자가 떠난 후 얼마 지나지 않아 룸메이드가 그만둔 거죠. 이십오 년인가 지나서, 두 사람이 겨울에 함께 호텔로 왔다는군요. 보석을 주렁주렁 달고, 실내에 들어왔는데도 선글라스를 벗지 않더래요. 객실도 로얄층으로 딱 잡았고요. 한데 그 객실을 담당한 룸메이드가 하필 삼십 년째 근무하던 여자였다는군요. 옛 동료였던 거죠. 손을 보고 알았대요. 매니큐어를 열 손가락에 전부 바르고, 반지를 곳곳에 껴도, 손등에 난 삼각점은 숨기지 못했대요. 그게 복점이라고 당시 룸메이드들에게 자랑까지 했다는군요. 뭐 어때요. 참 부러운 인생이죠. 호텔 개업 후 그런 일이 딱 한 번 밖에 없었다고 실망할 건 없죠. 사장님이시니까 또 특별히 솔직하게 말씀드리자면, 룸메이드와 투숙객의 로맨스가 전혀 없었던 건 아니랍니다. 일이 있긴 있었죠. 별별 사건이 다 벌어지는 곳이 호텔이니까요. 사랑의 결실을 맺기도 했을 겁니다. 다만 첫 번째 커플처럼 다시 호텔로 돌아오지 않았을 따름이겠죠. 재미난 이야기 하나 더 해드릴까요. 저도 손등에 삼각형 모양 점이 세 개 있어요. 보여드려요?"

수잔의 이야긴 귀담아들었지만 손등의 삼각점까지 보진 않았소. 점이 있다 해도, 내 마음이 움직일 까닭이 없었으니까. 내겐 혜경이 있으니까.

롯은 혜경을 다시 채용하라는 내 제안을 단번에 받아들였다오. 룸메이드가 세 명이나 한꺼번에 그만두게 되었는데, 신입을 들여 적응하는 기간을 허비하느니 혜경처럼 경력직을 쓰는 편이 훨씬 낫다고 했소.

장갑을 만들어주시오.

객실 청소용은 호텔에서 지급한다오. 자전거로 출퇴근할 때 마땅히 쓸 장갑이 없어서 문제였소. 마음 같아선 내 차로 출퇴근을 시켜주고 싶으나, 청혼을 거절당한 마당에 그 제안까지 거절당할까 솔직히 두렵소. 장갑을 만들 때 두 가지만 주의해 주시오.

첫째, 매우 따듯해야 하오. 호수를 낀 이곳의 겨울은 길고 혹독하다오. 기온이 넉 달 동안 영상으로 올라가는 날이 하루도 없다고 보면 되겠소. 자전거 핸들을 잡은 양손이 손난로를 쥔 듯해야 하오.

둘째, 장갑이 핸들에 딱 들러붙어야 하오. 물론 뗄 때도 가볍게 떨어져야 하겠지. 핸들을 쥔 장갑이 미끌어지면 큰 문제라오. 혜경의 목숨과 직결되니 각별히 유의해 주시오.

아서 씀. 🅐

추신_ 혜경이 사용한 객실 청소용 면장갑 사진을 첨부하오. 사이즈는 스몰. 손이 작다고 여긴 적은 없었는데, 이 마을에선 작은 축에 속하는가 보오.

10
타이밍

실패한 게 아냐. 아직 내 시간이 오지 않았을 뿐!

— 유다정

여름과 가을이 가고 겨울이 왔다.

하루하루가 전쟁이었다. 위기를 자초한 CEO로 보도된 후, 방 이사와 아틀리에 직원 일곱 명이 회사를 떠난 후, 그리고 백화점 매장 직원 열 명까지 사표를 낸 후, 겨울까지 버틴 것만도 기적이었다.

그레이스 대표로서 할 수 있는 일을 다하고자 했다. 그러나 회생의 길은 보이지 않았다. 서울과 부산과 대전의 백화점으로부터 내년에는 재계약을 하지 않겠다는 통보를 받았다. 12월 말까지 매장을 정리하라는 뜻이다. 트로이 프로젝트의 문제점을 지적한 기사가 나간 후 대기 고객 모두 신청을 취소했다. 대기 예약금 십억 원을 즉시 돌려줬다. 투자는 이뤄지지 않았고, 원자재비를 비롯한 청구서들은 어김없이 날아들었다. 은행을 찾아갔지만 추가 대출을 승인해 주는 곳은 없었다. 오히려 지금처럼 매출이 줄어든다면 원금 상환 기일을 앞당기겠다고 경고했다. 아파트와 자동차는 봄에 이미 처분했다. 아틀리에에 남은 채대숙 실장과 페인터 눈 차장과 은어 과장에겐 월급이 전혀 지급되지 않았다.

채 실장과 페인터 눈이 아니었다면, 여름도 넘기지 못했을 것이다. 채 실장이 일억 원, 페인터 눈이 팔천만 원을 융통해 왔다. 고맙다는 말도 못한 채, 고개를 들고 눈물을 참는 내게 페인터 눈이 가볍게 붓질을 하듯 말했다.

"빌려주는 거예요. 이자는 꼬박꼬박 받을 겁니다."

채 실장이 끼어들었다.

"나는 그냥 엔젤 투자! 이잔 필요 없어요."

"혼자 그러면, 저만 우스운 사람이 되잖습니까?"

"우습지 않으려면 간단해요. 안 받으면 돼."

지하 공방에서 손이 붓고 손목이 저리고 어깨가 뭉치면서 평생 모은 돈이다. 나로선 그 돈을 받는 것 외엔 대안이 없었다. 은행 이자와 새로 뽑은 매장 직원들 월급과 거래처에 밀린 대금 결제부터 해결해야 했다.

"갚을게요. 무슨 일이 있어도, 이 돈만큼은 먼저……."

페인터 눈이 말허리를 잘랐다.

"우리 돈은 제일 늦게 갚아요. 그 돈 다 받을 때까지 그레이스에 다닐 거니까. 그죠?"

채 실장이 당연하다는 듯 맞장구를 쳤다.

"그 돈 없는 셈 치고 살죠 뭐."

그들에게 다가갔다. 왼팔로 페인터 눈 오른팔로 채 실장의 목을 감싸 안았다. 두 사람이 꼭 친언니 같았다.

실망하지 않았다면 거짓말이다.

아서가 청혼을 거절당했다는 메일을 받은 뒤, 채 실장은 이틀이나 출근하지 않고 앓았다. 페인터 눈 역시 KTX를 타고 목포까지 가서 소주 세 병을 마셨다. 그래도 두 사람은 이틀 후에 와선 장갑까진 만들자고 했다. 가장 심하게 흔들린 사람은 의외로 비컨이었다. 청혼 가방까지 거절당할 줄 몰랐던 것이다.

이른 아침 퇴촌에서 회사까지 가는 내내 말다툼을 했다. 비컨은 오늘따라 속력을 더 늦췄다. 두루미가 겨울 강을 거슬러 멀어졌다. 허전함이 두 배는 길었다.

"설마 장갑까지 만들 건 아니지?"

"만들까 싶은데……."

"아서를 위로라도 하려고?"

아서 '님'이라고도 하지 않았다.

"위로하면 안 돼?"

"당신이 누굴 위로할 처지야? 원망스럽지도 않아? 트로이 프로젝트가 실패한 게 누구 때문인데?"

"아서 님 때문이야, 그게?"

"적당히 했어야지."

"적당히 하지 않는 게 트로이 프로젝트의 핵심이야. 고객 마음에 완벽하게 드는 제품을 만든다!"

"그래도 이건 너무 심하지. ……만나서 따지고 싶지 않아?"

"하지 마."

그레이스가 고객의 신원을 파악하거나 접촉을 시도해선 안 된다고 계약서에 명시되어 있다. 비컨이 아서에게 괜한 짓이라도 저지르지 않을까 걱정됐다.

"줄곧 그랬어. 트로이 프로젝트를 하는 내내 당신과 나 사이엔 아서가 있었지. 둘이지만 셋이었다고. 나한테 쏟는 마음보다 아서에게 들이는 정성이 훨씬 컸어."

"질투해, 아서 님을?"

"사실을 말하는 거야."

"아니라고 했지? 난 고객에게 딴 맘 먹지 않아."

"당신 말을 믿는다고 쳐. 하지만 아서는……."

비컨이 곧게 뻗은 도로에서 급브레이크를 밟았다. 고라니 한 마리가 도로로 뛰어든 것이다. 부딪치지 않은 것이 그나마 다행이었다. 이런 일이 생길 줄 알고 천천히 운전한 걸까. 비컨이 숨을 깊이 내쉬곤 다시 차를 몰기 시작했다. 내가 물었다.

"뭐라 그랬어?"

"응?"

"아서 님이 뭐라고?"

"몰라. 고라니가 튀어나오는 바람에, 잊었네. 하여튼 청혼 가방까지면 충분해. 이제 그레이스에만 집중하자. 트로이 프로젝트를 계속하면 형편만 나빠져. 아직도 정신 못 차리고 프로젝트에 매달린단 후속 기사가 날 수도 있고."

"후속 기사? 방 이사가 또 그럴 거래?"

"그 일 터지고 연락한 적 없어. 하지만 하고도 남을 위인이지. 트로이 프로젝트는 실패했지만 그레이스는 그 실패를 약진의 발판으로 삼아 새 출발 하겠다고, 우리가 먼저 움직이는 건 어때? 내가 아는 기자들도 있고……."

"하지 마. 트로이 프로젝트가 아니라고 해도, 난 끝까지 갈 거야."

"십억 때문이야?"

"응?"

"프로젝트가 성공하면 고객은 그레이스에 십억 원을 더 지급한다고 계약서에 적혀 있지."

그 생각을 하지 않았다면 거짓말이다.

십억 원이 새로 들어온다면, 풍파를 뚫고 나갈 버팀목은 생기는 셈이니까. 그 돈은 계약서에 근거해서 당연히 받아야 한다.

"들어오면 좋지."

"아서가 그 돈을 줄 거라 생각해?"

"이미 십억을 넣었어……."

프로젝트의 시작과 함께.

"그때 넣은 게 앞으로 넣을 걸 보장하진 않아. 그때의 사랑이 앞으로의 사랑을 담보하지 않듯이."

"돈과 사랑을 묘하게 엮네."

비컨은 여기서 대화를 그만두자는 뜻으로 경적을 짧게 두 번 울렸다.

무덤덤하게 회사를 오간 사람은 은어였다. 지하 일 층 아틀리에에서 일하다가 저녁에는 지하 이 층 창고로 내려가서 초과 근무까지 했다.

내 아틀리에에 모였다. 방 이사가 빠졌으니 6인회가 아닌 5인회였다. 다섯 명만 모인 것이 스무 번도 넘는데, 그래도 한 자리가 빈 듯했다. 영업에 대해 목소리를 높이는 사람이 없어서였다. 영업까지 내가 임시로 맡긴 했지만, 백화점 매장을 유지하는 수준에 그쳤다. 곧장 청혼 가방과 장갑에 대한 논의로 들어가는 것이 부담스러웠을까. 페인터 눈이 은어에게 말했다.

"나는 은어 님이 제일 먼저 방 이사를 따라갈 줄 알았어요."

은어가 물었다.

"왜죠?"

페인터 눈이 채 실장을 지나 비컨과 나를 쳐다본 후 답했다.

"프로젝트를 처음부터 줄곧 반대했으니까요. 방 이사와 늘 같은 목소리를 냈잖아요?"

은어가 답했다.

"반대 입장은 지금도 바뀌지 않았습니다. 하지만 프로젝트를 반대하는 것과 회사를 옮기는 건 전혀 다른 문제죠. 저는 그레이스에서 아직 배울 게 남아 있습니다."

내가 끼어들었다.

"일 년도 다니지 않고 창업할 것처럼 자신만만하더니, 뭐가 더 남았죠, 배울 게?"

"이대로 망한다면 왜 망했는가를 배울 것이고, 기사회생한다면 어려움을 극복하는 방법을 배우겠죠."

정나미 떨어지는 솔직함. 은어다웠다.

"확인하고 싶은 것도 있고요."

"확인이라고요?"

"네."

이 대목에서 은어는 말을 아꼈다. 나를 보는 시선이 지나치게 길었다. 나는 채 실장 쪽으로 눈을 돌렸다.

"어디로 옮겼다고 했죠?"

"방 이사와 아틀리에의 파이톤 과장 그리고 직원 여섯 명이 둥실로 옮겼더라고요. 그쪽에서 일한다는 소문은 이미 퍼졌지만, 공식적으로는 어제 날짜로 입사를 했네요. 방 이사 직책은 영업 담당 부사장이고 파이톤은 아틀리에 실장입니다. 사표 내기 전에 이미 이야기를 끝냈겠죠? 2월에 둥실이 오트쿠튀르를 내세우며 오더메이드 흉내를 낼 때부터 방 이사와 교감이 있었는지도 몰라요. 그런데 삼십 년 넘게 가방을 만들어온 둥실이 게임 회사 에이엑스에 인수합병되었단 기사가 방금 떴던데, 보셨어요? 게임 회사가 가방까지 이제 손을 대네요."

에이엑스는 독고찬이 시애틀로 건너가서 창업한 회사다. 그는 이기기 위해 경쟁업체의 약점을 찾아 집요하게 공격하는 사람이었다. 그가 파악한 그레이스의 약점은 오트쿠튀르 정신을 철저하게 지키는 트로이 프로젝트였다. 내가 제안을 거절하자 미리 마련해둔 B안을 작동한 것이다. 그다음 계획이 무엇인지는 짐작하고도 남음이 있다. 그레이스 인수 합병! 독고찬은 거기까지 밀어붙일 것이다.

"에이엑스 독고찬 회장…… 오래전부터 가방에도 관심이 있었어요."

페인터 눈과 채 실장과 은어는 커피 잔을 든 채 마시지도 못했다. 독고찬이 옛 애인이란 사실을 내게 이미 들은 비컨만 한 모금 삼키곤 잔을 내려놓았다. 내가 설명을 이어갔다.

"제안이 먼저 왔었거든요. 방 이사를 통해. 여덟 달이 지났네요, 벌써."

채 실장과 페인터 눈이 연달아 말했다.

"그랬었군요."

"어떤 제안을?"

간명하게 독고찬의 요구를 옮겼다.

"적은 품목을 대량 판매하는 방식으로 바꾸자고 했어요. 트로이 프로젝트는 당장 중단하고, 오더메이드 시스템도 포기하래요. 거절했습니다. 그레이스가 등실이 될 순 없으니까요. 등실처럼 그럴듯한 광고로 고객들을 속일 거면 시작도 안 했어요."

채 실장이 맞장구를 쳤다.

"페인터 눈이나 저도 그레이스로 들어오지 않았겠죠."

내가 비컨과 눈을 맞추며 덧붙였다.

"하나만 더 말씀드리자면, 에이엑스의 독고찬 회장과 사귄 적이 있습니다. 그레이스를 시작하기 전이에요."

페인터 눈이 받아쳤다.

"그런데요? 그게 뭐 어쨌단 거죠? 미혼 남녀가 연애하는 거야 기혼 남녀가 부부싸움 하는 것처럼 흔한 이야기죠."

채 실장과 내가 동시에 웃음을 터뜨렸고, 은어도 미소를 지었다. 웃지 않는 사람은 비컨뿐이었다.

"재회하니 어떻던가요?"

스카이라운지에서 내려온 그 저녁에 곧바로 비컨에게 독고찬과 재회한 이야기를 전했다. 그때 비컨은 별다른 질문이 없었다. 나는 그의 굳은 얼굴을 보며 답했다.

"고맙기도 하고 다행이기도 하고 그랬어요. 독고 회장을 만나지 않았다면, 저는 가방 만드는 회사를 차리지 못했을 거예요. 예술 외엔 딴마음이 없었거든요. 이 나라에선 뭐든 어렵지만, 가수든 배우든 예술가로 밥벌이를 하긴 정말 힘들어요. 스무 살부터 그 사람을 만날 때까진 계속 좌절만 했죠. 이 년 남짓 연애하는 동안엔 좌절하지 않았어요. 그에게 기대어 회복했단 게 정직한 말이겠죠. 인생에서 만나기 힘든 행운이에요. 누렸습니다, 충분히! 그런 나날을 보내면서, 내가 그때까지 접하지 못한 더 우아하고 사랑스럽고 다정하고 물론 더 비싼 가방들을 써보기도 했어요. 헤어지긴 했지만, 그레이스를 시작하도록 길을 내준 사람은 틀림없이 독고찬 회장이에요."

페인터 눈이 말했다.

"옛 애인들 중엔 고마운 이도 더러 있죠."

채 팀장이 끼어들었다.

"그래? 고마운 옛 애인이 몇 명인데요? 열 명쯤 되나?"

그 질문은 무시하고 내게 물었다.

"다행인 건 왜 그렇죠?"

"누리긴 했는데, 누리다 보니 가끔 착각하게 되더라고요."

비컨이 말끝을 붙들었다.

"착각?"

"독고 회장의 재능이 내 재능 같고, 그의 행운이 내 행운 같고, 그의 부유함이 내 부유함 같은 착각! 거기서 영원히 깨어나지 못하는 이도 있는데, 저는 빠져나왔으니, 다행이죠. 독고 회장이 청혼을 했는데, 제가 거절했거든요. 지금까지 내린 결정 중에서 제일 잘한 결정이죠."

비컨의 표정이 비로소 풀렸다. 짧은 침묵이 흘렀다. 묻지 않아도, 답하지 않아도, 최악의 상황임을 다섯 사람 모두 알았다. 서울과 부산과 대전의 백화점에 계약 연장 신청을 했지만 거절당했다. 회사 설립 후 매일 들어왔던 제품주문서는 이제 일주일에 겨우 한두 건 정도다. 이런 식으로는 회사를 유지하기 어렵다. 백화점에서 매장이 모두 철수하는 연말이 최후라고 다들 각오하고 있었다. 그레이스의 오프라인 매장이 사라졌다는 소문이 돌면, 그대로 끝이었다. 나는 분위기를 바꿨다.

"혜경 님의 장갑은 얼마나 걸릴까요?"

"한두 달 정성을 다해 만들고도 싶지만, 넉넉하게 잡고 열흘만 주세요. 할 수 있겠죠?"

채 실장의 질문에 비컨은 대답 대신 내게 눈짓했다.

꼭 해야겠어?

나는 마음을 바꾸지 않겠다는 뜻으로 왼눈을 깜빡거렸다. 비컨이 채 실장에게 엉뚱하게 되물었다.

"대숙 님과 눈 님은 스카우트 제의받지 않으셨습니까?"

페인터 눈이 받아쳤다.

"사돈 남 말 하듯 하시네. 파이톤 만나셨다면서요? 둥실 이사로 오라고."

나도 몰랐던 일이다. 비컨이 얼버무렸다.

"택도 없는 소리라서……."

짧은 침묵이 다시 흘렀다. 그리고 채 실장과 페인터 눈과 은어가 동시에 웃음을 터뜨렸다.

"택도 없지."

"택도 없고말고."

"날카로운 택이군요."

비컨은 이번에도 따라 웃지 않았다. 나는 심각한 표정으로 물었다.

"그레이스가 곧 파산할 거라고들 하겠죠? 소문이 퍼졌죠?"

세 사람의 얼굴에서도 웃음기가 사라졌다. 둥실로 간 방지훈이나 파이톤뿐만 아니라 가방업계 사람들 대부분이 그레이스의 몰락을 기정사실로 받아들였다. 트로이 프로젝트가 언론에 노출된 순간부터 그레이스는 이미 망했다는 것이다.

"위기가 곧 기회죠. 그 말이 맞아요. 트로이 프로젝트 때문에 그레이스가 추락을 시작했다고들 하죠. 역으로 말씀드리자면, 지금 추락하는 그레이스에 날개를 달 방법은 트로이 프로젝트밖에 없습니다. 아서 님을 흡족하게 만들면, 금방 소문이 날 겁니다. 회사를 재정비할 수도 있어요."

프로젝트를 성공한 후 받을 십억 원까지 언급하진 않았다. 계약서를 공유했으니, 짚지 않아도 모두 알고 있었다. 채 실장이 목청을 높였다.

"빙하에 갇혀도 손만은 따듯한 장갑을 만들겠습니다."

은어가 채 실장을 놀렸다.

"빙하 속인데 어떻게 손만 따듯합니까?"

"따듯할 수 있어요. 장갑 들고 빙하로 나랑 가볼래요?"

"아닙니다! 추운 건 딱 질색입니다. 게다가 실장님과 함께 빙하에 오르는 건 사자와 우리에 들어가는 것처럼 끔찍해요."

은어가 얼굴을 찡그리는 것과 동시에 채 실장이 탁자를 주먹으로 가볍게 치며 화난 척했다. 다들 또 웃었다. 페인터 눈이 비컨을 똑바로 쳐다보며 놀리듯 물었다.

"아직입니까?"

비컨이 내 눈치를 슬쩍 보곤 페인터 눈에게 되물었다.

"뭐가요?"

"아서 님이 청혼을 거절당했다고 겁먹은 거예요? 어서 드리세요."

비컨의 얼굴이 턱부터 뺨과 코를 거쳐 이마까지 붉어졌다. 내가 못 참고 끼어들었다.

"뭘 드리라는 거죠? 누구한테요?"

은어도 이어서 따져 물었다.

"수수께끼라도 풀어야 하는 겁니까? 힘든 때일수록 적어도 여기 모인 우리끼린 비밀이 없어야죠. 뭔가요?"

채 실장이 의미심장한 미소와 함께 거들었다.

"다정 님은 가만 계십쇼. 은어 님도 이번엔 좀 빠져요. 이건 비컨 님과 우리 둘, 그러니까 페인터 눈과 나만 아는 거래니까요. 비컨 님! 결판을 봐야 우리도 잔금을 받죠. 혹시 잔금 치를 돈이 부족해서 미루는 겁니까? 평생 천천히 갚아도 됩니다. 돈 때문에 해드린 게 아니니까요."

비컨이 급히 말했다.

"아닙니다. ……그 정도 돈은 있습니다."

페인터 눈이 말꼬리를 잡아챘다.

"서둘러요. 지나가면 다시 오지 않는 게 세 가집니다. 강물과 세월과 사람! 아서 님보다 못한 남자가 되진 말아요. 멍청하군요. 진작 했어야 할 일을 아직까지 미루다니……. 벌써 해치운 줄 알았죠. 한심하다 한심해. 회의 끝났죠? 내가 맥주라도 몇 병 사올게요. 이대로 헤어지긴 너무 아쉽잖아요? 단합대회라도 해요."

그리고 작은 파티가 벌어졌다. 봄에 하려던 단합대회가 여덟 달이나 밀렸다. 그때는 지하 이 층 창고에서 채 실장과 페인터 눈과 함께 여자 셋이 뭉치려 했다. 오늘은 은어와 비컨까지 합세하여 다섯이다. 여덟 달이나 제대로 술자리를 못한 탓인지, 탁자에 술이 올라오기가 무섭게 안주를 찾지도 않고 마셔댔다. 맥주는 입가심이었고, 와인 다섯 병에 이어 론 자카파와 디플로마티코까지 내놓았다.

서울에서 퇴촌까지 대리운전으로 귀가한 건 그 밤이 처음이었다. 비컨은 출발할 때부터 깍지를 낀 채 고개를 숙이고 코까지 골았다. 남한산성 가까이까진 자다 깨다를 반복하다가 팔당대교에 이르면서부터는 턱을 들고 잠들었다.

등불베짱이 도서관 앞마당에 도착했을 때, 비컨과 나는 동시에 깼다. 비컨이 대리운전비를 허겁지겁 낸 것까진 어렴풋이 기억났다. 거기서부턴 장면이 뚝뚝 끊겼다. 영하 10도까지 떨어진 겨울밤인데도 우리는 곧장 집으로 들어가지 않았다. 한동안은 비컨이 조수석에 앉았고, 나는 뒷좌석에 모로 누워 웅크렸다. 그러다가 비컨이 뒷좌석으로 왔다. 그의 손이 내 브래지어 속으로 들어왔고 내 손도 비컨의 셔츠 속으로 들어갔다.

"추워!"

"정말 춥네. 미치겠어."

"추워도 미치진 마."

"추워서 미쳤다는 얘기 혹시 들어봤어?"

"아니! 그런 소릴 하는 사람이 미친 거지."

"난 안 미쳤어. 추울 뿐이야."

춥고 춥고 춥다는 말을 주고받으면서도 우리는 집으로 들어가지 않고 차례차례 서로의 옷을 벗겼다. 옷이 허물처럼 하나씩 떨어질 때마다, 나도 비컨도 웃으면서 상대의 가슴이나 어깨나 이마를 밀었다. 가슴이라고 생각했는데 어깨였고 어깨라고 여겼는데 이마였다. 비컨이 내 젖꼭지를 깨물자 나도 비컨의 젖꼭지를 깨물었다. 비컨이 나를 무릎에 앉히고 등 뒤에서 끌어안자 나는 말을 타고 초원을 달리듯 벗은 엉덩이를 흔들었으며, 내가 비컨을 무릎에 앉히자 비컨은 내 눈을 똑바로 쳐다보며 입술과 배꼽과 아래를 뚫을 듯 허리를 휘저으며 달려들었다. 내가 왼쪽 창을 열면 비컨은 오른쪽 창을 열었다. 찬바람이 창을 지나 창으로 나가고 또 창으로 들어와 머물수록, 우리는 두 마리 뱀처럼 엉켜 붙었다. 운전석과 조수석과 뒷좌석을 옮겨 다니며, 좁으면 좁은 대로 넓으면 넓은 대로 사랑을 나눴다. 자세가 기묘하면 한참을 또 웃기도 했다. 그렇다고 그 자세를 포기하진 않았다. 호기심 가득한 마음으로 몸을 움직였다. 힘들어보였지만 의외로 쉬운 자세도 있었고 간단해 보였지만 십 초도 이어가기 힘든 자세도 있었다. 어둠은 훼방꾼이자 응원군이었다. 눈으로 확인하려 들면 실수가 잦았다. 차라리 눈을 감고 촉감을 따르는 편이 더 편하고 자연스러웠다. 그래도 원하는 대로 몸이 움직이지 않을 때는 콧등이 닿을 만큼 얼굴을 들이대기도 했다. 보고 듣고 냄새 맡고 만지고 핥았다. 해가 높이 떠 있는 대낮이거나 조명이 은은한 침실에서였다면, 아무리 사랑하는 사이더라도, 이렇듯 구석구석을 알려 하고 또 알려주려 들지는 못했을 것이다. 그가 내 속으로 또 내가 그의 속으로 몇 번이나 들어갔는지는 명확하지 않다. 들어가다가 길을 잃기도 했고, 들어갈 때의 자세는 기억해도 나올 때의 자세는 깡그리 잊기도 했다. 처음 옷을 벗을 땐 몹시 추웠지만, 그래서 미치기 전에 다시 입으리라 여겼지만, 알몸으로 사랑을 나누는 내내 따뜻했다. 서로의 체온을 주고받아서이기도 하고, 밤 사냥을 나온 들짐승이 먹잇감을 쫓는 대신 짝짓기에 열중하듯 온몸을 비벼대서이기도 했다. 짐승들의 짝짓기는 매우 짧고 자세가 뻔했지만, 사람과 사람이 몸으로 나누는 대화는 고저장단의 변화가 끝이 없었다.

결정적으로 기억나지 않는 대목은 차에서 뒷마당을 지나 집으로 들어가기까지다. 아침에 숙취에 시달리며 눈을 떴을 때, 나는 여전히 실오라기 하나 걸치지 않고 누워 있었다. 옷도 입지 않고 벌거숭이로 집까지 걸어왔을까. 쥐눈을 겨우 뜨고 주변을 살폈지만, 비컨의 작고 예쁜 어깨나 길쭉한 등이나 탐스러운 엉덩이는 보이지 않았다. 대신 그가 차에서 긴 입맞춤 뒤에 제법 큰 소리로 외친 말이 귓전을 파고들었다.

"내가 잘못했어. 다 나 때문이야."

"그게 왜 당신 때문이야? 회사를 여기까지 끌고 온 건 대표인 나야. 책임을 따지자면 내 책임이 제일 커."

"더 확실히 했더라면, 아서의 요청을 단번에 만족시켰더라면, 그랬더라면……."

"아무리 잘 만들어도 트집을 잡을 거라고 은어 님이 말했었지. 그 말이 맞았어."

"은어가 반대만 거듭한 것도 내 잘못이고."

"그게 왜 당신 잘못이야? 은어 님도 나름대로 입장이 있는 것이고, 또 날카롭게 당신을 몰아세운 건 은어 님이 날 짝사랑해서 생긴 일이고……."

비컨이 갑자기 코웃음을 쳤다.

"은어가 당신을 짝사랑해?"

처음 퇴촌으로 비컨을 찾아갔을 때, 식탁에 놓인, 먹다 만 푸른 커피 잔 두 개가 갑자기 떠올랐다. 혹시? 그래도 속단하지 않고 버텼다.

"몰랐어, 날 짝사랑하는 거?"

"아니라고 예전에도 알려줬잖아. 은어는 당신이 아니라 날 사랑해. 날 사랑해서 내가 당신 뜻대로 디자인을 하려고 들 때마다 반대한 거야. 그러지 말라고 몇 번을 타일렀는데도……."

"비컨!"

"타일렀는데도, 말을 듣질 않더라고. 함께 그레이스를, 이 나라를 떠나자는 억지나 부리고. 난 분명히 말했어. 더 이상 은어 너를 사랑하지 않는다고."

더 이상?

사랑한 적은 있다는 뜻이다.

비컨은 여자인 나도 사랑하고 남자인 은어도 사랑할 수 있는 사람이었다.

"당신을 만나기 전 일이야. 이태원에 일하러 갔다가 우연히 만났지. 변산에서 당신과 노을을 보고 나서 곧바로 끝냈고."

"끝낸 건 비컨 당신만이고, 은어는 계속인 거였잖아?"

비컨이 세수하듯 빈손으로 얼굴을 씻어 내렸다.

"딱 들러붙는 걸 어떻게 해. 당신에게 도와달라 도움이라도 청했어야 해? 오늘 회의 때도 고집부리는 거 봤지? 확인할 게 더 남았을 리 없잖아? 그런데도 방 이사를 따라가지 않고 남았어. 다내 잘못이야. 나 때문이라고."

비컨, 은어를 핑곗거리로 삼지 마.

비컨, 난 독고찬에 대해 네게 다 말했어. 하지만 넌 은어를 숨겼어. 그게 문제야.

비컨, 비밀이 있어도 사랑과는 상관없단 거야? 정말 그렇게 믿어?

비컨, 비밀이 그거 하나뿐이야?

비컨, 비컨, 비컨의 이름을 다시 부르려는데, 그보다 먼저 쿵 쿵쿵 소리가 들렸다. 현관문 두드리는 소리였다. 잠에서 깨어 벽시계를 보니 겨우 아침 일곱 시였다. 방문객이 오기엔 이른 시간이다. 그냥 무시하려는데 다시 쿵쿵거렸다. 더 크고 더 빨랐다. 당장 열지 않으면 문을 뜯고 들어올 기세였다. 작업할 때 비컨이 즐겨 입는 푸른 셔츠에 청바지를 입고 거실로 나갔다.

"비컨!"

이름을 부르며 화장실을 살짝 열었지만 그는 없었다. 현관 가까이 가선 문을 열지 않고 묻기부터 했다.

"누구세요?"

"비컨 씨 집 맞습니까?"

목소리가 낮고 날카로웠다.

"누구시죠?"

"문부터 여십시오. 당장 열지 않으면 공무집행방해가 될 수 있음을 알려드립니다."

공무집행방해?

문을 열자마자 남자 둘이 들이닥쳤다. 신도 벗지 않고 방과 화장실을 뒤졌다. 거친 눈으로 나를 몰아세웠다.

"어디 있어?"

두려움을 숨기고 쏘아보며 되물었다.

"누군데 아침부터 행팹니까?"

남자가 신분증을 꺼내 보였다. 형사였다.

그 아침에 형사들의 습격을 받은 사람은 비컨뿐만이 아니다. 채실장과 페인터 눈과 은어도 각자의 집에서 술이 덜 깬 상태로 붙잡혔다. 짝퉁 명품 가방을 만들어 유통시킨 범법자들을 대대적으로 색출하여 잡아들인 것이다. 채대숙과 페인터 눈과 은어는 생활비가 부족할 만큼 월급이 줄자 죽 선생에게 일을 받아 짝퉁을 만들어왔다. 비컨도 여기에 가담한 공범으로 의심받고 있었다.

나 역시 경찰서까지 임의 동행을 했다. 채 실장과 페인터 눈과 은어가 다니는 그레이스의 대표였으므로, 짝퉁 가방 제작과 유통에 깊숙이 개입한 것 아니냐고 집요한 추궁을 받았다. 경기도 퇴촌까지 왔지만 허탕을 친 형사들은 동거남인 비컨의 행방을 대라며 돌아가면서 목청을 높였다. 그러나 나는 짝퉁이 싫어서 그레이스를 창업했노라며 버텼다. 유다정 대표는 이 사건과 무관하다고 채대숙과 페인터 눈과 은어가 똑같이 진술했으므로, 나는 하루 만에 풀려났다.

퇴촌으로 돌아가선 비컨을 기다렸다. 미니 컨트리맨은 앞마당에 그대로 있었다. 차 안을 살펴보고 싶었지만, 하루를 꼬박 뒤져도 열쇠가 없었다. 비컨을 찾아 나서진 않았다. 답답한 날엔 도서관으로 건너가서 만화책을 읽거나 아이들 웃음소리를 듣거나 릴리를 도와 반죽을 했다. 뒷디의 안부를 묻는 이들도 있었다. 그에게서 디자인의 기본을 배운 퇴촌 여인들이었다. 나는 가만히 웃기만 했다. 낯선 남자들이 천진암 계곡 근처를 오간다고 등불과 릴리가 알려줬다. 밥을 먹어도 소화가 되질 않았다. 비컨이 사라져서 답답할 뿐만 아니라, 아서가 요청한 가죽 장갑을 배송할 기일이 다가오는 바람에 입이 바짝바짝 타들어갔다. 이번엔 정말 아서와의 약속을 지키지 못할 듯했다.

일주일 후 폭설이 내리던 날, 릴리가 아침부터 빵을 구워 흰 종이상자에 넣어 가져왔다. 정성은 고맙지만 소화시킬 자신이 없었다. 책만큼이나 빵을 사랑하는 제빵사는 눈을 일부러 끔벅거렸다.

"발효 빵이에요. 통 드시질 못했잖아요? 이렇게 굶으면 병납니다."

"고마워요. 그럼 조금만 먹어볼까요?"

릴리가 나간 뒤 상자를 열었다. 발효 빵과 함께 루돌프 사슴 코처럼 빨간 복주머니가 들어 있었다. 복주머니를 여니 그 안에 가죽장갑이 담겼다. 비컨이 아틀리에 운해의 도움 없이, 처음으로 혼자 만든 작품이었다.

11
삶은 다른 곳에

그레이스 보시오.

마지막 편지가 될 것 같소.

당신이 보낸 장갑이 혜경의 마음에 쏙 들어야겠지만, 원하는 답을 못 듣더라도 마침표를 찍을까 싶다오. 그렇소. 난 지금 기분이 매우 좋다오. 그레이스 당신에게 이 편지도 보내지 않고 끝을 낼까 생각할 만큼.

당신에겐 설명을 해야지. 내가 얼마나 고약하게 굴었는지는 잘 아오. 나처럼 번번이 트집을 잡고 여러 번 불만을 토로하며 완전히 다른 종류의 제품을 원한 고객은 없었겠지. 비난과 원성을 살

만하오. 하지만 입장을 바꿔서 한번 생각해 주길 바라겠소. 계약서에 무한리콜이라 적혀 있다 해도, 정말 그렇게 한다는 건 고객 입장에서도 못할 짓이고 귀찮은 일이라오. 한두 번 해보다가 맘에 안 들면 주문처를 바꾸면 그만이지. 누군가에겐 큰돈이지만 또 누군가에겐 푼돈인 것을! 괜히 신경 쓰는 것 자체가 싫기도 하고.

그레이스, 당신이 내가 처음에 풀어놓은 이야길 끝까지 읽고, 얼마든지 이야길 더 해도 좋다는 답장만 보내지 않았더라면, 진작 그만뒀을 게요. 지금까지 몇 번 편지를 띄운 적이 있지만, 당신처럼 꼼꼼하게 읽고 답장을 보낸 이는 없었소. 답장이 짧아 서운하긴 했소. 회사 대표로서 고객을 대하는 기본 원칙을 따른다는 건 알겠지만 말이오. 그 짧은 답장에서도 당신은 내 생각과 감정을 정확히 짚었소. 그리고 그 생각과 감정을 존중하기 위해 여러 번 고민하여 최선의 단어와 문장을 고른 흔적이 역력했다오. 나 역시 연인에게 띄운 연애편지는 물론 아니지만, 어떨 때는 설레고 진지했소. 당신 덕분이오. 예전부터 어렴풋이 느끼고 있었는데, 오늘 생각하니 더욱 확실한 것 같소. 그리고 그 확신의 마지막을 당신이 만들어줄 카트 가방과 함께했으면 싶소.

이런, 내가 적잖이 흥분했는가 보오. 장갑에 대한 평을 하지도 않고 원하는 다음 품목을 적어버렸소. 그렇다고 서둘러 내비친 마음을 고쳐 적진 않으려 하오. 카트 가방을 원하오. 그리고 장갑은, 안타깝게도, 조금 부족했소. 1밀리미터만 부족해도 부족한 것이고 1밀리미터가 넘쳐도 넘치는 것이라오. 그 1밀리미터 때문에 명품이 되느냐 마느냐 결정되기도 하니까.

객실 청소를 마친 혜경에게 장갑을 내밀었다오. 따로 포장지에 싸거나 종이가방에 넣진 않았소. 또 청혼을 위한 선물인가 하고, 열어보지도 않고 손사래부터 칠까 두려웠던 게요.

장갑이 호텔에 도착한 날, 곧바로 건네진 않았소. 혜경은 겨울이 면 자전거로 출퇴근을 하느라 애를 먹었다오. 장갑을 끼긴 꼈소. 단 하루라도 맨손으로 자전거를 몰다간 동상에 걸릴 정도의 강추 위니까. 그런데 그 장갑은 싸구려라 낡기도 하고 얇았던가 보오. 호텔에 도착하자마자 세면대로 가선 온수에 손부터 담갔소. 언 손 을 녹이지 않고는 일을 시작하기 힘들었소.

"장갑이야, 네게 꼭 필요한! 이 정도 선물도 안 돼?"

선수를 쳤소. 여덟 달 동안 수잔에게서 들은 이야기로 인해 자 신감이 생겼는지도 모르오. 혜경이 지금도 나를 각별히 여긴다는 것을, 비록 흉내가 서툰 수잔을 통해서지만 반복해서 들었으니까. 어쨌든 우린 인생에서 매우 소중한 시간을 함께 나눴던 게요. 오 래전에 마을을 떠났고, 남편을 잃었고, 유복자를 키우며 룸메이드 로 살고 있지만, 혜경의 말과 행동엔 나와 모든 걸 나눴던 시절이 녹아 있소. 결코 도려낼 수 없는 뼈이자 살이라오.

혜경이 대답 대신 장갑을 그러니까 내 선물을 꺼내 꼈소. 주먹 도 쥐더군.

"고마워."

호텔 객실에서 재회한 후 고맙다는 말은 그때 처음 들었소.

그 저녁부터 혜경은 새 장갑을 끼곤 퇴근했다오.

더 놀라운 사실은 저녁 식사에 초대한 게요. 복직을 도와줘 고맙다고, 밥이라도 함께 먹자고! 두 번째 고맙다는 인사였소.

저녁 여섯 시, 혜경의 집에 도착했소. 모드레드는 점심 겸 저녁을 먹고 잠이 들었다고 했다오. 열이 오르기 시작하면 미리 약을 먹이고 푹 재웠던 것이오. 결국 둘만의 시간이었소.

저녁 메뉴는 봉골레 파스타였소.

마을에서 둘이 붙어 다닐 때도 혜경이 요리를 해준 적은 없었소. 실내보다는 실외에서, 햇볕을 쬐며 두루두루 돌아다니길 좋아했으니까. 도시락을 싸올 수도 있겠지만, 우린 대부분 굶었고, 먹더라도 우연히 발견한 야생 열매들이 고작이었소. 단맛이 날 때까지 오래오래 풀을 씹은 적도 있다오.

파스타는 솔직히 나쁘진 않았지만 입맛이 돌 만큼 맛있지도 않았소. 혜경도 인정했다오. 결혼 후엔 요리를 본격적으로 하지 않았다고. 남편 가족은 대식구였고, 낯선 음식에 적응하기도 전에 부엌에서 밀려났다고. 텃세였다고. 룸메이드를 시작하고 나선 더더욱 요리할 시간이 부족했다고. 모드레드에게 생긴 알레르기와 잦은 기침과 두드러기도 자신이 아들을 충분히 돌보지 못해 생긴 일인 것 같다고.

굽이굽이 돌면 나오고 또 돌면 나오는 오르막길처럼 자책을 늘어놓은 뒤, 은혜를 베푸는 여왕처럼, 혜경은 웃음을 머금은 채 우아하게 선언했다오.

"답해 줄게."

"무엇이든?"

"무엇이든!"

무엇이든 묻고 답하는 순간을 상상하지 않은 건 아니라오. 혜경을 찾아내고, 다시 숲이든 호수든 강이든 둘이 앉아 시간을 흘려보내게 되면, 무엇부터 물을까 생각했었소. 여러 번 여러 곳에서 궁리해도, 첫 질문은 똑같았다오. 그 질문의 답을 들으면 나머지가 저절로 풀릴 것도 같았소. 포크를 내려놓고 물었소.

"왜 나를 떠났어?"

내가 삼 년 늦게 왔다는 것은 이유가 되질 않소. 삼 년 아니라 삼십 년이라도 기다릴 뜻이 있다면 기다렸을 게요. 혜경의 마음이 나와 같다면.

"네가 나를 떠났으니까."

뜻밖이었다오. 나는 천 개의 칼집을 만든 후 돌아갈 마음뿐이었소. 단 한 번도 혜경의 곁을 떠난다는 상상을 한 적이 없다오.

"그런 적 없어."

"있어."

"언제?"

"천 개의 칼집을 다시 만들 때."

마음의 칼끝이 급소를 노리며 날아들었소. 나는 피하지 않고 멈췄다오. 단숨에 알아버린 게요. 내 잘못을, 내 잘못을, 내 잘못을!

"내가 처음에 만든 칼집을 전부 버리고 다시 칼집을 만들지도 모른다는 예상을 했어?"

"했으니까, 심각하게 부탁했겠지. 나 때문이라면 칼집을 만들 필요가 없다고. 천 일 동안 천 개의 칼집을 만들다 보면, 칼집에 마음을 빼앗길 거라고. 그래서 기다리는 나를 잊고, 다시 처음부터 칼집을 만들게 될 거라고. 내 예상이 맞았어."

받아들이고 싶지 않았소. 실망한 건 나도 마찬가지였으니까. 허탈함과 슬픔과 분노가 뒤섞여 퐁퐁 솟았으니까.

"기다려주리라 믿었어."

"내가 기다리고 말고는 중요한 게 아니지. 첫머리에 놓인 마음을 바꾼 건 너니까. 한 번도 아니고 삼 년 동안 계속! 천 개의 칼집이 완성될 때까지 매일!"

"삼 년에 삼 년, 그러니까 육 년 동안 칼집을 만든 후 곧바로 네게 돌아갔어. 넌 이미 떠난 후였지만."

"육 년 만에 돌아온 게 사랑이라고?"

"아니면?"

"돌아온 너를 마을에서 만났다면, 난 더욱 비참했을 거야. 그래서 떠났어. 차라리 그 편이 나았거든."

"이해해 줄 순 없었어?"

"이해는 해. 너보다 더 너를 잘 이해하는 게 나야. 그래서 네게 칼집을 만들지 말라고 말렸고. 내가 말리더라도, 말리면 말릴수록 넌 그 길을 더 열심히 가겠구나 생각했지. 넌 그런 사람이니까. 내가 널 이해했듯이 너도 날 이해했어야 해."

"널 이해했어야 한다고?"

"넌 나를 기다리는 사람으로만 여겼지. 육 년 동안 내가 천 개의 생각을 하고 천 개의 감정을 가질 거란 예상은 안 했어? 넌 그렇게 다양한 칼집을 만드는데, 난 그렇지 말란 법 있니? 나를 봤어야지. 나를 향한 네 믿음이 아니라, 나란 사람을! 그리고……."

"그리고?"

"나를 찾아 세상을 떠돌 필요는 없었어. 십 년이나 한 사람을 찾아다닌 걸 사랑이라고 믿니? 그건 사랑이 아냐, 네 기억을, 기억 속 선택을 지키려는 집착이지."

"집착이든 사랑이든 또다른 무엇이든, 난 널 만나야만 했어. 네 게 설명을 듣지 않으면, 살아도 산 게 아니니까."

"설명을 들어도 늦은 건 늦은 거지……. 자, 방금, 내가 왜 떠났 는지 설명을 들었는데, 달라진 게 있어? 나를 찾으려고 삶을 허비 하리라곤 상상도 못했어. 그래선 안 돼."

"내가 뭘 할 것 같았는데?"

"천 개의 칼집을 만들었다가 버린 후 다시 천 개의 칼집을 만들 면서 연마하고 깨우친 실력을 바탕으로 도전하고 싶은 작품을 만 들 거라고 여겼지. 넌 그런 사람이니까."

"그래서 내가 만들어 침대에 올려놓은 쇼퍼 백을 호수에 던져버 린 거야?"

"참을 수 없었어. 백을 보니, 나 때문에 네 인생을 망쳤구나 하 는 확신이 들더라고……."

혜경의 눈을 속이긴 어려웠소. 나로선 최선을 다했지만, 그 가방엔 결함이 있었소. 천 개의 칼집을 다시 만들어 완성하던 즈음의 손이었다면, 그 솜씨로 가방을 만들었다면, 혜경은 호수로 그걸 던지진 않았을 게요.

"확실한 매듭을 지으려는 거야?"

"확실한 매듭이 아니라 적당한 거리야."

다시 아득해졌다오. 혜경에게 비로소 조금 더 가까이 다가서게 되었다고 여겼는데, 적당하게 거리를 둔다는 건 더 이상 다가오지 말라는 뜻이니까. 혜경이 내 실망을 읽은 듯 물었다오.

"매듭을 짓자면 멈출래?"

"아니! 짓지 말자, 매듭!"

내가 급히 거절하자, 혜경이 소리 없이 눈으로만 웃었소.

아, 좀더 가까이 다가간 밤이긴 했다오.

레드와인 한 병을 나눠 마시는 것으로 저녁 식사를 마친 뒤, 혜경이 라디오를 켰소. 디제이가 시끄럽게 떠들어대는 채널이 아니라, 곡 소개만 간단히 하는, 때로는 소개도 없이 삼십 분 넘게 음악만 흐르는 그런 채널이었다오. 때마침 왈츠가 흘러나왔소. 〈아름답고 푸른 도나우 강〉.

내 팔을 잡아끌었소. 숲에서도 저수지에서도 언덕마루에서도 이렇게 끌려 일어났다오. 혜경은 댄스학원에서, 내 어머니와 달아난 아서로부터 체계적으로 춤을 배웠지만, 나는 발을 어찌 떼고 붙여야 하는지 전혀 몰랐소. 나를 난처하게 만드는 이와 같은 반복이 싫지만은 않았다오. 우리에겐 익숙한 몸짓이었다고나 할까. 고향으로 돌아가는 기분이라고나 할까.

혜경이 이끄는 대로 몸을 놀리다가, 발을 살짝 밟기도 하고 팔꿈치로 어깨나 가슴을 치기도 하고 무릎으로 엉덩이를 밀기도 했소. 내가 춤꾼이었다면 충분히 피할 수 있고 피해야만 하는 실수지만, 왈츠곡에 맞춰 몸을 놀리는 것이 맘대로 되질 않았소. 혜경은 상관하지 않고 내가 실수할 때마다 더 환하게 웃으며 춤을 췄다오. 시간이 더디 흐르기를, 음악과 춤은 이어지고 시간만 멎기를, 할 수만 있다면 시간이 거꾸로 흘러 마을 외곽 그 고요한 숲과 언덕과 저수지로 돌아가기를!

춤을 추다가, 혜경이 내 어깨에 기댄 건 처음이었소. 일 초 이 초 아니 삼 초쯤 기댄 채 멈췄다가 곡조가 살짝 바뀌자 턱을 들었다오. 그 바람에 혜경의 입술이 내 입술에 닿았소. 입술이 닿자 혜경이 먼저 숨을 들이쉬었소. 내 숨이 혜경의 입 안으로 빨려 들어갔다오. 아, 이미 수백 번 입을 맞추긴 했소. 감촉도 체취도 또렷하게 기억한다고 여겼는데 들숨 한 번에 완벽하게 무너져내렸다오. 너무너무 낯설었소. 처음 발을 딛는 행성처럼.

길고양이들이 문제였소.

영하 20도에 사흘 계속 눈이 내렸다오.

집 앞까지 갔소. 자전거를 타기 힘든 상황이니, 혜경이 마다하더라도 내 차에 억지로 태워 출근을 시킬 작정이었소.

눈이 내리긴 했지만 쌓일 정도는 아니었소. 폭설은 아니었지만, 맞바람과 함께 얼굴과 가슴으로 몰아치는 눈송이들 탓에 자전거 운전이 어렵긴 했다오.

"많이 미끄러워. 눈바람도 세고."

"이 정도는 괜찮아."

호수의 겨울을 이미 겪은 자의 낙관이었소.

"동상에 걸릴지도 몰라. 계속 20도 아래야."

"30도 아래라도 무슨 걱정일까."

혜경은 내가 선물한 장갑을 슬로 모션으로 끼더니 자전거를 몰았소. 매일 오가는 길이므로 제법 여유도 부렸다오. 어디서 오르막이 시작되고, 어디서 어느 방향으로 휘고, 어디에 잔돌이 많고 어디에 진흙이 있는지 아니까.

그날따라 네 번이나 자전거에서 내렸다오. 고양이가 네 마리나 얼어 죽었던 게요. 혜경은 싸늘하게 굳은 시신을 나무나 바위 아래로 옮겼소. 목도리와 수건으로 우선 잘 여며주었다오. 퇴근길엔 꽃삽을 구해 고양이 무덤 네 개를 팠소. 땅이 꽁꽁 어는 바람에 코끝이 얼얼할 만큼 시간이 들었다오. 곁에서 도닥이며 위로하고 싶었지만 늘 그렇듯 멀리서 지켜만 보았지. 혜경이 허락할 때만 허락하는 곳까지 다가가기로 약속했으니까. 적당한 거리란 것이 참 내겐 멀더군. 혜경이 원하는 거리와 내가 원하는 거리가 무척 다르다는 생각도 들었소.

그런데 그 밤에 문제가 생겼다오. 모드레드가 혜경이 벗어놓은 장갑을 만졌던 게요. 손가락에서부터 시작한 두드러기가 온몸으로 번졌소. 나중엔 숨쉬기조차 힘들어졌다오. 모드레드는 걷지 않고 기어 다닐 때부터 호랑이과 동물을 무서워했소. 개한테는 덩치가 크든 작든 다가서서 만지려 들었지만, 고양이는 나타나면 생쥐도 아니면서 울기부터 했다오. 고양이털 알레르기가 있었던 게요. 혜경은 그레이스 당신이 정성껏 만든 바로 그 장갑부터 뒷마당 담장 밖으로 던져버렸소. 병원 응급실로 전화를 걸었다오. 그런데 응급차 석 대가 이미 다른 곳에 출동을 나간 게요. 두 시간 뒤에나 혜경의 집에 도착할 수 있다고 했소. 혜경은 내게 전화를 했소.

"아파…… 모드레드가…… 빨리 좀……."

나는 곧 혜경의 집 현관문을 두드렸다오. 호텔에서 아무리 빨리 차를 몰아도 십오 분은 걸리지만, 삼 분 만에 모드레드를 안고 내 차로 옮겼소. 왜 그렇게 빨리 왔는지 변명할 겨를도 없었다오. 혜경의 집이 내려다보이는 건너편 집 이 층을 빌려 써왔고, 망원경으로 일거수일투족을 살핀 사실만은 무덤에 들어갈 때까지 숨기고 싶었소. 혜경이 그 사실을 알면, 적당한 거리를 적어도 200미터 이상 벌릴 테니까. 모드레드는 불행 중 다행으로 응급실에서 주사를 맞고 약을 먹은 후 호흡도 좋아지고 두드러기도 가라앉았다오.

떠나겠다고 했소.

혹독하고 긴 호수의 겨울이 아무래도 모드레드를 힘들게 만든다고 판단한 게요. 호숫가를 활보하는 고양이들을 위하는 길이기도 했소. 아들이 알레르기와 잦은 기침으로 고통받지 않을 마을을 고른 후, 거기서 일자리를 찾겠다고 했소. 세상은 넓고 호텔은 많으니까. 내 객실을 정돈하는 솜씨라면 어디서든 환영받을 게요. 요즘 세상에 꾸준하고 책임감 있는 사람은 드물다오.

나로선 소행성이 갑자기 지구로 떨어진 것과 같았다오. 대멸종을 이대로 받아들일 순 없었소. 일주일을 꼬박 고민한 끝에 조심스럽게 제안했다오.

"같이 찾자. 거기가 어디든 지금처럼 지내면 좋겠어."

"지금처럼?"

"집을 두 채 구할게. 하루에 한 번씩 내 집으로 와서 룸메이드 역할을 해줘. 당신이 지금 호텔에서 받는 월급을 그대로 내가 지불할게."

혜경이 잠시 생각한 후 답했소.

"월급을 전부 받을 순 없어. 호텔 객실 한 층을 담당하는 거랑 집 하나 정돈하는 거랑 같진 않지."

"절반!"

거기까지가 내가 물러설 마지막 선이었소. 그보다 더 적으면, 혜경은 따로 일자리를 찾아야만 할 테니까.

"그것도 많아."

"춤을 가르쳐줘. 교습비로 낼게."

춤은 내게서 가장 멀리 떨어져 있긴 하지만, 혜경을 위해서라면 무엇이든 배울 수 있다오.

"춤?"

혜경이 가죽 필통을 쥐고 참나무에서 뛰어내릴 때처럼 즐겁게 웃었소. 평생 널 교습비로 춤만 한 것이 없지 않겠소? 엄마도 춤을 추다가 아서와 사랑에 빠졌듯이, 나도 춤을 추다가 혜경과 다시 사랑에 빠지고 싶었소. 빠지지 않더라도, 가까이에서 몸짓을 보는 것만도 좋았소. 더군다나 댄스 학원이 아니라 내 집에서 단둘이 춤을 가르치고 배우는 시간일 테니까. 내겐 그곳이 바로 천국이라오.

혜경이 말머리를 돌렸소.

"괜찮다면, 집을 두 채나 얻을 필요는 없을 것 같은데……. 한 채만 얻어서…… 당신이 일 층이 좋다면 나와 모드레드는 이 층에 살게. 당신이 이 층을 택하면 나와 모드레드는 일 층! 당신이 일 층과 이 층을 다 쓰겠다면, 나와 모드레드는 지하층에서 지내도 돼."

"지하층은 말도 안 돼. 모드레드에게 신선한 공기와 맑은 햇살이 필요할 테니 이 층이 좋겠군."

나야말로 일 층이든 지하층이든 상관없었다오. 혜경이 묻더군.

"이사를 하고 나면, 필요한 게 많겠지?"

"말해, 뭐든지. 다 살게."

"만들어줘."

"만들어……달라고?"

"응. 직접! 지금까지 내게 준 선물들, 매우 좋았어. 디자인도 바느질 솜씨도 장식 하나하나까지도 거듭 고민했다는 걸 알겠더라.

당신이 어디서 그 선물들을 가져오는지는 모르겠지만……."

"그레이스!"

"그레이스? 선물들과 딱 어울리는 이름이네."

"혜경, 당신에게 어울리는 이름이기도 하고."

"내겐 과하지."

"부족해. 어떤 수식어도 당신에겐……."

혜경이 시선을 내리며 웃었소. 내가 묻고 싶은 것을 미리 짐작한 듯 말했다오.

"부족함이 거의 없는 선물이지만, 하나가 딱 부족하긴 했지."

"하나?"

"아서 당신이 직접 만들진 않았으니까."

호수로 날아간 쇼퍼 백 이후로 나는 완전히 자신감을 잃었다오.

"이제 난 안 돼. 겨울이라고 조금만 난방을 올려도 팔이 퉁퉁 붓고 울긋불긋 열꽃이 펴. 옛날 이천 개의 칼집을 만들던 그 손이 아니라고."

"허점이 많더라도 난 당신 손이 좋은걸. 만들어줄 수 있어?"

"실망시키고 싶지 않아."

"이젠, 실망 안 해."

트롤리(trolley) 가방이면 좋겠소.

이사를 마친 뒤부터는 내가 다 만들기로 했다오. 귀사 제품보단 훨씬 못하겠지만, 혜경이 원하니 나는 거절할 길이 없소.

대부분 남기고 떠나겠다고 했지만, 혜경에게 가장 소중한 것들을 챙겨 넣으려 하오. 기내용 가방이어야 하고, 탈착용이면 좋겠소. 이동 중엔 트롤리로 사용하고, 나들이 갈 땐 바퀴를 따로 떼어내고 들고 다닐 수 있도록! 색깔은 스톤(stone), 자박자박 밟히는 모래 색깔이면 좋겠소. 이제 혜경과 나 그리고 모드레드는 해변의 모래처럼 사라질 거라오.

그레이스!

당신으로부터 트롤리 가방이 도착하는 날, 계약서의 마지막 사항을 따른 후, 내 메일 주소를 삭제하겠소. 트롤리 가방에 흠결이 있더라도 다신 편지 쓰는 일이 없다는 뜻이오. 이사 후 내가 직접 혜경을 위해 만들 가방과 장갑과 신발을 당신에게 보여주지 못해 아쉽긴 하지만, 이 세상 그 누구와도 연락하지 않겠다는 원칙을 세웠으니, 너그럽게 이해해 주기 바라오.

두 달밖에 여유가 없소. 혜경은 후임이 뽑힐 때까지 룸메이드로 계속 근무할 예정이라서, 이사할 마을은 내가 찾아야 한다오. 모드레드와는 오늘도 병원에 다녀왔소. 고양이털 외에도 알레르기 반응이 혹시 더 있는지 찾으려 하오.

멋진 트롤리 가방을 만들어주리라 믿소.

그동안 고마웠소.

행복을 빌겠소.

당신의 아서 씀. 𝒜

12
뜻밖의 보물

고객의 꿈은 나의 꿈이다.
다른 꿈을 꾼다.
다른 이야기를 꾸린다. 다른 제품을 만든다.
그리고 기다린다, 꿈이 이루어졌다는 편지를!
— 유다정

채 실장과 페인터 눈과 은어는 구속되었다. 종적을 감춘 죽 선생이 거래업자들에게 비컨까지 네 사람과 동업을 한다고 떠든 탓이다. 채 실장과 페인터 눈과 은어는 죽 선생 부탁을 받고 최근 몇 달만 아르바이트 삼아 일을 거들었다고 항변했지만, 구속적부심에서 받아들여지지 않았다. 해외 명품 회사들이 강력한 처벌을 원한 것이 세 사람에겐 악재였다. 나는 타로 정에게 어렵게 돈을 빌려 세 사람을 도울 변호사를 구했다. 장갑을 아서에게 늦지 않게 보냈다는 소식을 변호사 편에 넣자, 채 실장이 먼저 만나기를 원했다.

변호사는 구치소에서 면회할 때 대화가 모두 녹음되니, 비컨이란 이름은 꺼내지도 말라고 했다. 세 사람과 공범으로 여전히 수

사 대상에 올라 있었다. 형사들이 퇴촌으로 들이닥친 후 아직 비컨을 만나지 못한 나로선 채 실장에게 해줄 말이 없었다. 장갑을 빵과 함께 건넨 릴리도 비컨을 직접 만난 것이 아니라, 동네 꼬마로부터 전해 받았다고 했다. 그 아이를 찾아갔더니, 모자와 마스크를 동시에 쓴 아저씨가 과자 한 봉지와 함께 장갑을 건네면서 도서관에 갖다주라고 했다는 것이다. 아이가 가져온 장갑엔 유다정이란 이름이 적힌 포스트잇이 붙어 있었다. 면회실에서 마주 보고 앉으니 채 실장이 물었다.

"답장이 왔습니까? 드디어 끝난 건가요?"

채 실장의 얼굴부터 찬찬히 살폈다. 두툼하던 볼살이 빠지면서 광대뼈가 튀어나왔다. 눈 밑엔 기미가 가득했고 아랫입술이 짓물렀다. 구치소 좁은 방에서 겨울을 나기가 무척 힘든 모양이었다. 죽 선생 보조로 짝퉁 가방을 만들 때부터 최악의 경우는 감옥 간다는 생각을 하긴 했었다. 그러나 스승으로 받들던 죽 선생의 거짓말 때문에 구속될 줄은 몰랐으리라.

"몸이 많이 축났네요. 영치금 넣어드렸으니, 맛난 거 챙겨드세요. 체력부터 기르셔야 합니다."

"아서 님이 뭐라던가요?"

"그 일은 제가 알아서 마무리할게요."

"말씀해 주세요. 페인터 눈과 은어와 제가 여기 들어온 이유는 트로이 프로젝트 때문입니다. 다정 님을 원망하진 않아요. 하지만 아서 님과의 거래를 제 손으로 마치지 못한 건 무척 아쉽습니다.

마무리가 되었다니, 아서 님이 드디어 만족하신 건가요? 그레이스의 회생 기회가 생긴 겁니까?"

회사는 전혀 돌아가지 않았다. 말 그대로 북풍 몰아치는 벼랑 끝에 선 꼴이다. 둥실로 떠난 방지훈, 감옥에 갇힌 채 실장과 페인터 눈, 잠적한 비컨까지, 창업 멤버가 전부 흩어졌다. 사 층 내 아틀리에부터 지하 이 층 창고까지 단 한 사람도 근무하지 않는 회사를 과연 회사라고 할 수 있을까. 태산이 단숨에 내 등에 올라탄 듯했다.

아서에게 마지막 기대를 건 것은 사실이었다. 장갑에 크게 만족했다는 답장과 함께 십억 원이 들어오면 바삐 움직여 어떻게든 파산만은 막을 작정이었다. 그런데 장갑조차도 그를 완벽히 감동시키지 못한 채, 트롤리 가방으로 넘어갔다. 아직 트로이 프로젝트는 성공한 것이 아니다.

"읽어드릴게요. 그럼."

구차한 설명보다 아서의 마지막 주문이 담긴 메일을 읽기로 마음을 고쳐먹었다. 채 실장은 눈을 꼭 감은 채 끝까지 들었다.

"고약하군요."

뿔테 안경을 벗고 콧바람을 뿜으며 안타까워했다. 비컨이 만들어 아서에게 보낸 장갑을 채 실장 자신이 직접 완성했더라면 상황이 달라졌으리라고 자책하는 듯했다. 솜씨는 채 실장이 훨씬 좋지만, 그 때문에 바뀔 상황은 아니었다.

"죽 선생 일을 다시 했던 거 마음에 담아두지 마세요. 월급을 제때 드리지 못한 제 잘못입니다."

"참았어야 하는데…… 죽 선생님이 하도 급하다고 하셔서요. 페인터 눈은 아버지 일이기도 하고. 지금 생각해 보면 함정이었네요. 어젠 짝퉁 가방 제작과 유통을 우리 넷이 주도했다는 비밀장부까지 나왔습니다. 죽 선생님이 평생 짝퉁을 만들며 사셨지만, 자기가 한 일을 남한테 덮어씌울 분은 아니에요. 저는 그렇다 쳐도 딸까지……."

'우리 넷'이란 말이 귀에 쏙 들어왔다. 채 실장과 페인터 눈과 은어 그리고 비컨까지 엮였다는 뜻이다. 변호사는 언급하지 말라고 했지만 참기 힘들었다.

"죽 선생 일을 그 사람도 도왔나요?"

"아닙니다. 짝퉁 가방 만드는데, 디자이너까지 낄 이유가 없죠. 명품 가방과 최대한 비슷하게 만들면 그만이니까요. 죽 선생님을 뵌 적도 없을걸요? 우리 넷을 다 엮어 감옥에 넣으려 한 거예요. 그레이스를 완전히 부숴버리려고."

"이것도 그럼 방 이사 짓일까요?"

"아무래도 그쪽이겠죠? 확실하진 않아요."

"제가 만나볼게요."

"가지 말아요. 방 이사가 했더라도 다정 님께 자기가 했다고 말하겠어요? 괜히 봉변만 당합니다."

눈물이 그렁그렁했다. 구속된 자신보다 무능한 대표를 더 걱정하고 있었다.

"알았어요. 안 갈게요."

채 실장이 손등으로 눈물을 훔치며 웃었다.

"그건 그렇고 천만다행이네요."

"천만다행이라뇨?"

세 명은 감옥에 갇혔고 한 명은 수배 상태였다. 다행을 논할 때가 아니었다.

"받으셨죠?"

"뭘요?"

"못 받았어요? 거 참 깜깜한 사람이네요."

뒤에 앉았던 교도관이 일어섰다. 면회 시간이 끝난 것이다. 채 실장이 소리 없이 붕어처럼 입만 뻐끔거렸다. 청 혼 가 방. 그리고 다급하게 말했다.

"제가 두 개를 만들었거든요."

퇴촌으로 돌아와선 비컨의 집을 샅샅이 뒤졌다. 채 실장은 청혼 가방을 두 개 만들었다고 했다. 하나는 이미 아서에게 보냈으니 나머지 하나가 남았다. 그 하나를 만들어달라고 채 실장에게 은밀히 청한 사람은 비컨일 것이다. 그런데 그는 아직 내게 가방을 내밀며 청혼하지 않았다. 채 실장은 비컨을 암시하기 위해 일부러 '깜깜한 사람'이라고 했다. 이름은 등대인데, 사람은 깜깜하다는 말이다. '천만다행'이란 건 채 실장이 만든 가방을 아서에게 보내면 된다는 뜻이 아닐까. 그렇다면 비컨이 요청한 가방이, 어쩌면 트롤리 가방일지도 모른다. 세계 여행이 취미니까, 트롤리 가방의 장점을 알 것이다.

비컨은 나처럼 미니멀리즘을 추구했기에, 집을 두 번 세 번 확인하는 데도 긴 시간이 걸리지 않았다. 그러나 채 실장의 솜씨가 빛나는, 비컨이 내게 청혼하며 선물하려던 가방은 어디에도 없었다. 이미 경찰에서 수색영장을 들고 와서 천장은 물론이고 마당의 나무들도 살폈고, 등불베짱이 도서관까지 샅샅이 뒤졌다.

한 번만 더 찾아보자 싶어 아침 아홉 시에 도서관으로 건너갔다. 열 시부터 방문객을 맞지만, 등불과 릴리는 여덟 시면 출근했다. 두 사람은 나를 보자마자 제빵실로 팔목을 쥐곤 데려갔다. 릴리가 원두를 수동 분쇄기에 넣은 후 손으로 돌려 갈았다. 소음 속에서 등불이 내 손바닥에 글씨를 썼다.

'한 시간 뒤 천진암 갈림길'

커피 한 잔을 건네곤 도서관 밖으로 내몰았다.

이십 분 후 방한복을 입고 모자와 장갑에 마스크까지 눌러 쓴 뒤 집을 나섰다. 느릿느릿 천진암을 향해 걸음을 옮겼다. 등산복 차림의 남자 한 명이 따라붙었다. 봄부터 가을까진 종종 등산객이 들어왔지만, 찬바람이 몰아치는 겨울 평일 아침엔 동네 사람도 산을 오르진 않았다. 잠복 중인 형사가 분명했다.

갈림길에 도착했다. 아이폰을 꺼내 지도를 살피는 시늉을 했다. 남자 역시 50미터쯤 아래에 멈춰 서선 나무들을 툭툭 손바닥으로 쳤다. 그때 앞마당에 정차해 둔, 비컨이 사라지기 전날 밤 뜨거운 사랑을 나눴던 미니 컨트리맨이 달려와 갈림길에 멈춰 섰다. 뒷문이 열렸고 릴리가 팔랑개비처럼 급히 손짓했다.

"타요, 빨리!"

차에 오르자마자 등불이 오른쪽 길로 차를 몰았다. 미행하던 남자가 쫓아왔지만 따라잡기엔 늦었다. 남자와의 거리가 점점 벌어지는 것을 확인한 뒤 릴리가 말했다.

"줄곧 저치가 숨어서 지켜보더라고요. 뒷디 님 집도 도서관도 안전하지 않다 여겼어요. 형사 맞죠?"

"근데 어디로?"

운전대를 잡은 등불이 되물었다.

"찾는 게 가방 아닌가요? 바퀴 달린?"

"맞아요. 트롤리! 어떻게 그걸……?"

등불과 릴리가 동시에 웃었다.

"트롤리! 아, 그걸 트롤리라고 하는군요."

내가 물었다.

"차 열쇠는 어디서?"

아무리 찾아도 보이지 않았다. 등불이 답했다.

"가끔 책 옮기고 그럴 때 편하게 쓰라고, 뒷디 님이 스페어 열쇠를 하나 도서관에 줬어요."

"그랬군요."

변산반도에서 비컨을 처음 만난 오후가 떠올랐다. 물 묻은 얼굴을 닦으려고 손수건을 가까이 대는 것도 꺼려 하던 그였다. 허락

없는 접촉을 끔찍이 싫어하던 사람이 열쇠까지 내줬을 줄은 몰랐다. 외톨이 늑대처럼 세계를 떠돈 비컨이지만, 등불베짱이 도서관 사람들과는 정을 나누며 지냈던 것이다.

차가 멈춘 곳은 복숭아나무로 가득 찬 과수원이었다. 등불이 앞장서며 말했다.

"이리이리 오세요."

과수원에서 제일 높은 언덕에 컨테이너가 놓여 있었다. 일하다가 잠시 쉬기도 하고, 작물이나 도구도 보관하는 곳이었다. 도서관장인 줄로만 알았지, 남편과 함께 과수원을 일구는지는 몰랐다. 컨테이너를 등지자, 경안천 습지 생태 공원이 한눈에 내려다보였다. 햇살이 뭉게구름 사이로 내리쬐었다. 큰고니가 수면과 닿을 듯 낮게 날자, 서른 마리가 넘는 재두루미들이 높이 떠 군무를 시작했다. 자유롭게 날아다니는 새들을 보니 모처럼 마음이 가벼워졌다. 그레이스가 곤두박질치면서 땅이 꺼져라 한숨만 뱉으며 다녔다. 혹독한 겨울인데도 철새들이 퇴촌의 하늘과 강과 숲을 활발하게 채우고 있었다. 비컨도 저 겨울 철새들의 황홀한 춤을 봤겠지? 몇몇 장관은 펜으로 옮겨 그리지 않았을까? 장갑만 만들어 보내곤 도대체 어디로 잠적한 걸까? 아직 잡히지 않은 것이 다행이지만, 이처럼 연락이 두절될 줄은 몰랐다.

"다 왔어요. 들어오세요. 꼬리뼈가 얼 만큼 바람이 엄청 찹니다."

등불과 릴리를 따라 들어갔다. 간이 칸막이 너머에서 등불이 박스를 들고 돌아왔다. 그 박스를 받아 열었더니 더스트 백이 나왔다.

더스트 백까지 풀자 비닐에 싼 트롤리 가방이 나왔다. 비닐을 겨우 겨우 벗기는 동안 손가락은 힘들었지만 반가웠다. 꼼꼼하게 세 겹으로 포장하는 건 채 실장의 특기다. 등불이 설명했다.

"뒷디 님이 잠시만 맡아달라고 했어요. 뭐냐고 했더니, 얼굴을 붉히면서, 다정 님께 드릴 선물이라더군요. 미리 들키면 재미없으니까, 도서관에 두었다가 깜짝 선물을 내놓는 날 찾아가겠다고. 근데 이용객이 늘고, 또 도서관이 워낙 아무 데나 열어보고 구경하는 식이라서……. 며칠 안에 찾아가겠다더니 자꾸 늦어지기도 하고. 그래서 과수원에 갖다 두자 했죠. 가방을 옮긴 다음 날 새벽에 형사들이 뒷디 님 집에 들이닥친 거예요. 가방이 자꾸 신경이 쓰이긴 했죠. 그런데 뒷디 님이 잡히지도 않고, 형사 비슷한 남자는 여전히 숨어서 훔쳐보는 것 같고, 또 뒷디 님이 깜짝 선물이라고 했는데 우리 맘대로 다정 님에게 가방을 드리는 게 옳은 일인가 판단도 안 서고, 그래서 그냥 있었던 거예요. 그런데 아무래도 다정 님이 자꾸 집과 도서관을 오가며 가방을 찾는 것 같아서요. 맞죠?"

가방을 품에 안고 고개를 푹 숙였다. 눈물을 겨우 참은 후 일어나선 등불과 릴리에게 허리 숙여 인사했다.

"고맙습니다. 정말 고맙습니다."

트롤리 가방을 더스트 백에 담아 종이 박스에 넣어 뒷좌석에 실었다. 누가 먼저랄 것도 없이 우리 셋은 서로를 끌어안았다. 포옹을 풀지 않고 등불이 말했다.

"언제든 와요. 우리가 유 대표 얼마나 좋아하는지 알죠?"

릴리도 권했다.

"뒷디도 유 대표가 퇴촌에 머물길 바랄 거예요. 혼자 지내기 심심하면 밥도 빵도 커피도 같이 먹어요. 책도 함께 읽고. 정 외로우면 잠도 나란히 실컷 잡시다. 셋이서 이렇게!"

대답 대신 두 여자를 더 꼭 껴안았다. 다시 만날 날이 있을까. 릴리가 만든 빵을 먹으며, 등불이 들려주는 책 이야기에 빠질 날이 내게 허락될까.

배웅을 받으며 직접 차를 몰고 퇴촌을 벗어났다. 먼저 우체국에 가서 아서의 주소로 트롤리 가방을 보냈다. 드디어 아서와의 거래가 끝났다.

그레이스 대표로서 할 일이 하나 더 남았다.

외따로 선 늙은 팽나무 아래로 차를 몰았다. 세월의 무게를 지느라 줄기가 굽고 가지가 휘었다. 가지에 앉아 쉬던 장끼 한 마리가 차를 세우기도 전에 푸드덕 날아올랐다. 고개를 들었다. 처음 오는 곳이지만, 언젠가 왔던 것처럼 안온했다. 장끼가 완전히 사라지기를 기다렸다가, 아이폰을 꺼내 떠오르는 대로 적어나갔다. 마흔 문장이 넘었다. 스무 문장쯤이면 되겠거니 했는데 두 배였다. 할 말이 이렇게 많았던가. 노래하듯 문장들을 흥얼거리며 다듬었다. 내 다급한 처지와 간절한 마음을 최대한 감추고 담담하려 애썼다. 줄이고 또 줄였다. 더 이상 줄이지 못할 것 같을 때는 팽나무의 굽은 줄기와 휜 가지를 천천히 살핀 뒤 다시 문장으로 돌아왔다. 또 한 문장 혹은 두 문장이 줄어들었다. 지금은 나 자신의 생각보다 회사의 처지를 먼저 고민해야 했다. 회사에 도움이 되지 않는 문장은 없앴고, 도움이 될지 안 될지 판단이 서지 않는 문장도 지웠다. 습지처럼 축축하던 문장들이 점점 사막처럼 말랐다. 마지막까지 남은 문장은 단 세 줄이었다. 트로이 프로젝트를 진행하는 동안 아서에게서 길고 긴 메일이 오면, 잘 받았다는 답장만 간단히 적어 보냈다. 그러니까 이것은, 일이 순조롭게 마무리된다면, 내가 그에게 처음이자 마지막으로 요구사항을 적어 보낸 업무 메일이었다. 제발 그렇게 되기를 바랐다.

아서 님께

주문하신 제품을 방금 보냈습니다.
받으시면, 계약서의 마지막 사항을 이행해 주십시오.
고맙습니다.

유다정 드림.

3부

아서와 그레이스

인생에서 놓쳐서 아쉬운 것은 사랑밖에 없다.

─모니카 마론, 『슬픈 짐승』*

새하얀 풍력발전기들이 눈에 먼저 들어왔다.

백수까지 내려올 계획은 아니었다. 아서에게 트롤리 가방을 보내고 메일을 띄운 날, 다정은 곧바로 미니 컨트리맨을 타고 질주하고 싶었다. 그러나 자신의 아틀리에로 돌아가선 꼬박 닷새를 기다렸다. 소포가 무사히 배달되었다는 알림 문자를 받았고, 다정은 조금 더 기다렸다. 그레이스의 주거래 은행 지점장으로부터 독촉 전화만 세 번 왔다. 기다리던 연락이 아니었다. 내일까지 일차 대출금 십억 원을 상환하지 않으면 파산이었다. 뜬눈으로 밤을 새우고 어둠이 엷어지는 어둑새벽에 결국 메일을 보냈다.

오늘까지 꼭 계약서의 마지막 사항을 이행해 주세요.

'오늘까지' 혹은 '꼭'이란 표현을 메일에 적는 날이 오지 않기를 바랐다. 그러나 정말 여기가 끝이었으므로, 다정은 몇 번이고 더 메일을 보낼 작정이었다. 그런데 메일을 보내고 삼십 초 만에 '수신 불가'란 제목 아래 '수신자 메일 주소 불명'이란 이유가 붙어 메일이 되돌아왔다. 아서가 자신의 메일 주소를 삭제한 것이다.

서울을 벗어나 서해안 고속도로를 탔다. 사파이어 블루, 비컨의 차는 파도를 넘나드는 바다새처럼 날렵했다. 서산을 지나 군산을 통과할 즈음 백수 두 글자가 떠올랐다. 독고찬과 결별하고 새로운 길을 가기로 결심했던 곳이다. 산이나 절벽은 처음부터 고려 대상이 아니었다. 빌딩도 싫었다. 깔끔하게 흔적도 없이 사라지려면 바다가 최선이었다.

차를 세운 후 캔 맥주를 품고 인적 없는 해안으로 내려갔다. 청바지에 제임스펄스 셔츠 그리고 몽클레르 패딩을 걸쳤다. 출발 전옷을 갈아입을까 잠시 생각하다가 고개를 저었다. 사라지기로 한마당에 따로 옷을 챙겨 입을 이유가 없었다. 편하게 입던 대로 가기로 했다.

소주나 고량주처럼 속을 뜨겁게 만드는 술을 살까 또 망설였다. 바람이 찼다. 바닷물은 더 차가울 것이다. 다정은 평소에 즐기던 에일 맥주를 캔으로 골랐다. 조금 춥더라도 입에 맞는 맥주를 실컷 마시다가 떠나고 싶었다.

아름드리 소나무 두 그루 사이에 몸을 숨겼다. 바람이 들이치지 않고 아늑했다. 눈앞으로는 바다가 펼쳐졌고, 좌우의 나무는 호위병처럼 든든했다. 첫 캔을 땄다.

구치소에서 채 실장을 면회한 날 확실히 깨달았다. 다정이 그레이스를 제대로 꾸리지 못한 탓에 무슨 일이 벌어졌는가를. 아틀리에에 모인 장인들은 정성을 다해 가죽을 자르고 바느질과 칠을 했다. 그레이스는 그들의 생계를 책임지는 듬직한 가방이었다. 그레이스 안에서 그들은 때로는 침묵하고 때로는 웃고 떠들며 현재를 즐기고 미래를 계획했다.

장인들은 뿔뿔이 흩어졌다. 그레이스의 전망이 어둡다 여긴 이들은 회사를 옮겼다. 몇몇은 의리를 지킨답시고 짝퉁을 만들다가 감옥에 갇혔다. 한 사람은 포위망을 뚫고 사라져 아직도 도주 중이다. 이 모든 책임은 그레이스 대표 유다정에게 있다. 두 번째 캔을 땄다.

다정은 두 가지를 지속적으로 해냈어야 했다. 제품을 만들고 팔아 이익을 남겨야 했고, 그 돈으로 아틀리에를 지켜야 했다. 아틀리에를 품고 회사를 한다는 것은 그런 의미였다.

그래도 비컨을 기다려야 하는 것이 아닐까 고민했다. 아이폰은 진작부터 꺼져 있었다. 무사히 돌아온다 해도, 예전처럼 사랑할 수 있을까. 그에게 사랑을 완성할 기회를 주지 못해 미안했다. 회사 사정이 최악으로 치닫지 않았다면, 트롤리 가방을 내밀며 청혼했을 것이다. 회사의 파산 위기가 비컨의 청혼을 막은 셈이다.

여전히 풀리지 않는 의문이 있긴 했다. 잠복 형사 때문에 접근하기 어려운 상황은 이해한다. 그렇지만 그 새벽에 사라진 이유는 무엇일까. 채 실장의 말에 따르면 비컨은 죽 선생 비밀 공방에서 짝퉁 만드는 아르바이트를 하지 않았다. 가담했다고 해도, 그 새벽 형사들이 덮친다는 사실을 어떻게 알았을까. 여러 방향으로 궁리했지만 시원한 답이 나오지 않았다. 그를 만나지 않으면 영원히 풀리지 않을 수수께끼였다.

인생에서 수수께끼가 어디 한두 개인가. 함께 일상을 꾸린다면 당연히 이 문제부터 풀어야겠지만, 백수까지 내려온 마당에 그런 집착이 우습단 생각이 들었다. 이제 비컨을 놓아주어야 할 때였다. 다정은, 사랑 하나면 세상 근심 걱정이 다 풀린다고 믿는 철부지가 아니다. 세 번째 캔을 땄다.

깨끗이 책임지고 떠나는 편이 옳다. 목숨을 던지지 않고 서울로 올라가면, 구차한 일들이 찾아들리라. 독고찬이 어떻게든 다정을 만나러 올 것이다. 둥실의 부사장이 된 방지훈이 아틀리에 책임자인 파이톤을 시켜 행방을 추적할지도 모른다. 그들은 완패를 인정하는 다정을 보고 싶어 했다. 패배를 인정하면, 백기 투항을 강요하겠지. 독고찬은 둥실의 대표 자리를 제안할 수도 있다. 그러나 그것은 유황불로 떨어지는 것보다도 더한 고통이요 모욕이다. 목숨을 부지한다면, 채대숙과 페인터 눈과 은어가 재판에서 유죄를 받고 징역을 사는 것도 지켜보아야 한다. 면회를 가고 영치금을 넣을수록 죄책감이 커질 것이다. 형사들은 툭하면 찾아와서 비컨이 다시 연락한 적 없는지 캐묻겠지. 고정목이나 타로 정은 인자한 미소를 지으며 돈을 대겠다면서, 손바닥 위에 다정을 올려놓고 이리저리 조종하려 들 것이다. 이 치욕을 모두 견디며 살아야 할까. 그토록 비굴하게 살아야 할 이유가 대체 무엇이란 말인가. 배가 몹시 불렀지만, 네 번째 캔을 따선 단숨에 비웠다.

아직 캔이 두 개 더 남았지만, 마시지 않기로 했다. 저녁 해가 점점 빠르게 수평선 가까이로 내려가고 있었다.

훤한 낮에 죽기도 싫었지만 깜깜한 밤에 이승을 하직하기도 싫었다. 해가 수평선에 접근하여, 하늘과 바다가 붉디붉을 때, 끝을 내기로 했다.

아서가 트로이 프로젝트의 첫 고객이 아니었다면? 다른 고객 한두 명을 거친 후에 아서를 만났더라도, 그의 주문을 만족시키기 위해 끝까지 노력했을까? 방 이사도 비컨도 아서의 이야기에 끌려들어가지 말라고 경고했다. 그 경고가 타당한 줄 알면서도 무시하고 한 걸음 더 한 걸음 나아간 사람은 다정 자신이다. 왜 그랬을까. 이야기가 흥미로워서? 러브스토리의 결말이 궁금해서? 아니면 아서라는 남자의 사랑법에 매혹되어서?

물론 아서가 주문한 제품을 완벽하게 만들기 위해 노력했다. 그러나 단지 그것뿐이었을까.

아서의 문장들에 끌렸다. 가슴이 뛰기도 했고, 밑줄을 긋다가 잠 못 든 밤도 있었고, 아침에 눈을 뜨자마자 곧바로 떠오르는 문장들도 많다. 사랑에 빠진 사람이나 하는 행동이다. 하지만 만난 적도, 사적인 이야기를 나눈 적도 없는 고객과 어떻게 사랑에 빠진단 말인가. 사랑이 아닐지는 모르더라도, 다정은 아서를 각별하게 믿었다. 아서 역시 다정을 특별하게 대했다. 아서가 처음부터 그레이스 제품에 만족한 건 아니지만 점점 더 호감을 가졌고 마지막엔 아서 스스로 계약서의 마지막 조항을 이행하겠다고 메일에 적었다.

혜경을 그토록 절절이 사랑한 남자라면, 그 사랑이 결혼은 아니지만 어떤 식으로든 좋은 결실을 맺었으니, 그레이스와 작성한 계약은 지키리라. 다정의 믿음은 산산이 부서졌다. 아서는 프로젝트가 성공하더라도 십억 원을 처음부터 지급하지 않을 생각이었을까. 사기꾼에 악한? 혹시 지급하고 싶어도 계약을 지키지 못할 문제라도 생겼는가. 제아무리 심각한 지경에 이르렀다 해도, 아서는 상상할 수 없을 만큼 냉혹하게 다정을 헌신짝 취급했다. 입금 약속을 지키지 않았고 메일 주소를 삭제하는 것으로 인연을 끊었다. 다정이 그 돈의 필요성을 메일에 적어 보냈고, 또 그레이스의 어려운 형편은 포털 사이트에서 검색 몇 번만 하면 바로 알 수 있다. 알면서도 철퇴를 가한 것이다.

바다로 걸어 들어가는 걸음이 바빠졌다. 간조였다. 뻘이 드러나면서 바닷물은 저만치 물러나 있었다. 신발을 벗곤 떨어지는 해를 바라보며 종종걸음을 쳤다. 해가 조금만 더 천천히 수평선에 닿길 바라면서.

신이 다정의 기도를 들은 것일까. 바닷물이 발목에 찰랑일 때도 해는 여전히 수평선보다 한 뼘 위에서 이글거렸다. 이대로 백 걸음 아니 넉넉 잡고 이백 걸음만 들어가면, 바닷물에 완전히 잠기리라. 그때까진 어둠이 세상을 덮지 않을 듯했다.

갑자기 발소리가 요란하게 들렸다. 돌아보니 붉은 기운에 휩싸인 슈트 차림 남자 둘이 왼쪽과 오른쪽에서 다정을 향해 사선으로 달려오고 있었다. 다정은 더 빨리 바다로 뛰어들기 위해 더 높이 수면 위로 발을 들었다가 내렸다. 중심을 잃은 채 넘어지는 바람에 얼굴까지 온통 진흙투성이였다. 흙을 닦아낼 겨를도 없이 일어나서 달렸다. 바닷물이 허리에 닿기도 전에 두 남자가 동시에 왼 팔꿈치와 오른 팔꿈치를 잡았다. 둘 다 레이밴 선글라스를 썼다.

"놔요. 이거!"

뿌리치려 했지만 떨어져나가지 않았다. 왼쪽 남자가 물었다.

"상철이 형, 어떻게 해요?"

상철? 그 이름이 귀에 익었다. 상철이 형이라고 불린 남자가 사람 좋게 웃으며 답했다.

"지요한 선생 맘대로 하십시오. 칼자루를 지 선생이 잡겠다고 하지 않았나요?"

지요한?

다정은 두 다리에 힘이 빠지면서 무릎이 꺾였다. 남자들이 좌우에서 붙잡지 않았다면 주저앉으며 바닷물에 코를 박았을 것이다. 상철이 형은 아서가 마을에서 친형처럼 따르던 사람이고, 지요한은 아서에게 천 개의 칼집을 만들라고 주문한 사람이다. 다정이 두 사람을 번갈아 보며 물었다.

"당신이 진짜 상철이 형이에요? 당신이 진짜 지요한이고?"

지요한이라고 불린 남자가 차갑게 웃었다.

"가시죠. 수수께끼는 푸셔야죠?"

운전석과 뒷자리가 칸막이로 분리된 밴이었다. 출발 전에 다정은 미리 준비된 생수와 수건으로 손과 얼굴을 닦았다. 눈처럼 하얀 이쿼먼트 실크 블라우스와 띠어리 테일러드 팬츠가 옆자리에 놓였다.

"옷부터 갈아입으세요. 감기 드십니다. 감시 카메라 따윈 없습니다."

차를 등지고 선 지요한의 목소리가 친절했다. 다정은 젖은 청바지와 흙투성이 셔츠를 벗고 준비된 옷으로 갈아입었다. 찬 기운이 한결 덜했다. 뒷좌석에 탄 요한이 마주 보며 앉았다.

"질문은 도착한 후에 하십시오. 상철이 형과 저는 유다정 님을 무사히 모시고 가는 임무만 받았을 뿐입니다. 저희가 드릴 답은 없단 것이지요. 그래도 이것 하나는 확인해 드릴 수 있습니다. 운전대를 잡은 상철이 형은 진짜 상철이 형이고 저는 진짜 지요한입니다. 자, 편히 쉬십시오. 이 좌석은 침대로도 전환이 가능합니다. 한숨 주무시겠습니까?"

"그쪽이 보는 앞에서 누워 쉬라고요? 조수석으로 가세요. 어차피 말동무도 해주지 않을 거라면."

"곤란합니다. 감시 카메라를 설치하지 않았으니, 제가 조수석으로 가면 다정 님의 안위를 실시간으로 파악할 수 없지요. 불편하시더라도, 저를 이곳에 없는 사람으로 여기십시오."

"있는데 어떻게 없다고 해요? 아서 님이 적어 보낸 이야기를 읽을 때는 지요한이나 상철이 형이 혹시 허구가 아닐까 생각한 적이 있긴 했죠. 하지만 있군요. 있긴 한데……."

요한이 말허리를 잘랐다.

"답을 드리지 못한다고 미리 양해를 구했습니다. 생수와 간단한 빵과 견과류는 미니바에 준비되어 있습니다. 맘껏 꺼내 드시면 됩니다. 저는 이제 입을 닫겠습니다. 불편하신 점 있으시면 언제든 말씀 주십시오."

그가 팔짱을 끼곤 등받이에 상체를 깊숙이 묻었다. 선글라스 때문에 눈을 뜨고 있는지 분간하기도 어려웠다. 다정은 생수를 우선 한 병 꺼내 목만 축였다.

차창까지 철판이 내려와 막아버렸으므로, 백수 해안을 출발한 차가 어디로 가는지 알 수 없었다. 눈을 감고 속력과 방향을 가늠하려 해보았다. 시속 70킬로미터 혹은 80킬로미터 정도? 브레이크를 밟는 경우가 거의 없는 베테랑급 운전 실력이다. 차가 가는 방향은…… 파악하기 어렵다. 동서남북 어느 쪽도 가능하다.

이제 바깥은 밤일 것이다. 다정이 이승의 마지막 장소로 꼽았던 백수 해안에도 짙은 어둠이 깔렸으리라. 뻘밭을 지나 바다로 걸어 들어가는 여자를 발견할 수도 없을 만큼! 저물녘이 아니라 어둠이 완전히 내려온 뒤 밤바다로 향했더라면, 그때도 상철이 형과 지요한은 다정을 구할 수 있었을까.

구했을 것이다. 어떤 식으로든, 두 사람은 오직 다정의 자살을 막고 무사히 차에 태워 이동시키란 명령을 받고 백수로 온 것이니까. 도대체 두 사람에게 그와 같은 명령을 내린 사람이 누구란 말인가.

잡념들이 한꺼번에 뒤섞이는 바람에 머리가 지끈거렸다. 숙취일 수도 있었다. 캔 맥주 네 개를 연달아 마시곤 뻘로 걸어 들어갔으니까. 생수로 얼굴과 목과 손발에 묻은 진흙을 씻어내고 수건으로 훔치긴 했지만, 몸에서 갯내가 완전히 빠지진 않았다. 등과 옆구리와 다리 곳곳이 가려웠다. 퇴촌으로 돌아가서 따듯한 물로 샤워를 하고 싶었다.

상철이 형과 지요한은 아서의 메일에 여러 번 등장했다. 상철이 형은 마을에서 유일하게 아서를 챙겨주었다. 취직도 하지 않고 매일 놀면서, 뭇 여성들과 연애를 지속하는 방법을 가르쳐주는 대목을 읽을 때는 헛웃음이 나왔었다. 지요한은 아서를 단련시킨 인물이다. 천 개의 칼집을 만들게 하였고, 아서가 애써 만든 칼집 천 개를 버리고 다시 천 개를 만들 때도 끝까지 숙식을 제공했다. 그렇게 이천 개의 칼집을 만들지 않았다면, 아서는 혜경과 헤어지지 않았을 것이다. 아서의 인생에 심대한 영향을 끼친 상철이 형과 지요한이 서로 만난 적은, 아서가 메일로 적어 보낸 이야기에는 없었다. 그들이 함께 백수로 와선 뻘밭을 달려 다정을 구하리라곤 상상도 못했다.

언제부터 잠들었을까.

지쳤나 보다. 맥주를 네 캔이나 안주 없이 들이켰고, 죽으려고 바다로 들어갔으며, 두 남자에게 강제로 끌려나왔으니, 피곤한 것이 당연했다. 요한 앞에서 잠들지 않으려 했지만 무거워지는 눈꺼풀을 견딜 수 없었다.

눈을 떴을 때, 소파는 침대처럼 완전히 젖혀졌고, 두툼한 이불이 모로 누운 다정을 덮고 있었다. 정차한 듯 차체의 떨림이 전혀 없었다. 목만 들어 주변을 살폈다. 맞은편 자리에 여전히 앉아 있던 요한이 무표정하게 말했다.

"도착했습니다. 따르시지요."

지하주차장이었다. 스무 대 정도가 들어갈 만큼 넓었지만, 다정을 태워 온 밴 외엔 차가 없었다. 상철이 형이 먼저 엘리베이터 앞에서 대기하고 있었다. 다정이 요한의 안내를 받으며 다가갔다. 상철이 형이 버튼을 누르자 엘리베이터가 열렸다. 팔을 뻗어 올라갈 층수를 누르곤 어깨를 열린 문에 대곤 섰다. 요한이 안내했다.

"천천히 둘러보시면 됩니다."

"같이 안 올라가나요?"

"저희는 여기까집니다. 뵙게 되어 영광이었습니다."

상철이 형과 요한은 엘리베이터가 닫힐 때까지 허리를 숙이는 것으로 작별 인사를 했다.

창이 없는 집이었다.

바깥 풍경이 궁금했던 다정은 답답했다. 아직 이곳이 어딘지도 모른다. 장소 확인이 가능한 아이폰은 바다에 뛰어들 때 물에 빠져 무용지물이었다. 사방이 모두 흰 벽이었고, 벽엔 아무것도 걸려 있지 않았다. 이 층으로 올라가는 실내 계단이 먼저 눈에 들어왔다. 모서리에 유리 상자가 하나씩 놓였다. 엘리베이터 바로 옆 상자를 곁눈질로 보았다. 너무 놀란 다정이 상자 윗면에 코가 거의 닿을 만큼 허리를 숙였다.

유아용 가죽신 한 켤레였다.

모드레드의 발등을 보호하고 걸음마를 위해 만든, 트로이 프로젝트의 첫 제품이다. 손바닥이 상자 옆면에 닿자, 저절로 윗면 유리가 열렸다. 가죽신을 조심조심 꺼내 신발 속과 겉을 살피고 감촉을 확인하고 무게를 가늠했다. 모드레드를 걷게 하려고 만든 신이 분명했다. 고개를 돌려 왼쪽 모서리에 놓인 상자로 곧장 다가갔다.

벨트 백이었다. 그다음 상자엔 세상에서 가장 가벼운 안경집이 들었다. 그리고 그다음은 청혼 가방.

다정은 사방의 유리 상자에 들어 있는 네 가지 제품을 차례차례 꺼내 확인한 후 계단 앞에 서서 잠시 생각했다. 이 층으로 올라가기 전에 이 상황을 어떻게든 정리하고 싶었다.

아서에게 보낸 가죽 제품들!

해외로 나간 제품들이 모두 국내에 모여 있었다. 박물관 전시품처럼 유리 상자에 담긴 것도 독특했고, 상자를 만지면 저절로 열리는 윗면도 신기했다.

말하자면 이곳은 그레이스 제품으로만 꾸민 전시관인 셈이다.

아서는 가죽신과 벨트 백과 가죽 안경집과 청혼 가방과 장갑과 트롤리 가방을 차례차례 청했고 또 그것들이 만족스럽지 않은 이유를 메일로 밝혔다. 다정은 아서가 실망한 제품들을 돌려받진 않았다. 아서를 위해 만든 것인데, 그가 만족하지 않는다면, 돌려받아 다른 이에게 팔 수는 없었다. 실패작들의 처분까지 전적으로 아서에게 맡겼다. 그레이스가 트로이 프로젝트로 발송한 제품을 모두 가질 수 있는 이는 이 세상에 단 한 사람뿐이다.

다정의 추측을 확증이라도 하듯, 계단 옆 벽이 소리도 없이 갑자기 열렸다. 들어서는 순간 그곳이 어딘지 알아차렸다. 천 개의 칼과 그 칼들에 딱 어울리는 칼집이 사방 벽을 뼁 둘렀다. 중앙의 향나무 탁자나 혜경과 사랑을 나눈 의자 두 개도 아서가 적은 그대로였다. 숨겨진 전시실이었다. 아서는 삼 년 동안 칼집을 만들고, 그 칼집들을 모두 없앤 후 다시 삼 년 동안 천 개의 칼집을 만들었다고 했다. 다정은 칼을 하나 들고 이리저리 칼집을 살폈다. 칼끝에 가까운 좁은 자리에 '아서'라는 이름이 또렷하게 박혔다. 천 개의 칼집에 모두 그 이름이 있었다. 칼집을 향한 아서의 열정이 되살아났다.

칼집 천 개를 만들어 버리고, 또 천 개의 칼집을 만든 후 마을로 되돌아온 아서가 평생 사랑한 이는 혜경이다. 전 세계를 다니며 십 년이나 찾아다니지 않았던가. 그리고 호숫가 호텔에 장기 투숙하며 혜경의 마음을 돌리려고 노력하지 않았던가. 그런데 이 집은 무엇이고, 또 제품들은 왜 이렇듯 유리 상자에 고이 담겼으며, 천 개의 칼집이 진열된 전시실까지 어떻게 같은 층에 있단 말인가.

계단을 통해 이 층으로 올라갔다.

왼쪽과 오른쪽 벽 아래 유리상자는 두 개뿐이었다.

왼쪽 상자에 담긴 제품은 장갑이었다.

그리고 맞은편 유리 상자는 다른 상자들보다 두 배는 더 컸다. 그 상자에 든 것은 예상대로 트롤리 가방이었다.

아서가 혜경과 모드레드를 따라 떠났다면, 트롤리 가방이 여기에 있어선 안 된다. 가라앉았던 편두통이 다시 시작되었다. 이토록 말도 안 되는 상황이 어떻게 벌어질 수 있을까. 비틀거리며 상자에서 멀어졌다. 두 상자의 중간 지점, 그러니까 이 층 정사각형의 무게중심에 다정이 서는 순간, 천장의 콘크리트 판이 좌우로 열렸다. 가로와 세로 2미터의 텅 빈 정사각형으로 달빛이 은은하게 내리비쳤다. 크고 밝은 별들이 유난히 많았다. 사다리가 자동으로 내려왔다.

옥상에 올라서자마자 눈에 띈 것은 거대한 말굽형 아치였다. 왼쪽 난간에서 시작하여 오른쪽 난간까지 이어진 아치는 둥글게 천천히 더 높이 올라갔다가 내려오는 사다리이기도 했다. 다정은 팽이가 돌듯 제자리를 한 바퀴 돌며 사방을 살폈다. 수북하게 쌓인 눈이 한밤중인데도 훤했다. 쌓인 눈이 겨울 숲의 허리 아래를 치마처럼 덮었다. 달과 별이 빛나는 밤하늘로 줄기와 가지를 곧게 뻗어 올린 것은 모두 자작나무였다. 눈과 자작나무가 어우러지니 겨울 숲이 더욱 쓸쓸했다.

"혹시?"

목신통신 고정목 회장의 얼굴이 떠올랐다. 그레이스를 창업하기 전 횡성으로 고 회장을 찾아갔을 때, 병풍처럼 집을 두른 자작나무 숲의 설경이 몹시 아름다웠다.

그러나 어린 시절부터 정목과 많은 시간을 보냈지만, 그가 글을 쓰는 것을 본 적이 없었다. 소설이든 평전이든 인간의 삶을 다룬 책을 읽지 않았고, 영화나 드라마도 즐기지 않았다. 회사에서도 일 집에서도 일밖에 몰랐다. 다정의 어머니 형숙 씨를 흠모할 때 보낸 연애편지가 평생 유일한 글이었다.

"흠!"

헛기침과 함께 등 뒤에서 인기척이 났다. 놀란 다정이 돌아서려다가 중심을 잃고 비틀거렸다. 엉덩방아를 찧을 뻔했지만, 왼발을 재게 놀려 겨우 균형을 잡았다. 부축하기 위해 서너 걸음 급히 다가온 남자와 눈이 마주쳤다.

고정목 회장이 아니었다.

비컨이었다.

일 층으로 내려갔다. 비컨이 의자부터 두 개 내온 후 부엌으로 되돌아갔다. 다정은 파란 의자를 비워두고 빨간 의자에 앉아 기다렸다. 둥글고 부드러운 털가죽이 덧씌워진 의자였다. 부엌에서 다시 나온 비컨의 양손엔 커피 잔이 들렸다. 잔을 받고 커피를 한 모금 머금었다가 넘길 때까지도 두 사람은 말이 없었다.

설명해야 하는 쪽은 비컨이다. 다정은 이번만큼은 나서서 도와주지 않았다. 대신 조금만 더 불편하게 만들면, 자리를 박차고 일어서리라 마음먹었다. 그래봤자 이 건물을 벗어나진 못하지만, 비컨과 말을 섞지 않을 수는 있다. 아서에게 보낸 제품들이 전부 이곳에 있으며, 상철이 형과 지요한에 이어 비컨까지 나타났다. 놀라움에 뒤이어 이 모든 소동의 경과를 알아야겠다는 생각이 들었다. 백수 겨울바다로 걸어 들어가서 생을 마감하는 것은 자신의 결정이지만, 이 낯선 집에서 비컨을 만나는 것은 다정의 선택이 아니다. 강요된 자리는 어디든 싫었다.

"많이 놀랐지?"

"왜 여기 있어?"

"마셔. 늦은 밤 진한 커필 좋아하잖아?"

동거한다는 것은 습관을 나눈다는 것이다. 퇴촌 비컨의 집에 들어가고 난 후로는 밤마다 커피를 즐기는 습관까지 공유했다. 다정은 단순히 즐기는 정도가 아니라 꼭 밤에 커피를 두 잔 이상 마셔야 했다. 마지막 커피를 마시고 삼십 분 이내로 잠든 날은 피로도 풀리고 악몽도 꾸지 않았다. 비컨은 기꺼이 밤마다 원두를 갈고 물을 끓이고 커피를 내려 예쁜 잔에 내왔다. 받침도 잔도 모두 눈처럼 하얬고, 손잡이만 푸른빛과 옥빛이 도는 무늬를 박아 넣었다. 다정이 아끼는 비컨 스타일이다.

"나를 믿어야 해. 나는 오직 우리 사랑을 지키기 위해 애썼을 뿐이야."

"왜 여기 있냐고?"

다시 물었다. 비컨이 커피 잔을 내려다보며 답했다.

"나도 같아."

"……같다고?"

"납치당했어, 당신처럼."

거기서 다정은 마음이 조금 풀렸다. 형사들이 급습하던 새벽에 퇴촌에서 비컨이 사라진 이유와 과정이 두고두고 의문이었다. 목숨처럼 아끼는 미니 컨트리맨도 그냥 두고 없어졌다.

"상철이 형과 지요한이 퇴촌까지 와서 납치했다고?"

"새벽에 만나자는 연락이 왔었어. 등불베짱이 도서관 앞이라고, 잠시만 나오라고. 나갔더니 두 남자가 곧장 나를 밴에 태우곤 이리 끌고 왔어. 힘으론 도저히 대적할 수 없었고."

"누가 만나자고 연락한 건데?"

다정은 비컨의 설명에서 얼버무린 지점을 짚었다. 비컨이 말머리를 돌렸다.

"청혼 가방은 마음에 들어?"

딸려 들어가지 않고 더 깊이 파고들었다.

"그 새벽에 순순히 나간 건, 불러낸 사람을 예전부터 안다는 뜻이잖아?"

"몰라!"

"몰라?"

"잘 아는 사람이 아니라고. 다시 강조하는데, 잘 들어. 날 믿어야 해. 왜냐하면 난 진심으로 당신을 사랑하니까. 당신이 날 사랑하지 않았다면 이렇게 되진 않았어. 그러니까 날 믿어. 그리고 우리 둘이 힘을 합쳐 이 고비만 넘기면 돼."

믿음을 강요할수록 비컨의 말이 초라해졌다.

"누구인지부터 말해."

다정은 자신의 추측을 드러내고 싶지 않았다. 여전히 설명해야하는 사람은 비컨이다.

"아서."

"아서가 누군데?"

"아서는 아서야. 만난 적 없어."

"만난 적이 없다……."

"아서와 연결되기 전부터 유다정, 당신 음반을 좋아했어. 그레이스 1집을 무한반복으로 틀어놓고 작업했었어."

"직접 만나진 않았다고 쳐. 아서와 언제 어떻게 연결이 된 건데?"

"연락이 먼저 왔어. 내가 리옹에서 당신 문자를 받은 직후였지."

"뭐라고?"

"그레이스의 디자인 업무를 맡으라고."

"왜?"

"거기까진 밝히지 않았어. 단지 그레이스에서 충분한 작업비가 나오지 않더라도, 아서 자신이 월급처럼 수고비를 지불하겠다더군. 꽤 두둑했지."

"아서의 명령에 따랐다고?"

"명령이 아냐! 권유였어. 그레이스의 비상근 팀장을 맡은 건 어디까지나 내 뜻이야."

넘겨짚었다.

"그레이스의 내부 사정을 아서에게 알렸고?"

"알렸다기보단 의논했지."

헛웃음과 함께 물었다.

"둘이서 무슨 의논을 해?"

"아서는 불안해했어. 유다정, 당신이 브랜드 회사를 한다는 걸."

"아서가 왜 그딴 걸 불안해해?"

"아서는 당신이 회사는 경영하지 않고, 작품에만 몰두할까 걱정했어."

"그게 무슨 소리야? 그레이스를 시작한 뒤론 콘서트장이나 소극장 한번 간 적 없다고. 오직 질 좋은 가죽으로 멋진 제품을 만드는 데만 집중했어."

"그거지. 바로 그거야. 당신이 다른 브랜드 대표들처럼 셀러브리티도 만나고 패션쇼장도 기웃거렸다면 차라리 안심했을 거야. 하지만 당신은 그러지 않았어. 화려한 무대에서 조명을 받으며 사는 이들의 생리를, 당신은 연습생 시절을 보내면서 너무나도 속속들이 알아버렸으니까. 가방 한 가지에만 집중했지. 그게 바로 회사를 작품으로 여기는 거야. 여유가 생기더라도 쉬는 대신 가방 관련 책이나 사진이나 논문을 뒤져 읽고, 아틀리에 장인들과 밥과 술을 마시며 시간 가는 줄 모른 채 이야기를 나눴지. 그게 유다정 바로 당신이야. 아서는 내가 당신 곁에 있기를 원했나 봐. 나도 당신에게 원하는 게 있었으니까, 그레이스의 팀장으로 들어가는 걸 받아들였고."

"내게 뭘 원했는데? 연애였나, 첨부터?"

"아니 그건 아니고……. 너무 가방에만 집중하니까, 당신을 설득해서 그레이스 2집을 만들게 하고 싶었어. 그럼 욕망이 분산되니까, 오히려 회사 경영에서 실수는 않겠다 싶었지."

"실수? 도대체 내가 무슨 실수를 한다고 미리 걱정들을 한 거야?"

"트로이 프로젝트!"

"처음부터 끝까지 트로이 프로젝트를 지지했잖아? 다들 걱정하고 반대할 때도 오로지 당신만은 내 편이었어. 근데 실수였다고? 혹시 타로 정에게 이 프로젝트를 귀띔한 사람도 당신이었어?"

"정 사장이 당신을 설득해 줬으면 했어, 프로젝트를 시작 못하도록. 아서도 나도 생각이 같았지. 하지만 정 사장은 실패했고……."

비컨은 잔을 기울여 바닥을 보여주곤 일어섰다. 다정도 흥분하는 바람에 커피를 이미 다 마셨다. 비컨이 부엌에서 커피를 내리는 동안, 다정은 가죽신과 벨트 백과 가죽 안경집과 청혼 가방을 한 바퀴 더 돌아봤다. 이 대목에서 대화를 끊고 다시 커피를 내리려 일어서는 것 역시 예정된 수순이란 느낌이 들었다. 매일 밤 다정이 커피 두 잔을 마신다는 것을 알고 난 뒤로, 비컨은 언제나 한꺼번에 넉넉하게 넉 잔 분량을 내왔다. 그런데 오늘은 딱 두 잔만 먼저 내렸다. 십오 분 남짓 둘은 같은 집이지만 다른 공간에 있었다.

커피를 새로 내온 후, 비컨은 다정이 앉았던 빨간 의자를 차지했다. 다정은 어쩔 수 없이 비컨의 파란 의자에 앉았다. 비컨이 말문을 열었다.

"모두 반대해도 할 거잖아? 운해 백을 디자인하며 유다정이 어떤 사람인지 알았지. 가수와 배우 생활을 했다면 감정이 앞서고 연약하다는 선입견을 갖는 게 보통이야. 하지만 당신은 강했어. 한번 확신하면 스스로 잘못을 인정할 때까진 나아가는 스타일! 타로 정도 트로이 프로젝트를 만류하지 못하자, 아서가 두 가지 제안을 하더군."

"두 가지 제안?"

"우선 나라도 유다정 당신 편이 되어주라고. 그리고 당신이 트로이 프로젝트를 통해 교훈을 얻게 하자고. 대표이사 유다정 당신을 제외하고 6인회 멤버 전원이 반대하는 데는 이유가 있었어. 그런데 당신은 그들의 의견을 전혀 고려하지 않았지. 그 결과가 얼마나 참혹한가를 가르쳐주자고 했어."

다정은 일어나서 방을 크게 돌았다. 비컨의 설명이 노리는 지점을 가늠하기 위해서였다. 아서와 비컨은 트로이 프로젝트를 하기 전부터 알던 사이였다. 그들은 그레이스와 유다정에 대해 수시로 의견을 주고받았다. 놀랍고 불쾌한 일이 아닐 수 없었다. 다정이 알던 아서가 아니고, 다정이 알던 비컨이 아니었다. 다시 자리로 돌아와선 물었다.

"트로이 프로젝트를 실패로 만들기 위해, 아서가 트로이의 첫 고객이 된 거야?"

비컨이 고개를 숙였다. 감정을 얹지 않고, 건물 밖 자작나무처럼 답했다.

"첫 고객인 건 맞지만 첫 고객인 것만은 아냐."

"첫 고객인 것만은 아니라니? 그럼 뭘 또 했단 거지?"

"처음부터 열한 번째까지 모두 아서가 이름만 바꿔 등록했지. 트로이 프로젝트에 다른 고객들이 끼어들지 않도록 차단한 거야."

한꺼번에 들어와서 대기하다가 한꺼번에 빠져나간 것도 결국 아서 짓이다. 다정은 눈이 빠질 듯 아팠다. 시큼한 기운이 식도를 타고 올라오는 바람에 헛구역질까지 했다. 편두통을 겨우 참으며 물었다.

"아서의 삶을 장편소설처럼 길게 적어 보낸 것도 둘이서 의논했어?"

"메일은 아서가 다 썼어. 딴 건 전부 꼼꼼하게 의논했지만 제품 주문서에 담길 글은 혼자 하겠다더라고. 아서가 당신에게 메일을 보내고, 그 메일 내용을 당신이 6인회 멤버들에게 공유하고서야 나도 알았지."

다정의 급한 마음이 창백한 얼굴에 드러났다.

"언제 프로젝트를 중단시키려고 했는데?"

비컨이 털어놓았다.

"안경집에서……. 아서가 말도 안 되는 핑계를 대고, 훨씬 더 어렵고 비싼 청혼 가방을 만들어달라고 했을 때였어. 당연히 그 메일을 보냈을 땐 당신이 이성적으로 판단하리라 기대했지. 여기서 끝내겠다는 메일을 아서에게 보낼 것이고, 또 6인회 멤버들에겐 이런 식으로 고객에게 끌려다니며 한심한 요구를 곧이곧대로 따르다간 큰 위험에 봉착할 테니 프로젝트를 이쯤에서 접자고 할 줄 알았어."

다정이 고개를 갸웃거렸다.

"이상하다. 그때 비컨 당신은, 처음엔 다른 멤버들처럼 안경집으로 끝내자고 했다가, 아쉬움이 남는다고, 청혼 가방을 만들면 좋겠다며 입장을 바꿨잖아?"

"맞아. 프로젝트를 여기서 중단시키자고 아서와 미리 의논한 것과는 달리, 정반대 의견을 말해 버렸어."

"왜?"

비컨이 커피를 내온 후 처음으로 다정의 눈을 깊이 들여다보며 되물었다.

"왜 그랬을 것 같아?"

"왜 그랬냐고?"

다정은 자신의 추측을 드러내고 싶지 않았다. 여전히 설명해야 하는 사람은 비컨이다.

"유다정, 당신 때문이야. 당신이 내 맘을 받아줬으니까. 연인이 된 후 첫 회의였어. 거기서 청혼 가방을, 하필이면 청혼 가방인 게 문제이기도 했지, 그 가방을 꼭 만들고 싶다는 눈짓을 계속 내게 보내더라고."

"비컨 당신이 맘을 바꾸는 바람에 아서 뜻대로 안 된 거네. 난 프로젝트를 포기하지 않았고……."

"그리고 방 이사가 갑자기 움직였지. 트로이 프로젝트에 대한 비판이 지나치게 강하다 여겼지만, 방 이사도 당신을 아끼고 그레이스를 위하니까 내부에선 치열하게 다퉈도 외부에 발설할 줄은 몰랐어. 독고찬 회장이 방 이사의 뒷배일 줄이야. 게다가 독고 회장이 귀국해서 당신을 만나리라곤 상상도 못했어."

다정은 놀라움과 슬픔을 넘어 결국 분노를 드러낼 수밖에 없었다.

"아서의 권유로 그레이스의 디자인팀을 맡은 데까진 그럴 수 있다고 쳐. 하지만 연인이 되고 나선, 그때부턴 몸도 마음도 비밀이 없어야 하는 것 아냐? 털어놓았어야지. 고백하겠단 생각 안 했어?"

비컨이 양손으로 머리카락을 뽑을 듯 쥐고 비틀며 안타까워했다.

"했지. 그래서 채 실장에게 청혼 가방을 하나 더 만들어달라고 한 거야. 내가 얼마나 당신을 사랑하는지 알려주고 싶었어. 결혼하고 싶을 만큼, 평생 당신과 단둘이 살고 싶을 만큼. 그 가방을 선물하는 자리에서 전부 다 털어놓으려 했어. 맥주와 와인과 위스키를 한꺼번에 마셔 대취하지 않았으면 그 밤에 고백했을 거야. 새벽에 나를 불러내지 않았으면 다음 날 아침에 고백했을 거라고. 새벽에 깬 후, 곤히 잠든 당신 목까지 이불을 덮어주곤 나갔어. 돌아와선 해장국을 끓이고 당신을 깨워 아침을 먹고 난 다음에 고백하리라 마음먹었지. 회사 사정은 너무너무 나빠졌지만, 그거야 당신이 내 가방을 받아준다면, 그러니까 내 고백을 받아들인다면, 곧장 난 아서에게 연락할 작정이었어. 그레이스의 회생 자금을 대라고, 대지 않으면 지금까지 벌인 짓을 세상에 낱낱이 공개하겠다고."

다정이 그 새벽을 상상하며 물었다.

"사이가 틀어졌구나. 청혼 가방을 만들자고 당신이 입장을 바꾼 후에 아서의 반응은?"

"당장 떠나라고 하더라. 아서가 원하는 대로 트로이 프로젝트가 끝나는 걸 내가 방해한 셈이니까. 하지만 난 당신을 떠날 수 없었어. 우리 사랑을 지켜야 했어."

비컨의 의지가 목소리에 뜨겁게 담길수록 사실을 확인하는 다정의 목소리는 차가워졌다.

"못 지킨 셈이네."

"납치를 쥐도 새도 모르게 하는 괴한들이 집 앞에서 기다릴 줄은 몰랐으니까. 아서의 부하들이지. 한 명은 상철이 형이라고 불렸고 또 한 명은 이름이 지요한! 맞아, 당신을 백수에서 구한 그 남자들! 아서가 그 이름 그대로 메일 속 이야기에 등장시켰지."

다정의 입술이 파르르 떨렸다. 겨우 감정을 누르며 말했다.

"얼마나 걱정했는지 알아? 혹시 심하게 다친 건 아닐까 아니면 더 험한 꼴을……."

"미안해. 하지만 갇힌 몸이니 연락할 방법이 없었어."

"장갑은 그럼?"

"상철이 형이 내게 만들라고 했어. 바로 여기서 만든 거야. 릴리를 통해 당신에게 전달된 장갑을 당신은 아서에게 보냈고 그 장갑은 다시 이곳으로 돌아왔지."

"못 만들겠다고 거절하지 그랬어?"

"당신이 절망의 바닥에 조금이라도 늦게 닿기를 바랐어. 결국 이렇게 사실을 전부 알게 되겠지만, 그때까진 바로 나 비컨, 사라진 애인을 기다리며 당신이 꿋꿋하게 버티기를 바랐어. 한 인간이 할 수 있는 가장 끔찍한 선택만은 하지 않고 견디면, 여길 탈출해서 당신에게 가려 했어."

창문 하나 없는 곳, 건장한 두 사내가 지키는 건물을 비컨처럼 나약한 디자이너가 탈출하기란 불가능하다.

"오늘…… 모든 걸 끝내려 했어. 파산했거든."

다정이 천천히 '끝'이란 단어에 힘을 주며 말했다. 비컨이 흐릿하게 눈으로 웃으며 말했다.

"그 파산 막았어."

다정이 깜짝 놀라며 따져 물었다.

"막다니?"

"아서가 일차 상환금을 그레이스 주거래 은행에 넣었대. 당신이 도착하기 삼십 분 전에 알려줬어."

그레이스가 당연히 받을 돈이긴 했다. 아서는 그 돈을 다정이 정한 마지막 시각보다 열두 시간 늦게 지급했다. 늦은 시간보다 더 문제는 순서였다. 돈을 넣고 메일 주소를 삭제하겠다고 적고는 메일 주소를 삭제하고 돈을 넣었다. 그 때문에 다정은 스스로 목숨을 끊으려고 백수까지 갔다. 이 어긋남은 아서와 풀어야지 비컨과 따질 문제가 아니었다.

"이제 와서 고백하는 이유가 뭐야? 사랑 때문이라고 아직도 믿어?"

사랑이 그때처럼 허망하게 들린 적이 없었다. 씨눈 없는 씨앗처럼.

비컨이 고개를 저었다.

"……아서의 주문을 받아서 만든 제품들을 다시 살펴봐. 가죽 신도 벨트 백도 안경집도 청혼 가방도 장갑도 트롤리 가방도 모두 너무너무 훌륭해. 이 세상에서 단 하나밖에 없는 명품 중의 명품 이지. 그레이스가 망하고 트로이 프로젝트가 실패한 건 당신 잘못 아냐. 누구라도 그런 상황에선 성공 못해. 유다정! 당신은 실패하지 않았어. 이걸 꼭 알려주고 싶었어."

짧은 침묵이 흘렀다. 그 침묵을 깨고 목소리가 천장에 달린 스피커로 들려왔다. 백수에서 이곳으로 오는 동안 맞은편에 앉았던, 낮고 털털한 지요한의 음성이었다.

"유다정 님은 그레이스 박물관을 떠나셔도 됩니다."

그레이스 박물관? 아서는 제멋대로 이곳을 박물관으로 삼은 것이다.

다정이 자리에서 일어섰다. 비컨이 고개를 들었다. 떠나도 좋다는 허락을 받은 사람은 다정 한 사람뿐이다. 미련이 가득한 눈으로 비컨이 물었다.

"여기서 나가면, 나가서 다시 만나면 날 받아줄 거야? 당신 곁에만 있게 해줘. ……사귀자고는 안 할게."

다정이 고개를 돌려 싸늘하게 답했다.

"……내가 제일 싫어하는 게 하나 있어. 반복!"

무릎을 꿇고 울음을 터트린 비컨을 남겨둔 채 건물을 나섰다. 새벽이었다. 멀리서 까치가 울자 바람이 불었고 기지개를 켜듯 자작나무에서 눈가루가 떨어졌다. 상철이 형과 지요한이 현관 좌우에 서 있다가 허리 숙여 인사했다.

스무 걸음쯤 걸어가던 다정이 왈츠를 추듯 빙글 돌아섰다. 아직 어둠에서 완전히 벗어나진 않았지만, 이 층 건물 전체가 비로소 눈에 들어왔다. 그 눈에 놀라움이 샘물처럼 차올랐다.

"백……?"

말을 잇지 못한 채, 왼쪽으로 서너 발자국 게걸음을 걷다가 다시 오른쪽으로 네댓 발자국을 옮겼다.

푸른 바탕이지만 햇빛의 각도에 따라 하얀 물결이 출렁였다. 말굽형 아치로 여긴 옥상의 사다리는 탑 핸들백의 손잡이였다. 거대한 운해 백인 것이다. 건축가들이 지은 기기묘묘한 건물 중에서 가방을 모델로 한 작품은 본 적이 없었다. 그레이스의 초석을 다진 운해 백 속에 트로이 프로젝트에서 만든 작품들을 전시한 꼴이다. 그레이스를 한눈에 조망하기에 이보다 더 좋은 디자인은 없었다. 부드러운 가죽도 아닌 단단한 푸른 벽이 빛의 각도에 따라 하얀 물결이 일도록 만든 방법은 무엇일까. 아서가 곁에 있다면,

그것부터 따져 묻고 싶을 만큼 강렬했다.

비탈길을 따라 숲으로 들어섰다. 발목까지 푹푹 눈에 덮였지만 멈추거나 걸음을 늦추지 않았다. 발바닥에서부터 올라오는 찬 기운을 받으며 더운 숨을 몰아쉬었다.

한동안 이어지던 내리막길은, 뿌리를 드러낸 채 누운 느릅나무 고목을 돌자마자 오르막길로 바뀌었다. 숲은 거기가 끝이었고, 차 한 대 겨우 드나드는 흙길이 언덕까지 이어졌다. 뒤돌아보며 시린 팔꿈치와 무릎을 번갈아 비볐다. 미행은 없었다.

언덕마루에 닿기도 전에 하늘로 곧장 올라가는 연기부터 보였다. 굴뚝 아래는 철강 회사였다. 공장 입구에 서니 마을이 한눈에 펼쳐졌다. 마을 너머엔 바다였고, 고깃배가 드나드는 부두 옆에는 조선소가 자리를 잡았다. 철강 회사를 끼고 능선을 타면서 백 미터쯤 더 걸었다. '폐업'이라고, 정문 옆 벽에 검은 페인트로 크게 쓴 회사가 하나 더 나왔다. 자동차 부품 회사였다.

언덕을 내려가는 걸음이 빨라졌다. 튀어나온 돌부리에 걸려 넘어질 뻔도 했지만 속력을 늦추지 않았다. 아름드리 소나무들 사이로 저수지를 발견하는 순간, 멈춰 섰다. 주변을 두리번거리며 살피다가 무릎을 접고 앉았다. 겨울이 끝나지 않았기 때문에 호랑나비가 날아오르진 않았지만, 다정은 그곳이 어딘지 확실히 알아차렸다. 아서가 여고생인 혜경과 처음 사랑을 나눈 곳이다.

솔숲을 벗어나 저수지를 돌아서 더 아래로 내려갔다. 가르마처럼 가운데로 곧게 뻗은 길을 경계로 마을은 둘로 갈렸다. 서쪽 마을로 흘러드는 개천의 물은 붉었다. 동쪽 마을로 향하던 개천은 마을 입구에서 땅 밑으로 숨었다. 동쪽 마을을 곁눈질만 한 뒤 서쪽으로 방향을 잡았다.

아름드리 참나무가 눈을 이고 서 있었다. 참나무를 한 바퀴 두 바퀴 세 바퀴 돈 후 왼 무릎을 꿇고 앉아선 밑동을 살폈다. 줄기를 삥 둘러 한 뼘도 넘게 껍질이 벗겨졌을 뿐 아니라 엄지 끝마디보다도 더 움푹 파였다. 염소를 묶어두느라 줄을 맨 흔적이었다. 다정은 제 손목을 번갈아 쓸며 감쌌다. 범고래와 사랑에 빠지기 전까지, 염소는 줄이 팽팽해질 때까지 나무 그늘 밖으로 걸어 나갔다. 숨을 쉬기 힘들 만큼 줄을 당기는 바람에, 참나무 밑동이 상처투성이였다. 범고래와 염소가 팔찌를 차지하고 사랑에 빠졌으니 이 정도지, 그 사랑이 이뤄지지 않았다면, 참나무는 숲에서 본 느릅나무처럼 쓰러졌을지도 모른다.

다정은 참나무 줄기에 두 손을 얹었다. 그리고 염소가 만든 홈에 오른발 엄지를 걸고 하늘을 향해 힘껏 몸을 떠워 올렸다. 나무 타는 재주가 있는 줄 그날 처음 알았다. 자신의 키보다 세 배쯤 높은 곳까지 올라가선 가지에 걸터앉았다. 고개를 들어 바다 쪽으로 흐르는 뭉게구름을 쳐다보았다. 황소의 마음을 훔친 목동 이야기가 떠올랐다. 그 황소의 이름은 비우였다. 비우의 어깨 가죽으로 만든 필통을 갖진 않았지만, 다정은 거기서 뛰어내리고 싶었다. 무릎을 흔들며 고개를 숙였다. 아래가 까마득했다. 여기서 엉덩이만 떼면 추락이었다. 필통을 쥔 혜경은 허공으로 깡충 몸을 날려 깃

털처럼 내려왔었지만, 다정은 모험을 시도하지 않았다. 올라가며 디뎠던 홈과 틈을 다시 찾아 디디면서, 팔과 다리에 힘을 잔뜩 실은 채 천천히 땅에 닿았다.

마을로 접어들었다. 경쾌한 댄스 음악에 끌려 골목을 따라 바삐 걸었다. '아서 에어로빅 학원'이란 간판이 보였다. 에어로빅 새벽반에 모인 이들은 겨우 다섯 명이었다. 남자는 아예 없었다. 음악이 멈추기를 기다려 문을 열고 들어갔다. 새벽반을 이끌던 강사가 수건으로 땀을 닦으면서 미소로 맞아줬다. 차이니즈 폴을 배울 수 있느냐고 묻자 이곳에선 에어로빅만 가르친다고 답했다. 이 학원 원장이 혹시 '아서'란 사람이냐고 묻자 그 이름이 아니라고 답했다. 강사는 일주일 전에 처음 이 마을로 와선 새벽반을 맡았다며, 성심껏 가르칠 테니 내일부터 나오라고 권했다. 십 분 후부터 다시 시작되니 당장 몸을 풀어도 좋다고, 오늘 운동한 것은 수강료를 받지 않겠다고 했다. 다정은 생각해 보겠다며 얼버무리곤 골목으로 나왔다.

마을에서 하나뿐인 시장을 향해 걸었다. 새벽시장 장사꾼들 흥정이 개구리 울음처럼 시글시글 들려올 즈음 걸음을 멈췄다. 방금 자신을 앞지른 남자 때문이었다. 일 초도 안 되는 매우 짧은 순간이지만, 슈트 차림의 남자와 나란히 걸었다. 그때 그의 옆얼굴을 곁눈질했다. 미루나무처럼 큰 키, 세워놓은 물방울처럼 살이 없는 볼, 작고 뾰족한 턱 그리고 처진 눈꺼풀을 가진, 아서의 메일에서 읽고 상상한 바로 그 상철이 형이다. 선글라스를 벗은 얼굴이 더 상상에 가까웠다.

"어디서부터 따라온 거죠?"

다정이 묻자 상철이 형이 돌아섰다. 놀라는 표정이 꾸민 것 같지 않았다.

"오해 마십시오. 미행한 거 아닙니다. 퇴근하는 길입니다."

"퇴근?"

"백수까지 출장을 다녀오고 철야 근무까지 섰으니까요."

급히 물었다.

"요즘도…… 잡지 많이 읽습니까?"

상철이 형은 질문을 이해하기 어렵다는 듯 되물었다.

"그랬던가요, 제가?"

그리고 답을 기다리지 않은 채 성큼성큼 걸어갔다. 잰걸음으로 따르는 쪽은 다정이다. 상철이 형은 시장 초입에서 단층집 지하로 사라졌다. 다정은 그 집을 바라보며 잠시 섰다. 저 계단으로 따라 내려갔다는 여자들을 상상하다가 껑충 돌아섰다.

거기, 국밥집이 있었다.

가까이 다가가선 창문으로 들여다보았다. 부부로 보이는 초로의 노인 둘이 주문을 받고 국밥을 나르고 음식 값을 받느라 바빴다. 얼큰한 소머리 국밥 냄새가 밀려들자 다정은 저도 모르게 침을 삼켰다. 어제 에일 맥주를 네 캔이나 마셨으니 저 국밥으로 해장하고 싶기도 했다. 아침 식사를 마친 노동자들이 트림과 함께 이쑤시개를 물고 나왔다. 다정은 서너 걸음 물러서다가 왼쪽으로 몸을 돌려 이 층으로 난 계단을 올랐다.

현관문 앞에 서선 다시 숨을 골랐다.

혜경을 찾아 마을을 떠나기 전까지 아서가 살던 집에 드디어 도착한 것이다. 마을 곳곳이 아서의 이야기 속 풍경과 일치했다. 시장 입구 국밥집 이 층 안방, 외할아버지와 외할머니의 관뿐만 아니라 철강 회사 노동자로 일하다가 흐르는 쇳물에 빠져 죽은 아버지의 관이 놓였던 방도 예전 모습 그대로여야 할 것이다.

다정은 철강 회사부터 이 집까지 둘러보며 깨달았다. 아서는 이야기 속 마을이 상상으로 지어낸 것이 아니라 진짜 존재한다는 것을 알려주기 위해, 다정을 박물관에서 내보냈다. 이 특별한 여정에서 마지막으로 만날 사람은 당연히 이야기의 작가이면서 주인공 아서였다.

문고리를 잡아당겼다. 소리 없이 현관문이 열렸다. 신발을 벗고 거실로 올라섰다. 그리고 또 잠시 놀란 눈으로 서 있었다. 거실 곳곳에 진열된 가죽 작품들이 시선을 사로잡았다. 엄마가 남긴 공책 타아그에 적힌 바로 그 작품들이었다. 현관에서 가까운 장식장에서부터 작품마다 번호가 붙어 있었다. 다정은 그 작품을 설명한 타아그의 페이지란 것을 금방 알아차렸다. 급한 마음을 누르고 찬찬히 거실을 돌면서 감상했다. 작품들은 글로 읽을 때보다 열 배아니 백 배 더 뛰어났다. 그레이스로 가져가서 당장 출시하고 싶은 작품도 열 개가 넘었다.

안방 문고리를 쥐었다.

이 문을 열면 무엇이 기다릴까.

사람이라면 누구일까. 내가 만났던 사람일까 아니면 초면?

없다면? 방이 텅 비었다면?

나는 어디서 아서를 만날 수 있을까?

다정은 꼭 아서를 만나야 했다. 앞길을 가로막고 꿈을 짓밟은, 피도 눈물도 없는 인간!

가슴이 심하게 뛰기 시작했다. 기대와 걱정과 두려움 그리고 분노가 뒤엉켰다. 그레이스 박물관을 나설 때는 분노가 압도적으로 컸다. 당장 아서가 눈앞에 있으면 죽여버리고 싶었다. 말로만 듣던 기업 사냥꾼의 행태가 아닌가. 회사 내부에 은밀하게 사람을 심어, 그러니까 비컨을 디자인팀장으로 넣어 기밀 정보를 빼냈다. 그리고 다정이 심혈을 기울여 추진한 일, 트로이 프로젝트를 실패하게 만들었다. 스스로 목숨을 끊을 지경까지 다정을 내몬 장본인이었다.

그런데 안방 앞에 도달했을 때는 마음이 차츰 가라앉았다. 분노는 여전했지만 당장 죽일 듯 달려들 정도는 아니었다. 마을을 다니는 동안, 아서의 글에 부합되는 장소를 발견했고 그때마다 놀랐다. 예상 못한 상황들을 어떻게 받아들여야 할 것인지 고민스러웠다. 생각이 나뉘자 감정도 쏠리지 않고 부분 부분 흩어졌다. 분노에 이어 걱정과 두려움이 몰려왔고, 어울리진 않지만, 복잡한 감정에 기대까지 살짝 얹혔다. 풀리지 않는 두 가지 의문 때문이었다.

하나는 아서가 늦게나마 십억 원을 넣어 그레이스의 파산을 막았다는 점이다. 기업 사냥꾼이라면 제 돈을 들여 그와 같은 짓을 할 까닭이 없다.

또 하나는 트로이 프로젝트가 진행되는 내내 아서에게 끌린 다정 자신의 마음이다. 회사 대표와 고객이란 공식적인 관계를 넘어 다정은 분명히 그에게 호감을 가졌다. 아서가 자신의 이야기를 풀어낼수록 그 호감은 우정에 가까워지다가 우정을 넘어서기도 했다. 어떻게 이런 끌림이 가능한지, 다정은 알고 싶었다. 아서를 직접 만나야만 해결될 문제였다.

드디어 문고리를 돌려 당겼다.

서 있는 남자의 등이 보였다. 톰포드 블랙 슈트였다. 빈방이 아닌 것이 우선 다행이다. 그런데 뒷모습이 낯설지 않다. 다정이 방 안으로 첫걸음을 떼는 것과 동시에 남자가 고개를 돌렸다. 눈이 마주쳤다.

남자는 웃었고, 다정은 휘청거리다가 겨우 벽에 기댔다.

독고찬이었다.

독고찬이 크고 깊은 눈을 반짝이며 다가와선 팔꿈치를 붙잡았다.

"놔, 이거!"

그 손길을 뿌리쳤다.

"부축하려는 거야. 괜찮겠어?"

그가 눈썹까지 내려온 반곱슬 머리카락을 입김으로 불어 올린 후 미간을 좁히면서 안색을 살폈다. 다정은 대답 대신 그 자리에 앉았다. 고개를 서너 번 흔들었다. 그도 따라 앉았다. 매부리코가 오늘따라 더욱 커 보였다.

문고리를 돌리는 순간까지도 목신통신 고정목 회장이거나 타로 뮤직 정 사장일지 모른다고 추측했다. 두 사람 모두 어색하고 비약이 되는 부분이 있긴 했지만, 상황을 억지로 짜 맞추니 그럴 법했다. 그러나 안방에서 독고찬을 보는 순간 탄식했다. 독고찬일 수밖에 없었던 것이다.

백수에서 헤어진 남자.

방지훈과 아틀리에 운해의 장인 일곱 명을 빼간 사람도 독고찬이고, 글과는 담을 쌓고 지내던 고 회장이나 타로 정과는 달리 회사 직원들에게 정기적으로 단체 메일을 보낼 만큼 글쓰기에 능한 이도 독고찬이며, 글을 좋아하는 만큼 책 그중에서도 상철이 형처럼 잡지를 많이 읽은 이도 독고찬이고, 정치나 종교나 문화의 영향을 거의 받지 않으면서 세계를 무대로 사업할 아이템으로 게임과 함께 가방을 꼽은 이도 독고찬이며, 만인을 이롭게 하는 것이 사업이라는 고 회장의 지론과는 달리 경쟁자들을 물리쳐 이기는 것이 사업이라고 믿는 이도 독고찬이다. 다정은 자신의 옷차림을 보며 자책을 더했다. 이쿼먼트 실크 블라우스와 띠어리 테일러드 팬츠. 다정이 즐기는 브랜드일 뿐만 아니라, 백수에서 독고찬의 청혼을 거절할 때 입은 바로 그 옷이었다. 하얀 옷을 입고 더 하얀 풍력발전기를 향해 걸어가지 않았던가.

"뭣 때문이야? 뭐 하러 이딴 짓을 한 거야?"

독고찬은 즉답 대신 처음 이곳을 방문한 사람처럼 방을 훑었다. 거실에는 가죽 작품들이 즐비했지만, 안방엔 낡은 재봉틀만 덩그러니 있었다. 엄마가 국밥집 주방에 딸린 골방에서 일찍이 사용했고, 엄마가 마을을 떠난 뒤론 아서가 작업한 바로 그 재봉틀이다. 재봉틀 위엔 가죽을 자르고 붙이고 잇기 위한, 가위와 칼과 바늘과 실이 담긴 도구함이 놓였다. 미니멀리즘에 입각한 비컨의 방이 잠시 겹쳤다. 다정은 앞서 제기한 질문의 답을 기다리지 않고, 방금 떠오른 질문을 또 던졌다.

"내 취향들을 일러줬던 거야? 비컨에게?"

옷과 향수와 말투와 미니멀리즘까지, 비컨은 내가 좋아하는 것들을 모두 지닌 채 나타났다. 그래서 운명이구나, 여겼고!

독고찬이 짧지만 분명하게 답했다.

"그랬지. 버그 같은 놈."

미리 듣고 공부했을 줄은 몰랐다. 상상 밖의 일이다.

"버그?"

"그레이스에 들어가기 쉬우라고 알려준 거지, 당신 마음 얻는 데 써먹으라고 귀띔한 건 아냐. 시키는 대로만 했으면 이 지경까지 오질 않았지. 제 마음 하나도 다스리지 못해, 망쳐버렸어."

"비컨은 당신이랑 대부분을 의논했다 그랬는데……."

언성을 높이며 길게 설명했다.

"지금까지 그놈에게 지급한 돈이 얼마인 줄 알아. 그는 내가 고용한 사람이야. 그레이스와 당신에 대해 의논을 하긴 했지. 명령보다는 그쪽이 부드러우니까. 가끔 삐걱대긴 했지만 줄곧 고용주인 내 뜻대로 움직였어. 안경집에서 끝내라는 명령을 따랐다면, 더 빨리 이런 자리가 마련되었을 거야. 비컨이 당신과 결혼하겠다는 헛된 꿈을 꾸는 바람에 청혼 가방을 만들겠다고 제멋대로 결정했고, 거기서 일이 꼬인 거지. 게임을 처음 출시하면 예상 못한 버그가 늘 있게 마련인데, 비컨이 버그일 줄은 몰랐네. 당신 마음을 확인 했으니, 거기서 끊고 버그를 잡아내어……."

버그를 잡아낸 다음엔 없애버리는 것이 순서다.

죽이고 끝낼까.

겹으로 울리는 쇳소리에 다정은 눈을 질끈 감았다. 스스로 죽을 마음은 품었지만, 아서를 원망도 했지만, 잠도 못 자고 밥도 못 먹을 만큼 울화가 치밀었지만, 아서를 죽이고 싶단 생각은 처음이었다. 머리를 흔들며 살의를 털어낸 후, 말꼬리를 붙들었다.

"내 마음을 확인하다니? 무슨 마음?"

"이야기에 끌렸잖아? 연애편지 받는 기분이랄까? 아서란 남자를 듬직하게 여기고 또 메일이 올 때마다 설레었지?"

속마음을 들여다본 것처럼, 독고찬이 질문의 형식을 빌려 확인하려 들었다. 다정은 질문을 반복하지 않고 벌처럼 쏘아줬다.

"내 마음을 얻으려고 벌인 일이다? 이게 전부?"

"맞아."

"헤어진 여자에게 집착하는 남자인 줄 몰랐네."

"집착이 아냐. 새로운 만남이지. 독고찬과는 헤어졌지만, 아서란 남자와는 바로 지금을 즐기는 것! 이 년이 길다면 길지만 짧다면 또 짧아. 내가 당신을 얼마나 사랑하는지, 그때는 충분히 보여 줬다 여겼지만, 백수에서 헤어지고 시애틀로 건너가 따져보니 전혀 충분하지 않았더라고. 당신이 내 청혼을 거절한 건 당연해. 내가 내 마음을 백분의 일 아니 천분의 일도 보여주지 못했으니까. 그래서 당신을 향한 내 사랑을 알려주려고 이야길 썼어."

"이야기도 써?"

다정이 읽은 글의 대부분은 직원들에게 주는 편지 형식이었다. 그 속에 일화가 담기긴 했지만 예닐곱 문단을 넘지 않았다.

"아서의 이야긴 처음 쓴 거긴 한데, 당신을 만나기 전부터 게임 시나리오는 수백 편 검토했지. 탄탄한 시나리오가 나와야 때론 수십 억 혹은 수백 억을 개발비로 넣게 되니까. 게임으로 만들 정도는 아니지만 내 마음을 담는 덴 큰 문제가 없더라. 이야기라는 게 자꾸자꾸 커지고 넓어지는 가방 같아. 버그 때문에 마무리를 짓지도 못한 채 더 쓰게 되어 힘들었지만, 찢기거나 터져버리지 않을까 걱정했지만, 그럭저럭 끝까지 가긴 했어."

독고찬의 차를 타고 드라이브를 나가면, 차를 세우고 섹스를 즐기기 전까지 두 가지만 했다. 노래하거나 대화하거나. 다정은 노래를 부르다가도 질문을 던졌다.

"당신 마음을 나한테 보여주려 미리 써뒀던 거라고?"

"써둔 것도 있고, 문장 몇 개 끼적인 것도 있고, 키워드만 메모한 것도 있었지. 하지만 이렇게 아서의 일생을 들려주는 방식은 아니었어. 그럴 자신도 없었고. 솔직히 이건 전문 작가들이나 하는 일이잖아? 당신 말대로 제법 긴 편지가 되었을 가능성이 커. 아서와 혜경의 러브스토리란 형식을 결정하고 이야길 완성시킨 일등공신은 유다정 당신이야."

"내가 형식을 결정해? 일등공신은 또 무슨 헛소리야?"

"트로이 프로젝트를 만들었으니까. 고객이 만족할 때까지 주문을 다시 받고 제품을 제공하는 방식은, 솔직히 회사 입장에선 너무 위험한 시도야. 하지만 제품주문서 형식에 제한이 없었기 때문에, 얼마든지 당신에게 내 마음을 전할 통로가 열린 셈이지. 물론 독고찬 대신 아서를 내세워야 하는 불편함을 감수해야 했지만! 아서가 독고찬이란 걸 당신이 알아차리면 제품 주문 자체를 넣을 수 없을지도 모르니까 처음엔 조심했어. 그런데 아서의 이야기가 풀려나가자 곧 따로 생명력을 얻더군. 나중엔 이 글을 쓰는 사람이 나 독고찬이란 걸 은근히 드러내고 싶어지더라니까. 몇몇 대목에서, 이 년 동안 당신과 나눈 추억을 넣어보기도 했지. 혹시 눈치채진 않았을까 걱정했지만, 당신은 그 대목들을 짚지도 않았고 내게 따지지도 않더군. 아서의 일생을 내가 쓰긴 했지만 당신과 함께 쓴 것이나 마찬가지야. 당신이 충실하게 읽고 또 내 주문대로 제품을 만들려고 노력한 덕분이니까."

다정은 더 이상 독고찬의 장광설에 휘말리기 싫었다. 그가 저지른 악행을 지적했다.

"나를 향한 당신 마음을 보인다면서, 내 희망을 짓밟고 날 궁지로 몰아? 그딴 걸 사랑이라고 설마 믿는 건 아니지?"

독고찬이 기다렸다는 듯이 답했다.

"날 짓밟고 끊어낸 건 당신이야. 백수에서 엉겁결에 당했으니까."

갑자기 시애틀로 가서 사업을 재개하겠다고, 결혼해서 함께 건너가자고 말한 이는 독고찬이었다. 누가 먼저 돌변했는가를 따지면 끝이 없다. 다정은 '그레이스 박물관'을 나서서 이 방에 이를 때까지 계속 떠오른 질문을 던졌다.

"고향이야, 이 마을이?"

"여기서 태어나긴 했지."

"완벽하게 갖췄네, 아서의 마을로!"

"맘에 들어?"

다정은 답하지 않았다. 이 마을도 그레이스 박물관의 연장으로 만들어졌단 의심이 갑자기 든 것이다. 독고찬이 그 의심을 확인시켜 줬다.

"사라진 건 채워 넣고, 불필요한 건 걷어 내고 그랬지."

롤플레잉 게임에 등장하는 숱한 마을들처럼. 독고찬은 이야기를 만들면서, 그 이야기와 일치하도록 마을을 재정비한 것이다. 어떤 건물과 어떤 사람이 다정에게 메일을 보내기 전부터 있었고, 어떤 건물과 어떤 사람이 새롭게 만들어 넣은 것인지, 다정은 따져 묻지 않았다. 건물들만 덩그러니 세운 것이 아니라, 마을 사람들이 일상을 자연스럽게 꾸리는 것이 놀라웠다. 그들은 독고찬이 내게 보낸 이야기를 모른다. 이 많은 사람들을 마을에 모으고 또 이야기와 똑같이 살게 하기 위해 독고찬은 얼마나 거금을 들였을까. 다정은 제일 처음에 던진 질문으로 돌아갔다.

"뭐하러 이딴 짓을 한 거야?"

그가 이번에도 미소와 함께 답했다.

"돌려주려고. 당신은 받기만 하면 돼. 그레이스가 곤두박질친 건 당신이 자초한 거야. 이 나라에선 한번 실패하면 재기가 불가능해. 하지만 당신에겐 나 독고찬이 있지. 내 손 잡고 올라가자."

"당신에게 기댄 적 있어. 인정할게. 하지만 그때 우린 서로 사랑했어."

"나도 기댔어."

뜻밖의 고백을 들은 다정은 독고찬을 쳐다봤다.

"나도 유다정 당신 덕분에, 당신에게 기댄 채 힘을 키워 재기한 거야. 오 년 만에 내가 왜 회사를 정리했을까? 내게도 위로와 평안이 절실하게 필요했지."

"내게 기댄단 생각 한 적 없어. 느낀 적도 없고."

"그래? 티를 낸다고 냈는데……. 당신이 가끔 들려준 어린 시절 가방 얘기 그거 참 좋았어. 난 이 년 동안 유다정이라는 가방 안으로 들어가서 쉰 거야. 지독한 불면증도 그 가방에만 들어가면 말끔히 나았지."

잠든 독고찬의 곁을 지킨 다정의 시간들을, 둘은 잠시 떠올렸다. 독고찬이 이어 말했다.

"그리고 당신이 들려준 가방에 관한 잠언들도 좋았어."

"어떤 잠언?"

독고찬이 눈을 감고 외웠다.

"'가방을 잃어버리고 사흘을 울었다. 사람이 죽어도 그 정도는 울지 않는가.' 물건을 잃어버릴 때마다 그리고 문상을 갈 때마다 저 문장이 떠올랐지. 그리고 이것도 멋져. '비워도 비워도 더 비울 수 있는 가방, 채워도 채워도 다 차지 않는 가방. 나는 가방에게서 사랑을 배웠다.' 또 이건 잠든 내 등을 어루만지며 당신이 속삭였던 거야. 그때 잠이 들었는데도 당신 목소리가 또렷이 들리더라고. 듣자마자 외웠지. '눈으로 가방을 보는 것보단 손으로 만지는 순간이 더 좋아요. 내 가방이 아니라 타인의 가방일 때, 설렘과 불안이 더 많이 손끝에 실리죠. 지금처럼!' 시애틀로 함께 가잔 소린 안 할 게. 여기서 당신이 하고 싶은 거 다 해. 그레이스를 계속 해도 되고, 다른 회사를 창업해도 돼."

"내가 제안을 받아들일 것 같아?"

"기다릴게. 당신 마음을 들여다봐. 거기, 지나가버린 독고찬과의 추억이 아니라, 트로이 프로젝트에서 아서에게 품은 감정들을 어루만져보라고. 아서가 독고찬이야. 당장 백 퍼센트는 아니라고 해도, 사랑이라 부르긴 어렵다 해도, 그 호감에서부터 다시 시작하자!"

다정이 비수를 꽂듯 물었다.

"나를 사랑해, 아직까지?"

"사랑해서 헤어진다는 말은 헛소리지만, 헤어진 후에야 사랑할 순 있지 않을까?"

다정은 답하지 않고 천천히 일어섰다. 독고찬의 부드러운 고백들이 붕붕거리는 벌떼들의 날갯짓 소리로만 들렸다. 말이나 글로는 이기기 힘든 사람. 어디까지가 진심이고 어디서부터 거짓인지 가리기 어려운 사람. 이별 후에 시작된 사랑이라니……

독고찬도 따라 일어나선 방문을 등지고 섰다. 벽을 짚으며 네모난 방을 시계 방향으로 돌다가, 그 방의 유일한 물건인 재봉틀에 닿았다. 그는 다가오지 않고 지켜보기만 했다. 다정은 재봉틀의 잘록한 몸체를 쓰다듬으며 발판을 가볍게 발로 눌렀다가 뗐다. 그리고 테이블에 놓인 도구함을 열더니, 엄지와 검지를 손잡이에 끼운 채 재단 가위를 꺼냈다가 다시 넣었다. 양날의 시퍼런 단검과 원형 재단 칼이 나란히 놓였다. 손끝으로 단검과 재단 칼을 조심조심 만졌다. 눈동자를 노리는 바늘처럼 스스로를 향한 질문이 날카로웠다.

죽이고 끝낼까.

생각이 제멋대로 뻗어갔다.

단숨에 죽이긴 아까워.

단검 대신 재단 칼을 꺼냈다. 원단을 자를 때 주로 사용하는 둥근 칼이다. 단검처럼 급소에 깊숙하게 찔러 넣을 순 없다.

재단 칼을 고쳐 쥐곤 방을 가로질러 나아갔다. 독고찬은 다정의 오른손에 들린 칼을 흘끔 보며 반걸음 물러섰다. 방문이 등에 닿았다. 둘 사이 거리는 2미터도 떨어지지 않았다. 뿔과 뿔을 부딪치며 싸우는 건강한 숫사슴의 목덜미처럼, 그의 목이 더 길고 굵어

보였다. 이 칼이 저 목에 닿는다면 살갗이 찢길 것이다. 피가 철철 흐를 것이다. 더 힘껏 휘두른다면 경동맥이 잘려나갈까. 재단 칼이 아니라 단검을 고를 걸 그랬다. 매끈한 살갗이 아니라 쿵쾅거리는 심장을 단번에 확!

독고찬은 살기가 가득한 다정의 눈을 보며 말을 더듬었다.

"혜, 혜경, 다정아!"

혜경?

그 이름이 손목을 잡아채는 듯했다.

아서는 혜경에 대한 절절한 사랑을 메일에 가득 담아 다정에게 보냈다. 아서가 독고찬이라면 혜경은 다정이다. 이 지극히 단순한 변환을, 다정은 독고찬이 자신을 혜경이라고 잘못 부르는 순간 비로소 실감했다. 여고생 혜경이 아서에게 끌릴 때, 다정도 일이 손에 잡히지 않을 만큼 떨렸고, 혜경이 아서에게 칼집 천 개를 다시 만들지 말라고 권할 때, 다정 역시 아서가 하루라도 빨리 그 전시실에서 나오기를 바랐다. 혜경이 아서에게 진심으로 다가설 때, 다정도 아서에게 똑같은 마음을 품은 것이다. 아서의 자리를 독고찬이 차지했다면, 혜경의 자리는 다정을 위해 마련된 꼴이다. 주인 없는 텅 빈 자리였다.

다정의 팔이 천천히 내려왔다. 바닥에 칼이 떨어지는 것과 함께, 양팔로 독고찬의 목을 감곤 가슴을 밀착시키며 입을 맞췄다. 뒤통수가 방문에 부딪혀 쿵 소리를 낼 정도로 강력한 키스였다. 그도 곧 불길한 상상에서 벗어나 다정의 입술과 혀를 받아들였다. 들숨을 날숨으로 날숨을 들숨으로 주고받았다. 갑작스럽긴 했지만, 독고찬은 이 입맞춤을 다정이 제안을 받아들인 것으로 간주했다. 연애하는 동안에도 종종 대답 대신 키스로 여러 뜻을 전하곤 했다. 어느 쪽이든 입으로 하는 일이었다.

연애 시절 내내 그래왔듯이, 자연스럽게 그들의 입은 입뿐만이 아니라 상대방의 발가벗은 몸 구석구석을 누볐다. 모처럼의 탐색이 미지의 모험처럼 길고 짙고 흥미미진진하고 뜨거웠다. 독고찬은 다정을 엎드리게 한 후 끌어안고 귓불에 입바람을 불면서 천천히 자신의 성기를 밀어 넣었다. 다정의 신음에 박자를 맞추듯, 최대한 부드럽게 성기를 완전히 밖으로 뺐다가 넣고 뺐다가 넣기를 반복했다. 그날따라 그는 다정이 신음하는 횟수를 헤아렸는데, 그것은 자신의 몸과 맘이 온전히 들어간 횟수이기도 했다. 서른 번을 넘겼을 때 횟수가 헷갈렸다. 다정이 든 원형 재단 칼에 겁을 먹어 '혜경'이라고 잘못 부른 것이 떠올랐던 것이다. 곧바로 고쳐 부르긴 했지만, 작은 실수지만 화가 났다. 그 바람에 횟수가 서른한 번인지 두 번인지 혹은 세 번인지 모르게 되었고, 그 사실이 또 화를 돋웠다. 그때까지 자유롭던 다정의 두 팔을 등 뒤로 수갑을 채우듯 돌려 오른손으로 힘껏 잡았다. 다정이 팔과 어깨와 목까지 흔들어댔지만 풀리지 않았다. 그 자세로 그는 허리를 두 배 이상 빠르게 놀렸다. 이제까진 주변 풍경과 소리와 냄새까지 즐기는 산책이었다면 그때부턴 해저터널을 질주하는 고속열차였다. 그 열차가 지상으로 올라와서 햇볕을 만나기 전, 그는 벌써 절정이 가까웠는지 허리를 들며 눈을 감고 고개를 흔들어댔다.

독고찬은 수갑처럼 사용한 오른손보다 맞은편 벽을 짚은 왼손에 힘을 쏟았다. 단숨에 절정으로 치닫기 위한 버팀목이었다. 다정은 그 틈에 양팔을 찬바람에 맞서는 벌새의 날개처럼 흔들었고, 왼손에 이어 오른손까지 속박에서 벗어나자마자 몸을 왼편으로 돌렸다. 갑작스럽게 균형을 잃은 그는 놀란 눈을 뜨면서 오른편으로 쓰러졌다.

"엇, 이게⋯⋯."

말을 뱉기도 전에, 다정이 독고찬의 아랫배로 올라앉았다. 두 주먹으로 어깨를 동시에 내려치곤 손바닥을 펴 힘껏 눌렀다. 그리고 엉덩이를 돌렸다. 그는 고개를 들고 자신의 빠져버린 성기를 제자리에 찾아 넣으려 했지만, 다정은 배꼽 위까지 엉덩이를 올려 누르는 것으로 자신의 주도권을 강조했다. 느리지만 멈추지 않고, 자신이 좋아하는 빠르기로 집중한 채 움직이고 또 움직였다. 어린 시절 가방에 들어갔을 때도, 그곳을 나오지 않고도 수백 아니 수천 가지 몸짓이 가능했다. 아이돌 그룹 데뷔 연습을 할 때도, 빠르게 힘으로 밀어붙이는 것보다는 느리더라도 정확하게 스텝을 제 몸에 익히려 했다. 그레이스를 창업하고 가방을 만들기 시작한 후에도, 가방의 디자인만큼이나 그 가방을 들고 다니는 사람들의 몸짓을 스스로 거울 앞에서 상상하며 따라했다. 집중하면 만들지 못하는 몸짓도 없었고 만들 수 없는 가방도 없었다. 사랑을 나누는 남자도 마찬가지였다.

다정의 다양하고 자신만만한 몸놀림에 독고찬의 성기는 더욱 단단해졌다. 자리를 다시 맞춘 뒤로는 출발 시각도 목적지도 속력도 방향도 모두 다정이 정했다. 그는 낡은 기차 레일처럼 바닥에 누워만 있었다. 이런 여자는 없었다. 연인으로 지내는 동안에도 지금처럼 격렬하진 않았다. 과연 이 자유로움이 어디까지 갈지 보고 싶기도 했다. 다정이 어깨를 눌렀던 손을 뗀 후에도 그는 자세를 바꾸지 않고 다시 눈을 감았다. 적극적인 몸짓을 사랑으로 받아들인 것이다. 사랑하지 않는 남자에게 이렇듯 용맹하게 달려드는 여자는 없지 않은가. 그는 이야기를 만들고 박물관을 만들고 마을을 만들 때처럼, 또 제 마음에 드는 결말을 향해 치달았다.

그때 바닥에 놓인 재단 칼이 다정의 눈에 들어왔다. 팔을 뻗으면 닿을 거리였다. 칼과 자신의 다리 사이에 누운 남자를 번갈아 쳐다보았다.

죽일까.

독고찬을 비롯한 남자들처럼 경사가 가파르다고, 정상이 가까웠다고, 빠르게 치닫지 않았다. 충분히 버티면서 빠르기를 조절했다. 더 빠르게 갈 듯한 순간 느려졌고, 더 느리게 처질 듯한 순간 빨라졌다. 독고찬으로서는 예측하기 힘든 엇박자였기에, 이끄는 대로 리듬을 탈 수밖에 없었다. 그가 절정이라고 믿었던 꼭대기를 넘고 넘고 또 넘어, 다정은 계속 올라갔다. 이러다가 하늘을 뚫을지도 모르겠다는 두려움이 독고찬의 몸과 마음을 휘감을 즈음,

다정은 통곡 같은 웃음을 터뜨렸다.

독고찬은 잠들었고 다정은 깨어 있었다.

연애 시절 내내 그랬던 것처럼.

그러나 국밥집 이 층 안방에선 음악을 듣거나 책을 읽거나 아이폰을 만지작거리지 않았고, 벗은 채 창으로 가서 시장을 내려다보지도 않았다. 대신 코 고는 소리가 들릴 때까지 잠시 기다렸다가 속옷부터 입기 시작했다. 오늘은 그가 깰 때까지 기다릴 뜻이 없었다.

무대복처럼 독고찬이 준비했던 이퀴먼트 실크 블라우스와 띠어리 테일러드 팬츠까지 입고는 천천히 일어섰다. 다른 옷이 있었다면 이 옷들을 입진 않았을 것이다. 그러나 다시 입을 상황이라면 또 입어도 상관없다는 생각도 들었다.

확인하고 싶었다. 어떤 이들은 확인도 않고 판단하지만, 다정은 기회가 있다면 두 번이고 세 번이고 확인하는 쪽이었다. 매주 희곡을 강독하던 시절, 어떤 희곡을 논한 비평에서 '지독한 경험주의자'라는 여덟 글자를 읽은 적이 있다. 그 아래엔 '내 문장으로 살아보기 전에는 믿지 않는 예술가가 곧 극작가'라고 적혀 있었다. 다정은 극작가도 아니고, 졸업 후 연극 무대에도 단역으로밖에 선 적이 없지만 스스로를 지독한 경험주의자라고 여겼다. 독고찬의 주장처럼, 과연 자신에게 아서에 대한 감정이, 그것이 단순한 관심이든 우정이든 사랑이든, 조금이라도 남아 있는지 마음으로도 살피고 몸으로도 들춰봤다. 그리고 독고찬이 절정에서 미끄러져 다정의 몸에서 떨어져 나갔을 때, 확인이 끝났다. 몸이든 마음이든 한 움큼의 찌꺼기도 남아 있지 않았다.

허리를 숙여 재단 칼을 주워 들곤 잠든 독고찬의 얼굴을 내려다보았다. 목 아래 유난히 튀어나온 빗장뼈가 눈에 들어왔다. 저 뼈를 꺼내 보고 싶단 생각이 들었다. 생각이란 이렇듯 쓸 데없기도 했다. 며칠 잠을 설치며 이 자리를 준비했을 것이다. 흔들어 깨우지 않기로 했다. 그에게 지금 필요한 것은 불행한 현실이 아니라 행복한 잠이다. 재단 칼을 도구함 단검 옆 원래 자리에 넣으려다가 그의 머리맡에 놓곤 안방을 나왔다. 죽일 가치조차 없다고 여겼음을, 마지막으로 알려주고 싶었다.

아직 노을이 지진 않았지만 서쪽을 향해 걷기로 했다. 바람이 이마를 스치고 지나갔다. 고개를 들어 하늘을 우러렀다. 마을에서 더 살펴 확인할 것이 남아 있지 않았다. 독고찬의 때늦은 입금으로 파산을 막긴 했지만, 그레이스로 돌아가긴 싫었다. 여기까지 오는 동안, 범한 실수들, 만난 행운들, 쌓은 우정들, 맞닥뜨린 위기들, 확신한 착각들, 품었던 꿈들, 지웠던 관계들, 마음에 들었던 작품들, 믿었던 사랑들을 되새길 이름을 앞세워 새 출발을 하고 싶었다. 감옥에 갇힌 채 실장과 페인터 눈과 은어가 나오는 날을 창립일로 삼고, 그때까진 가방을 혼자서 처음부터 끝까지 완벽하게 만들 실력을 쌓기로 결심했다.

지금까진 가방을 가죽으로만 만들 궁리를 했는데, 이제부터는 강물로도 가방을 만들고, 노래로도 가방을 만들고, 멀리서 찾아온 이의 입김으로도 가방을 만들고 싶었다. 못난 흉터 같기도 하고 근사한 농담 같기도 한, '보니와 클라이드'를 능가하는 회사의 새 이름 하나가 서산으로 넘어가는 구름에 얹혔다. 다정은 어깨를 으쓱 들어 올렸다가 내렸다.

본문 인용 작품 출처

7쪽 윌리엄 셰익스피어, 최종철 역, 『맥베스』, 민음사, 47쪽.
301쪽 모니카 마론, 김미선 역, 『슬픈 짐승』, 문학동네 20쪽.

당신이 어떻게 내게로 왔을까 2

초판 1쇄 2021년 3월 30일
초판 3쇄 2021년 5월 20일

지은이 | 김탁환
펴낸이 | 송영석

주간 | 이혜진
기획편집 | 박신애 · 심슬기
외서기획편집 | 정혜경 · 송하린 · 양한나
디자인 | 박윤정 · 기경란
마케팅 | 이종우 · 김유종 · 한승민
관리 | 송우석 · 황규성 · 전지연 · 채경민

펴낸곳 | (株)해냄출판사
등록번호 | 제10-229호
등록일자 | 1988년 5월 11일(설립일자 | 1983년 6월 24일)

04042 서울시 마포구 잔다리로 30 해냄빌딩 5 · 6층
대표전화 | 326-1600 **팩스** | 326-1624
홈페이지 | www.hainaim.com

ISBN 978-89-6574-405-4
ISBN 978-89-6574-406-1(세트)